काँच-विज्ञानी
डॉ. आत्माराम

डॉ. शिवगोपाल मिश्र

ज्ञान विज्ञान एजूकेयर

प्रकाशक • **ज्ञान विज्ञान एजूकेयर**
3639, प्रथम तल
नेताजी सुभाष मार्ग, दरियागंज
नई दिल्ली–110002

संस्करण • 2023
मूल्य • चार सौ पचास रुपए
मुद्रक • नरुला प्रिंटर्स, दिल्ली

KANCH VIGYANI DR. ATMARAM

by Dr. Sheogopal Misra ₹ 450.00

Published by GYAN VIGYAN EDUCARE
3639 Netaji Subhash Marg, Darya Ganj, New Delhi-110002
ISBN 978-93-84344-94-8

प्राक्कथन

हम काँच-विज्ञानी डॉ. आत्माराम, वैज्ञानिकों के वैज्ञानिक डॉ. आत्माराम और गांधीवादी वैज्ञानिक डॉ. आत्माराम के विषय में पुस्तक लिखने जा रहे हैं। हमने तो उन्हें एक अत्यंत सरल, हँसमुख, खादी कुरता-धोती धारण किए तथा सिर पर टोपी लगाए देखा था, उनके संपर्क में भी आए। 'भारत की संपदा' का संपादन-कार्य करते समय दिल्ली में और विज्ञान परिषद् प्रयाग में उनके दर्शन होते। उनसे घुल-मिलकर बातें भी कीं। आयु में काफी अंतर होने से प्रारंभ में उन्हें मैं अपने से ज्येष्ठ मानता और चुप रहता तथा उनको सम्मान देता रहा, किंतु बाद में बड़े-छोटे का भेद कम होता गया। वे सदैव मेरा नाम लेकर ही पुकारते रहे, किंतु मैं तो उन्हें डॉ. साहब ही कहता। मैं कितना भाग्यशाली था!

डॉ. सत्यप्रकाशजी बाद में हो गए स्वामी सत्यप्रकाश। वे इलाहाबाद विश्वविद्यालय के रसायन विभाग में अध्यापक थे। मुझे उन्होंने एम.एससी. (प्रीवियस) में पढ़ाया, फिर विज्ञान परिषद्, प्रयाग में मैं उनका सहयोगी रहा और उनके अनुरोध पर मैंने 'भारत की संपदा' के संपादन का कार्यभार दिल्ली जाकर सँभाला था।

दिल्ली में उस समय डॉ. आत्मारामजी सी.एस.आई.आर. के महानिदेशक थे। शायद डॉ. सत्यप्रकाशजी के कारण ही डॉ. आत्माराम ने मुझे 'भारत की संपदा' के लिए विशेष अधिकारी (हिंदी) के पद पर बिठाया था। दिल्ली में डॉ. आत्मारामजी से सी.एस. आई.आर. कार्यालय में ही भेंट होती। वे प्रायः मुझे बुला लेते।

किंतु एक वर्ष के भीतर ही, वे एक दिन मेरे किराए के आवास, वेस्ट पटेल नगर कार से पहुँचे और कहा कि डॉ. सत्यप्रकाश के संन्यास ग्रहण के अवसर पर तुम्हें भी मेरे साथ चलना है। मैं उनकी इस आत्मीयता से भाव-विभोर तो था ही, सोचा था मैं भी डॉ. सत्यप्रकाशजी के संन्यास ग्रहण के अवसर पर उपस्थित हो सकूँगा, किंतु दूसरे दिन ही आत्मारामजी का संदेशा आया कि मुझे नहीं चलना। शायद इलाहाबाद तक उनके साथ हवाई यात्रा के लिए मैं पात्र नहीं था। खैर!

जब 'भारत की संपदा' का प्रथम खंड कलकत्ता से छपकर आ गया तो डॉ. आत्मारामजी अत्यधिक उत्साहित थे। उन्होंने इसके विमोचन हेतु भारत की तत्कालीन प्रधानमंत्री श्रीमती इंदिरा गांधी से समय लिया। बस, मैं, पब्लिकेशन तथा इनफॉर्मेशन डाइरेक्टरेट के निदेशक डॉ. ए.के. कृष्णमूर्ति, उनके साथ हो लिये और प्रधानमंत्री निवास पर जा पहुँचे। वहाँ विधिवत् 'भारत की संपदा' के प्रथम खंड का लोकार्पण हुआ। इंदिराजी परम प्रसन्न थीं।

उसके कुछ काल बाद डॉ. आत्माराम का कार्यकाल समाप्त हो रहा था। मैं भी इलाहाबाद विश्वविद्यालय से एक वर्ष का अवकाश लेकर आया था। फलत: मैंने भी त्याग-पत्र दे दिया। वर्षों बाद डॉ. आत्मारामजी से 1978 में मिलने का अवसर डॉ. रमेशदत्त शर्मा के माध्यम से मिला। शर्माजी उनसे काफी घुले-मिले थे। डॉ. आत्मारामजी अब हिंदी में विज्ञान लेखन के उन्नयन हेतु एक एसोसिएशन बनाने की सोच रहे थे, जिसके लिए प्रयाग से मुझे भी बुलाया गया। पूरी योजना बन गई और उसके अंतर्गत कुछ पुस्तकें भी लिखी गईं। डॉ. आत्मारामजी ने स्वयं भी एक पुस्तक 'ओजोन की छतरी' बच्चों के लिए लिखी, किंतु यह योजना बहुत आगे तक न बढ़ सकी। प्रकाशक ने ही हाथ खींच लिये। डॉ. आत्मारामजी का निधन हो गया।

कह सकते हैं कि इस तरह 'गांधीवादी वैज्ञानिक युग' का अंत हो गया। विज्ञान परिषद् ने 'विज्ञान' का डॉ. आत्माराम स्मृति अंक निकाला और उनकी स्मृति में एक व्याख्यानमाला का भी शुभारंभ कर दिया, जिसके अंतर्गत प्रतिवर्ष व्याख्यान कराए जा रहे हैं। इसी तरह केंद्रीय हिंदी संस्थान आगरा ने हिंदी में विज्ञान लेखन को प्रोत्साहित करने के लिए आत्माराम पुरस्कार देना चालू किया।

मुझे प्रसन्नता है कि मैं काँच-विज्ञानी डॉ. आत्मारामजी के व्यक्तिव और कृतित्व पर पुस्तक लिखने का सुअवसर प्राप्त हो सका।

पुस्तक लेखन में मैंने जिन-जिन स्रोतों से सामग्री ली है, उनके प्रति आभार प्रकट करना अपना कर्तव्य समझता हूँ। आशा है कि मेरी इस पुस्तक से पाठकों को डॉ. आत्माराम के व्यक्तित्व एवं कृतित्व के साथ शीर्षस्थ काँच-विज्ञानी के विविध पक्षों पर संतोषप्रद सामग्री प्राप्त हो सकेगी।

किमधिकम्

—शिवगोपाल मिश्र

अनुक्रम

प्राक्कथन *5*

जीवनी-खंड

1. ग्रामीण परिवेश 11
2. शिक्षा-दीक्षा 13
3. उच्च शिक्षा 15
4. शोध-कार्य 17
5. विवाह 20
6. डॉ. धर के साथ 24
7. डॉ. आत्माराम का डॉ. साहा से संपर्क 27
8. इलाहाबाद में डॉ. आत्माराम का अन्यों से संपर्क 30
9. नौकरी की तलाश तथा लक्ष्य की पूर्ति 35
10. वैज्ञानिक क्षेत्र में पदार्पण 37
11. काँच सेरैमिक अनुसंधान संस्थान 40
12. विदेश यात्रा 44
13. सी.एस.आई.आर. के महानिदेशक के रूप में 49
14. अवकाश प्राप्ति के बाद 51
15. डॉ. आत्माराम और सामयिक राजनीतिक संबंध 53
16. अलविदा 57
17. सम्मान और उपलब्धियाँ 59
18. मूल्यांकन 60

व्यक्तित्व-खंड

व्यक्तित्व 65-74

कृतित्व-खंड

1. भारत में काँच उद्योग 77
2. सिरैमिक उद्योग 87
3. प्रकाशीय काँच की भूमिका 96
4. भारत में विज्ञान 123
5. भारत में संप्रयुक्त विज्ञान 138
6. भारत में विज्ञान के कुछ पक्ष 145
7. उद्योग में अनुसंधान एवं विकास 147
8. वैज्ञानिक जनमत की आवश्यकता 154
9. विज्ञान नीति 161
10. जन समुदाय के लिए विज्ञान 169
11. वैज्ञानिक और राजनीतिज्ञ 175
12. भारत में शिक्षा 182

बिंदु-बिंदु विचार 198

उपसंहार 205

संदर्भ ग्रंथ 208

जीवनी खंड

1
ग्रामीण परिवेश

आइए, हम आपको उत्तर प्रदेश के जनपद बिजनौर के एक छोटे से ग्राम पिलाना ले चलते हैं। यह ग्राम चाँदपुर और हल्दौर के मध्य स्थित है। 1897 ई. में यहाँ जोगी-रमपुरी (जो नजीबाबाद से 7-8 किलोमीटर उत्तर-पूर्व में स्थित है) से मुंशी-पटवारियों का एक परिवार आ बसा, जिसमें मुंशी न्यादर सिंह तथा जियालाज नाम के दो भाई मुख्य थे।

न्यादरसिंह पिलाना आने के पूर्व परीना ग्राम में एक प्राइमरी स्कूल के मास्टर थे। बाद में उनकी नौकरी जाती रही तो इन्होंने पिलाना को ही स्थायी निवास बना लिया। यहीं पर इन्होंने एक पाठशाला खोल ली और धीरे-धीरे उसे अपर प्राइमरी पाठशाला बना दिया और स्वयं उसके हेडमास्टर बने। उनके उल्लेखनीय अध्यापन के लिए उन्हें ब्रिटिश सरकार की ओर से सर्वोत्तम प्राइमरी अध्यापक का पदक प्रदान किया गया।

न्यादरसिंह के दो पुत्र हुए—भगवानदास (जन्म 1878) तथा जियालाल (जन्म 1880)। न्यादर सिंह ने बड़े पुत्र भगवानदास का विवाह बड़ी धूमधाम से किया, किंतु कुछ समय बाद उनकी पत्नी का निधन हो गया तो 1905 में उन्होंने उसका दूसरा विवाह कर दिया। इस पत्नी से 12 अक्तूबर, 1908 को भगवानदासजी को एक पुत्ररत्न की प्राप्ति हुई। तदनंतर उनके तीन पुत्र तथा तीन पुत्रियाँ उत्पन्न हुईं। इस तरह भगवानदासजी के 7 संतानें थीं।

इन संतानों के भरण-पोषण के लिए भगवानदासजी को कुछ-न-कुछ करना ही था, फलतः उन्होंने पुश्तैनी अध्यापकी तथा हकीमी (इनके पिता सिद्धहस्त हकीम भी थे) पेशा छोड़कर कपड़े की दुकान खोल ली, किंतु दुकान अधिक दिनों तक नहीं चल पाई। फलतः मजबूर होकर पटवारगिरी (वर्तमान लेखपाल का पेशा) करनी पड़ी। आज से 100-150 वर्ष पूर्व पटवारी अपने इलाके का सर्वेसर्वा होता था। किसानों की जमीन इधर-उधर लिखकर झगड़े लगाना और फिर बीच-बचाव करके पैसे ऐंठना यही काम

होता था, किंतु श्री भगवानदासजी बहुत ही सरल व्यक्ति थे। वे छल-प्रपंच से दूर रहते, फलतः उनको अपने परिवार का भरण-पोषण करने में आर्थिक संकट आता रहता।

हमने ऊपर 12 अक्तूबर, 1908 को श्री भगवानदासजी को एक पुत्ररत्न प्राप्त होने की बात कही है। इन पुत्ररत्न का नाम उन्होंने आत्माराम रखा, जो अपनी प्रखर बुद्धि, लगन, निश्छलता के बल पर बहुत बड़े काँच वैज्ञानिक बने। इन्हीं आत्माराम (डॉ. आत्माराम) ने अपने जीवन की ढलती अवस्था में डॉ. डी.डी. नौटियाल को (उनकी पुस्तक 'वैज्ञानिकों के वैज्ञानिक डॉ. आत्माराम') एक साक्षात्कार में अपने पिता की इस अवस्था का उल्लेख इस प्रकार किया है—

"मेरे पिताजी कपड़े की दुकान करते थे, किंतु ऐसा हुआ कि पिताजी ने काफी उधार दे दिया। वणिकवृत्ति थी नहीं। उधार वसूल नहीं कर पाए। दुकान चली चलाई नहीं। व्यवसाय ठप्प पड़ गया और परिस्थितिवश उन्हें दुकान छोड़नी पड़ी। उसके बाद वे पटवारी हो गए, किंतु वे नाम के पटवारी थे। एकदम सीधे-सच्चे इनसान। इस कारण पटवारी होते हुए भी हमारी स्थिति मामूली थी।"

स्पष्ट है कि आत्माराम का जन्म एक मामूली वैश्य परिवार में हुआ। यह परिवार प्रारंभ से आर्यसमाजी था।

आत्माराम ज्यों-ज्यों बड़े होते गए, वे न केवल अपने पिता के लाड़ले थे अपितु उनके चाचा जिया लाल भी उनसे बहुत प्यार करते थे। आत्माराम के ही शब्दों में, "यद्यपि मुझे बचपन में अपने पिता का भरपूर प्यार-दुलार पाने का अवसर मिला तथापि मेरे चाचाजी का भी मुझ पर पिताजी से कम स्नेह नहीं था। बचपन में मुझे जितना चाचाजी ने अपने साथ घुमाया-फिराया, उतना मैं शायद पिताजी के साथ भी नहीं घूमा-फिरा होऊँगा। चाचाजी मस्तमौला थे, किंतु पिताजी के अनुशासन से हम डरते थे।"

बचपन में आत्माराम प्रायः अपने पिता के साथ गाँव के आस-पास के जंगलों से होकर गुजरते तो रास्ते में भेड़िये दिख जाते, किंतु पिताजी इनसे न डरने की शिक्षा देते। इस तरह उनके मन से भय जाता रहा। वे साहसी, निडर बनते गए।

जैसा कि कहा जा चुका है, श्री भगवानदासजी का परिवार बड़ा था और वे अपनी ईमानदारी तथा सरलता के कारण समुचित कमाई नहीं कर पाते थे, फलतः उनके परिवार को गरीबी का दंश झेलना पड़ा। संत तुलसीदास ने ठीक ही कहा है, "नहिं दरिद्र सम पातक पुंजा।"

□

2
शिक्षा-दीक्षा

अब आत्माराम के पढ़ने-लिखने की आयु हो रही थी। फलतः पिता ने उन्हें गाँव की प्राथमिक पाठशाला में भरती करा दिया। यह वही पाठशाला थी, जिसको इनके बाबा ने स्थापित किया था और अंत में उसके हेडमास्टर बने थे।

बालक आत्माराम की किस तरह गाँव में पाटी पूजा हुई और वे किस तरह कक्षा 4 उत्तीर्ण हुए तथा उनके गुरु कौन-कौन थे, इसकी कोई जानकारी उपलब्ध नहीं है। हाँ, जब वे साढ़े तेरह वर्ष के थे तो उन्होंने वर्नाकुलर मिडिल परीक्षा चाँदपुर से उत्तीर्ण की।

आगे की पढ़ाई करने के लिए आस-पास कोई हाईस्कूल नहीं था। फलतः उन्होंने हाईस्कूल की प्राइवेट परीक्षा देने का निश्चय किया और अब उसकी तैयारी करने में जुट गए। इसके लिए उन्हें प्राइवेट ट्यूटर से पढ़ने, अपने साथियों समेत 16 मील दूर पैदल जाना पड़ता था, क्योंकि ट्यूटर बिजनौर के थे और उन्होंने आश्वासन दिलाया था कि ढाई वर्ष में वे हाईस्कूल करा देंगे। उस समय हाईस्कूल परीक्षा के लिए तीन भाषाएँ पढ़नी पड़ती थीं। आत्माराम ने उर्दू तथा फारसी अपनाई।

जब हाईस्कूल की परीक्षा देने का समय आया तो उन्हें बनारस हिंदू विश्वविद्यालय जाकर परीक्षा देनी पड़ी। यद्यपि आत्माराम ने कठिन परिश्रम किया था, किंतु द्वितीय श्रेणी में उत्तीर्ण हुए। सोचा कि प्राइवेट पढ़ाई से और ज्यादा क्या उम्मीद की जाती!

हाईस्कूल के बाद आगे की पढ़ाई के लिए उन्हें घर छोड़ना था। उस समय उनके गाँव के कुछ विद्यार्थी बनारस में पढ़ रहे थे, अतः आत्माराम ने हिम्मत बाँधी। उनके साथ बनारस जा पहुँचे और बनारस विश्वविद्यालय में इंटर में प्रवेश पा लिया।

बनारस में वे अपने हाथ से भोजन पकाते और फीस आदि के लिए धन जुटाने हेतु ट्यूशन भी करते। यहीं आकर आत्माराम ने विज्ञान विषय चुना। गंवई-गाँव का छात्र अब विज्ञान का अध्ययन करने विद्या की नगरी काशी (बनारस) आया था। कक्षा में गया तो विज्ञान विषय (रसायनशास्त्र तथा भौतिकी) कठिन प्रतीत होने लगा। कक्षा में

जब '10 ग्राम जल' का उल्लेख हुआ तो आत्माराम का सिर चकरा गया। उसने तो ग्राम का अर्थ 'चना' पढ़ा है। भला 'ग्राम जल यानी चना जल' क्या हुआ ? धीरे-धीरे अर्धवार्षिक परीक्षा आ गई। उसमें उन्हें गणित में 80 अंक मिले, किंतु भौतिकी तथा रसायनशास्त्र में 10-12 अंक मिले। सोचा कि विषय बदल लूँ, फलतः वे साहस करके रसायन विभाग के अध्यक्ष प्रो. एम वी राणे से मिले। राणेजी ने आत्माराम को रसायन के अध्यापक प्रो. फूलदेव सहाय वर्मा के पास भेज दिया। प्रो. वर्मा ने आत्माराम को ढाढ़स बँधाया और उसे हिंदी में लिखी अपनी पुस्तक 'इंटरमीडिएट रसायन' दे दी। उन्होंने उसे उलटा-पुलटा। लगा कि हिंदी में तो रसायन विषय सरल लग रहा है। प्रो. वर्मा के कक्ष में आत्माराम को रास्को द्वारा लिखित रसायनशास्त्र की पुस्तक भी दिखी। हिम्मत करके उसे उठाकर पढ़ा। अब तो आत्माराम को जैसे आत्मज्ञान हुआ हो। वे उत्साह से भरे हुए अपने कमरे में आए और लगन से विज्ञान विषय का अध्ययन करना शुरू कर दिया।

परिश्रम का फल मीठा होता है। आत्माराम का परिश्रम रंगत लाया। इंटर की वार्षिक परीक्षा में वे न केवल प्रथम श्रेणी में उत्तीर्ण हुए अपितु रसायन विज्ञान में विशेष योग्यता (75 प्रतिशत से अधिक अंक) प्राप्त किए। वे अत्यधिक प्रसन्न हुए और प्रो. फूलदेव सहाय वर्मा के प्रति उनके मन में कृतज्ञता का जो भाव उदय हुआ, वह युवा आत्माराम के जीवनभर बना रहा। वे प्रो. फूलदेव सहाय वर्मा को विज्ञान परिषद् प्रयाग द्वारा तैयार किया गया अभिनंदन अंक 'वैज्ञानिक ऋषि' भेंट करने हम लोगों के साथ कानपुर तक गए।

यह गुरु के प्रति अटूट भक्ति नहीं तो क्या है ? गुरु-शिष्य संबंध सदैव अटूट होता है।

□

3
उच्च शिक्षा

पता नहीं क्यों, शायद आर्थिक स्थिति के कारण आत्माराम ने इंटर से आगे की पढ़ाई के लिए कानपुर के डी.ए.वी. कॉलेज को चुना, बिजनौर से कानपुर समीप है, बनारस दूर। यह भी एक कारण हो सकता है।

इंटर में अच्छी श्रेणी में उत्तीर्ण होने से आत्माराम को कानपुर के डी.ए.वी. कॉलेज में बी.एस.सी. में प्रवेश मिलने में कोई कठिनाई नहीं हुई। उलटे उन्हें दो छात्रवृत्तियाँ भी मिल गईं। एक 10 रुपए की और दूसरी 15 रुपए प्रतिमास की। इस तरह आर्थिक संकट दूर हुआ, किंतु फिर भी उन्हें ट्यूशन करके कुछ अर्थ कमाना पड़ता। जब बी.एस.सी. का अंतिम वर्ष आया तो ट्यूशन पढ़ाना बंद करना पड़ा, फलत: उन्हें कर्ज लेना पड़ा। यही नहीं, अधिक परिश्रम करने से वार्षिक परीक्षा आने पर बीमार पड़ गए। सोचा कि परीक्षा न दूँ, किंतु अपनी आर्थिक स्थिति पर विचार करके और एक वर्ष बचाने के उद्देश्य से परीक्षा में जी कड़ा कर सम्मिलित हुए। आशानुरूप उन्हें द्वितीय श्रेणी प्राप्त हुई। निश्चित रूप से उनके कॅरियर में यह एक आघात था, किंतु किया भी क्या जा सकता था। मन में ग्लानि हुई, भविष्य अंधकारपूर्ण लगा, परंतु हिम्मत नहीं हारी।

उनके परिवारी जन चाहते थे कि अब आत्माराम कुछ कमाने के लिए कोई व्यापार करे, किंतु कानपुर तथा बनारस के अध्यापक उन्हें इलाहाबाद से एम.एस.सी. करने के लिए प्रोत्साहित कर रहे थे। फलत: आत्माराम ने इलाहाबाद विश्वविद्यालय में प्रवेश लेने का मन बनाया। उन्होंने डी.ए.वी. कॉलेज कानपुर के प्रिंसिपल दीवान चंद्रजी से इलाहाबाद विश्वविद्यालय के दो विभागाध्यक्षों डॉ. नीलरत्नधर (रसायन विभाग) तथा प्रो. मेघनाद साहा (भौतिकी विभाग) के नाम सिफारिशी पत्र ले लिये और इलाहाबाद चल पड़े।

वे प्रवेश काउंटर पर पहुँचे। अपना प्राप्तांक दिखाया और प्रवेश पाना चाहा, किंतु उन्हें बताया गया कि आपका तो आवेदन फार्म ही नहीं है। आपको प्रवेश कैसे मिल

सकता है? तब आत्माराम को अपनी भूल का एहसास हुआ। अभी तक तो अंक-पत्र प्रस्तुत करके प्रवेश प्राप्त करते आ रहे थे।

वे क्रमश: डॉ. धर और प्रो. साहा से मिले, परिचय-पत्र भी दिया, किंतु उन्होंने असमर्थता व्यक्त की कि अब तो प्रवेश कार्य बंद हो चुका है, आपको किसी भी तरह प्रवेश नहीं मिल सकता।

इस निराशा के साथ आत्माराम ने सोचा कि अब जब वापस जाना ही है तो क्यों न डॉ. धर का व्याख्यान सुन लिया जाए। उन्होंने पता लगा लिया था कि अगले दिन उनका एम.एससी. कक्षा में अमुक लेक्चर हॉल में व्याख्यान होगा। फलत: वे समय से पूर्व उस लेक्चर हॉल के बाहर खड़े हो गए और जब प्रो. धर का लेक्चर शुरू हुआ तो उसे ध्यानपूर्वक सुनते रहे। यह लेक्चर कोलायड पर था। लेक्चर सुनने में आत्माराम को खूब मजा आ रहा था। लेक्चर समाप्त हुआ। डॉ. धर बाहर निकले तो आत्माराम को खड़ा पाया। डॉ. धर ने उनका मंतव्य पूछा। आत्माराम ने कहा, "मैं तो आपका लेक्चर सुन रहा था।" डॉ. धर ने तपाक से पूछ लिया, "तो क्या सुना?" जब आत्माराम ने लेक्चर का पूर्ण विवरण दिया तो डॉ. धर अत्यधिक प्रसन्न हुए। उन्होंने कहा कि मेरे कार्यालय चलो। मैं तुम्हारा दाखिला कर रहा हूँ। डॉ. धर छात्रों की बुद्धि के पारखी थे। आत्माराम को मनवांछित फल प्राप्त हो चुका था।

अब आत्माराम इलाहाबाद विश्वविद्यालय के रसायन विभाग के एम.एससी. के छात्र बन गए। यह वर्ष 1929 का जुलाई मास था।

पाठकगण ध्यान दें, वर्ष 1929 आत्माराम के जीवन का परिवर्तन बिंदु (Turning point) था। गुरु की कृपा हो चुकी थी। अब पर्वत भी लाँघा जा सकता था, "गुरु की कृपा पंगु गिरि लंघे, अंधे को सबकुछ दरसाई।" आत्माराम इसके लिए डॉ. धर के आजीवन ऋणी रहे। पहला ऋण प्रो. फूलदेव सहाय वर्मा का और दूसरा ऋण प्रो. धर का। वे इन्हें आजीवन चुका नहीं पाए।

इलाहाबाद में उच्च शिक्षा की अवधि में आत्माराम को खर्च चलाना दूभर लगने लगा। उन्होंने मैकडॉनल्ड हिंदू छात्रावास में प्रवेश प्राप्त किया। यहाँ रहकर वे हाथ से खाना बनाने लगे और खाली समय में ट्यूशन भी पढ़ाते। पहले ही काफी कर्ज ले रखा था, उसे भरने की चिंता और विश्वविद्यालय में फीस तथा रहने का खर्च, इसकी चिंता सताने लगी। अपने गाँव से कुछ भी सहायता प्राप्त करने की उम्मीद नहीं थी, ऐसे वातावरण में एम.एससी. के लिए पढ़ना और खर्च के लिए धन जुटाना दूभर लगने लगा। फिर भी कठिन परिश्रम करके उन्होंने एम.एससी. रसायन में न केवल प्रथम श्रेणी प्राप्त की अपितु पूरे विश्वविद्यालय में सर्वोच्च अंक प्राप्त किए।

□

4
शोध-कार्य

1931 में आत्माराम ने प्रो. धर के निर्देशन में शोध-कार्य करना प्रारंभ किया। सर्वोच्च अंक प्राप्त करनेवाले छात्र को भला प्रो. धर अपने निर्देशन में शोध-कार्य करने से क्यों मना करते। वे डॉ. धर के परम प्रिय शिष्य बन चुके थे। डॉ. धर ने उन्हें शोध-कार्य हेतु 'प्रकाश रासायनिक अभिक्रियाएँ' विषय दिया। आत्माराम उत्साहित होकर शोध-कार्य में जुट गए।

उस समय प्रोफेसर धर 'प्रकाश रासायनिक अभिक्रियाओं' पर शोध-कार्य का निर्देशन कर रहे थे। यह भौतिक रसायन का विषय था और प्रो. धर इसी विषय में पटु थे। उन्होंने कलकत्ता में प्रो. पी.सी. राय के निर्देशन में शोध-कार्य करके विदेश जाकर डी.एस-सी. की उपाधि प्राप्त की थी। उन्हें 'भौतिक-रसायन का जनक' के रूप में जाना जाता था। ऐसे वैज्ञानिक के निर्देशन में शोध-कार्य करना बड़े ही भाग्य का विषय था।

आत्मारामजी के मित्र एवं शुभचिंतक डॉ. सत्यप्रकाश ने लिखा है—

"आत्माराम मुझसे 4 वर्ष छोटे थे। हम दोनों के विज्ञान विषयक गुरु प्रो. नीलरत्न धर थे। आत्माराम का जन्म बिजनौर जिले में हुआ था। आत्माराम प्रारंभ में अपने नाम के साथ राजवंशी लिखते थे। यह जातिपरक नाम उन्होंने अपने नाम के आगे से वैज्ञानिक जगत में प्रविष्ट होते ही निकाल दिया।"

आत्मारामजी ने प्रकाश रासायनिक अभिक्रिया, प्रकाश ऑक्सीकरण, ऊपरी वायुमंडल में फार्मेल्डिहाइड की उपस्थिति तथा उसकी निर्माण क्रियाविधि जैसे क्षेत्रों में शोध-कार्य किया और 1936 में उन्हें डी.एस-सी. की डिग्री प्रदान की गई।

इस अनुसंधान कार्य के दौरान आत्मारामजी को तीन वर्ष के लिए 'इम्प्रेस विक्टोरिया रिसर्च रीडरशिप' मिली, जिसकी राशि 100 रुपए प्रतिमास थी। इस छात्रवृत्ति की राशि में से कुछ रुपए बचाकर वे अपने घर भेजते रहे। उन्होंने अपने छोटे भाई लक्ष्मी को अपने

पास बुला लिया था। वह यहीं पढ़ने लगा। हिंदू हॉस्टल में रहकर हाथ से खाना बनाकर आत्माराम ने मितव्ययिता का पाठ सीखा और आजीवन वे इसका पालन करते रहे।

अनुसंधान कार्य की अवधि में डॉ. धर की प्रयोगशाला में शोधरत छात्रों से आत्माराम की मित्रता हुई। इनमें से सत्यप्रकाश तथा संतप्रसाद टंडन के साथ उनकी मैत्री उल्लेखनीय थी। (इसका उल्लेख आगे होगा)।

डॉ. वी.वी.भागवत भी डॉ. धर के शिष्य थे और उस समय शोध-कार्य कर रहे थे, जब डॉ. सत्यप्रकाश तथा आत्मारामजी डॉ. धर के शिष्य थे।

श्री भागवत बाद में इंदौर में अध्यापक हो गए। उन्होंने 'नमक सत्याग्रह' के संदर्भ में डॉ. सत्यप्रकाश तथा डॉ. आत्माराम का उल्लेख इस प्रकार किया है—

"कांग्रेस से नमक के नमूने हमारे रसायन विभाग में आते थे। डॉ. सत्यप्रकाश और आत्माराम नमक अलग करते और बताया जाता कि सत्याग्रहियों को यह नमक नुकसान नहीं पहुँचाएगा, किंतु रसायन विभाग में यह काम होता है-यह किसी को ज्ञात न था।"

इससे डॉ. आत्माराम की राष्ट्रभक्ति प्रदर्शित होती है। श्री भागवत ने प्रो. धर की शादी के प्रसंग में डॉ. आत्माराम के सर्वथा नए पक्ष का उल्लेख किया, वे रसोई बनाने में दक्ष थे।

"डॉ. धर की शादी में हम सब विद्यार्थी शामिल थे, लेकिन सबसे आगे सत्यप्रकाश और आत्माराम थे, रसोई बनाने का काम इन्होंने ही किया।"

आत्मारामजी बार-बार प्रयाग आए। वे इसे भूले नहीं, इसके प्रमाण हैं—

1. 5-6 अगस्त, 1978 : उ. प्र. हिंदी ग्रंथ अकादमी (लखनऊ) ने इलाहाबाद विश्वविद्यालय के म्योर कॉलेज कैंपस में विजयानगरम हॉल में एक विज्ञान मेले का आयोजन किया, जिसके उद्घाटन के लिए डॉ. आत्माराम को आमंत्रित किया। इस अवसर पर उन्होंने एक भावपूर्ण व्याख्यान दिया था। अगले दिन विज्ञान परिषद् भवन का निरीक्षण करने गए। दिल्ली के कई विज्ञान लेखकों को संबोधित किया।
2. 16 अक्तूबर, 1979 : डॉ. आत्माराम को स्वामी सत्यप्रकाश ने डॉ. रत्नकुमारी स्वाध्याय संस्थान की ओर से प्रकाशित पुस्तकों के विमोचन हेतु आमंत्रित किया तो वे 16 अक्तूबर को आकर डूमंड रोड स्थित शीलाजी के मकान में रुके। अगले दिन 17 अक्तूबर को पुस्तकों का विमोचन किया। विज्ञान परिषद् का हॉल निर्माणाधीन था। उन्होंने उसके लिए 5000 रुपए का दान दिया। 18 अक्तूबर, 1979 को प्रयाग से हम लोगों के साथ कानपुर गए,

जहाँ प्रो. फूलदेव सहाय वर्मा को 'वैज्ञानिक ऋषि' (विज्ञान विशेषांक) भेंट किया। शायद अपने पुराने गुरु से यह उनकी अंतिम भेंट थी।

3. डॉ. धर की 90वीं पुण्यतिथि पर भाग लेने 23 अप्रैल, 1982 को आए तो ड्रूमंड रोड आवास में टिके। मैं उनसे मिला।
4. 1983 (माघ का महीना, तिथि स्मरण नहीं)। हिंदी ग्रंथ अकादमी लखनऊ द्वारा आयोजित 'मंथन गोष्ठी' में सम्मिलित होने के लिए श्री ठाकुर प्रसाद सिंह ने आमंत्रित किया था, किंतु वे नहीं आ पाए।

□

5
विवाह

गाँवों में जैसा कि होता है, कम उम्र में ही लड़के या लड़की के विवाह की बात चलने लगती है। आत्माराम के साथ भी वैसा ही हुआ। अभी आयु 10–11 वर्ष की रही होगी कि देखनेवाले आने लगे। चूँकि आत्माराम के पिताजी आर्यसमाजी विचारवाले थे, अत: वे कम आयु में अपने पुत्र के विवाह और विवाह में किसी प्रकार का दहेज लेने के पक्ष में नहीं थे। फलत: विवाह की बातें टलती रहीं।

जब आत्माराम बी.एस-सी. कक्षा में पढ़ रहे थे तो एक उच्च पदाधिकारी अपनी कन्या का रिश्ता लेकर आत्माराम के पिता के पास आए। उन्होंने यह लालच दिलाया कि उनके लड़के को वे विलायत भिजवा देंगे। यह बात आत्मारामजी के पिता को नागवार लगी। अत: बात आगे नहीं बढ़ी। इसके बाद भी कई रिश्ते आते रहे, किंतु आत्माराम ने अपनी माँ से स्पष्ट कह दिया था कि जब तक मैं आत्मनिर्भर नहीं हो जाता, शादी नहीं करूँगा।

1933 की गरमियों में आत्माराम के बहन–बहनोई गाँव में आए तो उन्होंने एक रिश्ते की बात चलाई। तब छात्रवृत्ति भी मिल रही थी। आत्माराम अड़े थे कि जब नौकरी पक्की हो जाएगी, तभी विवाह करूँगा। इस बार लड़कीवालों को यह शर्त भी स्वीकार थी। लड़की के पिता एक्साइज इंस्पेक्टर थे। नाम था बाबू ज्वाला प्रसाद। सेवानिवृत्ति के बाद वे इलाहाबाद में आकर रहने लगे थे। उनके एक लड़का और कई कन्याएँ थीं। वे सभी को सुशिक्षित बना रहे थे।

चूँकि आत्मारामजी इलाहाबाद में ही अभी भी शोध–कार्य कर रहे थे, अत: ज्वाला प्रसादजी यथाशीघ्र विवाह के लिए दबाव बनाने लगे। आत्मारामजी कहते रहे कि विवाह करने के लिए उनके पास धन नहीं। श्वसुर चाहते तो यह खर्च भी उठाने को तैयार हो जाते, किंतु वे आत्मारामजी के स्वभाव से परिचित हो चुके थे।

आत्माराम ने अंततः शादी करने के लिए स्वीकृति दे दी। तय हुआ कि विवाह डॉ. सत्यप्रकाशजी के यहाँ से होगा। डॉ. सत्यप्रकाश से आत्माराम की घनिष्ठता थी ही। डॉ. सत्यप्रकाश के पिता पं. गंगाप्रसाद उपाध्याय आर्यसमाजी थे। अंत में तय हुआ कि आत्मारामजी के गाँव से कोई नहीं आएगा। उनका छोटा भाई, जो इलाहाबाद में ही आत्मारामजी के साथ रहकर पढ़ रहा था, बरात में सम्मिलित होगा। ज्वाला प्रसादजी का परिवार इलाहाबाद में था ही। आखिर विवाह की तिथि 26 दिसंबर, 1934 तय हो गई। डॉ. सत्यप्रकाश पुरोहित बने और कन्या पक्ष की ओर से डॉ. सत्यप्रकाश के छोटे भाई विश्वप्रकाश ने पुरोहित की भूमिका निभाई। दूल्हे के साथ बरात में इलाहाबाद विश्वविद्यालय के अध्यापकगण, शोधछात्र थे। डॉ. सत्यप्रकाश के घर शहनाई बजी। शादी आर्यसमाजी विधि से हुई। वैदिक मंत्रोच्चार से मंडप गूँज उठा।

न तो पुरोहित को कुछ देना पड़ा, न बरात को खिलाने का खर्चा उठाना पड़ा। एक तरह से 100 रुपए में शादी संपन्न हो गई।

आत्मारामजी की पत्नी का नाम सीता देवी था। वे अत्यंत पतिव्रता महिला सिद्ध हुईं। पति की मृत्यु के बाद स्वामी सत्यप्रकाश के सुझाव पर उन्होंने अपने पति की स्मृति में विज्ञान परिषद् द्वारा आत्माराम स्मृति व्याख्यानमाला प्रारंभ करने के लिए समुचित धनराशि दी। यह व्याख्यानमाला तब से निरंतर चल रही है।

आत्मारामजी ने स्वामी सत्यप्रकाश के अभिनंदन ग्रंथ 'वैज्ञानिक परिव्राजक' (1976) में 'स्वामी सत्यप्रकाश सरस्वती दादा भी, पुरोहित भी' लिखा है—

"सत्यप्रकाश (अब स्वामी सत्यप्रकाश सरस्वती) 1927 में एम.एस-सी. पास कर चुके थे। उस समय शोध-कार्य कर रहे थे। उन्हें 100 रुपए मासिक की 'एम्प्रेस विक्टोरिया रिसर्च रीडरशिप' मिली थी। यह तीन साल के लिए होती थी। हम लोग स्वामीजी को 'दादा' कहा करते थे। न मालूम यह नाम किसने पहले लिया। बँगला में बड़े भाई को 'दादा' कहते हैं। स्वामीजी हम सबों के लिए वास्तव में 'दादा' जैसा स्नेह रखते थे।

"1931 में एम.एस-सी. पास करने पर मुझे एम्प्रेस विक्टोरिया रिसर्च रीडरशिप मिली। 1932 की छुट्टियों में जब मैं आया तो हॉस्टल बंद थे। मेरे सामने जुलाई तक रहने का सवाल था। शाम को दादा ने मुझे हॉस्टल न खुलने तक अपने घर रहने के लिए कहा। मुझे और क्या चाहिए था। दादा मुझे अपनी साइकिल पर पीछे बिठाकर अपने घर ले गए। मैं 3-4 सप्ताह उनके पास रहा, दशहरे की छुट्टियों में भी मैं दादा के घर पर रहा। दादा से कुछ इतनी घनिष्ठता हो गई थी कि बहुधा घरेलू समस्याओं पर भी काफी बातें हुआ करती थीं। उन दिनों हम दोनों अविवाहित थे। कभी-कभी मुझसे विवाह का प्रसंग

भी चला। मैंने यही कहा—मैं एक गरीब परिवार का हूँ। मेरे छोटे भाई पढ़ते हैं। मुझे जब छात्रवृत्ति मिलती है, भाइयों का पढ़ना जरूरी है, न कि विवाह। विवाह में बड़ा खर्च होता है। जब तक पैसा न जुटे, विवाह का सवाल ही नहीं उठाया जा सकता। विवाह के लिए कर्ज लेने का मैं विरोधी था।

"सन् 1933 में मेरे विवाह की बात पक्की हो चुकी थी, मगर इस शर्त पर कि विवाह तब होगा, जब कहीं नौकरी लग जाएगी।1934 में मुझे गवर्नमेंट कॉलेज अजमेर में 4 महीने के लिए केमिस्ट्री के प्राध्यापक का काम मिला। नवंबर के महीने में खत्म हो गया। वहाँ से फिर इलाहाबाद आ गया। मुझे अपनी डी.एस-सी. की थीसिस लिखनी थी।

"मेरे श्वसुर स्वर्गीय बाबू ज्वाला प्रसाद अवकाश ग्रहण करके इलाहाबाद रहने लगे थे, मुख्यत: अपनी लड़कियों को पढ़ाने के उद्‍देश्य से। मेरी पत्नी की माताजी मुझसे दो-तीन बार मिलीं। विवाह करो। संबंध को किए डेढ़ साल हो गया। नौकरी भी हो गई, चार महीने की ही सही, शर्त तो पूरी हो गई।

"उन्हें यह मालूम था कि दादा के कहने का मुझ पर काफी प्रभाव पड़ेगा। उन्होंने दादा से कहा। दादा विवाह में अनाप-शनाप खर्चे के विरुद्ध थे। वे मेरे भी विचार जानते थे। मेरी पत्नी के परिवार की समस्या भी जानते थे।

"मेरी पत्नी सात बहनों में पाँचवीं थीं, दो छोटी बहनें थीं। यदि इस विवाह में देर होती तो उन दोनों के विवाह में भी देर होगी। दादा ने मुझसे बात चलाई। मैंने बड़े रोब से कह दिया कि विवाह हो सकता है, यदि 100 रुपए में सब काम हो जाए। इससे ज्यादा मैं इस काम के लिए खर्च नहीं कर सकता हूँ और न करना चाहता हूँ। दूसरी बात से दादा ज्यादा प्रसन्न हुए।

"जब यह सुझाव मेरी पत्नी के परिवार के सामने रखा गया तो जाहिर है उन्होंने इसे हँसी समझा...जब कोई रास्ता न दिखाई दिया तो वे भी सहमत हो गए। मेरे इस सुझाव पर उन्होंने लिखा कि उनके भी इलाहाबाद आने की जरूरत नहीं, न परिवार के और किसी को, मैं और छोटा भाई स्व. लक्ष्मी, जो उस समय ईविंग क्रिश्चियन कॉलेज में इंटर का छात्र था, विवाह करके घर आ जाएँ।

"26 दिसंबर, 1934 का दिन तय हो गया। दादा के घर सब कार्यक्रम हुआ। बरात में केमिस्ट्री डिपार्टमेंट के प्राध्यापकगण प्रो. के.पी.चटर्जी, डॉ. सत्येश्वर घोष, डॉ. ए.के. भट्टाचार्य, शोधछात्र इत्यादि सब मिलाकर 30-40 बराती गए।

"प्रो. चटर्जी की फोर्ड कार में दादा के घर से बरात चली। दादा ने बाजा भी बजवाया। डॉ. धर साइंस कांग्रेस के लिए इलाहाबाद से बाहर गए थे। दादा वर पक्ष के

पुरोहित बने। उनके छोटे भाई विश्वप्रकाशजी वधू पक्ष के।

"दादा बड़े उत्साह से सब कार्यक्रम कर रहे थे। विवाह संस्कार सबको अच्छा लगा।

"प्रो. चटर्जी और डॉ. सत्येश्वर घोष ने इस अवसर पर आशीर्वाद हेतु कुछ भाषण भी दिया था। मेरे श्वसुर बहुत प्रसन्न हुए। उन्होंने कहा कि वे समझते थे कि डी.एस.सी. साहब (वह डिग्री मिलने से पहले से मुझे इस नाम से पुकारा करते थे) 100 रुपए में विवाह करने की बात करके हँसी कर रहे हैं, मामले को टाल रहे हैं।

"इस प्रकार दादा हमारे पुरोहित बने। दक्षिणा के नाम पर तो दादा को कौड़ी भी नहीं मिली। उलटा उनका खर्च ही हुआ। दादा ठहरे न, मेरा कोई बड़ा भाई था भी नहीं। इस विवाह से वे बड़े प्रसन्न थे। जब दादा हमारे यहाँ पधारते, अकसर उनके पुरोहित होने की बात छिड़ जाया करती थी।"

□

6
डॉ. धर के साथ

वर्ष 1929: बी.एस-सी. की परीक्षा डी.ए.वी. कॉलेज कानपुर से प्रथम श्रेणी में उत्तीर्ण होकर आत्माराम ने सोचा कि उच्च शिक्षा के लिए इलाहाबाद विश्वविद्यालय में नाम लिखाना ठीक रहेगा। फलत: वे डी.ए.वी. कॉलेज के प्रिंसिपल श्री दीवान चंदजी से डॉ. नीलरत्न धर तथा डॉ. मेघनाद साहा के लिए परिचयपत्र लिखवा लिये थे। जैसा कि होता है, छात्र किसी विद्यालय में जाकर काउंटर पर पूछताछ करके फीस जमा करता है। जब आत्माराम विश्वविद्यालय के काउंटर पर पहुँचे तो पता चला कि सभी सीटें भरी जा चुकी थीं।

वस्तुत: आत्माराम से चूक यह हुई कि वे गाँव में रहकर सोच रहे थे कि बी. एस-सी. प्रथम श्रेणी में उत्तीर्ण हूँ तो इलाहाबाद में प्रवेश मिल ही जाएगा। तब शायद समाचार-पत्रों में ऐसी सूचना या विज्ञप्ति नहीं निकलती थी कि अमुक-अमुक कक्षाओं में प्रवेश की अंतिम तिथियाँ क्या हैं या कि अब प्रवेश बंद हो चुका है। गाँवों में समाचार-पत्र भी कहाँ पहुँचता है ? आत्माराम को यथेष्ठ जानकारी के अभाव में निराशा झेलनी पड़ी।

फिर भी वे हिम्मत नहीं हारे। सोचा कि जब इलाहाबाद से वापस जाना ही है तो क्यों न डॉ. धर से मिल लिया जाए। संयोगवश रसायन विभाग में उन्हें यह पता चला कि कल डॉ. धर क्लास लेंगे। अत: आत्माराम उस कक्षा के बाहर खड़े होकर डॉ. धर का व्याख्यान सुनते रहे। जब डॉ. धर बाहर निकले और एक अनजाने छात्र को खड़ा देखा तो पूछा—क्या बात है। उत्तर था कि मैं एम.एससी. में प्रवेश पाने के लिए दूर से आया हूँ और चाहता हूँ कि मेरा प्रवेश हो जाए। बड़ी कृपा होगी यदि आप मुझे प्रवेश दिला दें।

डॉ. धर ने आत्माराम के मुखमंडल पर विशेष चिंता एवं निराशा की रेखा देखी, अत: पूछा कि तुम रसायनशास्त्र विषय क्यों लेना चाहते हो ? अब तो आत्माराम को अवसर मिल गया। उन्होंने कहा कि मैंने अभी आपका कोलायड के विषय पर पूरा

व्याख्यान सुना है, मैं तो मंत्रमुग्ध हूँ। कितना अच्छा होता यदि मेरा दाखिला हो जाता। डॉ. धर ने कुछ अन्य प्रश्न किए। उन्हें दया आ गई। उन्होंने कहा, "तो दफ्तर में चलो। तुम्हारा दाखिला हो जाएगा।"

फिर क्या। आत्मारामजी के मन की मुराद पूरी हुई। जैसे अंधे को आँख मिल जाए। वे मन-ही-मन डॉ. धर के अनन्य शिष्य बन गए।

डॉ. धर की कक्षाओं में ध्यानपूर्वक सुनना, नोट्स बनाना और परीक्षाओं में प्रथम स्थान प्राप्त करना आत्माराम का लक्ष्य बन गया। सचमुच वे दो वर्षों के बाद एम.एस-सी. की परीक्षा में सर्वप्रथम उत्तीर्ण हुए।

अब 1931 का वर्ष था। आत्माराम ने सोचा कि डॉ. धर के निर्देशन में शोध-कार्य करना चाहिए। डॉ. धर प्रथम श्रेणी में उत्तीर्ण छात्र को भला कैसे निराश करते? उन्होंने आत्माराम को डी.एस.सी. डिग्री हेतु शोध करने के लिए अपनी प्रयोगशाला में अनुमति दे दी। शोध का विषय था, 'प्रकाश रसायन अभिक्रियाओं की क्रियाविधि।'

डॉ. धर अपने शोध-छात्रों के कार्य में रुचि लेते, उनके कार्य की समीक्षा करते। चूँकि प्रो. धर भौतिक रसायन के विशेषज्ञ थे और भौतिक-रसायन के जनक (Father of Physical Chemistry) कहे जाते थे। उनकी रुचि शुरू से प्रकाश रासायनिकी में अधिक थी, अत: उन्होंने आत्मारामजी को एतद्विषयक टॉपिक दे दिया। आत्माराम ने बड़े ही उत्साह से कार्य शुरू किया, किंतु कुछ काल बाद कठिनाइयाँ आने लगीं। फिर भी दृढ मनोबल से कार्य आगे बढ़ता रहा।

डॉ. धर आत्मारामजी की आर्थिक स्थिति से परिचित थे। एक बार वे हिंदू हॉस्टल जा पहुँचे, जहाँ आत्माराम रह रहे थे। वे अपने हाथ से भोजन बनाया करते थे। जिस समय प्रो. धर पहुँचे, वे भोजन बना रहे थे। डॉ. धर को आश्चर्य हुआ। सोचा कि आर्थिक संकट के कारण ही आत्माराम को कीमती समय भोजन बनाने में नष्ट करना पड़ता है। उन्होंने अपनी जेब से कुछ रुपए निकाले और आत्माराम को देते हुए कहा, "अब आज से तुम्हारा भोजन बनाना बंद। इन रुपयों से अब तुम मेस में भोजन करोगे।" निस्संदेह शिष्य पर गुरु का पुत्रवत् स्नेह होता है और वही यहाँ प्रकट हुआ। ऐसे और भी अवसर आए होंगे, किंतु उनका उल्लेख नहीं मिलता।

इस बीच ज्यों-ज्यों शोध-कार्य आगे बढ़ता गया, वे शोधपत्र लिखकर प्रकाशनार्थ भेजते रहे। उनके शोधपत्रों की सूची देखने से पता चलता है कि 1932 से 1934 के मध्य 12 शोधपत्र प्रकाशित किए और उसके बाद ही उनके शोध-कार्य से संबद्ध 2 पत्र 1938 में छपे।

स्वाभाविक है कि अब वे थीसिस लिख सकते थे। थीसिस तैयार हुई और 1936 में दीक्षांत समारोह में डिग्री मिल गई।

शोध-कार्य के दौरान ही डॉ. धर का प्रथम विवाह शीलादेवी के साथ हुआ, जिसमें आत्मारामजी तथा डॉ. सत्यप्रकाश ने रसोइए का कार्य किया। डॉ. धर ब्रह्मसमाजी थे। आत्मारामजी विशुद्ध आर्यसमाजी, अतः दोनों के विचार लगभग समान रहे। ऐसा कोई प्रसंग नहीं आया, जब डॉ. धर तथा आत्माराम के मध्य कोई कहा-सुनी हुई हो। डॉ. धर का अनुशासन मशहूर था। वे कर्मयोगी थे, स्वाभाविक है कि उनके इस गुण का शिष्यों में समावेश होता गया। डॉ. धर की स्मरण शक्ति बहुत अच्छी थी। अपने सारे शिष्यों के नाम याद रखते, जब कोई शिष्य मिलता तो नाम लेकर पुकारते और फिर आशीर्वाद देते Baba, God Bless you. आत्मारामजी को अवश्य ही ऐसे अनेक अवसर आए होंगे। वैसे डॉ. धर अपने शिष्यों को पत्र लिखते रहते थे, किंतु आत्मारामजी के साथ उनके पत्र-व्यवहार की कोई जानकारी नहीं है, हाँ जब डॉ. धर को अपने इस प्रिय शिष्य के निधन की सूचना मिली तो द्रवित होकर उन्होंने यह संदेश लिखाया—

'I consider myself as very fortunate to having several eminent scientists as my pupil and research workers for the Doctorate Degree. Late Dr. G.N. Chatterji, Late Prof. K.P. Chatterji, Prof. A.C. Chatterji, Prof. S. Ghosh, Prof. A.K. Bhattacharya, Late Dr. AtmaRam, Late Dr. B.K. Mukerji, Late Dr. Gopal Rao, Prof. W.B. Bhagwat are prominent ones.

Dr. Atma Ram was very qualified Physical Chemist and applied his knowledge and ability in tackling industrial and administrtive problems very successfully. He rendered great service to ceramic and Glass Research Institute at Calclutta. In Delhi he held the high position as Director General, CSIR. He advanced the progress of science in India with ability.

It is rather disappointing that he passed away very suddenly causing considerable loss to the progress of science and technology in India.'

यह संदेश एक गुरु का शिष्य के प्रति अगाध स्नेह का परिचायक है।

□

7

डॉ. आत्माराम का डॉ. साहा से संपर्क

डॉ. डी.डी. नौटियाल ने अपनी पुस्तक में डॉ. आत्माराम के विषय में अत्यंत भावुक होकर लिखा है—

"भावी वैज्ञानिक डॉ. आत्माराम को भूल नहीं पाएँगे, क्योंकि वे डॉ. नीलरत्नधर और प्रो. मेघनाद साहा जैसे विश्वविख्यात वैज्ञानिकों के पट्टशिष्य थे।"

पाठकगण पट्टशिष्य शब्द पर ध्यान दें। संस्कृत में गुरु के सबसे प्रिय शिष्य को उसका पट्ट शिष्य कहते हैं। निश्चित रूप से हम देखेंगे कि आत्मारामजी ज्यों-ज्यों जीवन क्षेत्र में आगे बढ़ते गए, डॉ. धर से उनकी दूरी बढ़ती गई, किंतु डॉ. साहा से उनकी निकटता बढ़ती गई, उसमें आत्मीयता का रंग चढ़ता गया और वे उन्हें न केवल गुरु अपितु पिता तुल्य मानने लगे।

आत्मारामजी का डॉ. साहा से पहला साक्षात्कार जुलाई 1929 में इलाहाबाद में हुआ। तब वे लाला दीवान चंद का परिचय-पत्र लेकर इलाहाबाद विश्वविद्यालय में बी.एससी. कक्षा में प्रवेश लेने के उद्देश्य से आए थे, किंतु तब कोई कार्य बना नहीं।

उसके बाद आत्माराम का डॉ. साहा से मिलना तब हुआ, जब वे आई.सी.एस. परीक्षा में बैठना चाहते थे और अभी एम.एससी. परीक्षा उत्तीर्ण नहीं की थी। वे किसी कागज पर डॉ. साहा के हस्ताक्षर कराने गए थे, किंतु डॉ. साहा ने हस्ताक्षर नहीं किए। आत्माराम को लगा कि जैसा उन्होंने सुन रखा था, डॉ. साहा हैं तो नेक इनसान, किंतु रूखे-सूखे हैं।

1929 में आत्माराम एम.एससी. के छात्र बन चुके थे। 1930 में इलाहाबाद विज्ञान अकादमी की स्थापना हुई तो उस अवसर पर आत्मारामजी ने एक पेपर (शोधपत्र) पढ़ा (यह प्रकाशित नहीं है)। इस पेपर में भौतिकशास्त्र संबंधी काफी बातें थीं। डॉ. साहा उस सत्र की अध्यक्षता कर रहे थे। साहा ने आत्माराम से इस पेपर के विषय में बातें की थीं।

इसके पश्चात् 1933 तथा 1936 में संक्षिप्त साक्षात्कार हुआ। 1936 में आत्मारामजी

को डी.एस.सी. की उपाधि मिलनी थी। दीक्षांत समारोह में देर से पहुँचने के कारण डॉ. साहा के दर्शन तो हुए, किंतु डिग्री हाथोहाथ नहीं मिल पाई। इसके बाद लंबा अंतराल रहा।

डॉ. आत्माराम जब 1945 में ग्लास ऐंड सेरैमिक्स संस्थान में नियुक्त होकर कलकत्ता पहुँचे तो डॉ. साहा इलाहाबाद विश्वविद्यालय छोड़कर (1938 में) कलकत्ता विश्वविद्यालय पहुँचे गए थे। डॉ. आत्माराम डॉ. साहा के जीवनकाल में कलकत्ते में 11 वर्षों तक रहे और ऐसा कोई सप्ताह न रहा होगा, जब आत्माराम डॉ. साहा से न मिले हों।

सबसे बड़ी आत्मीयता तो तब दिखी, जब 1945 में डॉ. आत्माराम काँच संस्थान के निदेशक बने और उन्हें तुरंत किराए का कोई मकान नहीं मिला तो वे तीन महीने तक डॉ. साहा के घर में रहे। इससे बड़ी आत्मीयता और क्या हो सकती थी?

शायद यही कारण है कि डॉ. आत्माराम परवर्ती जीवनकाल में डॉ. साहा को ही अपना गुरु मानने लगे थे। डॉ. धर के पट्ट शिष्य तो थे ही।

डॉ. साहा के घर पर इलाहाबाद विश्वविद्यालय के जिन-जिन लोगों से डॉ. आत्माराम की भेंट हुई, वे थे पी.के. किचलू, डॉ. जी.आर. तोशनीवाल तथा डॉ. डी.एस. कोठारी।

अब डॉ. आत्माराम डॉ. साहा परिवार के संपर्क में रहने तथा कलकत्ता में रहने के कारण बँगला भाषा बोलने लगे थे। हिंदी तो मातृभाषा थी ही।

डॉ. आत्माराम प्रारंभ से ही आर्यसमाज तथा खादी के भक्त थे, किंतु आश्चर्य कि साहा को चरखे तथा खादी से चिढ़ थी। उनका विश्वास था कि वैज्ञानिक युग में इन दोनों का कोई महत्त्व नहीं रहा।

जब डॉ. साहा चुनाव लड़ रहे थे तो अपनी सरकारी नौकरी की परवाह न करते हुए डॉ. आत्माराम ने उनके समर्थन में चुनाव प्रचार भी किया।

और 1956 में जब प्रो. साहा का निधन हुआ और उनका पार्थिव शरीर काँच संस्थान लाया गया तो डॉ. आत्माराम स्वयं को रोक नहीं पाए, वे भावविभोर होकर शव पर गिर पड़े और फूट-फूटकर रोने लगे। उन्हें लगा कि पितृतुल्य डॉ. साहा उनसे विदा ले रहे हैं, वे अनाथ हो गए। फिर वे दिल्ली चले गए।

डॉ. साहा आत्मारामजी को राष्ट्रपिता महात्मा गांधी, कांग्रेस अध्यक्ष श्री सुभाषचंद्र तथा भारत के प्रधानमंत्री पं. जवाहरलाल नेहरू से परिचित कराने में सहायक हुए। यही नहीं, साहा ने कई अवसरों पर आत्माराम से सलाह-मशविरा भी किया। अब गुरु-शिष्य का भेद मिट चुका था।

डॉ. साहा की आंतरिक इच्छा थी कि काँच तथा सेरैमिक अनुसंधान संस्थान से

सिलिकेट विज्ञान की एक शोधपत्रिका (जर्नल) प्रकाशित हो। डॉ. आत्माराम ने गुरु की इस इच्छा का सम्मान करते हुए एक त्रैमासिक पत्रिका का शुभारंभ किया, जिसने आगे चलकर विश्वख्याति प्राप्त की।

डॉ. साहा की मृत्यु के कुछ वर्षों बाद डॉ. आत्माराम दिल्ली स्थानांतरित होकर आ गए। यह तो नहीं कहा जा सकता कि वे डॉ. साहा को भूल चुके थे। वे अपने मानस पटल पर उनकी स्मृतियाँ आजीवन सँजोए रहे।

डॉ. साहा ने डॉ. आत्माराम को जिस तरह गांधीजी, सुभाषचंद्र बोस तथा नेहरू से मिलाया, निस्संदेह उसके पीछे उनका निहित स्वार्थ था। वे चाहते थे कि एक वैज्ञानिक देश की सामाजिक-राजनीतिक पृष्ठभूमि से भी जुड़े। और डॉ. आत्माराम ने अपने स्तर पर विज्ञान के साथ-साथ राजनीति में भी भाग लिया।

उल्लेखनीय होगा कि जिस तरह डॉ. साहा को अंतिम समय में राजनीतिज्ञों की उपेक्षा का सामना करना पड़ा, संभवतया उसी तरह की उपेक्षा मोरारजी की सरकार के गिरने के बाद डॉ. आत्माराम को भी सहनी पड़ी। तब अणुव्रत संस्था से जुड़कर उन्हें मन:शांति मिली।

□

8
इलाहाबाद में डॉ. आत्माराम का अन्यों से संपर्क

इस अध्याय में हम आत्मारामजी के इलाहाबाद प्रवास के समय जिन-जिन वैज्ञानिक मित्रों से संपर्क हुआ, उसकी चर्चा करेंगे।

डॉ. सत्यप्रकाश से निकटता

डॉ. सत्यप्रकाश ने लिखा है, "प्रयाग में आते ही आत्माराम और मेरा संबंध हुआ। हम दोनों के विज्ञान विषयक गुरु प्रो. नीलरत्नधर थे। आत्माराम का जन्म बिजनौर जिले में हुआ था। मेरा भी जन्म बिजनौर का था। आत्माराम प्रारंभ में अपने नाम के साथ 'राजवंशी' भी लिखते थे। यह जातिपरक नाम उन्होंने अपने नाम के आगे से वैज्ञानिक जगत में प्रविष्ट होते ही निकाल दिया।

"ये 'विज्ञान' पत्रिका में लेख लिखने लगे। रसायनज्ञों के जीवनवृत्तों पर इन्होंने हिंदी में पुस्तक लिखी, जो विज्ञान परिषद् से छपी।

"1934 में प्रयाग में आत्माराम का विवाह हुआ और मैं उनके विवाह का पुरोहित था। छोटी सी बरात थी। इस विवाह में आत्माराम के पिता या परिवार के लोग भी कतिपय कारणों से सम्मिलित नहीं हो पाए थे।

"आत्माराम का और मेरा प्रयाग विश्वविद्यालय का 53 वर्ष पुराना संबंध था।"

डॉ. आत्माराम की अन्य उपलब्धियों के साथ ही उत्तर प्रदेश की Scientific Research Committee द्वारा उनके पुरस्कृत होने के विषय में लिखा है—

"डॉ. आत्माराम को Optical Glass बनाने की सफलता को पुरस्कृत करने का सबसे पहला अवसर उत्तर प्रदेश की Scientific Research Committee को मिला, जिसका मैं सचिव था। डॉ. संपूर्णानंद ने उन्हें विशेष अधिवेशन में स्वर्णपदक भेंट किया।"

कहने का तात्पर्य यह कि डॉ. सत्यप्रकाश के कारण ही डॉ. आत्माराम को Optical Glass बनाने की सफलता हेतु पुरस्कृत किया गया। प्राय: ऐसे इष्ट मित्र या विशेषज्ञ, जो किसी वैज्ञानिक के कार्य से परिचित होते हैं, ऐसे पुरस्कार दिलाने में सहायक बनते हैं। यह कोई छिपी बात नहीं है।

डॉ. सत्यप्रकाश तथा आत्माराम में घनिष्ठता के कारण ही आत्मारामजी जब सी.एस.आई.आर नई दिल्ली के महानिदेशक बने तो उन्होंने 'वेल्थ ऑफ इंडिया' का हिंदी अनुवाद कराने की सोची, किंतु वह कार्य कौन संपन्न कराए? तभी उनके मन में हिंदी के पक्षधर एवं हिंदी विज्ञान लेखक अपने मित्र सत्यप्रकाशजी की याद आई। डॉ. सत्यप्रकाश लिखते हैं—

"डॉ. आत्माराम ने मुझे 'Wealth of India' के हिंदी अनुवाद का प्रधान संपादकत्व का काम सौंपा। यह वृहद्कोश लगभग 10 खंडों में प्रकाशित होगा।"

भारत की जनता सरकार के प्रधानमंत्री मोरारजी के समय वैज्ञानिक नीतियों के संबंध में परामर्श देनेवाली समिति का अध्यक्ष डॉ. आत्माराम को बनाया गया, किंतु सरकार बदलते ही इन्होंने इस्तीफा दे दिया।

उसके बाद भी डॉ. आत्माराम कई उद्योग-धंधों के सलाहकार थे।

डॉ. सत्यप्रकाश के परिवार के साथ आत्मारामजी काफी घुल-मिल चुके थे। उनके पिता गंगाप्रसादजी उपाध्याय कट्टर आर्यसमाजी थे। सौभाग्यवश आत्मारामजी का परिवार भी आर्यसमाजी था। प्रति सप्ताह उनके घर में अग्निहोत्र होता था। वे ऋषि दयानंद के अनन्य भक्त थे।

डॉ. सत्यप्रकाशजी जन्मजात आर्यसमाजी थे। वे विश्वविद्यालय में अध्यापन करते हुए भी प्रति रविवार अपने बेली एवेन्यू स्थित मकान से पैदल चलकर आर्यसमाज चौक में हवन कार्यक्रम में सम्मिलित होते रहे। विश्वविद्यालय से अवकाश प्राप्त करने के बाद 1971 में संन्यास ग्रहण कर लिया और आर्य समाज के कार्यों में जुट गए, देश-विदेश की यात्राएँ कीं, प्रचार कार्य किया।

वर्ष 1983 महर्षि दयानंद की निर्वाण शती का वर्ष था। इस अवसर पर स्वामी सत्यप्रकाश के संपादकत्व में एक विशेषांक प्रकाशित होना था। डॉ. सत्यप्रकाश ने प्रतिष्ठित विद्वानों से आलेख माँगे। इसी क्रम में डॉ. आत्माराम से भी लेख माँगा। डॉ. सत्यप्रकाश लिखते हैं—

"मेरे आग्रह पर डॉ. आत्माराम ने लेख भेजा, शीर्षक था 'महर्षि दयानंद सच्चे वैज्ञानिक थे।' यह लेख उनकी मृत्यु के बाद मुझे प्रयाग में मिला। उनकी लेखनी से निकला उनका अंतिम लेख था।"

डॉ. सत्यप्रकाश ने उनकी मृत्यु के विषय में लिखा, "उन्हें पुराना दमा था। इस वर्ष दिल्ली का शीत वे संभवतया सहन न कर पाए। होली फेमिली चिकित्सालय में 5 फरवरी की रात के समय उनकी स्थिति अकस्मात् बिगड़ गई और 6 फरवरी को अपराह्न मृत्यु हो गई।"

वस्तुतः इन शब्दों के साथ डॉ. सत्यप्रकाश अपनी 53 वर्ष पुरानी मैत्री का स्मरण कर रहे थे। स्वयं तो संन्यस्त थे, दिल्ली के आर्य समाज में रह रहे थे। अवश्य ही वे आत्मारामजी के आवास रानीबाग जाते रहे होंगे और उनके शव के दर्शनार्थ पहुँचे होंगे। यूँ संन्यासी की ऐसे अवसरों पर उपस्थिति आवश्यक नहीं है।

डॉ. सत्यप्रकाशजी ने अपनी पत्नी की मृत्यु के पश्चात् उनकी स्मृति में डॉ. रत्नकुमारी स्वाध्याय संस्थान की स्थापना की, जिसमें विदुषी महिलाओं के व्याख्यान कराए जाते थे। उन्होंने मेरी पत्नी श्रीमती रामकुमारी मिश्र को इन व्याख्यानों को संपादित करके पुस्तक प्रकाशित करने का भार सौंपा था। पहले यह संस्थान सत्यप्रकाशजी के पैतृक आवास बेलीरोड पर था, किंतु बाद में विज्ञान परिषद् में आ गया।

स्वामी सत्यप्रकाश ने इस संस्थान के माध्यम से कई पुस्तकें प्रकाशित कीं, जिनमें 'सूर्य सिद्धांत 2 भाग' सबसे महत्त्वपूर्ण कृति थी। इन प्रकाशनों के विमोचन हेतु डॉ. आत्माराम को आमंत्रित किया गया था। 16 अक्तूबर, 1979 को यह कार्य संपन्न हुआ। डॉ. आत्माराम प्रयाग 16 अक्तूबर को आए तो स्वामीजी के पूर्व निवास में न ठहरकर ड्रमंड रोड (टी.वी. स्टेशन के पास) में शीलाजी के यहाँ रुके थे। यह आवास मेरे घर के निकट था। मैं यहीं पर प्रातः आत्मारामजी से मिला।

17 अक्तूबर को डॉ. आत्मारामजी ने विज्ञान परिषद् भवन का निरीक्षण किया। अभी व्याख्यानशाला नहीं बनी थी। उन्होंने दानस्वरूप 50,000 रुपए परिषद् को दिए। परिषद् का हाल बहुत बाद में तैयार हो पाया।

सत्यप्रकाश जी तथा डॉ. आत्माराम की प्रगाढ़ता का एक अन्य उदाहरण है—कानपुर जाकर प्रो. फूलदेव सहाय वर्मा को परिषद् द्वारा प्रकाशित विज्ञान विशेषांक 'वैज्ञानिक ऋषि' भेंट करना। मैंने स्वामीजी से कहा कि क्यों न आत्मारामजी को साथ लेकर कानपुर चलकर यह अंक डॉ. आत्माराम के द्वारा प्रो. फूलदेव सहाय वर्मा को दिलाया जाए। स्वामीजी ने आत्मारामजी से बात चलाई। भला वे स्वामीजी की बात कैसे टालते? तैयार हो गए और हम कई लोग कानपुर गए। डॉ. आत्माराम को अपने इंटरमीडिएट के गुरु प्रो. फूलदेव सहाय वर्मा के दर्शन करने का अवसर मिला। शायद यह उनसे अंतिम भेंट थी।

ऐसे थे डॉ. आत्माराम और सत्यप्रकाशजी। दो देह और एक आत्मा। तभी तो आत्माराम नाम सार्थक हुआ।

प्रयाग के अन्य लोगों से संपर्क

प्रो. धर के तमाम शिष्य तथा रसायन विभाग के अध्यापक डॉ. आत्माराम के संपर्क में आए। इनमें से कुछ का उल्लेख प्रासंगिक होगा—1. डॉ. संत प्रसाद टंडन 2. प्रो. रामदास तिवारी 3. डॉ. हीरालाल निगम 4. स्वयं मैं (डॉ. शिवगोपाल मिश्र)।

डॉ. संत प्रसाद टंडन

डॉ. संत प्रसाद टंडन राजर्षि पुरुषोत्तमदास टंडन के पुत्र थे। इन्होंने डॉ. धर के साथ शोध-कार्य किया और फिर रसायन विभाग में डॉ. धर द्वारा लेक्चरर नियुक्त हुए।

अपने शोध-कार्य के दौरान आत्मारामजी के संपर्क में आए और यह परिचय इतनी प्रगाढ़ता को प्राप्त हुआ कि गरमियों में जब होस्टल बंद हो जाते तो संत प्रसादजी आत्माराम को अपने घर में रख लेते थे, मैत्री इसी का नाम है।

'विज्ञान' के आत्माराम स्मृति अंक में प्रो. टंडन ने आत्मारामजी से अपने संपर्क के विषय में इस प्रकार लिखा है--

"हम दोनों डॉ. धर के निर्देशन में कार्य करते थे। कुछ ही दिनों में हम दोनों में परस्पर स्नेह सगे भाई सा हो गया। हम दोनों ने ही एम.एससी. द्वितीय वर्ष में भौतिक रसायन का पाठ्यक्रम ले रखा था। वे मुझसे 1 वर्ष आगे थे। हम दोनों ही नित्य बैठते और एक-दूसरे के कार्य की प्रगति पर चर्चा करते।

1931 में उन्होंने डी.एस.सी. डिग्री के लिए प्रो. धर के निरीक्षण में प्रकाश संश्लेषण पर शोध-कार्य प्रारंभ किया। तब उन्हें 100 रुपए मासिक छात्रवृत्ति 3 वर्षों के लिए स्वीकृत हुई।

शोध निबंध सन् 1936 में इलाहाबाद विश्वविद्यालय में प्रस्तुत किया गया।

आत्मारामजी का स्वभाव मधुर था, किंतु स्वाभिमान कम न था।

डॉ. आत्माराम में लिखने तथा भाषण देने, दोनों की ही अच्छी क्षमता थी।

विवेचना समिति का निर्माण: शोध-कार्य के दौरान हमने शोधछात्रों की छोटी सी विवेचना समिति बनाई थी, जिसमें प्रति सप्ताह अन्वेषण से संबद्ध चर्चा होती। इन गोष्ठियों में आत्मारामजी हिंदी और अंग्रेजी दोनों में बोलते।

हिंदू होस्टल: शोध-कार्य के दौरान डॉ. आत्माराम मैक्डानेल्ड हिंदू बोर्डिंग हाउस (हिंदू होस्टल) में रहते थे। गरमियों में होस्टल बंद हो जाता, किंतु शोध-कार्य चलता रहता तो मेरे निवास पर ठहरते। मेरे पिता पुरुषोत्तम दासजी से भी उनका परिचय था। डॉ. आत्माराम ने 'वैज्ञानिक परिव्राजक' में अपने लेख में स्वीकार किया है, "1933 की छुट्टियों में मैं डॉ. संत प्रसाद टंडन के साथ रहा। उसी घर में बाद में राजर्षि

भारतरत्न पुरुषोत्तमदासजी टंडन के दर्शन हुए और उनका कृपापात्र बना।" डॉ. टंडन कई बार पत्नी सहित कलकत्ता गए तो आत्मारामजी के यहाँ ठहरे। दिल्ली में 1981 में आत्मारामजी से भेंट की।

विशेष उल्लेखः 1981 में दिल्ली हिंदी साहित्य सम्मेलन की ओर से राजर्षि टंडन की जन्मशती के उपलक्ष्य में सप्रू हाउस में एक सभा आयोजित थी। इस अवसर पर पं. कमला पति त्रिपाठी द्वारा 'राजर्षि टंडन का जीवन' का विमोचन होना था। डॉ. आत्माराम इसमें सम्मिलित हुए थे और डॉ. टंडन के बड़े पुत्र डॉ. राकेश के घर पर सबसे मिलने आए थे।

डॉ. रामदास तिवारी से संपर्क

डॉ. रामदास तिवारी ने इलाहाबाद विश्वविद्यालय से कार्बनिक रसायन के क्षेत्र में डॉ. बाबा करतार सिंह के निर्देशन में शोध-कार्य संपन्न किया और रसायन विभाग में लेक्चरर हो गए। अत: डॉ. धर के छात्र न होने पर भी वे आत्मारामजी के संपर्क में आए। फलत: उन्होंने अपने संस्मरणात्मक लेख में अपने विचार व्यक्त किए।

"छात्र रूप में डॉ. सत्यप्रकाश से संपर्क होने पर मैंने 1935 में आत्माराम द्वारा लिखित 'रसायन इतिहास संबंधी लेख' पुस्तक पढ़ी। जब मैं सी.एस.आई.आर. से संबंधित कमेटियों में जाता था, तो उनके दर्शन अवश्य करता था।"

□

9
नौकरी की तलाश तथा लक्ष्य की पूर्ति

जैसा कि प्रारंभ में ही बताया जा चुका है, आत्मारामजी का परिवार निर्धन था। उन्होंने कर्ज लेकर अपनी पढ़ाई की थी। पढ़ते समय मिलनेवाली छात्रवृत्तियों या शोध करते समय मिली छात्रवृत्ति से वे अपना खर्च चलाते और उसी में से कुछ रुपए अपने गाँव भी भेजते रहे। छोटा भाई साथ में रहकर इलाहाबाद ईविंग क्रिश्चियन कॉलेज से इंटर परीक्षा के लिए अध्ययन कर रहा था। उसका भी खर्च और ऊपर से विवाह करने के लिए लगातार दबाव पड़ रहा था। आत्मारामजी ने शर्त रखी थी कि बिना स्थायी नौकरी के विवाह नहीं करूँगा, किंतु 1934 में बाध्य होकर उन्हें विवाह करना पड़ा।

शोध-कार्य समाप्ति पर था, थीसिस लिखी जा रही थी कि अल्पकाल के लिए शासकीय महाविद्यालय अजमेर में अध्यापन कार्य मिल गया। अंततः थीसिस जमा की और गाँव की ओर प्रस्थान किया। मन में उत्साह था कि वे अपने रसायन विषयक ज्ञान का उपयोग किसी गन्ना फैक्टरी में रसायनज्ञ बनकर कर सकेंगे। सौभाग्यवश बिजनौर की छोटी सी चीनी फैक्टरी में काम मिल गया। बिजनौर में उनका साला था। उसके घर में रहते, फैक्टरी जाते और जो समय बचता, उसमें ट्यूशन पढ़ाते। करते भी क्या ? आर्थिक विपन्नतावश यह सब करना पड़ रहा था।

धीरे-धीरे इस फैक्टरी के एक कार्यकर्ता से आत्मारामजी ने चीनी के रवे बनाने की कला सीख ली। अब उन्हें लगा कि चीनी को साफ करने के लिए प्रयुक्त की जा रही सल्फर डाइऑक्साइड की जगह कोई वानस्पतिक पदार्थ डालकर प्रयोग क्यों न किया जाए। भाग्यवश भिंडी के पौधों की छाल मिलाने से अच्छे परिणाम मिले तो आत्मारामजी परम प्रसन्न हुए, किंतु गन्ने का सीजन समाप्त हो रहा था, फैक्टरी बंद होने जा रही थी, अत:आत्मारामजी का कार्य समाप्त हो गया।

अब तो दूसरी नौकरी की तलाश करनी ही थी। उन्होंने अखबारों में 'आवश्यकता है' (Want) वाले स्तंभ छानने शुरू किए और अनुकूल पदों के लिए आवेदन पत्र

भेजना चालू किया। कई स्थानों से इंटरव्यू पत्र भी आए, किंतु रेल भाड़े के लिए आवश्यक धन न जुटा सकने से नहीं जा पाए।

इसी अंतराल में गरमियों के अवकाश के पूर्व बी.आर. कॉलेज आगरा में अल्पकालिक अध्यापन कार्य मिल गया। वेतन मात्र 120 रुपए था, फिर भी उन्होंने कुछ समय तक अध्यापन कार्य किया। तभी एक अन्य स्थान से इंटरव्यू के लिए पत्र आया। यह था, कलकत्ते से औद्योगिक अनुसंधान ब्यूरो में सहायक केमिस्ट पद के लिए। आत्मारामजी इस अवसर को हाथ से नहीं जाने देना चाहते थे। किसी तरह रुपयों का जुगाड़ करके कलकत्ता पहुँचे और इंटरव्यू दिया। भाग्य अनुकूल था। चुन लिये गए।

निश्चित रूप से अब आत्मारामजी का भाग्योदय हो रहा था और यही नौकरी उनके वैज्ञानिक जीवन की आधारशिला बनी।

यह वर्ष 1936 था। वे अब औद्योगिक अनुसंधान ब्यूरो में केमिस्ट थे। उन्हें ग्लास केमिस्ट (काँच रसायन विज्ञानी) के रूप में काम करना था। कहने को तो आत्मारामजी ने रसायन विज्ञान में सर्वोच्च डिग्री प्राप्त की थी, किंतु प्रयोगशाला में काँच के उपकरणों के उपयोग के अलावा, काँच के बारे में कोई व्यावहारिक ज्ञान प्राप्त नहीं किया था।

कहा गया है 'आवश्यकता आविष्कार की जननी है।' और 'जहाँ चाह, वहाँ राह।' डॉ. आत्माराम को अब आवश्यकता आन पड़ी थी कि काँच के बारे में व्यावहारिक ज्ञान प्राप्त करें।

देखिए न, गाँव का छोकरा कलकत्ता पहुँच गया और अब काँच विज्ञानी बनने जा रहा था। अब उसका भय दूर हो रहा था। वे इस नए कार्य में जी-जान से जुट गए और अगले 4-5 वर्षों में इतना कार्य कर लिया कि वे किसी भी चुनौती का सामना कर सकते थे।

□

10
वैज्ञानिक क्षेत्र में पदार्पण

भाग्यवश 1940 में औद्योगिक अनुसंधान ब्यूरो का स्वरूप बदलने जा रहा था। अब वह बोर्ड ऑफ साइंटिफिक ऐंड इंडस्ट्रियल रिसर्च (BSIR) में स्थानांतरित कर दिया गया और डॉ. शांति स्वरूप भटनागर को विज्ञान एवं प्रौद्योगिकी अनुसंधान का निदेशक नियुक्त किया गया। इससे आत्मारामजी को बहुत लाभ हुआ। उन्हें लगा कि अब वे काशी विश्वविद्यालय से निकले एक वैज्ञानिक की छत्रच्छाया में कार्य करेंगे।

अगले 10 वर्षों तक डॉ. आत्माराम ने इस संस्थान में रहकर कई महत्त्वपूर्ण खोजें कीं।

सी.एस.आई.आर. दिल्ली के महानिदेशक डॉ. जी.एस. सिद्धू ने 'डॉ. आत्माराम स्मृति अंक' के लिए जो लेख लिखा है, उसमें उन्होंने उनकी उपलब्धियों का बहुत ही सटीक विवरण दिया है।

"डॉ. आत्माराम ने प्रकाश रसायन की अभिक्रियाओं की क्रियाविधि संबंधी अनुसंधान करके डी.एस-सी. डिग्री प्राप्त की।

1945 में जब सी.एस.आई.आर. की शासी सभा में देश में काँच और सेरैमिक अनुसंधान करने के लिए एक राष्ट्रीय प्रयोगशाला की स्थापना का निश्चय किया तो डॉ. आत्माराम को इस महत्त्वपूर्ण कार्य का भार सौंपा।

अपनी सेवाओं के कारण 1952 में उन्हें इस काँच सेरैमिक संस्थान का निदेशक नियुक्त किया गया और पूरे 14 वर्षों तक (1966) उन्होंने यह कार्यभार सँभाला।"

इन चौदह वर्षों में आत्मारामजी ने जो शोध-कार्य या आविष्कार किए, उसका विवरण इस प्रकार है—

"प्रारंभ में डॉ. आत्माराम स्व. डॉ. एस.एस. भटनागर के अनुसंधान दल में सम्मिलित हो गए। यह अनुसंधान दल इंडस्ट्रियल रिसर्च ब्यूरो का अंग था।

तदुपरांत वे वैज्ञानिक तथा औद्योगिक अनुसंधान परिषद् में आए। वे दिन यदि

वैज्ञानिक तथा औद्योगिक अनुसंधान परिषद् के शैशवकाल थे तो डॉ. आत्माराम के लिए भी विज्ञान के क्षेत्र में शुरू के कदम।

1945 में सी.एस.आई.आर. की शासी सभा ने देश में काँच और सेरैमिक पर अनुसंधान करने के लिए एक राष्ट्रीय प्रयोगशाला की स्थापना का निश्चय किया और डॉ. आत्माराम को इस महत्त्वपूर्ण कार्य का भार सौंपा।

उन्होंने इस कार्य को जिस प्रकार सँभाला, वह अपने आप में एक उदाहरण है। डॉ. आत्माराम ने कलकत्ता में केंद्रीय काँच और सेरैमिक अनुसंधान संस्थान खड़ा किया और प्रभारी अधिकारी तथा संयुक्त निदेशक जैसे महत्त्वपूर्ण पदों को भी सँभाला।

उनकी इन सेवाओं के लिए 1952 में उन्हें इस संस्थान का निदेशक नियुक्त किया गया। इसके लिए इस विषय पर उनसे अधिक उपयुक्त व्यक्ति और कोई था भी नहीं। यह पद उन्होंने 1966 तक सँभाला।

उन्होंने काँच और सेरैमिक पर व्यापक अनुसंधान कर अपने आपको इतना आगे बढ़ा दिया कि सर्वत्र उनकी चर्चा होने लगी।

महत्त्वपूर्ण उपलब्धियाँ

डॉ. आत्माराम के नेतृत्व में सी.जी.सी.आर.आई. ने देश में ऑप्टिकल काँच के उत्पादन की टेक्नोलॉजी विकसित की।

उन्होंने फेनिल काँच (Foam Glass), सिलेनियममुक्त रूबी काँच जैसे पदार्थ बनाने के लिए प्रक्रम विकसित किए, जिनसे देश में इन पर आधारित अनेक उद्योग उठ खड़े हुए। यहाँ पर एयरफोम विलयन की तैयारी के संबंध में श्री के.जी.कृष्णमूर्ति द्वारा दिया गया विवरण उल्लेखनीय है (देखें विज्ञान प्रवाह)।

"डॉ. आत्माराम एक खुले बाड़े में बड़े-बड़े ड्रमों तथा बाल्टियों में भरे गैलनों गंदे विलयनों पर काम कर रहे थे। ये विलयन गंदे होने के साथ-साथ दुर्गंधयुक्त भी थे। डॉ. आत्माराम एक टेक्नीशियन की तरह खाकी रंग की नेकर और साधारण कमीज पहने रहते, जिसमें न तो क्रीज रहती, न ही गले में टाई। वे जिस कार्य में लगे थे, वह था पशुओं के सींगों तथा खुरों के अपशिष्टों से एयर फोम विलयनों की तैयारी, जिनके वातन से स्थायी फोम बनती थी। वे पहले कृत्रिम अग्नि उत्पन्न करते और फिर इस अग्नि को बुझाने के लिए इन एयर फोम विलयनों का एक पंप द्वारा स्प्रे करते थे।"

"काँच की संरचना और ताम्र-रूबी काँच रंग की उत्पत्ति के संबंध में इनके द्वारा की गई खोजें आधारभूत अनुसंधान में महत्त्व की हैं और उद्योग में इनका बड़ा ही उपयोग है।

"बिहार, मध्य-प्रदेश और अन्य स्थानों पर अभ्रक की बड़ी-बड़ी खदानें हैं, जो देश-विदेश की अभ्रक संबंधी आवश्यकताएँ पूरी करती हैं। इन खदानों में भारी मात्रा

में प्रतिवर्ष अभ्रक की मोटी-मोटी चादरें निकाली जाती हैं और इनका विघटन कर इच्छानुसार तहें तैयार की जाती हैं।

अभ्रक की कटाई-छँटाई करने से बहुत सारा अभ्रक छीजन के रूप में प्राप्त होता है। उस समय खदान के आस-पास और कटाई-छँटाई के कारखाने के आसपास अभ्रक छीजन की छोटी मोटी पहाड़ियाँ ही खड़ी हो जाती थीं, जो बिहार में कोडरमा, गिरिडीह इत्यादि स्थानों पर जगह-जगह देखी जा सकती थी।

इनको निपटाना एक समस्या थी। डॉ. आत्माराम ने इस समस्या के महत्त्व को पहचाना और उन्होंने अभ्रक की उस छीजन के उपयोग के लिए अभ्रक की ईंटों के निर्माण की विधि निकाली। इन ईंटों को तैयार करने के लिए पहले अभ्रक की छीजनों की गीली पिसाई की आवश्यकता थी। इसके लिए उन्होंने तकनीक विकसित की। इन सब तकनीकों के परिणामस्वरूप देश में अनेक उद्योग स्थापित और आरंभ हो गए, जिनसे देश में अभ्रक और तापरोधी वस्तुओं के निर्माण में एक नया युग प्रारंभ हुआ और उद्योग को एक नई दिशा मिली।

डॉ. आत्माराम के अन्य कार्य

बोरानयुक्त विट्रियस एनैमेल, विशेष किस्म की रिफैक्टरियों आदि के निर्माण प्रक्रम डॉ. आत्माराम के अन्य कार्य थे।

आधारभूत अनुसंधान

डॉ. आत्माराम केवल टेक्नोलॉजी में ही रुचि नहीं रखते थे, अपितु वैज्ञानिक प्रगति के लिए अनुसंधान को भी आवश्यक समझते रहे। यही कारण है कि उन्होंने स्वयं को आधारभूत अनुसंधान से भी जोड़े रखा। उनके द्वारा ताम्र-रूबी काँच में रंग उत्पत्ति संबंधी खोज की विश्वभर में सराहना की गई।

डॉ. आत्माराम के भौतिक रसायन, काँच और सेरैमिक के क्षेत्र में लगभग 100 वैज्ञानिक और तकनीकी शोध-पत्र प्रकाशित हुए।

उनके अनुसंधानों के दो दर्जन से भी अधिक पेटेंट कराए गए, जिनमें से अधिकांश काँच और सेरैमिक पर हैं।

□

11

काँच सेरैमिक अनुसंधान संस्थान

पिछले अध्याय में काँच और सेरैमिक अनुसंधान संस्थान का उल्लेख बार-बार हुआ। आइए काँच तथा सेरैमिक स्थान के विषय में और कुछ जानें। जब भारत सरकार ने सेंट्रल ग्लास ऐंड सिरैमिक रिसर्च इंस्टीट्यूट स्थापित करने का निर्णय लिया तो डॉ. शांति स्वरूप भटनागर के समक्ष कलकत्ता में इस इंस्टीट्यूट के लिए आयोजना बनाने तथा प्रतिष्ठान का भार सँभालने के लिए डॉ. आत्माराम से अनुरोध करने के अलावा कोई विकल्प न था। 1945 से 1949 तक डॉ. आत्माराम का सारा प्रयास कलकत्ता में इस संस्थान हेतु भूमि प्राप्त करने से लेकर विस्तृत योजना, निर्माण कार्य, सज्जीकरण तथा कार्मिक आवश्यकता की पूर्ति करने की दिशा में था। 15 अगस्त, 1947 को पं. जवाहर लाल नेहरू द्वारा विज्ञान और टेक्नालॉजी को प्रबल समर्थन मिला। उन्होंने CSIR की अध्यक्षता ग्रहण की और राष्ट्रीय प्रयोगशालाओं की स्थापना का कार्य पूरा हुआ। डॉ. आत्माराम ने मई 1949 से 1952 तक संस्थान के संयुक्त निदेशक और जनवरी 1952 से आगे निदेशक का कार्यभार सँभाला। डॉ. आत्माराम ने कहा है कि "जब मैं काँच और सेरैमिक संस्थान की संस्थापना में संलग्न था तो मुझे जादवपुर में अपने प्रवास के दौरान डॉ. एच.एल. राय का सौहार्द प्राप्त हुआ था। 1944-45 में यह निर्णय लिया गया कि संस्थान को विश्वविद्यालय के इंजीनियरिंग कॉलेज द्वारा दी गई भूमि पर स्थापित किया जाए। उस समय जादवपुर में अनेक प्रतिरक्षा स्टोर थे और मुझे कोई स्थान नहीं मिल रहा था तो रासायनिक अभियांत्रिकी भवन के एक कोने में मेरे लिए भी एक छोटे से कक्ष की व्यवस्था हुई। इस संस्थान का उद्घाटन 26 अगस्त, 1950 को डॉ. विधानचंद्र राय ने किया। 1950 में इस संस्थान में 70 वैज्ञानिक और कार्यकर्ता थे। इनमें कपिल दूबे शर्मा, डॉ. शिवनंदन प्रसाद, श्री जगदीश चंद्र बनर्जी, श्री एम.पी. रघुनाथ, श्री वाई.पी. वार्ष्णेय, श्री सत्यभूषण राय, डॉ. सच्चिदानंद कुमार, श्री रघुनाथ विष्णु लेले, श्री सर्वदानंद स्वरूप वर्मा, श्री ओम प्रकाश मल्लिक, श्री प्रशांत राय, श्री भुवन मोहन विशुई तथा दो इंजीनियर मेहर चंद्र कैप्रिहान तथा ए.के. दस्तीदास आदि के नाम उल्लेखनीय हैं।

अभी तक प्लेट बनाने के लिए चीनी मिट्टी इंग्लैंड से मँगाई जाती थी। ऐसे नए काँच एवं सेरैमिक पदार्थों का निर्माण किया जाने लगा, जो देश के लिए उपयोगी हों।

इस संस्थान द्वारा की गई खोजें निम्नवत् हैं—

केमिकल पोर्सलिन, सेलेनियमरहित लाल काँच, बिना सुहागे की तामचीनी (विट्रियस इनामेल), सैगर, लोहा और इस्पात के कारखानों में काम आनेवाले उष्मासह दुर्गल नए पदार्थ (Refractories), रेल और सड़कों पर लगे सिग्नलों के लिए विभिन्न रंगों के काँच, धूप चश्मों के काँच, बिजली उद्योग में काम आने वाले तार के बने रेजिस्टर पर चढ़ाने की तामचीनी (Vitreous enamel for Resistors), मोटर वाहनों में इस्तेमाल होनेवाले स्पार्क प्लग, पार्सलेन के बने दाँत, व्यर्थ सिलेमनाइट खनिज का रिफ्रैक्टरीज बनाने में उपयोग, काँच उद्योग में काम आनेवाले लोहे के साँचे, चीनी मिट्टी तथा काँच के बरतनों पर सजावट के लिए तरह-तरह के रंग,प्लास्टर ऑफ पेरिस, झगीला काँच (फोम ग्लास) 'काँच के पात्र' जिनमें आसुत जल, स्याही, दूध आदि रखने पर खराब न हों, दहन बोट, अभ्रक छीजन से तापरोधी ईंटें, अभ्रक छीजन से अभ्रक पाउडर, सैरैमिक उद्योग में काम आनेवाली मिट्टियाँ, काँच के लिए बालू तथा प्रयोगात्मक भट्ठियाँ।

काँच कैरैमिक

1958 की बात है। एक दिन डॉ. आत्माराम ने डॉ. रामलखन, जो इंजीनियर थे, उनसे कहा कि समय आ गया है कि सैद्धांतिक अनुसंधान शुरू हों। उन्हीं दिनों यू.एस.ए.के. कैनिंग ग्लास वर्क्स ने डॉ. स्टैनली स्टूकी द्वारा खोजे गए एक नए पदार्थ काँच कैरैमिक की घोषणा की थी। यह लोहे से 8 गुना मजबूत और एल्युमिनियम से हलका था। डॉ. आत्माराम का ध्यान आकृष्ट हुआ तो इस पर अनुसंधान कार्य शुरू हुआ। इसमें उनके सहायक बने श्री सुब्रह्मण्यम त्यागराजन। प्रयोगशाला विभाग का नाम रखा गया Solid State Studies Laboratories Control of nucleation and decrystallizatin of glasses पर सैद्धांतिक और व्यावहारिक कार्य हुआ। कई अनुसंधान शोधपत्र प्रकाशित हुए, इसकी चर्चा सिलिकेट विज्ञान से संबंधित पुस्तकों में हुई।

काँच कैरैमिक अनुसंधानों में से कुछ हैं—

Zero expansion glass ceramics, chlordiarite, glass Keramic, Photosynthetic glass, Photo chromatic glass, Machineable glass, keramic glass, keramic cutting tool bits, Chemical resistant glass ceramics from blast furnace slag, Basic principles for making ceramics.

इसी संस्थान में ताँबेवाले लाल काँच (रूबी ग्लास) में रंग की खोज की गई।

डॉ. आत्माराम तथा डॉ. शिवनंदन प्रसाद ने Copper Oxide का उपयोग करके

लाल रंग के काँच बनाने की विधि निकाली। डॉ. आत्माराम ने सिद्ध किया कि ताँबेवाले लालरंग के काँच में क्यूप्रस ऑक्साइड के कोलाइडी आकार के कारण रहते हैं, न कि धात्विक कॉपर के कोलाइडी कण। आत्मारामजी की इस विवेचना की सर्वत्र प्रशंसा हुई।

किंतु अभी सबसे बड़ी खोज होनी शेष थी और वह थी, ऑप्टिकल ग्लास (प्रकाशीय काँच) की।

ऑप्टिकल काँच

इस शोध संस्थान का सबसे बड़ा वैज्ञानिक अवदान है—ऑप्टिकल काँच (Optical glass)। इसमें आत्माराम के साथ श्री कपिल देव शर्मा तथा सीताराम वासुदेव भाटये सहयोगी थे।

डॉ. आत्माराम भारत में ऑप्टिकल काँच के प्रथम निर्माता थे : श्री वीरेंद्र कुमार पांडेय ने (पृ. 11) लिखा है कि यह ऑप्टिकल काँच बनाने का कार्य पं. जवाहर लाल नेहरू द्वारा डॉ. आत्मारामजी को सौंपा गया।

ऑप्टिकल काँच के विकास की जब शुरुआत हुई तो वे घंटों अपने साथियों के साथ काम करते। कई दिन तो पूरी-पूरी रात कारखाने में बिताई।

1962 की घटना है। ऑप्टिकल काँच बनाने के पात्र में कुछ त्रुटियाँ दृष्टिगोचर हुईं। तत्काल डॉ. आत्माराम ने अपना दफ्तर पात्र बनाने के विभाग में स्थानांतरित कर दिया। सफलता मिलने के बाद ही उनका दफ्तर पूर्व स्थान पर जा सका। अगर संस्थान के किसी विभाग में कोई नई चीज बनती या बाहर से आती तो वे उसे देखने अवश्य जाते।

श्री आर.के. गुप्ता, जिन्हें Optical glass तैयार करनेवाली टीम में शामिल किया गया था, 31 वर्षों तक डॉ. आत्माराम के सुझावों से लाभान्वित होते रहे।

ऑप्टिकल काँच का उपयोग उन दूरबीनों के बनाने में होता है, जिनसे अरबों किलोमीटर दूर के तारों के रहस्यों को समझने में मदद मिलती है। सूक्ष्मदर्शी यंत्रों के बनाने में भी इसका इस्तेमाल होता है। इसका उपयोग चिकित्साशास्त्र, ज्योतिषशास्त्र, जीवाणु विज्ञान सर्वेक्षण फोटोग्राफी, चलचित्र उद्योग में होता है, किंतु सर्वोपरि उपयोग है सैनिक सामग्री में। इसे 'सेना की आँख' कहा गया।

विकिरण काँच की पारदर्शी खिड़की

भाभा परमाणु अनुसंधान केंद्र चाहता था कि विकिरण रोक काँच की पारदर्शी खिड़की अपने देश में बने, जिससे विदेशी मुद्रा की बचत हो तथा भारत उसको बनाने का तरीका हासिल करे। डॉ. होमी जे. भाभा के अनुरोध पर डॉ. आत्माराम ने इस कठिन कार्य को कर दिखाने की ठानी।

वे स्वदेशी टेकनीक के समर्थक थे, अत: वे चाहते थे कि काँच की ढुलाई की मशीनरी भी अपने संस्थान में ही बने। काँच विकास का कार्य ऑप्टिकल विभाग को सौंपा गया और मशीनरी का भार दिया गया इंजीनियरिंग विभाग को। पूरी प्रक्रिया में मशीनरी का प्रमुख अवदान सन्निहित था। विचार-विमर्श के बाद बड़ी और मोटी तख्ती ढालने की मशीनरी बननी शुरू हुई।

पहले परीक्षण में असफलता हाथ लगी। 450 किग्रा. लाल दकदक (करीब 10000 से. तापमान) का तरल काँच फर्श पर रखी बालू पर आ गिरा। दुर्घटना होते-होते बची। यह खबर डॉ. आत्माराम को मिली।

दूसरे दिन डॉ. आत्माराम आ धमके और इंजीनियर गुप्ता पर बरस पड़े, "बड़ा इंजीनियर बना है। अगर कोई मर जाता तो?" इंजीनियर ने डरते-डरते कहा, मुझे जैसा बताया गया था, वैसा मैंने किया, मगर आप मुझे अपने ढंग से बनाने दें तो मैं कोशिश करूँ। पैनी दृष्टि से उसे घूरते हुए उन्होंने कहा कि ठीक है।

1964-65 में सफलता के आसार नजर आने लगे। संस्थान ने करीब 11 लाख रुपए कीमत की विकिरण रोक काँच पट्टियाँ बनाईं।

डॉ. आत्माराम अभ्यागतों और मेहमानों को इस सफलता को दिखाते और अपने इंजीनियर का परिचय कराते हुए कहते, "इस नौजवान इंजीनियर ने इसको बनाया है। उन्हीं के प्रयास के कारण ऑप्टिकल काँच की विधि तथा सारी किस्म की आवश्यक मशीनरी अपने देश में बन पाई।

वे प्रेरणा के महान् स्रोत थे।

इस संस्थान से एक शोध पत्रिका का प्रकाशन भी हुआ। डॉ. साहा की प्रबल इच्छा थी कि सी.जी.सी.आर. से सिलिकेट विज्ञान का एक जर्नल निकाला जाए, जो भारत के लिए गौरव का विषय हो। डॉ. आत्माराम ने डॉ. भटनागर तथा ई.डब्लू. ई.एस. टर्नर से परामर्श करके एक त्रैमासिक CGRI पत्रिका निकाली। यह नवोदित भारत के जागरण की प्रतीक थी। यह पत्रिका 27 वर्षों तक डॉ. रामलखन ठाकुर के संपादकत्व में निकली। डॉ. आत्माराम ने हिदायत दी थी कि प्रकाशनार्थ प्राप्त प्रत्येक शोधपत्र को अक्षरश: पढ़ा जाए। अनावश्यक अंश निकाल दिया जाए। इस पत्रिका की समीक्षा 'नेचर' में (11 दिसंबर, 1954) छपी।

द्वितीय विश्वयुद्ध में एयरफोम (airfoam) अग्निशामक यंत्रों की आवश्यकता थी, जो अभी तक बाहर से मँगाये जाते थे। डॉ. भटनागर ने आत्माराम को एयरफोम बनाने की जिम्मेदारी दी। उन्होंने आयातित घोल से भी अच्छा घोल तैयार किया।

ऑप्टिकल काँच बनाने की सफलता पर उत्तर प्रदेश की Scientific Research Committee ने डॉ. आत्माराम को पुरस्कृत किया।

□

12
विदेश यात्रा

द्वितीय विश्वयुद्ध में जब जर्मनी की हार हो गई तो मित्र राष्ट्रों ने युद्धस्थगन के लिए एक शर्त यह रखी कि जर्मनी अपनी वैज्ञानिक एवं तकनीकी प्रगति मित्र राष्ट्रों के वैज्ञानिकों के समक्ष प्रकट करे। फलतः ब्रिटेन की सरकार ने भारत सरकार को कुछ भारतीय वैज्ञानिक जर्मनी भेजने के लिए अधिकृत किया। अतः भारत से जो वैज्ञानिक दल जर्मनी गया, उसमें डॉ. आत्माराम भी सम्मिलित किए गए। भारतीय वैज्ञानिक जर्मनी के साथ-साथ ब्रिटेन की भी यात्रा कर सकते थे।

डॉ. आत्माराम को ऑनरेरी कर्नल का पद और पहनने को सेना की वर्दी मिली। इस यात्रा का विवरण डॉ. डी.डी. नौटियाल ने अपनी पुस्तक 'वैज्ञानिकों के वैज्ञानिक डॉ. आत्माराम' (पृ. 87-88) में दिया है। यह विवरण डॉ. आत्माराम से साक्षात्कार द्वारा उन्हें मिला था।

जून, 1946 : अभी तक डॉ. आत्माराम विदेश नहीं गए थे, अतः यह उनकी पहली यात्रा थी। उनके साथ भारत के एक अन्य व्यक्ति एम.जी. भगत भी थे। दोनों पहले लंदन गए। फिर वहाँ से जर्मनी के लिए रवाना हुए। वहाँ उन्हें कई कारखाने देखने को मिले, कई तो युद्ध में ध्वस्त हो चुके थे, कई कोयले की कमी के कारण चल नहीं रहे थे।

जर्मनी में डॉ. आत्माराम ऑप्टिकल ग्लास प्लांट देखने गए। वहाँ कुछेक जर्मन वैज्ञानिकों से मिले भी, किंतु तभी एक भीषण दुर्घटना हो गई।

'सितंबर की एक रात को फ्रैंकफर्ट के नजदीक उनकी कार दुर्घटनाग्रस्त हो गई। वे मरते-मरते बचे और बुरी तरह घायल हो गए थे। उनकी दाईं आँख की ज्योति हमेशा के लिए जाती रही। डॉ. ए.पी. मित्रा ने इस घटना का विस्तृत वर्णन किया है (देखें विचार दर्पण)। 'उनकी आँख में काँच की किरच घुस गई। यद्यपि इंग्लैंड में काफी उपचार हुआ, किंतु उस आँख की दृष्टि जाती रही और वे शेष जीवन एक आँख से अंधे रहे आए। इतना ही नहीं, उपचार के दौरान उन्हें दवाओं तथा एंटीबॉयटिकों के प्रति एलर्जी

उत्पन्न हो गई। मैं कई वर्षों तक उनके साथ रहा, किंतु उन्होंने न तो कभी इस घटना की शिकायत की, न ही राष्ट्रीय विकास के उनके प्रयासों में इस दुर्घटना का कोई कुप्रभाव पड़ा।'

'उन्हें फ्रैंकफर्ट और लंदन के अस्पतालों में साढ़े तीन महीने बिताने पड़े। जनवरी 1947 में उन्हें अस्पताल से छुट्टी मिल पाई।'

अपने इंग्लैंड प्रवास के दौरान उन्होंने प्रसिद्ध विशेषज्ञ डॉ. इंगलिश से मुलाकात की। लंदन में वे विख्यात काँच प्रविधि विशेषज्ञ प्रो. डब्लू.ई.एस. टर्नर से भी मिले। वे इनसे पहले से पत्राचार कर रहे थे। वहाँ रहकर आत्माराम शेफील्ड गए, जहाँ प्रो. मूरे से मिले। शेफील्ड की Society of Glass Technology की एक बैठक में उन्हें आमंत्रित भी किया गया। तभी उन्होंने कई काँच प्रयोगशालाएँ भी देखीं। वे सुप्रसिद्ध काँच विशेषज्ञ डॉ. सी. जे. पैडिल से भी मिले।

सेंट हेलिस में डॉ. आत्माराम ने शीट और प्लेट ग्लास बनानेवाली फैक्टरी भी देखी। यह अति विशाल काँच का कारखाना था।

डॉ. आत्माराम इंग्लैंड से अमेरिका जाने ही वाले थे कि उन्हें स्वदेश लौटने का डॉ. शांति स्वरूप भटनागर का संदेश मिला। जून का महीना था। कलकत्ता एयरपोर्ट पर डॉ. शांति स्वरूप भटनागर स्वयं उन्हें लेने पहुँचे थे, क्योंकि कलकत्ते में सांप्रदायिक दंगा भड़क उठा था। डॉ. भटनागर आत्मारामजी की आँख में लगी चोट को लेकर उद्विग्न थे। डॉ. आत्माराम के जहाज से उतरते ही डॉ. भटनागर बोले "अपनी आँख दिखाओ।"

अब तो डॉ. आत्माराम के पैर विदेश यात्रा पर निकल चुके थे। अतः मई, 1948 में उन्हें अमेरिका की यात्रा करनी पड़ी।

डॉ. आत्माराम का अमेरिका के कई वैज्ञानिकों से पहले से ही पत्राचार था। मई, 1948 में लंदन होते हुए (यहाँ एक मास रुककर) वे वाशिंगटन पहुँचे। वे अमेरिका के नेशनल ब्यूरो ऑफ स्टैंडर्ड से सटे एक छोटे से प्रायोगिक ऑप्टिकल ग्लास कारखाने को देखने के लिए उत्सुक थे। यह कारखाना अमेरिकी नौसेना के लिए लगाया गया था। भारतीय राजदूत ने उन्हें स्टेट डिपार्टमेंट से कारखाना देखने की विशेष अनुमति दिलवाई। डॉ. आत्माराम ने यहाँ काँच बनाने की सारी प्रक्रिया देखी। पास ही स्थित जियोफिजिकल लेबोरेटरी में काँच विशेषज्ञ डॉ. जार्ज डब्लू मूरे से भेंट की।

डॉ. आत्माराम ने कुछ समय गिट्सबर्ग में बिताया। उन्होंने मेलौन इंस्टीट्यूट ऑफ इंडस्ट्रियल रिसर्च भी देखा। उन्होंने प्रो. एलेक्जेंडर सिलवरमन और डॉ. काउन हनसंग से भेंट की। इनके पास प्रयोगशाला में बनाए रंगीन काँच के नमूने थे।

इसके अतिरिक्त अमेरिका में डॉ. आत्माराम ने पाईरैक्स काँच बनते देखा। ग्लास ऐंड सिरेमिक्स के जन्मदाता डॉ. डोनाल्ड स्ट्रकी से भी भेंट की।

कोलंबस (ओहायो) में काँच एवं मृत्तिका अनुसंधान का विशाल केंद्र था, जहाँ डॉ. जान सलीवन से मिले। वे ओहायो विश्वविद्यालय के काँच प्रौद्योगिकी के प्रो. एच.एच. ब्लाउ से भी मिले।

प्रथम विश्वयुद्ध के दौरान अमेरिकी वैज्ञानिकों ने किसी बाहरी देश, यहाँ तक कि मित्र राष्ट्रों का सहयोग लिये बिना प्रकाशिक काँच (Optical glass) बनाने में सफलता प्राप्त की थी।

रोचेस्टर में प्रकाशिक काँच के उपकरण और प्रकाशिक काँच बनाने के लिए विख्यात बौच ऐंड लोब ऑप्टिकल कंपनी के प्रभारी से भी मिले। यहाँ पर इंस्टमैन कोडक कंपनी की प्रयोगशालाएँ भी देखीं।

इस अमेरिकी यात्रा से प्राप्त अनुभवों से डॉ. आत्माराम अत्यधिक उत्साहित थे। भारत देश स्वतंत्र हो चुका था। तमाम योजनाएँ बन रही थीं। पं. जवाहर लाल नेहरू के मस्तिष्क में 'वैज्ञानिक भारत' का सपना तैर रहा था। डॉ. शांति स्वरूप भटनागर को राष्ट्रीय प्रयोगशालाएँ स्थापित करने का कार्यभार सौंपा गया। उन्हें डॉ. आत्माराम की याद आई। फलत: उनके संस्था को काँच तथा सेरैमिक अनुसंधान संस्थान का ओहदा दिया गया और 26 अगस्त, 1950 को पश्चिमी बंगाल के तत्कालीन मुख्यमंत्री डॉ. विधानचंद्र राय ने इसका विधिवत् उद्घाटन किया। डॉ. आत्माराम ने देश के वर्तमान और भावी हितों को दृष्टि में रखकर अपने सहयोगियों से परामर्श करके संस्थान में अनुसंधान कार्यक्रम की योजना बनाई।

वे मई 1949 में U.G.C.R.I. के संयुक्त निदेशक बनाए जा चुके थे और 1952 में संस्थान के निदेशक बना दिए गए।

संस्थान के संवर्धन की पूरी-पूरी ज़िम्मेदारी उन पर आ गई। उन्होंने अपनी भावी योजनाओं को जो स्वरूप दिया, वह निम्नवत् था—

देश में निर्मित काँच तथा एनैमेल के बरतनों की गुणवत्ता में सुधार।

काँच तथा मृत्तिका बनाने के काम आनेवाले देशी संसाधनों को विकसित करके कच्ची समाग्री से नाना प्रकार के उपयोगों की खोज।

प्राकृतिक खनिजों एवं छीजनों को उपयोगी बनाने के लिए विधियों की खोज।

सर्वथा नवीन पदार्थों का निर्माण।

उपर्युक्त लक्ष्यों को दृष्टि में रखते हुए उन्होंने काँच और मृत्तिका बनाने के काम आनेवाले कच्चे माल का भारत भर में सर्वेक्षण कराया। उन्होंने निर्मित उत्पादों के परीक्षण का भी काम शुरू करवाया। निर्मित उत्पादों को विभिन्न कंपनियों के प्रतिनिधियों को देखने के लिए आमंत्रित करके उद्योगों के साथ संबंध स्थापित किया।

उनकी खोजों का पिछले अध्याय में वर्णन हो चुका है। यहाँ पर अभ्रक के

छीजन से अभ्रक की ईंटें और काँच के छीजन से फोम ग्लास तैयार करने का उल्लेख प्रासंगिक होगा।

प्रकाशिक काँच का उत्पादन काँच तथा सेरैमिक अनुसंधान संस्थान की विशेष उल्लेखनीय उपलब्धि है। डॉ. आत्माराम के ही शब्दों में—

"प्रथम विश्वयुद्ध से पहले प्रकाशिक उपकरण बनाने में जर्मनी का एकाधिकार था। जर्मनी के अतिरिक्त किसी के पास प्रकाशिक काँच बनाने का हुनर नहीं था। आधुनिक सेना में दुश्मन पर नियंत्रण करने के लिए गोलाबारी करने में प्रकाशिक काँच के उपकरण अत्यंत आवश्यक हैं; यथा रेंज फाइंडर, सबमैरीन, पेरिस्कोप, कैमरे आदि। इन उपकरणों को बनाने में प्रकाशिक काँच ही प्रयुक्त किया जाता है। इसलिए इसे 'सेना की आँख' कहा जाता है। यद्यपि भारत में कुछ अस्त्र- शस्त्र बनाने के कारखाने स्थापित किए गए थे तथापि प्रकाशिक काँच बनाने के बारे में कभी सोचा भी नहीं गया था।

"भारत शुरू से ही इस महत्त्वपूर्ण सामग्री की आपूर्ति के लिए ब्रिटेन पर निर्भर करता आ रहा था। द्वितीय विश्वयुद्ध के दौरान भारत ने ब्रिटिश सरकार को प्रकाशिक काँच बनाने की प्रविधि हस्तांतरित करने को कहा, किंतु सफलता नहीं मिली। अत: प्रकाशिक काँच भारत सरकार के लिए चिंता का कारण बना।

"1948 में मैं अमेरिका गया। मैंने वाशिंगटन के नेशनल ब्यूरो ऑफ स्टैंडर्ड का भ्रमण किया। ब्यूरो के काँच उत्पादन कारखाने का बारीकी से निरीक्षण किया। विदेशी कंपनियों से बातचीत का कोई व्यावहारिक परिणाम न निकलता देख पं. नेहरू ने योजना आयोग को प्रेरित किया और आयोग ने 1956 में प्रकाशिक काँच बनाने की विधि विकसित करने का काम काँच तथा सेरैमिक अनुसंधान संस्थान को सौंप दिया।

"हमारे द्वारा निर्मित प्रकाशिक काँच को सब तरह से उच्च कोटि का ठहराया गया। इससे उत्साहित होकर छोटा सा कारखाना लगाया गया।"

तो यह रही 'प्रकाशिक काँच' के तैयार किए जाने की पृष्ठभूमि। निस्संदेह यह बड़ी भारी उपलब्धि थी और डॉ. आत्माराम का नाम अमर हो गया। उनके द्वारा निर्मित प्रकाशिक काँच 'ए श्रेणी' का ठहराया गया और भारत प्रकाशिक काँच के मामले में पूर्ण रूप से आत्मनिर्भर बन गया।

यहाँ पर यह प्रश्न क्यों न किया जाए कि यदि आत्माराम को विदेश जाने का अवसर न मिलता तो क्या तब भी यह महत्त्वपूर्ण खोज संभव थी? उत्तर होगा, शायद नहीं। वैसे भी डॉ. आत्माराम की अमेरिका यात्रा 1948 में हुई थी, किंतु प्रकाशिक काँच का निर्माण 1956 में हुआ। पूरे आठ वर्ष की अवधि, कितनी ऊहापोह, कितना सरकारी व्यवधान, किंतु अंतत: विजय हुई। काँच तथा सेरैमिक अनुसंधान संस्थान का निदेशक बनने के 4 वर्षों के बाद प्रकाशिक काँच तैयार करने में सफलता मिली।

यहाँ पर काँच तथा सेरैमिक्स वैज्ञानिक डॉ. आर के गुप्ता के संस्मरण को उद्धृत करना उपयुक्त होगा। वे बिजनौर के थे और 1952 में नौकरी की तलाश करते कलकत्ता पहुँचे थे, वे जुबली पार्क स्थित डॉ. आत्माराम के निवास उनसे मिलने गए। उन्होंने सुन रखा था कि आत्मारामजी बहुत सख्त (Strict) हैं, फिर भी बिजनौर का होने से उनसे भेंट की ही जा सकती है। वे आवास पर पहुँचे तो दरवाजे पर डॉ. आत्माराम की चार वर्षीया पुत्री खेल रही थी। वह उन्हें बैठक में ले गई। डॉ. आत्माराम निकलकर आए और उनकी बातें सुनीं। अगले दिन साक्षात्कार था। उन्हें Glass Technologist की पोस्ट मिल गई।

"1956 में मुझे केंद्रीय ग्लास ऐंड सेरैमिक इंस्टीट्यूट में स्थान मिल गया। तब मैं डॉ. आत्माराम के निकट संपर्क में आया। सौभाग्यवश मुझे उस टीम के सदस्य के रूप में रखा गया, जिसे प्रकाशिक काँच तैयार करना था।"

डॉ. गुप्ता ने लिखा है कि आत्मारामजी में वैज्ञानिक तथा प्रशासक का मिला-जुला रूप था। वे अपने नीचे काम करनेवालों के प्रति अत्यधिक संवेदनशील थे। एक बार प्रयोगशाला के एक चपरासी को वेतनराशि में एक सौ रुपए कम मिले तो उसने डॉ. आत्माराम के समक्ष अपनी वेदना रखी। उन्होंने प्रशासनिक अधिकारी को तुरंत बुलाकर चपरासी को 100 रुपए दिए जाने की व्यवस्था करा दी। डॉ. गुप्ता का कथन है कि डॉ. आत्माराम कनिष्ठ वैज्ञानिकों के सुझावों को ध्यान से सुनते थे। उन्होंने संस्थान से प्रकाशित होनेवाले शोधपत्रों में अपना नाम न दिए जाने का निर्देश दिया। वे किसी काम का श्रेय स्वयं न लेकर अपनी टोली को देते रहे।

डॉ. गुप्ता ने लिखा है कि डॉ. आत्माराम के दिल्ली चले जाने के बाद भी वे उनके सुझावों से लाभान्वित होते रहे।

डॉ. आत्माराम को दिल्ली विदा करने के लिए हावड़ा स्टेशन पर भारी भीड़ उमड़ आई थी। यह उनकी लोकप्रियता को दरशाता है। वे वैज्ञानिक होने के साथ महामानव थे। आगे चलकर हम देखेंगे कि वे कितने बड़े राष्ट्रभक्त, गांधीवादी तथा अणुव्रत आंदोलन के अनुयायी थे।

□

13

सी.एस.आई.आर. के महानिदेशक के रूप में

भारत सरकार ने डॉ. आत्माराम की उत्कृष्ट सेवाओं को देखते हुए 21 अगस्त, 1966 को डॉ. हुसेन जहीर के बाद डॉ. आत्माराम को वैज्ञानिक तथा औद्योगिक अनुसंधान परिषद् (CSIR) के महानिदेशक पद पर कार्य करने के लिए आमंत्रित किया। फलतः उन्हें कलकत्ते से दिल्ली स्थानांतरित होना पड़ा।

दिल्ली में महानिदेशक के रूप में उन्होंने कार्य प्रारंभ किया। वे जिस भी संगठन की कार्यशैली में आवश्यक नई दिशा देना चाहते, उसे करने में तनिक भी भयभीत नहीं होते थे। इससे वैज्ञानिक समुदाय, प्रेस तथा संसद्, यहाँ तक कि राजनीतिक स्तर पर डॉ. आत्माराम की कार्यशैली का विरोध होने लगा, किंतु डॉ. आत्माराम कभी भी स्वतंत्र विचार व्यक्त करने में हिचकते नहीं थे, भले ही इससे प्रतिष्ठान की छवि पर बुरा असर क्यों न पड़े। वे स्वतंत्र विचारों को व्यक्त करना वैज्ञानिक का विशेष अधिकार मानते थे। वे अपनी बातों को बिना झिझक के स्वतंत्र होकर, निर्भीकता से प्रस्तुत करते। उनका मत था कि देश के विज्ञान और प्रौद्योगिकी के कर्णधारों को चाहिए कि वे संगठन तथा प्रबंधन के क्षेत्र के प्रमुख नीति विषयक प्रश्नों पर, भारत में विज्ञान, प्रौद्योगिकी तथा समाज में वैज्ञानिकों की भूमिका पर, देश के विकास में शिक्षा, विज्ञान और प्रौद्योगिकी की नीतियों पर, वैज्ञानिकों के अधिकारों पर पृथक प्रौद्योगिकी नीति पर तथा अन्य देशों के साथ प्रौद्योगिकी व्यापार से संबंधित नीतियों पर खुलकर विचार-विमर्श करें। उनका व्यक्तित्व एवं उनके वक्तव्य न केवल वैज्ञानिक समुदाय को आकृष्ट करते रहे अपितु समाचार-पत्र, संसद्, राजनीतिक नेता भी आकृष्ट होते रहे। यदि उनके समर्थकों की संख्या देश-विदेश में काफी थी तो उनके विचारों पर उँगली उठानेवाले कम न थे। वे अपनी करनी-कथनी में किसी प्रकार का अंतर नहीं बरतते थे।

डॉ. आत्माराम हिंदी के प्रति सदैव उदार रहे। उन्होंने अपने महानिदेशक कार्यकाल में Wealth of India के हिंदी अनुवाद की योजना बनाकर अपने मित्र विख्यात रसायनशास्त्री तथा हिंदी लेखक एवं हिंदी समर्थक डॉ. सत्यप्रकाश को संपादक नियुक्त कर यथाशीघ्र पूरा कराने का अनुरोध किया। उन्होंने महानिदेशक पद से अवकाश लेने के पूर्व ही हिंदी अनुवाद 'भारत की संपदा' के प्रथम खंड का विमोचन श्रीमती इंदिरा गांधी के द्वारा करा दिया। इसे श्रीमती गांधी ने अच्छा प्रयास और बड़ी उपलब्धि कहा। निस्संदेह महानिदेशक पद से निवृत्त होते समय डॉ. आत्माराम के लिए परम सुखद अनुभव था।

उन्होंने देश में फैली राष्ट्रीय प्रयोगशालाओं को अपने कार्यकाल में जो भी निर्देश दिए होंगे और जो भी उपलब्धि हुई होंगी, उस तक हमारी पहुँच न हो पाने से हम उनका वर्णन नहीं कर सकते।

हाँ, प्रधानमंत्री इंदिरा गांधी ने डॉ. आत्माराम के कर्तृत्व को पहचाना, तभी तो अगस्त 1971 में वैज्ञानिक तथा औद्योगिक अनुसंधान परिषद् की शासी समिति को संबोधित करते हुए कहा, "डॉ. आत्माराम ने विज्ञान की सेवा में अपने लंबे सेवाकाल में उपयोगी अनुसंधान के क्षेत्र में भारत का नाम ऊँचा किया है। उन्होंने ऑप्टिकल काँच, जो सामरिक महत्त्व का एक महत्त्वपूर्ण पदार्थ है, ऐसे समय में तैयार किया, जिसकी निर्माण जानकारी विश्व के थोड़े देशों को थी। सी.एस.आई. आर. की नीतियों को आर्थिक दिशा देने का कार्य इनका दूसरा बड़ा योगदान है।"

□

14
अवकाश प्राप्ति के बाद

अगस्त 1971 में सी.एस.आई.आर. से निवृत्ति के पश्चात् भी डॉ. आत्माराम ने सक्रिय कार्य से संन्यास नहीं लिया। वे कुछ भारतीय उद्योगों के कुछ क्षेत्रों में अनुसंधान और विकास के परामर्शदाता और तकनीकी सदस्य के रूप में कार्य करते रहे।

राष्ट्रीय समिति की अध्यक्षता

14 जुलाई, 1977 को मोरारजी देसाई की सरकार ने डॉ. आत्माराम को विज्ञान और टेक्नोलॉजी की राष्ट्रीय समिति (NCST) का अध्यक्ष नियुक्त किया। डॉ. आत्माराम ने कुशलतापूर्वक उत्तरदायित्व निभाया और मोरारजी सरकार के गिरते ही इन्होंने अपने पद से त्याग-पत्र दे दिया। 29 सितंबर, 1977 को अपने अध्यक्षीय भाषण में डॉ. आत्माराम ने विस्तार से अपने विचार रखे। (संपूर्ण भाषण कृतित्व खंड में संकलित है)। इस भाषण के कुछ बिंदु इस प्रकार हैं—

1. संख्या की दृष्टि से आज रूस और अमेरिका के बाद सबसे अधिक योग्यताप्राप्त वैज्ञानिक और तकनीकी जनसंख्या भारत में है।
2. आम आदमी विज्ञान की सराहना तभी करता है, जब उसे विज्ञान की सहायता से कोई भौतिक लाभ मिलता है। अब जबकि राष्ट्र स्वतंत्र हो चुका है, वे इस बात की माँग करते हैं कि उनकी बुनियादी जरूरतें न केवल पूरी की जाएँ अपितु पूरी तरह से पूरी की जाएँ।
3. प्रधानमंत्रीजी! मैं समझता हूँ कि राष्ट्रीय वैज्ञानिक और प्रौद्योगिकी समिति का मुख्य कर्तव्य विज्ञान और प्रौद्योगिकी का उपयोग करने के लिए नीतियाँ बनाने में सरकार की सहायता करना है।
4. गरीबी और बेरोजगारी को दूर करने के कार्य को सर्वोच्च प्राथमिकता दी जानी चाहिए।

5. ग्रामीण आदिवासी और पहाड़ी क्षेत्रों से बेरोजगारी समाप्त करने के लिए हमें स्थानीय रूप से उपलब्ध साधनों का लेखा–जोखा लेने का प्रयास करना चाहिए।
6. स्वच्छता का अभाव भारत के ग्रामीण जीवन की उन समस्याओं में से एक है, जो कि मिटने का नाम नहीं लेतीं। इस कार्य के लिए विज्ञान और प्रौद्योगिकी को हमारे गाँवों के उपयुक्त, सरल, सस्ती और काम में लाई जाने योग्य विधि को ढूँढ़ना होगा।
7. ग्रामीण उद्योगों पर अधिक ध्यान देने के बारे में मैंने ज्यादा जोर दिया है, जिसका यह अभिप्राय नहीं कि भारी उद्योगों की दिशा में कम प्रयास किए जाएँ।
8. थोड़े से उत्पादों पर 'भारत में आविष्कृत' की छाप के गौरव की अपेक्षा विभिन्न प्रकार के उत्पादों पर 'भारत में निर्मित' की छाप का होना हमारे लिए अधिक सम्मानजनक तथा लाभकारी होगा।
9. प्रतिभा का पलायन, पर्यावरण सुधार पर भी डॉ. आत्माराम ने अपने विचार रखे।

□

15

डॉ. आत्माराम और सामयिक राजनीतिक संबंध

यदि डॉ. साहा के संपर्क में न आए होते तो संभवत: डॉ. आत्माराम का परिचय सुभाषचंद्र बोस, पं. जवाहरलाल नेहरू या गांधीजी से न हुआ होता, किंतु इन परिचयों से डॉ. आत्माराम की वैज्ञानिक उपलब्धियों में कोई इजाफा हुआ हो ऐसा नहीं है। यह इसका सूचक अवश्य है कि वे देश के सामयिक-राजनैतिक परिवेश से परिचित अवश्य हुए और उन्हें स्वयं को व्यक्त करने का अवसर भी मिला।

युवावस्था में डॉ. आत्माराम को अपने गुरु डॉ. साहा के साथ गांधीजी के दर्शन करने के अनेक अवसर प्राप्त हुए। एक अवसर पर गांधीजी ने आत्माराम से कहा था, "विज्ञान का काम सत्य को ढूँढ़ निकालना है। तुम तो वैज्ञानिक हो।" डॉ. आत्माराम इस बात से अत्यधिक प्रभावित हुए थे और वे अपने व्याख्यानों में प्राय: गांधी दर्शन का उल्लेख करते रहते। गांधी और आत्माराम दोनों के जीवन-दर्शन, आचार-विचार, रहन-सहन में गहरा साम्य था। दोनों ही जीवन के अंतिम समय तक सत्य के प्रति निष्ठावान रहे। अत: हम आत्मारामजी को गांधीवादी वैज्ञानिक कहने में किसी हिचक का अनुभव नहीं करते।

1936 में डॉ. साहा नेशनल प्लानिंग पर गंभीरतापूर्वक अध्ययन-मनन कर रहे थे। उन्हीं दिनों डॉ. आत्माराम डॉ. साहा से मिलने गए। बातचीत के दौरान डॉ. साहा बोले, "ये राजनीतिज्ञ चरखा-खद्दर के अलावा कुछ जानते ही नहीं। इन्हें नेशनल प्लानिंग फिजूल लगती है।" इस पर डॉ. आत्माराम बोले, "सर, आप इनसे यह क्यों नहीं पूछते कि यदि स्वराज्य मिल जाए तो आप लोग क्या करेंगे?" उन दिनों वे 'If war comes' नामक पुस्तक पढ़ रहे थे। शायद उसी के प्रभाव से ऐसा कह गए। दो दिन बाद डॉ. साहा जब सुभाषचंद्र बोस से मिलने जाने लगे तो डॉ. आत्माराम को भी साथ में ले लिया और

वहाँ नेशनल प्लानिंग की आवश्यकता पर चर्चा हुई तो नेताजी सुभाष चंद्र को साहा का प्रस्ताव अच्छा लगा।

इसी के आधार पर जब नेशनल प्लानिंग कमेटी बनी तो पं. जवाहरलाल नेहरू को उसका चेयरमैन बनाया गया। इस दृष्टि से प्रो. साहा को 'नेशनल प्लानिंग कमेटी का जनक' कहा जा सकता है। एक वैज्ञानिक की यह सूझ थी। जब वर्ष 1945-46 में नेहरूजी कलकत्ता आए तो डॉ. विधानचंद्र राय के यहाँ ठहरे। डॉ. साहा ने नेहरूजी को अपने यहाँ भोजन के लिए आमंत्रित किया। इस भोजन में अनेक वैज्ञानिक सम्मिलित हुए। प्रो. साहा ने डॉ. आत्माराम का परिचय न केवल नेहरूजी से कराया अपितु तमाम वैज्ञानिकों से भी कराया।

एक अन्य अवसर पर नेहरूजी ने डॉ. साहा को परामर्श हेतु इलाहाबाद बुलाया तो वे अपने साथ आत्मारामजी को भी लेते गए और नेहरूजी से उनका परिचय इस तरह कराया, "ये 1930 के आंदोलन के दौरान इलाहाबाद में छात्र थे। अब गवर्नमेंट टेस्ट हाउस में काम करते हैं। सरकारी नौकर होते हुए खद्दर पहनते हैं। हमारी नेशनल कमेटी में फ्यूएल (ईंधन) पर रिपोर्ट तैयार करने में हमारी सहायता की है।"

इस पर नेहरू नें मजाकिया स्वर में कहा, "तब तो ये रिस्क (खतरा) ले रहे हैं। क्या इन्हें नौकरी का खयाल नहीं है ?"

डॉ. आत्माराम डॉ. साहा के माध्यम से डॉ. शांति स्वरूप भटनागर से परिचित हो चुके थे। अत: जब कलकत्ते में एक प्रयोगशाला खोलकर उसका ऑफिसर इनचार्ज आत्माराम को नियुक्त करने का प्रस्ताव आया तो डॉ. भटनागर ने स्वयं इसकी सूचना आत्माराम को दी। यह आत्मीयता नहीं तो क्या थी ?

इंदिराजी और आत्माराम

वैसे तो जब डॉ. आत्माराम CSIR के महानिदेशक नियुक्त हुए तो प्राय: प्रधानमंत्री इंदिराजी से उनका संपर्क होता रहा, किंतु ऐसे अन्य दो अवसर आए, जिनका उल्लेख समीचीन प्रतीत होता है।

1. 'भारत की संपदा' के प्रथम खंड का लोकार्पण

CSIR के महानिदेशक पद से अवकाशग्रहण करने के पूर्व (1971) डॉ. आत्माराम 'भारत की संपदा' का प्रथम खंड भेंट करने इंदिराजी के आवास पर गए, साथ में डॉ. कृष्णमूर्ति तथा मैं (डॉ. शिवगोपाल मिश्र) भी था। इंदिराजी ने इस खंड को उलट-पुलटकर देखा और लोकार्पण करते हुए प्रसन्न मुद्रा में बोलीं (डॉ. आत्माराम को संबोधित करते), "आपने काफी जल्दी यह काम करा लिया। वैज्ञानिक ग्रंथों को हिंदी में

प्रकाशित करने का कार्य इसी तरह से आगे बढ़ाना चाहिए ताकि आम जनता तक विज्ञान पहुँच सके।"

इस प्रसंग का उल्लेख मैंने इसलिए आवश्यक समझा, क्योंकि मैंने ही विशेष हिंदी अधिकारी के रूप में Wealth of India के हिंदी अनुवाद, 'भारत की संपदा' का संपादन किया था। इसके कई खंड होने थे। उस समय तक प्रथम खंड ही प्रकाशित हो पाया था। शेष खंडों का हिंदी अनुवाद हो चुका था।

2. भारतीय विज्ञान संवर्धन संस्था

CSIR से अवकाश प्राप्त करने तथा मोरारजी सरकार के गिर जाने के बाद कार्यभार से मुक्त होने पर उनके मन में डॉ. साहा द्वारा स्थापित Indian Association for the Cultivation of Science जैसी हिंदी विज्ञान लेखकों की संस्था स्थापित करने का विचार उमड़ा। अत: अगस्त 1978 में दिल्ली के विज्ञान लेखकों ने इसमें उनकी सहायता की और भारतीय विज्ञान संवर्धन संस्था की स्थापना की गई। इसके अध्यक्ष डॉ. आत्माराम चुने गए। इस संस्था के द्वारा 'विज्ञान भारती माला' के अंतर्गत 5 पुस्तकें प्रकाशित हुईं। डॉ. आत्माराम इन पाँचों पुस्तकों को लेकर इंदिराजी के निवास पर गए और उन्हें भेंट किया। इन पुस्तकों में उनके द्वारा लिखित 'ओजोन की छतरी' भी थी। यह बच्चों के लिए लिखी गई थी।

उपर्युक्त दोनों घटनाएँ डॉ. आत्माराम की क्रियाशीलता, कर्मठता एवं विज्ञान के प्रति उनकी निष्ठा को बताती हैं।

डॉ. आत्माराम का अन्य समितियों से संबंध

डॉ. ओम प्रकाश शर्मा ने लिखा है कि डॉ. आत्माराम Council for the Advancement and Extension of Technology to Rural India के ट्रस्ट बोर्ड के सदस्य थे और डॉ. शर्मा उसके प्रधानमंत्री थे। वे 3 वर्षों तक उससे जुड़े रहे। उस काल के अनुभवों का विवरण डॉ. शर्मा देते हैं—

उन्हें सेमिनार, वर्कशाप, कॉन्फ्रेंस से चिढ़ थी। उनके स्थान पर कोई रचनात्मक कार्य किया जाए।

वैज्ञानिक प्रयासों को प्रोत्साहन दिया जाए, जो भारतीय वातावरण के लिए उपयोगी हों।

जब मैं Wealth of India का हिंदी अनुवाद कराने और उसके प्रकाशन हेतु दिल्ली गया तो सी.एस.आई.आर. ने डॉ. आत्माराम के सुझाव पर **भारतीय विज्ञान पत्रिका समिति** का विधिवत् गठन कराया। इसमें सभी भारतीय भाषाओं में प्रकाशित

विज्ञान पत्रिकाओं के संपादकों को बुलाया गया और नीति निर्धारित हुई। तय हुआ कि हर पत्रिका को प्रतिवर्ष 10 हजार का अनुदान दिया जाए। मुझे इसका मंत्री बनाया गया। मेरे बाद डॉ. रमेश दत्त शर्मा ने कार्यभार सँभाला।

दिल्ली हिंदी साहित्य सम्मेलन ने हर वर्ष विज्ञान सम्मेलन करके हिंदी तथा भारतीय भाषाओं के विज्ञान लेखकों का सम्मान करने का सिलसिला शुरू किया तो इसमें रमेश दत्त शर्मा ने डॉ. आत्माराम को भी सम्मिलित किया, किंतु बाद में उन्होंने छोड़ दिया।

अवकाशप्राप्ति के बाद उन्होंने **भारतीय विज्ञान संवर्धन समिति** बनाई और पुस्तक लेखन का कार्य कराया। इसका उल्लेख पहले भी किया जा चुका है।

□

16
अलविदा

आत्मारामजी को दमे की बीमारी थी, किंतु वे इसे प्रकट नहीं करते थे। उनकी पुत्री ने बताया कि दमा पैतृक रोग था। आखिर दमे के कारण 6 फरवरी, 1983 को 1.30 बजे दोपहर मृत्यु हुई। उन्हें घर के पास के होली फैमिली अस्पताल में भरती किया गया था। यह पहला अवसर था जब दमे के कारण उन्हें अस्पताल ले जाएगा गया था। उनका अंतिम संस्कार अगले दिन किया गया।

डॉ. रमेश दत्त शर्मा ने उनके अंतिम संस्कार का वर्णन किया है—

"7 फरवरी, 1983 निगम बोध घाट। खट-खट-खट। सबने पलटकर देखा। कोई आदमी ऊँचाई पर बने चिता स्थल की सीढ़ियाँ चढ़ रहा था बैसाखी के सहारे। वह चंडी सिंह था, जो.सी.एस.आई.आर. के महानिदेशक के दिनों में डॉ. आत्माराम का ड्राइवर रहा था। यहीं पास ही खड़े थे प्रसिद्ध उद्योगपति श्री के.एन. मोदी, जो हापुड़ के मशहूर व्यापारी, श्री कैलाश चंद्र मित्तल से कह रहे थे, "ऐसा आदमी होना मुश्किल है," और उनकी आँखें भर आती हैं।

फिर तो शांति हवन होना था। वह 13 फरवरी, 1983 को आत्मारामजी के महारानी बाग स्थित आवास नई दिल्ली में संपन्न हुआ।

इसके पश्चात् भारतीय विज्ञान संवर्धन संस्था की ओर से प्रसिद्ध वैज्ञानिक डॉ. डी.एस. कोठारी की अध्यक्षता में आयोजित शोक सभा जाने-माने प्रशासक श्री धर्मवीरजी की श्रद्धांजलि से शुरू हो चुकी थी, "कोई बड़ा वैज्ञानिक बन जाए, बड़ा प्रकाशक बन जाए, यह उतना कठिन नहीं, बहुत मुश्किल है ऐसा होना। मुश्किल चीज कूट-कूटकर भरी थी डॉ. आत्माराम में।" कहते हुए धर्मवीरजी का भी कंठ अवरुद्ध हो जाता है।

इसी दिन (13.02.2017) सुबह हिंदी के विख्यात साहित्यकार और चिंतक जैनेंद्र कुमारजी भी, 'महान् वैज्ञानिक की मानवीयता' पर आश्चर्य व्यक्त करते हैं। यह शोकसभा

आचार्य तुलसी द्वारा स्थापित अणुव्रत समिति द्वारा मुनि राकेश कुमारजी की अध्यक्षता में आयोजित हुई थी।

पता नहीं 7 फरवरी, 1983 को दिल्ली तथा देश के कितने अन्य अखबारों में डॉ. आत्माराम के निधन का समाचार छपा होगा। CSIR कार्यालय में भी अवश्य ही शोकसभा हुई होगी और देशभर की राष्ट्रीय प्रयोगशालाओं ने अवश्य ही उनको श्रद्धांजलि अर्पित की होगी।

निश्चित रूप से भारत के एक 'गांधीवादी वैज्ञानिक' का अंत हो चुका था, किंतु उनकी यशकीर्ति अनंतकाल तक छाई रहेगी। मैं भी उन्हें अपनी विनम्र श्रद्धांजलि अर्पित करता हूँ।

तत्कालीन सी एस.आई.आर., नई दिल्ली के निदेशक डॉ. जी.एस. सिद्धू की श्रद्धांजलि से हम इस प्रकरण को विराम देंगे।

"6 फरवरी, 1983 को नई दिल्ली में डॉ. आत्माराम की मृत्यु से देश ने काँच और सेरैमिक का एक महान् विज्ञानी खो दिया। भारत में काँच और सेरैमिक के लिए उनका नाम हमेशा याद किया जाएगा।"

□

17

सम्मान और उपलब्धियाँ

डॉ. आत्माराम को उल्लेखनीय कार्य करने हेतु अनेक उच्च सम्मानों तथा उपाधियों से नवाजा गया।

1959 में भौतिक तथा औद्योगिकीय विज्ञानों में योगदान के लिए इंडियन नेशनल साइंस एकेडमी ने शांति स्वरूप भटनागर पुरस्कार प्रदान किया। इसी वर्ष राष्ट्रपति द्वारा पद्मश्री राष्ट्रीय अलंकार से सम्मानित किया गया। 1964 में ऑल इंडिया ग्लास मैनुफैक्चरर्स फेडरेशन ने उन्हें काँच उद्योग में वैज्ञानिक चेतना जाग्रत् करने के लिए सम्मान प्रदान किया।

काँच अंतरराष्ट्रीय कमीशन ने अपना विशिष्ट सदस्य बनाया।

1966 में विश्वप्रसिद्ध सोसाइटी ऑफ ग्लास टेक्नोलॉजी शेफील्ड ने मानद फेलो बनाया।

1967 में भारतीय सेरैमिक सोसाइटी ने विज्ञान तथा प्रौद्योगिकी के क्षेत्र में अद्वितीय योगदान के लिए सम्मान प्रदान किया।

1967 में ही लेनिनग्राद के लेनिन सोवियत टेक्नोलॉजी इंस्टीट्यूट ने डॉक्टर ऑफ टेक्नालॉजी की उपाधि प्रदान की।

1967 में ही इंडियन नेशनल साइंस एकेडमी के अध्यक्ष रहे।

1968 में भारतीय विज्ञान कांग्रेस ने सभापित चुना।

आत्माराम इंडियन इंस्टीट्यूट ऑफ केमिस्ट्स ऐंड इंडियन सेरैमिक सोसाइटी के भी अध्यक्ष रहे।

डॉ. आत्माराम द्वारा Optical glass बनाए जाने पर सर्वप्रथम उत्तर प्रदेश की कौंसिल ऑफ साइंटिफिक रिसर्च ने उन्हें गोल्ड मेडल तथा नगद राशि प्रदान की।

मानद डिग्रियाँ

बनारस, सागर तथा आंध्र विश्वविद्यालयों ने मानद डाक्टरेट उपाधियाँ प्रदान कीं।

1981में तुलसी न्यास के अणुव्रत आंदोलन ने अणुव्रत पुरस्कार प्रदान किया, जो 1 लाख रुपए का था, जिसे डॉ. आत्माराम ने न्यास को लौटा दिया।

□

18
मूल्यांकन

वैज्ञानिक डॉ. आत्माराम का मूल्यांकन कोई सहज कार्य नहीं है। हमें विज्ञान रूपी आकाश में उनका स्थान नियत करने के लिए उन तमाम नक्षत्रों का अवलोकन करना होगा, उनके नाम लेने होंगे और इस देश की वैज्ञानिक उन्नति में उनके योगदानों को अपने समक्ष रखना होगा, जो उनके पूर्व हो चुके थे। वैसे डॉ. आत्माराम आधुनिक भारत के जिस युग में कार्यशील रहे, वह बीसवीं सदी था। बंगाल से जो जनजागरण प्रारंभ हुआ था, उसने क्रमशः भारत के दक्षिण, उत्तर, पश्चिम तथा मध्यभाग को प्रभावित किया। इसके फलस्वरूप एक सुदीर्घ वैज्ञानिक परंपरा का सूत्रपात हुआ। आचार्य प्रफुल्ल चंद्र राय, डॉ. चंद्रशेखर वेंकट रामन, डॉ. मेघनाद साहा, डॉ. नीलरत्न धर, डॉ. एस.एन. बोस, डॉ. बीरबल साहनी, डॉ. डी.एस. कोठारी, प्रो. यशपाल, प्रो. यू.एस. राव के नामों के बीच डॉ. आत्माराम का नाम उसी शृंखला में आता है।

वैसे तो हिंदी में कई भारतीय वैज्ञानिकों की जीवनियाँ प्रकाश में आई हैं, किंतु डॉ. आत्माराम विषयक केवल एक पुस्तक उपलब्ध है, 'वैज्ञानिकों के वैज्ञानिक डॉ. आत्माराम।' लेखक हैं, डॉ. डी.डी. नौटियाल 'जो एक पत्रकार रहे हैं', वैज्ञानिक नहीं हैं। उन्होंने विज्ञान परिषद् प्रयाग द्वारा प्रदत्त सामग्री तथा डॉ. आत्माराम के साक्षात्कार द्वारा प्राप्त सूचनाओं को कुशलतापूर्वक संयोजित करके पहली बार डॉ. आत्माराम के व्यक्तित्व-कृतित्व को उजागर किया। हम इस प्रयास की प्रशंसा किए बिना नहीं रह सकते।

हम स्वयं भी अपने को डॉ. आत्माराम के समग्र कृतित्व तथा व्यक्तित्व को अंकित कर पाने में अक्षम पाते हैं। उन्होंने जो मौलिक अनुसंधान किए, प्रौद्योगिकी के क्षेत्र में जो योगदान किया और सर्वोपरि अपने कर्मनिष्ठ व्यक्तित्व के द्वारा प्रशासनिक क्षमता प्रदर्शित की, उसके लिए हमें डॉ. आत्माराम के सहयोगियों, सहकर्मियों या उनके समकालीन वैज्ञानिकों के द्वारा लिखित विवरणों या व्यक्त विचारों पर आश्रित होना पड़ा है। उनसे हमारा दो दशकों का परिचय मात्र इस पुस्तक की रचना हेतु पर्याप्त नहीं था।

डॉ. आत्माराम की मृत्यु के पश्चात् कई वैज्ञानिकों ने जो श्रद्धांजलियाँ दीं, अथवा पं. जवाहर लाल नेहरू या इंदिरा गांधी जैसे देश के राजनेताओं ने जो प्रशंसात्मक टिप्पणियाँ कीं या डॉ. साहा अथवा भटनागर ने जो उद्‌गार प्रकट किए, वे भी बहुत सहायक सिद्ध हुए हैं।

यही नहीं, सी.एस.आई.आर ने डॉ. आत्माराम की स्मृति में उनके 32 लेखों का जो संग्रह प्रकाशित किया तथा श्री के जी कृष्णमूर्ति ने डॉ. आत्माराम के कार्य का जो वैज्ञानिक मूल्यांकन किया है, वह उल्लेखनीय है। उसकी ओर हम पाठकों का ध्यानाकर्षण करना चाहेंगे। वह इस प्रकार है—

1. शिक्षा को सर्वापरि प्राथमिकता प्रदान की जाए, जिससे न केवल ज्ञान प्रदान किया जा सके, अपितु निपुणता भी, कारण कि हमारे समाज के अधिकांश लोग अशिक्षित हैं।
2. भारतीय विज्ञान तथा प्रौद्योगिकी के ढाँचे को प्रबल, स्वस्थ एवं प्रगतिशील बनाने के लिए इसकी आधारशिला विश्वविद्यालयीन अनुसंधान पर रखी जानी चाहिए।
3. भारत के शैक्षिक समुदाय का, विशेषतया वैज्ञानिकों तथा प्रौद्योगिकीविदों का सामाजिक उत्तरदायित्व बहुत भारी है, क्योंकि उनके कार्यकलाप उस समाज की आवश्यकताओं के अनुसार हैं, जो उनका पालन करता है।
4. वैज्ञानिकों के कार्य में स्वतंत्रता तथा जवाबदेही को साथ-साथ चलना चाहिए।
5. भारत जैसे गरीब देश में वैज्ञानिकों को सार्वजनिक धन का व्यय करते समय जरूरत से ज्यादा सावधान रहना चाहिए।
6. जो वैज्ञानिक प्रयोगशालाओं में कार्य करते आए हैं, वे उनसे अधिक महत्त्वपूर्ण हैं, जो कार्यालयों में कागजी कार्य करते हैं या जिन पर प्रशासन या ऐसा ही कोई उत्तरदायित्व है।
7. टेक्नीशियनों की भूमिका को सराहा जाना चाहिए, उन्हें अच्छा वेतन दिया जाना चाहिए तथा सामाजिक मान्यता भी मिलनी चाहिए।
8. भारतीय विज्ञान का सरकारीकरण होने से कोई स्वतंत्र वैज्ञानिक सार्वजनिक टीका-टिप्पणी नहीं कर सकता। यह चिंतनीय है।
9. स्वतंत्र वैज्ञानिक जनमत तैयार करने में वैज्ञानिक अकादमियों तथा विद्वत् परिषदों का विशेष महत्त्व है। अत: उन पर ध्यान दिया जाना चाहिए।
10. भारत में विज्ञान नीति (Science Policy) विषयक सर्वोत्कृष्ट वक्तव्य प्राप्त है, अत: उसी के समकक्ष प्रौद्योगिकी नीति वक्तव्य (Technology Policy Statement) भी होना चाहिए।
11. आत्माराम प्रगतिशील देशों से प्रौद्योगिकियों के आयात की नीति को और उदार देखना **चाहते थे** यद्यपि अधिकांश लोग प्रौद्योगिकी आयात के सख्त खिलाफ थे।

शायद वैज्ञानिक आत्माराम का यही मूल्यांकन है। उनकी उपलब्धियाँ या उनके व्यक्तिगत मानवीय गुण इससे पृथक् हैं, जिनका उल्लेख पहले हो चुका है।

इक्कीसवी सदी में डॉ. आत्माराम जैसा सरल, सत्यनिष्ठ, देशभक्त वैज्ञानिक, प्रौद्योगिकीविद् ढूँढ़ पाना कठिन है।

□

व्यक्तित्व-खंड

व्यक्तित्व

किसी व्यक्ति के बारे में जानने के पूर्व उसकी कद-काठी का वर्णन आवश्यक है। आत्मारामजी के संपर्क में रहे डॉ. कृष्ण कुमार गुप्त ने उसका सजीव चित्रण किया है—

"हलका साँवला सा वर्ण, सामान्य कद-काठी, गहराई लिये गंभीर आँखें और होठों के आस-पास बिखरी मंद सी मुसकान, तन पर किशमिशी रंग का जोधपुरी कोट और सिर पर गांधी टोपी।" यह है डॉ. आत्माराम का एक पोर्ट्रेट, किंतु केंद्रीय काँच और सेरैमिक संस्थान, कलकत्ता के अन्य वैज्ञानिक वीरेंद्र कुमार पांडेय को डॉ. आत्माराम भिन्न प्रकार से दिखे। वे लिखते हैं—

'धवल फुल पैंट, हलका बादामी रंग का बंद गले का फुल बुशकोट, चमचमाते जूते और सिर पर बेदाग उजली गांधी टोपी, उन्नत ललाट, सूक्ष्मदर्शी चक्षु एवं सौम्य मुख।

"बाहर से सख्त, किंतु अंदर से गुलाब की पंखुड़ियों जैसा नरम दिल।" यह चित्रण कुछ भिन्न, किंतु बहुत ही आत्मीय है।

अब एक तीसरा चित्रण प्रस्तुत है—डॉ. आत्माराम के जीवनी लेखक डॉ. डी.डी. नौटियाल द्वारा, जो सर्वथा भिन्न दृष्टिकोण से उनका चित्रण प्रस्तुत करते हैं—

"डॉ. आत्माराम का कद मँझला था, रंग साँवला और बदन सामान्य। सादगी पसंद। पोशाक सादी, किंतु साफ-सुथरी। शुरू में कोट-पैंट और टाई लगाते थे, किंतु जीवन के उत्तरार्ध में बंद गले का जोधपुरी कोट-पैंट पहनते थे या पैंट के साथ पूरी बाँह की बुशर्ट पहनते थे। देशी पोशाक के साथ गांधी टोपी अवश्य पहनते थे। घर में खादी का धोती-कुरता पहनने में उन्हें बड़ा आनंद मिलता था। हर समय चश्मा लगाते थे, किंतु उनकी आँखों को देखकर यह बताना मुश्किल था कि कौन सी आँख ज्योतिहीन है।"

डॉ. आत्माराम के जितने भी चित्र (फोटो) छपे हैं, उनमें से अधिकांश में वे इन्हीं रूपों में मिलेंगे। डॉ. नौटियाल ने उनकी प्रौढ़ावस्था का जो चित्र दिया है, उसमें वे

कोट-पैंट-टाई में दिखते हैं। टोपी-चश्मा, जोधपुरी कोट-पैंटवाला चित्र उन्होंने पुस्तक के मुखपृष्ठ पर दिया है। उसमें उनके दाँत दिख रहे हैं, ऊपर के दाँतों के बीच अंतराल है। वे मुसकरा रहे हैं।

'विज्ञान' पत्रिका के डॉ. आत्माराम स्मृति अंक (1984) में पृष्ठ 12 के बाद जो दो चित्र दिए गए हैं, उनमें वे पूर्ण स्वस्थ, खुले सिर, कोट-पैंट, टाई सहित दिखते हैं। वे शिक्षा मंत्री अबुल कलाम आजाद तथा पं. जवाहर लाल नेहरू के साथ उन्हें ग्लास एवं सेरैमिक अनुसंधान संस्थान में हुए आविष्कारों को दिखा रहे हैं। एक अन्य दुर्लभ चित्र 'विज्ञान' के इसी अंक में प्रो. डब्लू.ई.एस. टर्नर के साथ डॉ. आत्माराम ग्लास ऐंड सेरैमिक अनुसंधान संस्थान से प्रकाशित होनेवाली पत्रिका की चर्चा कर रहे हैं। (ये चित्र हमें ग्लास ऐंड सेरैमिक संस्थान के सौजन्य से प्राप्त हुए थे)।

कुछ नए चित्र 'विचार दर्पण' में मिलेंगे।

सी.एस.आई.आर., नई दिल्ली में अवश्य ही डॉ. आत्माराम के चित्र होंगे, किंतु उन तक हमारी पहुँच नहीं है। उनके परिवारवालों के पास भी अनेक दुर्लभ चित्र होंगे।

किसी व्यक्ति का चित्रण करने के बाद व्यक्ति की विशेषताओं का वर्णन होना आवश्यक है। डॉ. आत्माराम का व्यक्तित्व इतना विस्तीर्ण था कि चाहे कोई कितना लिखे, कम ही होगा, क्योंकि आंतरिक गुणों की पहचान और फिर उनकी अभिव्यक्ति कठिन कार्य है। विदेशों में किसी महापुरुष की जीवनी के लेखक उस महापुरुष की छाया बनकर काम करते हैं, तब जाकर सही-सही अभिव्यक्ति दे पाते हैं। आत्मारामजी का ऐसा कोई जीवनी लेखक नहीं हुआ। हमें उनके परिवार के लोगों, संस्थान के वैज्ञानिकों या फिर साक्षात्कार में दिए गए विवरणों पर ही निर्भर करना होगा। इन साधनों को ही यथेष्ट मानना पड़ेगा।

सादगी

'सादा जीवन उच्च विचार' यह कहावत डॉ. आत्मारामजी के ऊपर शत-प्रतिशत लागू होती है, तो क्या यह कहावत अन्यों पर लागू नहीं होती है ? चाहे महात्मा गांधी हों, आचार्य विनोबा भावे या राजर्षि पुरुषोत्तमदास टंडन हों, इन सभी ने भी जीवनपर्यंत इसी कहावत को चरितार्थ किया। सादगी कोई ऊपर से लादा हुआ गुण नहीं, यह आंतरिक प्रेरणा का फल है। डॉ. के.जी. कृष्णमूर्ति द्वारा दिया गया एक विवरण (देखें विचार प्रवाह) प्रारंभिक वैज्ञानिक के रूप में उनकी सादगी का चित्र प्रस्तुत करता है—

"डॉ. आत्माराम एक टेक्नीशियन की तरह खाकी रंग की नेकर और साधारण कमीज पहने रहते, जिसमें न तो क्रीज रहती, न ही गले में टाई।

यदि उन्हें लगता कि कोई गंदा या निकृष्ट कार्य भी किसी वैज्ञानिक महत्त्व का है

तो वे उसे करने में तनिक भी नहीं हिचकते थे। इससे उनके प्रारंभिक शैक्षिक जीवन तथा बाद में वैज्ञानिक बिरादरी में उन्नति करने के रहस्य को समझा जा सकता है।"

डॉ. आत्मारामजी को तड़क-भड़कवाले कपड़े सिलवाने का शौक नहीं था। वे खादी को वरीयता देते रहे। एक बार वे 20 वर्ष पहले सिली कमीज पहने थे, जिसकी कॉलर फटी थी। जब उनकी धोती फटती तो वे उसका सदुपयोग रूमालें बनाकर करते। राजर्षि टंडन को भी मैंने ऐसा करते देखा है।

वे खाने-पीने में सादगी के साथ सावधानी बरतते। वे शुद्ध शाकाहारी थे, यहाँ तक कि अंडे भी नहीं खाते थे। वे खाने की मेज पर केवल पौष्टिक तथा शारीरिक आवश्यकताओं वाली वस्तुओं को चुनकर खाते।

भोजन में उन्हें खिचड़ी अति प्रिय थी। कहते हैं कि लाल बहादुर शास्त्री को भी खिचड़ी प्रिय थी। यूँ खिचड़ी तो बीमारों के लिए पथ्य बताई जाती है।

अस्तु। आत्मारामजी स्वाद के चक्कर में नहीं पड़ते थे। उनका कहना था कि स्वाद की लालच में पड़कर ज्यादा खाएँ तो कष्ट, और ज्यादा बोलें तो कष्ट। ये संयमी व्यक्ति के लक्षण हैं।

दानवृत्ति

वैसे तो सबों में थोड़ी-बहुत दानवृत्ति पाई जाती है, किंतु जब कोई बड़ी राशि मिले और उसे तत्काल संकल्प कर दिया जाए तो यह व्यक्ति की उदारता तथा दानशीलता का सूचक होता है। आत्मारामजी में यह वृत्ति थी, भले ही विरल रही हो। 18 अक्तूबर, 1981 को डॉ. आत्माराम को जय तुलसी फाउंडेशन की ओर से एक लाख रुपए का 'अणुव्रत पुरस्कार' मिला तो उन्होंने तुरंत उसे लौटा दिया और कहा, "जितना बड़ा सम्मान या पुरस्कार मिलता है, उतनी ही अधिक जिम्मेदारी और कर्तव्य अपने समाज, देश, मानवता के प्रति बढ़ जाते हैं।"

वे न जाने कितने अवसरों पर ऐसा दान कर चुके होंगे। एक बार विज्ञान परिषद् प्रयाग आए तो उसका सभागार बनना शेष था। तुरंत उन्होंने स्वामी सत्यप्रकाश से कहा कि मेरी ओर से 5,000 रुपए इस सभागार के लिए स्वीकार करें। इसे उपर्युक्त दानवृत्ति का उदाहरण ही कहेंगे।

न्यायप्रियता

डॉ. आत्माराम ऊपर से कठोर, किंतु भीतर से अत्यंत मृदु व्यक्ति थे। वज्रादपि कठोराणि, मृदूनि कुसुमादपि। वे सत्यनिष्ठ थे। सत्य के पक्षधर थे। एक बार उनकी प्रयोगशाला के एक चपरासी को वेतन के दिन जब वेतन मिला तो वेतनराशि में एक

सौ रुपए कम निकला। वह चपरासी उद्विग्न हो उठा। हिम्मत जुटाकर डॉ. आत्माराम से अपनी व्यथा कही। आत्मारामजी को लगा कि यह चपरासी भला झूठ क्यों बोलेगा। उन्होंने प्रशासनिक अधिकारी को तुरंत बुलाकर कहा कि इस चपरासी को सौ रुपए दिए जाएँ।

इसी न्यायप्रियता के कारण वे कनिष्ठ वैज्ञानिकों के सुझावों को ध्यानपूर्वक सुनते थे। वे किसी भी शोध-कार्य का श्रेय स्वयं को न देकर अपनी टोली को देते रहे। इसी नीति के कारण वे अपनी अनुसंधानशाला से तैयार शोध-पत्रों में अपना नाम नहीं देने देते थे। वे स्पष्ट कहते थे कि जिन वैज्ञानिकों ने शोध-कार्य किया है उन्हीं का नाम जाना चाहिए, जबकि राष्ट्रीय प्रयोगशालाओं या विश्वविद्यालयों के निदेशक या निर्देशक का नाम सर्वप्रथम देने की परंपरा थी। बाद में इसके विरुद्ध आवाज भी उठी।

आर्य समाज के प्रति निष्ठा

डॉ. आत्माराम की पुत्री स्नेहलता सिंहल ने लिखा है, "पिताजी का जन्म आर्यसमाजी परिवार में हुआ था और आर्य समाज के प्रति उनका लगाव स्वाभाविक ही था। हमारे पूज्य बाबाजी (आत्मारामजी के पिता) का हवन करने का नियम था, जो पिताजी (डॉ. आत्माराम) ने आजीवन निभाया। प्रत्येक रविवार की सुबह व सब त्योहार पर हमारे यहाँ हवन करने की परम्परा रही और अब भी चल रही है। "आर्यसमाजी होते हुए भी वे बड़े उत्साह से सभी के साथ होली, दशहरा, दीवाली, विधिवत् मनाते थे और हमेशा उनकी कोशिश रहती थी कि बच्चों को धर्म के विषय में अधिक-से-अधिक जानकारी दें।" वे मंदिरों में नहीं जाते थे, किंतु किसी पारिवारिक सदस्य को मंदिर जाने से रोकते भी नहीं थे।

स्वामी सत्यप्रकाश ने लिखा है कि जब वे स्वामी दयानंद की शताब्दी पर विशेषांक निकाल रहे थे तो उनके अनुरोध पर डॉ. आत्माराम ने जो लेख भेजा था, उसका शीर्षक था, 'स्वामी दयानंद सच्चे विज्ञानी थे।'

वैज्ञानिक होने का अर्थ यह नहीं कि वह धार्मिक न हो। प्राय: आइंस्टीन से पूछा जाता था कि वे ईश्वर पर विश्वास करते हैं या नहीं तो उनका यही उत्तर होता था, "कर्म ही पूजा है (Work is worship)।" हमने डॉ. एम.जी. के मेनन, डॉ. एस के जोशी या श्रीमती डॉ. मंजु शर्मा को गंगा स्नान करते, मंदिर में जाते और ईश्वर प्रार्थना करते देखा है। धर्म मना नहीं करता कि विज्ञान का अनुसरण न किया जाए अपितु विज्ञान के अनुसरण से धर्म का सच्चा स्वरूप सामने आता है।

कर्मयोगी

भगवान् कृष्ण ने भगवद्गीता में जिस कर्मयोग की व्याख्या की है, डॉ. आत्माराम उसी के पुजारी थे। उनकी पुत्री ने लिखा है, "उनके आराध्य गीता के कृष्ण थे। जीवन के हर

उतार-चढ़ाव में वेही उनके मार्गदर्शक थे। वे कर्मयोग के ही पुजारी थे। सदा ही इस बात में विश्वास रखते थे कि 'गीता' ही मनुष्य का सच्चा साथी है। अगर किसी काम में बाधा आए या पूरा न हो तो उसके लिए कभी दु:खी मत होओ, पता नहीं ईश्वर ने क्या मार्ग चुन रखा है। सच्ची लगन से किया गया कार्य कभी बेकार नहीं जाता। उन्हें स्वयं कभी भी फल की चिंता नहीं होती थी कि अमुक कार्य करने से अमुक लाभ मिल जाएगा।"

गांधीवादी दृष्टि

सत्य को सत्य और झूठ को झूठ कहने में डॉ. आत्माराम को कोई भय नहीं था, कारण कि वे गांधीजी को अपना आदर्श मानते थे। वे प्यार के रिश्ते को ही मान्यता देते थे, फलत: पूरा संसार उनका परिवार था। वसुधैव कुटुम्बकम्। ईश्वर पर उनका अटूट विश्वास था। वे अहिंसा के पुजारी थे।

अणुव्रत आंदोलन के अनुयायी

वे इस आंदोलन के प्रति कब और कैसे झुके, यह तो ज्ञात नहीं हो सका, किंतु वे उसमें सक्रिय भाग लेते रहे, यहाँ तक कि अणुव्रत समिति के अध्यक्ष भी चुने गए। वे आचार्य श्री तुलसी के बहुत ही निकट थे। कई बार वे आचार्यजी से भेंट करने, उनसे विचार-विमर्श करने राजस्थान जाते रहे। वे आचार्य तुलसी के साथ बिताए समय की हर बात याद रखते थे और घर पर सबों को सुनाते थे।

अणुव्रत आंदोलन से प्रभावित होकर वे उसमें पूरे मनोयोग से भाग लेते रहे। उन्हें दिखावे के प्रचार से घृणा थी। जो सच्चे रूप में आदर्श जीवन नहीं जीता, वह कहीं भी किसी प्रकार की कोई मान्यता प्राप्त नहीं कर पाता। बड़ा नेता या बड़ा व्यापारी या धनिक बनने से कोई महान् नहीं बन जाता। यदि उन्हें अणुव्रत आंदोलन में कोई त्रुटि दिखाई देती तो वे खुलकर अपने विचार प्रकट करते। वे किसी के समक्ष सत्य कहने में हिचकिचाते नहीं थे। उन्हें पीठ पीछे आलोचना करना पसंद न था। उनका ध्येय था, स्पष्ट कथन ही परम धर्म है।'

शायद यही कारण था कि डॉ. आत्माराम को तुलसी फाउंडेशन का प्रथम अणु पुरस्कार मिला, किंतु इसी स्पष्टवादिता के कारण वैज्ञानिकों की आलोचना के पात्र बनते रहे।

डॉ. आत्माराम की पुत्री स्नेहलता सिंघल ने लिखा है, "18 अक्तूबर, 1981 को दिल्ली के रामलीला मैदान में अणुव्रत सभा का विशाल आयोजन हुआ था, जिसमें अणुव्रत अनुशास्ता आचार्य श्री तुलसी स्वयं उपस्थित थे, क्योंकि यह अनुशासन वर्ष था। अनेक राष्ट्रीय नेता, मंत्रिगण तथा भारत के जाने-माने व्यक्ति उस विशाल सभा में उपस्थित थे। वहाँ से पिताजी करीब 1 बजे लौटकर मेरे ही निवास स्थान सेंट्रल विस्ता होटल आए।"

देखा कि नंगे पैर आए हैं। मेरे मुँह से निकल गया कि अब तो आप भी सचमुच जैन मुनि बन गए हैं, पाँव में चप्पल तक नहीं है। हँसकर बोले कि पता नहीं भीड़ में आज जूते कहाँ खो गए। मिले ही नहीं।

वे प्रसन्न थे। बोले कि आज के आयोजन में दहेज न लेने, मिलावट न करने एवं छुआछूत मिटाने का सामूहिक संकल्प लिया गया। उन्होंने पुत्री से यह नहीं बताया कि आज उन्हें पुरस्कार मिला। वह तो मोटर ड्राइवर धर्मचंद के यह कहने पर पता चला कि सभा में खूब ताली बजी कि साहब को कोई इनाम मिला है।

उन्होंने बहुत ही शांत स्तर में पुत्री से कहा, "हाँ! आज आचार्य श्री तुलसी ने अचानक ही सभा में घोषित किया कि अणुव्रत जय तुलसी फाउंडेशन का प्रथम अणुव्रत पुरस्कार अणुव्रत समिति के वर्तमान अध्यक्ष एवं सुप्रसिद्ध वैज्ञानिक आत्माराम को दिया जा रहा है।"

आत्मारामजी ने यह राशि तुरंत अणुव्रत कार्यक्रमों के लिए समर्पित कर दी। उनके मुख पर कोई प्रतिक्रिया नहीं दिखी। वे सचमुच गीता के कर्मयोगी थे।

राष्ट्रभक्ति

वैसे तो डॉ. आत्माराम का रहन-सहन एवं उनकी जीवन शैली नितांत भारतीय थी, सादगी की अप्रतिम प्रतिमूर्ति, किंतु एक घटना, जिसका उल्लेख डॉ. आत्माराम के भतीजे श्री सर्वेश दद्दा ने किया है, उससे उनकी राष्ट्रभक्ति या देशभक्ति प्रकट होती है।

"काकोरी कांड से सभी भलीभाँति परिचित हैं, जिसमें ब्रिटिश राज्य में देशभक्त नौजवानों को मृत्युदंड दिया गया था। जब उस कांड की छानबीन की गई तो पता लगा कि हिंदू होस्टल के जिस कमरे में यह योजना बनाई गई थी, वह आत्माराम का कमरा था।

पुलिस और प्रशासन ने तुरंत कारवाई शुरू की और लालच दिया कि अभियुक्तों का पता बता दो तो तुम्हें और तुम्हारे परिवार को ब्रिटिश सरकार से बड़ा इनाम मिलेगा, तुम होनहार छात्र हो, पढ़ने के लिए इंग्लैंड भेजा जाएगा।"

किंतु आत्मारामजी टस-से-मस नहीं हुए। अंततः यह कहकर धमकाया गया कि तुम्हें फाँसी हो जाएगी, किंतु उत्तर था, "सिर्फ यही मंजूर है।" परंतु गवाही के अभाव में वे छूट गए।"

डॉ. रामलखन ठाकुर, जो कलकत्ता के ग्लास ऐंड सेरैमिक्स अनुसंधान संस्थान के एमैरिट्स साइंटिस्ट थे, उन्होंने 'क्रांतिकारी विचार' शीर्षक के अंतर्गत लिखा है—

"डॉ. आत्माराम अत्यंत प्रगतिशील विचारवाले व्यक्ति थे। वे खर्च करने में मितव्ययी थे, अत्यंत सादगी से रहते थे, जब हम लोग वेतनवृद्धि की बात करते तो उनका सीधा-सादा उत्तर होता था, "देखो, हम लोग बहुत खुशनसीब हैं कि राष्ट्र ने हम लोगों

को ऐसा मौका दिया है कि हम लोग अपना मनपसंद काम कर पा रहे हैं। बहुत कुछ सुविधाएँ हम लोगों को प्राप्त हैं।

"हमारी तुलना में, गाँवों में रहनेवाले करोड़ों बच्चे व नर नारी हैं, जिनकी जिंदगी में अभाव-ही-अभाव व्याप्त है। अगर हमारे देश के सभी सरकारी विभाग एवं असरकारी प्रतिष्ठान अपने-अपने खर्च में सोच-समझकर थोड़ी-थोड़ी कटौती करें, तो राष्ट्र के पास गाँवों में सड़कें और अस्पताल बनाने के लिए बहुत कुछ धन प्राप्त हो जाएगा। इससे करोड़ों बेसहारों को जिंदगी में थोड़ा सहारा और थोड़ी सुविधा उपलब्ध हो जाएगी।

"हम लोग अपना कर्तव्य करेंगे। उदाहरण रहेगा, जिससे कभी-न-कभी दूसरों को भी प्रेरणा मिलेगी।

"जिस जनगण की शक्ति ने ब्रिटिश सत्ता को भारत से उखाड़ फेंका है, उस शक्ति पर विश्वास रखो। निराशावादी मत बनो। निराशावाद एक ऐसी बीमारी है, जो इनसान को तो दुर्बल बनाती ही है, राष्ट्र को भी खोखला कर देती है। राष्ट्र की उन्नति के लिए विज्ञान का सर्वांगीण विकास जरूरी है। इस विकास कार्य में यथेष्ठ धन लगाना होगा। वैज्ञानिकों को स्वतंत्र चिंतन की पूरी स्वाधीनता होनी चाहिए, साथ ही वैज्ञानिकों को अपनी पूरी जिम्मेदारी अच्छी तरह निभानी चाहिए। खर्च कर रहे राष्ट्र धन के एक-एक पैसे का हिसाब वैज्ञानिकों को देना होगा और देना ही चाहिए।"

आज भारत के प्रधानमंत्री श्री नरेंद्र मोदीजी भारत के विकास की, स्वच्छ भारत की, भ्रष्टाचारमुक्त भारत की आवश्यकता के प्रति भारत के जन-जन को, भारतीय नर-नारियों को सजग होने का आह्वान कर रहे हैं।

सौभाग्यवश डॉ. आत्माराम के समय में भ्रष्टाचार तथा पर्यावरण प्रदूषण दोनों ने अपने पैर नहीं पसारे थे, किंतु वे वैज्ञानिक जनों को सतर्क कर रहे थे कि अपने-अपने कार्य को निष्ठापूर्वक संपन्न किया जाए, अन्यथा आज नहीं तो कल वैज्ञानिकों से उन पर खर्च हुई पाई-पाई का हिसाब माँगा जाएगा।

शायद इस गांधीवादी वैज्ञानिक की अंतरात्मा की पुकार को वैज्ञानिकों ने सुना तो, किंतु उन्होंने भी पूरी ईमानदारी नहीं बरती, अन्यथा स्व. डॉ. शांतिस्वरूप भटनागर द्वारा स्थापित राष्ट्रीय प्रयोगशालाओं की श्रृंखला इतना अधिक कार्य कर लेती कि देश को अन्य राष्ट्रों के समक्ष हाथ नहीं फैलाना पड़ता और देश के राजनेता सोच-समझकर विकास योजनाओं में हाथ डालते। राष्ट्रहित सर्वोपरि रखा जाता, स्वार्थ को किंचित् स्थान मिलता, किंतु ब्रिटिश काल में जैसा कि भारतेंदु हरिश्चंद्र ने लिखा था, हा हा भारत दुर्दशा न देखी जाई! काश! हमारे नागरिक, हमारे राजनेता डॉ. आत्माराम की इस करुण पुकार को सुनकर तदनुसार विकास मार्ग पर अग्रसर हों।

डॉ. आत्माराम निश्चित रूप से देशभक्त, राष्ट्रप्रेमी वैज्ञानिक थे। राष्ट्रप्रेम मात्र कुछ युवाओं की, कुछ नेताओं की वृत्ति नहीं, वह वैज्ञानिकों की अंतर्निहित शक्ति है।

व्यक्तित्व के कुछ अन्य पक्ष

उपर्युक्त असाधारण गुणों के अतिरिक्त भी डॉ. आत्माराम के जीवन के अन्य कई उल्लेखनीय पक्ष हैं। उदाहरणार्थ उनकी अद्‍भुत स्मरण शक्ति, युवा वैज्ञानिकों को प्रेरित करने का गुण, उनका हिंदी प्रेम, देशी प्रविधि का समर्थन एवं सर्वोपरि कुशल प्रशासक के गुण। वे शुद्ध शाकाहारी थे। स्पष्टवादी तो थे ही, हँसमुख भी थे। अच्छे प्रशासक और अच्छे गृहस्थ थे। बच्चों से प्रेम था। उनकी आवाज पतली थी, किंतु जब क्रुद्ध होते तो लगता कि आसमान फट पड़ेगा, किंतु ऐसे अवसर बहुत कम आते थे।

शायद ही ऐसा विरला चरित लेखक होगा, जो आत्माराम जैसे विराट् व्यक्तित्व वाले नायक का यथार्थ चित्रण कर पाता। उनकी असीम लगन, उनकी सत्यनिष्ठा ग्रामीण परिवेश की उपज थी। ठीक ही कहा गया है कि प्रारंभिक संस्कार अंतिम समय तक परिलक्षित होते रहते हैं। शायद ही ऐसा कोई अवसर आया हो, जब उन्होंने अपने गाँव या जनपद के किसी अभ्यागत का प्रेमपूर्ण स्वागत न किया हो। वे अपने अधीन काम करनेवाले चपरासी से लेकर उच्चतम वैज्ञानिक तक की बातें बड़े मनोयोग से सुनते रहे और उनकी समस्याओं का समाधान करते रहे।

ऐसे व्यक्ति की आलोचना होनी स्वाभाविक है, विशेषतया देश का एक प्रबुद्ध वर्ग उनकी कड़ाई या यों कहें रुखाई, उनकी स्वतंत्र कार्यशैली का आलोचक बना रहा, किंतु हाथी अपनी चाल चलता रहा, कुत्ते भौंका किए। उन्हें अपने द्वारा लिये गए निर्णयों पर पूरा भरोसा था और सर्वोपरि उनका ईश्वर पर भरोसा था। वैसे तो यह प्रसिद्ध है कि वैज्ञानिक जन ईश्वर को नहीं मानते, भले वे किसी विराट् शक्ति को मानते आए हों।

हिंदी प्रेम

वैसे तो अपने प्रारंभिक काल में आत्माराम ने उर्दू तथा फारसी पढ़ी थी, हिंदी का स्वल्प ज्ञान ही था। घर में जो कुछ बोलते रहे होंगे, वही उनकी पूँजी थी, किंतु जब इलाहाबाद विश्वविद्यालय पहुँचे तो उनका संपर्क डॉ. सत्यप्रकाशजी (बाद में सत्यप्रकाश सरस्वती) से हुआ। उनके पिता गंगा प्रसाद उपाध्याय हिंदी, उर्दू तथा संस्कृत के विद्वान् थे और कट्टर आर्यसमाजी थे। उनके प्रभाव से ही सत्यप्रकाशजी ने संस्कृत ग्रंथों को पढ़ा और विज्ञान परिषद् प्रयाग के सभ्य होने के नाते 'विज्ञान' नामक मासिक पत्रिका में वैज्ञानिक लेख लिखते रहे। संगति का असर आत्मारामजी को भी उत्साहित करने लगा।

उन्होंने भी 1930 से लेकर 1932 तक 'विज्ञान' में वैज्ञानिकों की जीवनियाँ लिखीं। ये जीवनियाँ पुस्तकाकार प्रकाशित भी हुईं।

विज्ञान में लिखते रहने के कारण ही उन्हें एम्प्रेस विक्टोरिया रिसर्च रीडरशिप छात्रवृत्ति विश्वविद्यालय की ओर से प्रदान की गई। इस छात्रवृत्ति से आत्मारामजी का आर्थिक संकट दूर हुआ। वे अब हिंदी प्रेमी बन चुके थे।

बाद में जब सी.एस.आई.आर. नई दिल्ली के महानिदेशक बने तो उन्होंने Wealth of India की ज्ञानराशि को हिंदी बोलनेवालों को सुलभ कराने की दृष्टि से उसका 10 खंडों का हिंदी अनुवाद कराया।

इसके अलावा उन्होंने साइंस कांग्रेस के वाराणसी अधिवेशन में, अन्य विश्वविद्यालयों के दीक्षांत भाषणों में तथा वैज्ञानिक संगोष्ठियों में हिंदी में ही अपने विचार रखे। उन्होंने अपने अंतिम चरण में 'ओजोन की छतरी' पुस्तक बच्चों के लिए लिखी।

वे अंतिम समय तक विज्ञान परिषद् प्रयाग से जुड़े रहे। हिंदी प्रेम की यही चरम परिणति थी। उन्होंने अन्य वैज्ञानिकों के लिए मार्ग प्रशस्त किया कि वे जनहित में हिंदी का प्रयोग करें। हिंदी हमारी राष्ट्रभाषा है। उसके प्रयोग पर हमें गर्व होना चाहिए। 29 सितंबर, 1978 को उत्तर प्रदेश हिंदी संस्थान द्वारा इलाहाबाद में आयोजित अखिल भारतीय विज्ञान गोष्ठी के अवसर पर डॉ. आत्माराम के अध्यक्षीय भाषण (देखें कृतित्व खंड) में उनका हिंदी प्रेम अपने चरम पर दिखता है। जब देश में वैज्ञानिक साहित्य तैयार करने का काम शुरू किया गया तो यदि वह कार्य विज्ञान परिषद् प्रयाग जैसी संस्था को दिया गया होता तो शायद अकेले ही यह संस्था इतनी किताबें तैयार कर देती। उसकी छत पट गई होती। सी. एस.आई.आर. के निदेशक रहे डॉ. ए.पी. मित्रा के अनुसार, "यदि हम डॉ. आत्माराम को केवल एक वैज्ञानिक मानें और व्यक्ति नहीं मानें तो यह उनके साथ अन्याय होगा। इन दोनों को एक-दूसरे से विलग नहीं किया जा सकता।

डॉ. आत्माराम की संगति उद्दीप्त करनेवाली थी। उनके समकालीनों में प्रो. नीलरत्न धर, प्रो. मेघनाद साहा तथा डॉ. शांति स्वरूप भटनागर जैसे महानुभाव थे। डॉ. भटनागर के साथ उनकी संगति के फलस्वरूप 1945 में ग्लास ऐंड सेरैमिक इंस्टीट्यूट का जन्म हुआ। तन-मन से वे इस प्रयोगशाला का लालन-पालन उसी तरह करते रहे, जैसे माता अपने शिशु का करती है और उन्होंने इस संस्थान को प्रसिद्धि दिलाई।"

—'विचार दर्पण' से साभार

तो ऐसे व्यक्ति का, ऐसे वैज्ञानिक का, ऐसे गांधीवादी वैज्ञानिक के व्यक्तित्व का सही-सही मूल्यांकन कर पाना कठिन है। अगाध सागर के तट पर खड़े होकर मुट्ठी भर

बालू उठाकर शांत हो जाने के अलावा कुछ नहीं होता। ऐसे विचित्र विज्ञानी के मूल्यांकन के लिए उसी के समान एवं उसके कृतित्व का अवगाहन करके उसी में उसके सद्विचारों की खोज करनी होगी।

इसी दृष्टि से कृतित्व खंड में सर्वप्रथम हम उनके द्वारा विभिन्न अवसरों पर दिए गए व्याख्यानों, फिर विभिन्न विश्वविद्यालयों के दीक्षांत भाषणों एवं साइंस कांग्रेस अधिवेशन या अन्य वैज्ञानिक आयोजनों पर दी गई वक्तृताओं पर आलोचनात्मक टिप्पणी करेंगे। शायद इससे डॉ. आत्माराम के बौद्धिक जगत् के भीतर हम झाँक सकेंगे। वस्तुतः उनका यही पक्ष विवेच्य और उपयोगी होगा।

□

कृतित्व-खंड

(डॉ. आत्माराम द्वारा दिए गए अंग्रेजी भाषणों का
हिंदी अनुवाद 'विचार प्रवाह' से साभार)

1

भारत में काँच उद्योग

भारत में काँच के निर्माण की कला प्राचीन काल से ही ज्ञात थी। भारत में काँच की चूड़ियाँ पहनना सदैव ही नारीत्व का चिह्न माना जाता रहा है और ऐसा विश्वास किया जाता है कि मध्ययुगीन काल में भारत में अनेक किस्मों के काँच का निर्माण होता रहा है और पड़ोस के देशों के साथ भारत का काँच व्यापार विकसित रूप में चलता था। आधुनिक विधियों से काँच का निर्माण पहली बार उन्नीसवीं सदी के सातवें दशक में आरंभ हुआ था, जब म्यूरे ब्रुअरी द्वारा झेलम में काँच की बोतलें बनाने के कारखाने की स्थापना हुई थी। यह कारखाना एक जर्मन विशेषज्ञ की सहायता से बना था। यह साहसिक उपक्रम अत्यंत कम समय तक चला, परंतु इसने आगे खुलनेवाले अनेक काँच-कारखानों की अगुआई की। ये तमाम कारखाने विदेशी विशेषज्ञों की सहायता से खुले थे, पर यूरोपीय कारीगरों की सहायता से बने इन कारखानों की प्रगति अत्यंत कम रही। अंततः जापानी विशेषज्ञों का आगमन हुआ, जिन्होंने उत्पादन की सरल और सस्ती विधियों का उपयोग किया। इस प्रकार भारत की मिट्टी में काँच उद्योग ने जड़ जमाई, हालाँकि उसकी प्रगति मंद रही।

स्वदेशी चूड़ी-निर्माण उद्योग, जो मुगलकाल के दौरान भी फूलता-फलता रहा था, वह अब भी समृद्ध होता रहा। यह शीशागरों के अथक प्रयासों का फल था। ये शीशागर मुसलमान कारीगरों की एक जाति थी, जो चूड़ी निर्माण में विशेषज्ञ माने जाते थे। हालाँकि फैक्टरी पैमाने पर काँच के निर्माण में सफलता नहीं मिली थी, परंतु शीशागर फलते-फूलते रहे, क्योंकि उन्होंने चूड़ी निर्माण का उद्योग अंशकालिक व्यवसाय के रूप में गृह-उद्योग के स्तर पर जारी रखा था और इस उद्योग में उन्होंने देशी कच्चे माल का उपयोग किया, जिसमें पूँजी निवेश अत्यल्प था। समय के साथ-साथ चूड़ी निर्माण की कला, जिसका सूत्रपात भारत में हुआ माना जाता है, अन्य देशों में पहुँच गई और उन देशों में न केवल भारत में बननेवाली चूड़ियों जैसी चूड़ियों का निर्माण आरंभ कर दिया,

बल्कि नए डिजाइनों और मशीनरी उत्पादन विधि का भी उपयोग आरंभ कर दिया। धीरे-धीरे काँच की चूड़ियों का भारत में आयात बढ़ने लगा, इससे स्थानीय उद्योग के अस्तित्व पर ही खतरा मँडराने लगा, परंतु दो महत्त्वपूर्ण घटनाओं ने इसको जीवित बनाए रखने में योगदान किया। पहली घटना तो विश्वयुद्ध की थी, जिसने प्रभावत: भारत में आयात को पंगु बना दिया और इस तरह देशी उद्योग को बढ़ावा दिया। दूसरी घटना थी 'स्वदेशी' आंदोलन, जिसका अधिक स्थाई प्रभाव पड़ा। चूड़ी उद्योग को भारतीय महिलाओं की हार्दिक ग्राहकी प्राप्त हुई, जिसके फलस्वरूप इस उद्योग का भारत में स्थायीकरण हुआ।

काँच-उद्योग का विकास

भारत में काँच उद्योग के विकास को चार कालों में बाँटा जा सकता है—

प्रथम काल—उन्नीसवीं सदी के प्रारंभ से प्रथम विश्वयुद्ध तक।

द्वितीय काल—प्रथम विश्वयुद्ध के बाद से सन् 1930 के स्वदेशी आंदोलन तक।

तृतीय काल—स्वदेशी आंदोलन के बाद से द्वितीय विश्वयुद्ध तक और

चतुर्थ काल—द्वितीय विश्वयुद्ध-काल।

1. प्रथम विश्वयुद्ध से पूर्व का काल

इस काल में काँच उद्योग का अस्तित्व संघर्षशील स्थिति में था और यह बड़े आश्चर्य की बात थी कि बार-बार की असफलताओं के बावजूद भारतीय व्यवसायी इस उद्योग की ओर आकर्षित होते रहे। इस काल के दौरान भारत में काँच उद्योग के इतिहास में एक महत्त्वपूर्ण विकास यह हुआ कि सन् 1909 में श्री आई.डी. वार्ष्णेय की सहायता से काँच निर्माण की व्यावहारिक कला में छात्रों को प्रशिक्षित करने के लिए तालेगाँव (Talegaon) में पाइसा फंड ग्लास वर्क्स प्रशिक्षण केंद्र की स्थापना हुई। फंड के संस्थापकों ने यह अनुभव किया था कि भारत में काँच उद्योग की असफलता का एक कारण यह था कि यहाँ प्रशिक्षित कार्यकर्ताओं की कमी थी, विदेशी विशेषज्ञ चाहे जितने भी कार्यदक्ष क्यों न हों, भारतीय उद्योग उन पर सहायता के लिए भरोसा करना सदैव जारी नहीं रख सकता था। मिस्टर वार्ष्णेय, जिन्होंने जापान में प्रशिक्षण प्राप्त किया था, उन्होंने प्रशिक्षण के पाठ्यक्रमों का आयोजन जापानी पद्धति पर ही किया। इस केंद्र में मि. करंदीकर काँच निर्माण के सिद्धांत पढ़ाते थे। इनकी सहायता से केंद्र के प्रशिक्षणार्थी काँच निर्माण की प्रयोगात्मक कला और इसके प्रक्रमों के सिद्धांत, दोनों ही की शिक्षा प्राप्त करते थे। यहाँ पर छात्र व्यावसायिक उपक्रम की मूल भावना को भी हृदयंगम करते थे। इस देश में काँच उद्योग जीवित रह सका, तो इसका मुख्य श्रेय इस केंद्र के आयोजकों तथा मि. वार्ष्णेय के प्रयासों तथा उनकी दूरदृष्टि को ही जाता है। पाइसा फंड तथा मिस्टर आई.डी. वार्ष्णेय का नाम इस देश में काँच उद्योग के कर्णधारों के रूप में सदैव याद किया जाएगा।

2. प्रथम विश्वयुद्ध और उसके बाद का काल

जब प्रथम विश्वयुद्ध छिड़ा तो भारत में जर्मनी और बेल्जियम आदि देशों से काँच का आयात बंद हो गया और देशों में घरेलू बाजार की माँग पूरी करने के लिए कई कारखाने खुले। इन भारतीय कारखानों से विभिन्न प्रकार के काँच के सामानों का उत्पादन और विविधता काफी बढ़ी। जिस दौरान इस देश में यह विकास होने लगा था, उस समय जापान, जो युद्ध में शामिल नहीं था, उसने इस सुअवसर का लाभ उठाया। फलत: भारतीय बाजार में जापान के काँच के सामान आने लगे। युद्ध के बाद जापान से आयात काफी बढ़ गया और भारतीय बाजार जापानी सामानों से पट गए। यूरोपीय देशों से निर्यातित माल भी भारत में आने लगा और घरेलू उद्योग काफी तेजी से घटने लगा। युद्ध के बाद दो ही वर्षों में (1920–22) काँच के बरतनों का आयात बढ़कर साढ़े तीन करोड़ के वृहत् आँकड़े तक पहुँच गया। ऐसी स्थिति में भारत के काँच उद्योग को अपने अस्तित्व के लिए कठिन संघर्ष की स्थिति उत्पन्न हो गई। अनेक कारखाने तो बंद हो गए, परंतु कुछ थोड़े से ही संपन्न बने रहे।

3. स्वदेशी आंदोलन के बाद का काल

सन् 1930 के स्वदेशी आंदोलन से लोगों में भारतीय सामान के प्रति राष्ट्रीय सम्मान की भावना जाग्रत् हुई। इसने संघर्षशील काँच उद्योग को पर्याप्त अपेक्षित संरक्षण प्रदान किया। इस काल के दौरान भारतीय बाजार में भारतीय सामान अधिक मात्रा में दिखाई देने लगे और उनकी गुणवत्ता में भी पर्याप्त बढ़ोत्तरी हुई। इस काल के दौरान जो एक अत्यंत महत्त्वपूर्ण घटना हुई, वह थी भारत सरकार द्वारा भारतीय टेरिफ बोर्ड की स्थापना। इसका गठन उन परिस्थितियों की जाँच-पड़ताल के लिए किया गया था, जिनके अंतर्गत भारतीय काँच उद्योग को संरक्षण दिया जा सके। इस बोर्ड के अध्यक्ष डॉ. जॉन मथाई थे और इसे एक अंग्रेज विशेषज्ञ मिस्टर एम.डब्ल्यू हॉडकिन की सहायता प्राप्त थी।

4. द्वितीय विश्वयुद्ध-काल

यह युद्ध 1939 ई. में आरंभ हुआ। इसने भारतीय काँच उद्योग को बहुत अधिक बढ़ावा दिया। अब भारत में काँच के सामानों का आयात काफी घट गया। काँच एक सामरिक महत्त्व का पदार्थ माना गया और चूँकि भारत स्वयं युद्ध संबंधी क्रिया-कलापों का आधार बन गया, अतएव काँच के सामानों की सामरिक आवश्यकताएँ, परिमाण और विविधता दोनों में बहुत बढ़ गईं। भारत में नए किस्म के बहुसंख्यक सामानों का उत्पादन किया जाने लगा है, जैसे वैज्ञानिक उपयोगवाले सामान, ब्वायलर-गेज-काँच, सिग्नल काँच आदि। और ये सामान कुछ महत्त्वपूर्ण सामानों के स्थान पर काम में लाए जाने लगे,

अतएव आवश्यक था कि इनकी औसत गुणवत्ता को पर्याप्त स्तर तक समुन्नत किया जाए। काँच उद्योग इन सामानों के उत्पादन में सक्षम है, यह तथ्य ही आशा दिलाता रहा कि इसका भविष्य उज्ज्वल होगा।

काँच-निर्माताओं की कठिनाइयों में सबसे बड़ी कठिनाई यह थी कि निर्माण की अनेक विशिष्ट शाखाओं में प्रशिक्षित कारीगरों की कमी थी। इस उद्योग के लिए मानकीकरण और शोध-कार्यों के लिए एक केंद्रीय संस्थान की कमी का अनुभव गहराई के साथ किया गया। पश्चिमी देशों में इस प्रकार के केंद्रीय संस्थान, जो भूमिका निभा रहे थे, वह भलीभाँति ज्ञात था और उसका दबाव यहाँ पर भी पड़ रहा था। यह अत्यंत गौरव की बात थी कि वैज्ञानिक एवं औद्योगिक अनुसंधान परिषद् अब काँच और सिरैमिक उद्योगों के लाभ के लिए एक केंद्रीय काँच एवं सिलीकेट शोध संस्थान की स्थापना के लिए सक्रिय कदम उठा रही थी।

काँच-उद्योग की प्रगति के सहायक कारक

किसी भी उद्योग की सफलता निम्नलिखित कारकों पर निर्भर होती है—

1. कच्चे माल की उपलब्धता, 2. बाजार, 3. निर्देशन (तकनीकी और व्यावसायिक, दोनों), 4. कारखाने का स्थान।

अब हम इन कारकों के विचार से भारत में काँच-उद्योग की स्थिति की जाँच कर सकते हैं।

कच्चे माल की उपलब्धता—काँच निर्माण के लिए आवश्यक कच्चा माल निम्नलिखित वर्गों में बाँटा जा सकता है—

(अ) स्थूल काँच बनाने के लिए जिन आधारभूत सामग्रियों की आवश्यकता होती है, वे हैं—बालू, सोडा ऐश और चूना (ब) विशेष प्रकार के लक्षण या गुण उत्पन्न करने के लिए मिलाए जानेवाले विशिष्ट पदार्थ—बेरियम कार्बोनेट, फेल्स्पार, मैग्नीशिया, जिंक-ऑक्साइड, बोरैक्स आदि (स) निर्वर्णीकारक—कलरिंग और फिनिशिंग एजेंट तथा पारदर्शिताकारक पदार्थ, सेलीनियम,मैंगनीज डाइऑक्साइड, आर्सेनियस ऑक्साइड, कोबाल्ट ऑक्साइड, क्रोमियम ऑक्साइड, निकेल ऑक्साइड और गंधक आदि (ई) ऑक्सीकारक और अवकारक एजेंट—पोटैशियम नाइट्रेट और कार्बन आदि।

भारत में काँच बनाने के लिए उपयुक्त बालू, बालू पत्थर और क्वाट्र्ज (स्फटिक) का समुचित सर्वेक्षण नहीं किया गया था। जियोलॉजिकल सर्वे ऑफ इंडिया (भारतीय भूगर्भ सर्वेक्षण) तथा कुछ अन्य स्वतंत्र कार्यकर्ताओं से जो सूचनाएँ उपलब्ध थीं, वे बहुत कम थीं। इंडस्ट्रियल रिसर्च ब्यूरो द्वारा देश में उपलब्ध काँच के कच्चे माल के एक सर्वेक्षण का आयोजन किया गया था, परंतु इस सर्वेक्षण के परिणामों पर तब तक कोई

रिपोर्ट प्रकाशित नहीं हुई थी। बालू और स्फटिक आदि के निक्षेप देशभर में जगह-जगह फैले पाए गए थे, परंतु भारत में अधिकांश काँच-कारखाने जिन महत्त्वपूर्ण केंद्रों से बालू की आपूर्ति प्राप्त करते थे, वे प्रयागराज के पास बरगढ़ और (जयपुर में) माधवपुर में स्थित हैं। बरगढ़ में पाए गए निक्षेप अत्यंत विस्तृत क्षेत्र में फैले हुए हैं और यहाँ का माल सरलतापूर्वक चूर्णित होने योग्य चट्टानों के रूप में पाया जाता है। बालू के निक्षेप भी एग्मोर (मद्रास) के निकट जैजान, मंगलहाट, जबलपुर, बेलगाम, बिलासपुर और बड़ौदा आदि स्थानों पर भी पाए जाते हैं। ट्रावनकोर के बालू-निक्षेपों में भारी मात्रा में इल्मेनाइट पाया जाता है, जिसे चाल कर यांत्रिक विधि से अलग किया जा सकता है। इस बालू की गुणवत्ता साधारण किस्म के काँच के लिए पर्याप्त संतोषजनक पाई जाती है और सगुचित प्रसंस्करण (जैसे : धुलाई, चालन या दोनों ही प्रक्रियाओं) से इसे विशिष्ट प्रकार के काँच जैसे-प्रकाशीय काँच की जरूरतों के लिए परिशोधित किया जा सकता है। उपयुक्त किस्म के बालू के निक्षेप भारत के विभिन्न भागों में बिखरे पाए जाते हैं। यह विश्वास किया जाता है कि उचित ढंग से संचालित सर्वेक्षण द्वारा कच्चे माल के वृहत्तर निक्षेपों की जानकारी प्राप्त की जा सकती है। यह अनुमान लगाया जा सकता है कि काँच उद्योग को उपयुक्त किस्म की बालू की कमी की समस्या नहीं झेलनी पड़ेगी।

दूसरा महत्त्वपूर्ण कच्चा माल सोडा ऐश है, जिसकी लागत प्रत्येक घानी की कुल लागत की 50 प्रतिशत से अधिक ही होती है। सोडा ऐश अभी भी भारत में ग्रेट ब्रिटेन से आयात किया जाता है, परंतु 'Alkali and Chemical corporation of India' और 'Tata Chemicals Limited' की सोडा ऐश फैक्टरी स्थापना के बाद यह महत्त्वपूर्ण पदार्थ भी अपने देश में उत्पादित होने लगेगा। फेल्स्पार, जो भारत में उपलब्ध है, वह काँच की घानी (बैच) में मिलाया जाता है। सोडा ऐश के एक भाग के रूप में, उसके स्थान पर काम में लाया जा सकता है, परंतु इसे एक सीमित मात्रा से अधिक नहीं मिलाया जा सकता, क्योंकि इसमें उपस्थित ऐल्यूमिना भी अपने आप घानी में मिल जाता है। अच्छी गुणवत्ता का फेल्स्पार-निक्षेप भारत में इधर-उधर फैले अलग-अलग स्थानों में पाया जाता है और इनमें से कुछ का उपयोग सफलतापूर्वक उस फेल्स्पार के स्थान पर किया गया है, जिसे बाहर से मँगाया जाता था। दूबे और अग्रवाल द्वारा यह खोज की गई कि नेफ्थैलीन सायनाइड का उपयोग किया जा सकता है, परंतु इसमें आयरन (लौह) का हिस्सा बहुत अधिक होता है, अतएव इसका उपयोग सोडा ऐश के स्थान पर, गहरे रंग की काँच की बोतलें बनाने के लिए ही किया जा सकता है।

एक अन्य पदार्थ जो 'रेह' के नाम से जाना जाता है, यह एक फेनिल (effervescent) क्षारीय निक्षेप है, जो उत्तर भारत में बहुतायत में उपलब्ध है, इसमें सोडा ऐश तथा सॉल्ट केक पर्याप्त मात्रा में मिले होते हैं, परंतु अशुद्धियों की उपस्थिति

के कारण रेह का उपयोग केवल निम्नतर गुणवत्ता के काँच के निर्माण के ही लिए काम में लाया जा सकता है।

भारत में अच्छे चूने के पर्याप्त विशाल निक्षेप पाए जाते हैं और चूँकि काँच-उद्योग में इसकी आवश्यकताएँ बहुत अधिक मात्रा में नहीं हैं, अतएव इस कच्चे माल के अभाव का खतरा नहीं है।

अन्य पदार्थ, जैसे मैंगनीज ऑक्साइड, बेरियम कार्बोनेट, जिंक ऑक्साइड आदि देश में उपलब्ध हैं। बोरैक्स और सेलीनियम आदि अब भी बाहर से मँगाए जाते हैं, परंतु युद्धकालिक प्रतिबंधों के हट जाने पर इन रसायनों को प्राप्त करने में कोई कठिनाई नहीं होगी। यह आशा नहीं की जा सकती है कि किसी देश में किसी भी विशेष उद्योग के लिए आवश्यक हर प्रकार के पदार्थ उपलब्ध हों।

ईंधन और रिफ्रैक्टरी

(1) ईंधनों को यद्यपि कच्चे माल में शामिल नहीं किया जाता है, परंतु काँच के बड़ी मात्रा में उत्पादन के लिए ईंधन एक प्रमुख घटक का काम करता है। भारत में प्रति एक टन पिघले काँच के निर्माण में डेढ़ से लेकर 3 टन के विभिन्न परिमाणों में कोयले का उपयोग करना पड़ता है। ईंधन और उत्पादित काँच का अनुपात बहुत ही ऊँचा है, किंतु सुधार और विकास होने के साथ ऐसा विश्वास किया जाता है कि हमारे देश में भी उक्त अनुपात को उस स्तर तक कम किया जा सकता है, जो अन्य देशों से प्राप्त किया गया है। काँच उद्योग में काम आनेवाला मुख्य ईंधन कोयला (कोल) है और गिने-चुने कारखानों में ही तेल प्रज्ज्वलित भट्ठियों का उपयोग किया जा रहा है। भारत में प्रमुख कोयला भंडार झरिया और रानीगंज में स्थित हैं और कुछ फैक्टरियों को कोयले की आपूर्ति काफी दूर से करनी पड़ती है। कोयले का वार्षिक उत्पादन लगभग 2.5 करोड़ टन है, जिसमें से लगभग एक लाख टन की खपत इन काँच उद्योगों में होती है और इसमें आश्चर्य की कोई बात नहीं है।

भट्ठियों के निर्माण में जिन रिफ्रैक्टरीज (दुर्गलनीय पदार्थों) का उपयोग किया जाता है, वे काँच उद्योग के लिए महत्त्वपूर्ण पदार्थ (माल) हैं। रिफ्रैक्टरी का बड़े पैमाने पर निर्माण करनेवालों द्वारा उत्पादित सामान पर्याप्त संतोषप्रद माना जाता है। जापान से आयात बंद हो जाने पर कुछ काँच प्रतिष्ठानों द्वारा स्वयंनिर्मित काँच पात्रों का उत्पादन आरंभ किया गया। इनमें गंगा ग्लास वर्क्स, बालावाली उल्लेखनीय हैं, जिनके लिए कहा जाता है कि इन्होंने भारी सफलता प्राप्त की। रिफ्रैक्टरी चिकनी मिट्टी भारत में पर्याप्त मात्रा में उपलब्ध है और संप्रति इसकी कमी की कोई आशंका नहीं है।

(2) **बाजार**—द्वितीय विश्वयुद्ध आरंभ हो जाने के समय पर भी भारत में

आयातित माल की सीमा एक करोड़ रुपए से अधिक ही थी। आयात के भारी सामान हैं, चूड़ियाँ, नकली मोती, बोतलें, काँच की शीटें आदि। भारत का वार्षिक उत्पादन लगभग डेढ़ करोड़ रुपए मूल्य का कहा जाता है और इसका प्रमुख भाग चूड़ियों का है। दुर्भाग्यवश भारत के विभिन्न प्रांतों और राज्यों में विभिन्न प्रकार के काँच-सामानों के उत्पादन के आँकड़े उपलब्ध नहीं हैं, परंतु यह निर्विवाद रूप से माना जा सकता है कि यूनाइटेड प्राविंसेज (संयुक्त प्रदेश), जहाँ फिरोजाबाद में काँच की चूड़ियों के उद्योग स्थित हैं, वहाँ लगभग एक करोड़ रुपए मूल्य तक का काँच का सामान उत्पादित होता है। भिन्न-भिन्न प्रतिष्ठानों द्वारा प्रस्तुत किए गए आकलनों में काफी अंतर पाया जाता है और सांख्यिकीय आँकड़ों के अभाव तथा उत्पादकों से विश्वसनीय आँकड़े संकलित करने की कठिनाइयों के चलते बहुत सही आँकड़े प्रस्तुत करना संभव नहीं है। युद्ध आरंभ होने के बाद से अब तक काँच-उद्योग में पर्याप्त विस्तार हुआ है और घरेलू बाजार के प्रमुख भाग में स्थानीय उद्योगों द्वारा ही काँच के सामानों की आपूर्ति हो रही है।

युद्ध के बाद के समय में इस बात की तमाम संभावनाएँ हैं कि काँच के सामान और अधिक व्यापक उपयोगों में प्रयुक्त होने लगेंगे और भारत का अपने पड़ोसी देशों, अरेबिया, बर्मा, सीलोन और मलाया आदि में निर्यात व्यापार भी होता है। भारत के निर्यात का कुल आकलित मूल्य 6 लाख रुपए है।

(3) निर्देशन—इस प्रकार की विषमताओं के समक्ष भी काँच उद्योग का जीवित रहना हमारे देश के उन उद्यमियों की, जो काँच उद्योग में लगे हुए हैं, व्यावसायिक प्रतिभा और साहसिक दृढता के प्रति एक उपहार ही कहा जाएगा। काँच उद्योग के विकास के लिए फर्नेस-डिजाइन, भौतिक विज्ञान और रसायनशास्त्र सहित इंजीनियरिंग के सुदृढ ज्ञान की भी आवश्यकता होती है। वास्तव में काँच का विकास एक सर्वथा कलात्मक वस्तु से उद्‌भूत होकर एक बहुउपयोगी वस्तु के रूप में उभरा, इसका कारण यह है कि औद्योगिक उत्पादन पर लगातार वैज्ञानिक विधियों का अनुप्रयोग बढ़ता रहा। इस दृष्टिकोण से देखा जाए तो भारत की अपार क्षति हुई है, विशेषत: युद्ध काल के दौरान। इस दौरान प्रशिक्षित कारीगरों की कमी से ऐसे अनेक सामानों के उत्पादन का काम आरंभ नहीं हो सका, जिनकी अपने देश में ही भारी माँग थी। यह अनुमान लगाया जा सकता था कि सामान्य स्थिति आने पर विदेशों के साथ हमारी प्रतियोगिता पुन: पर्याप्त संघर्षपूर्ण होगी।

(4) श्रमिक—काँच उद्योग के लिए देश में पर्याप्त संख्या में श्रमिक उपलब्ध हैं और औसतन सामान्य श्रमिक ने भी असाधारण योग्यता और कुशलता प्रदर्शित की है। यह कहना गलत नहीं होगा कि अवसर दिए जाने पर कोई भी औसत भारतीय मजदूर विश्व के किसी भी अन्य देश के मजदूर से निम्नतर स्तर का नहीं पाया जाएगा।

श्रमिकों के तकनीकी स्तर को ऊपर उठाने की महती आवश्यकता है और इस उद्योग को वास्तविक रूप में योग्य एवं प्रशिक्षित मजदूर मुहैया कराने की भी बहुत जरूरत है।

(5) कारखानों का स्थान—किसी औद्योगिक कारखाने की स्थिति उसकी सफलता का एक निर्णायक कारक होती है। अतएव पूरे विश्व में आजकल इस पर व्यावहारिक रूप से अधिकाधिक अध्ययन किया जाता रहा है। यद्यपि यह एक अत्यंत विवादास्पद बिंदु है, आमतौर पर माना जाता है कि किसी फैक्टरी का स्थान निर्धारित करने में निर्णायक कारक हैं—कच्चे माल की उपलब्धता, बाजार से निकटता और सस्ते श्रमिकों की पर्याप्त संख्या में उपलब्धि (आपूर्ति)। काँच के मामले में तैयार वस्तुओं (माल) का भार,घानी (बैच) के सामानों के भार में यथार्थतः बहुत भिन्न नहीं होता है। काँच के सामानों के लिए रेल-भाड़ा स्थूल कच्चे माल के रेल भाड़े से उच्चतर नहीं होता है। इसके अतिरिक्त, काँच भंगुर पदार्थ है, अतः यातायात के दौरान यदि लंबी दूरियाँ तय करनी हों तो टूट-फूट की क्षति अधिक होती है, अतएव वरीयता क्रम में आमतौर पर बाजार की निकटता को फैक्टरी का स्थान निर्धारित करने की पहली कसौटी माना जाता है। कच्चे सामानों तथा ईंधनों की उपलब्धता को इस क्रम में दूसरी कसौटी माना जाता है। वास्तव में संयुक्त प्रांत के उत्तर पश्चिम भागों में बहुसंख्यक काँच कारखानों की स्थिति तथा उनकी सफलता का मुख्य कारण बाजारों से इनकी निकटता ही है। उत्तर भारत में मजदूर भी सस्ते हैं। कलकत्ता और मुंबई बंदरगाह होने के कारण काँच उद्योग के केंद्रों के रूप में अधिक विकसित हुए हैं, इसका भी कारण यही है कि ये बड़े बाजार हैं, न कि कच्चे माल की निकटता के कारण। भारत में इस उद्योग के विकास की परिस्थितियाँ अत्यंत अनुकूल हैं और यदि इसे प्रशिक्षित श्रमिकों का लाभ सुनिश्चित हो जाता है तो निकट भविष्य में इन कारखानेां में प्रत्यक्ष रूप से विकास दिखाई देना निश्चित है।

वर्तमान स्थिति

काँच उद्योग भारतभर में जगह-जगह फैला हुआ है, परंतु अधिकतर कारखाने बंगाल, संयुक्त प्रदेश और मुंबई, इन तीन प्रदेशों में ही स्थित हैं।

भारत में बने काँच के सामानों की गुणवत्ता में द्वितीय विश्वयुद्ध आरंभ होने से पहले सुधार देखा गया था, परंतु अनेक कारणों से, जैसे रसायनों की आपूर्ति सीमित होने, ईंधनों की कमी होने तथा परिवहन में कठिनाई आने से तथा इसके साथ-ही-साथ विदेशी प्रतिस्पर्धा के अभाव से, उत्पादों की गुणवत्ता का कुछ ह्रास हुआ। अब काँच के सामानों की चमक और फिनिश पर्याप्त संतोषप्रद नहीं रह गई है। वे निष्प्रभ और कदाचित विरूपित (टेढ़े-मेढ़े) भी दिखाई पड़ते हैं। तापानुशीलन की प्रक्रिया कमजोर हो गई है और भारतीय उत्पादों की प्रमुख त्रुटियों के कारण भी यही हैं। पिछले कुछ वर्षों के

दौरान काँच के सामानों की बढ़ती हुई माँग के कारण कुछ छोटी इकाइयाँ पनप गई हैं, जिन्होंने उपयुक्त तकनीकी मार्गदर्शन की कमी के कारण उत्पादन की अत्यंत अपरिष्कृत विधियाँ अपना ली हैं।

वर्तमान समय में कुछ इने-गिने मामलों को छोड़कर कहीं भी उत्पादन के दौरान गुणवत्ता के नियंत्रण की व्यवस्था नहीं है और लगभग सभी संक्रियाएँ आज भी आनुभविक विधियों (थंब रूल) द्वारा संपन्न की जाती हैं।

यहाँ के कारखानों में उत्पादित काँच के अधिकांश सामान अत्यंत सामान्य एवं परंपरागत किस्म के होते हैं और प्रकाशीय काँच, दृढीकृत काँच, फ्लैश्ड काँच, प्लेट काँच, बहुकोशीय काँच और फाइबर काँच आदि जैसी विशिष्ट वस्तुओं के उत्पादन के लिए बहुत ही कम प्रयास किए गए हैं।

इस उद्योग में बेहतर किस्म की भट्ठियाँ काम में लाई जाती रही हैं, परंतु अब अनेक कारखानों में अविकसित और पुराने ढंग या डिजाइनवाली भट्ठियाँ काम में लाई जा रही हैं और अनेकों में तो सहायक भट्ठियों जैसे—तापानुशीलन भट्ठी और ग्लोरीहोल (गंदी भट्ठी) आदि का उपयोग हो रहा है, जो इस उद्योग के क्षेत्र में हुए भारी विकास को देखते हुए अत्यंत निराशाजनक लगता है।

आमतौर पर तापानुशीलन (annealing) पर पर्याप्त ध्यान नहीं दिया जाता है। खराब तापानुशीलन के कारण भारत में बने काँच के सामान तापमान के थोड़े से परिवर्तन के कारण ही दरक जाते हैं। उनकी यांत्रिक सुदृढता भी कमजोर होती है। भंडारण के दौरान ही ये सामान प्राय: चटक जाते हैं। कुछ कारखानों में तो तापानुशीलन की भट्ठियाँ अत्यंत आदिम डिजाइन की हैं, ये ईंधन की बरबादी करती हैं और कारीगरों के स्वास्थ्य के लिए हानिकारक होती हैं, किसी उपयुक्त ढंग से निर्धारित ताप तालिका (schedule) के अभाव में, जैसा कि व्यवहार में देखा जा रहा है। परंपरागत चालू विधि का कोई मूल्य नहीं है। ईंधनों और रसायनों की कमी के वर्तमान दिनों में यह सरलतापूर्वक समझा जा सकता है कि यदि तापानुशीलन की प्रक्रिया और तकनीक को उपयुक्त ढंग से समायोजित किया जा सके, जो कि भारतीय काँच पात्रों के निर्माण का एक सर्वाधिक बुरा पहलू हो गया है, तो काँच के सामानों की गुणवत्ता में पर्याप्त सुधार हो सकता है और ईंधन तथा रसायनों की कुल मिलाकर जितनी मात्रा की आवश्यकता है, उसे भी कम किया जा सकता है।

भावी प्रत्याशाएँ

इस उद्योग के लिए युद्धोतर काल की संभावनाओं पर विचार करने के लिए यह पूर्वदृष्टि सरलता से अपनाई जा सकती है कि दैनिक जीवन में काँच के सामानों का उपयोग आज की अपेक्षा अधिक और विस्तृत क्षेत्रों में होगा। धातुओं की आपूर्ति तेजी से

घटती जा रही है, इस दृष्टि से धातुओं के विकल्प गरमजोशी के साथ ढूँढ़े जा रहे हैं। इस दिशा में काँच एक महत्त्वपूर्ण स्थान पा सकता है। शायद ही किसी ने पहले यह सोचा होगा कि काँच जैसा भंगुर पदार्थ कभी सेंट्रीफ्यूगल पंपों के ब्लेड जैसे धात्वीय सामान के रूप में, अनेक रसायन एवं विलायक फैक्टरियों के पाइपों के रूप में गेजेज में, बाल बियरिंग में और फर्नीचरों में धातु से बने पुर्जों के स्थान पर काम करेगा। (यह देखा गया है कि काँच के गेज धातु के गेजों की अपेक्षा बेहतर काम करते हैं)। काँच के अधिक व्यापक उपयोग में इसकी भंगुरता का गुण ही मुख्य रूप से बाधक है, लेकिन न टूटने योग्य काँच के उत्पादन से स्थिति काफी बदल गई है। काँच के सामान देखने में आकर्षक होते हैं, उन पर खाद्य पदार्थों और रसायनों की क्रिया का कोई प्रभाव नहीं पड़ता है। ये विशेषताएँ उन्हें धातु के बरतनों की अपेक्षा स्पष्टत: अधिक उपयोगी बनाती हैं।

काँच उद्योग में काम आनेवाले कच्चे माल के संसाधनों की भारत में बहुलता है। उद्योग और दैनिक जीवन के उपयोग में काँच का उपयोग निरंतर बढ़ता ही जाएगा, अत: भविष्य के लिए यह प्रत्याशित है कि काँच के उत्पादन में उल्लेखनीय विकास अवश्यंभावी रहें। यह गौरव की बात है कि मुंबई योजना के लेखकों ने काँच और सिरैमिक उद्योगों को प्रमुख उद्योगों में शामिल किया है। यदि विकास कार्य सुदृढ तकनीकी तौर-तरीकों पर चलता है और आर्थिक स्थितियाँ अनुकूल रहती हैं, तो इस उद्योग का भविष्य सुनिश्चित है।

□

2
सिरैमिक उद्योग

भू वैज्ञानिक एवं खनि-अभियंताओं की अभिरुचिवाली चट्टानों से अपनी कच्ची सामग्री प्राप्त करनेवाले महत्त्वपूर्ण उद्योगों में से एक है सिरैमिक उद्योग।

यद्यपि भारत में काँच तथा मृत्तिका-सामग्री का निर्माण अत्यंत प्राचीन काल से होता रहा है, परंतु जिसको हम आधुनिक मृत्तिका उद्योग की संज्ञा प्रदान कर सकते हैं, उस रूप में यह उद्योग इस देश में बीसवीं शताब्दी के प्रारंभ से प्रारंभ हुआ और इससे पूर्व इस उद्योग में भी असफलताओं का एक अनुक्रम चला, जिसमें कई करोड़ रुपयों का अपव्यय हुआ। अन्य अनेक भारतीय उद्योगों की ही भाँति मृत्तिका उद्योग का श्रीगणेश भी बीसवीं शताब्दी के ऐसे काल में हुआ, जो भारतीय इतिहास में राजनैतिक उठापटक का काल रहा है और जिसमें प्रवर्तित स्वदेशी आंदोलन के तत्त्वावधान में लोगों द्वारा देश को विदेशी आयातों से मुक्त कराने का संकल्प लिया गया था। राज्य की ओर से समर्थन की कमी तथा तत्कालीन सरकार से पूर्ण समर्थनप्राप्त विकसित देशों के साथ प्रबल प्रतिस्पर्द्धा के कारण भारत में इन उद्योगों को संघर्ष तथा कठिनाइयों से बार-बार जूझना पड़ा और बीसवीं शताब्दी के तृतीय दशक के उपरांत स्वदेशी आंदोलन न छिड़ गया होता तो संभवत: ये उद्योग पूर्णतया विनष्ट भी हो गए होते। स्वदेशी आंदोलन के दौरान अनेक नवीन कारखानों की स्थापना हुई तथा उत्पादन की विधियों व प्रयुक्त उपकरणों एवं उत्पादों की गुणवत्ता में चतुर्मुखी विकास हुआ। सन् 1939 में प्रारंभ होनेवाला युद्ध इन उद्योगों के प्रसार हेतु एक बड़ा उद्दीपन सिद्ध हुआ और यह उद्योग आज 10 से 15 करोड़ रुपए वार्षिक की दर से सामान का उत्पादन कर रहा है।

सूचना है कि सन् 1928 में मृत्तिका पात्रों का सकल वार्षिक उत्पादन लगभग 25-30 लाख रुपए का रहा। उत्पादित सामग्री में घरेलू क्रॉकरी, निम्न तनाववाले अचालक पदार्थ, अम्ल रखनेवाले जार, फर्श में जड़नेवाली टाइलें आदि थीं। द्वितीय विश्व युद्धकाल में उत्पादन का बड़ा प्रसार हुआ और सन् 1945 में सकल वार्षिक उत्पादन अनुमानत:

2.5 से 3 करोड़ रुपए रहा। इसी प्रकार उत्पादों की सीमा केवल घरेलू क्रॉकरी में ही नहीं, अपितु उत्पादन की नई जिंसों, जैसे उच्च तनाववाले अचालकों, दीवार में जड़ी जानेवाली टाइलों और स्वच्छता सामग्री आदि में भी हुई। अनेक इकाइयों में उपकरण एवं उत्पादन-विधियाँ कुछ कम आधुनिकीकृत हुई है। मृत्तिका पात्रों का निर्माण करनेवाला सबसे बड़ा कारखाना पूर्व में कलकत्ते में स्थित है। सन् 1928 में प्रयुक्त होनेवाली भट्ठियाँ Down Drought Kiln टाइप की थीं, वहीं आज कम-से-कम आधा दर्जन कारखानों में बड़े पैमाने पर उत्पादन के लिए Tunnel Kiln टाइप भट्ठियाँ स्थापित की जा चुकी हैं। बताते हैं कि इन नयी भट्ठियों की दक्षता अन्य देशों की भट्ठियों के तुल्य ही है। उत्पादित सामग्री की गुणवत्ता में भी भारी सुधार हुआ है।

काँचाभ मीनाकारी उद्योग सन् 1920-30 के दशक में प्रारंभ हुआ। इस समय सारे देश में लगभग एक दर्जन काँचाभ मीनाकारी (तामचीनी) उद्योग के कारखाने फैले हुए हैं। इनका सकल वार्षिक उत्पादन एक से डेढ़ लाख रुपए तक युद्ध काल में रहा। युद्धोपरांत जब देश का विभाजन हुआ तो यह उत्पादन कुछ कम हुआ। अनेक वस्तुएँ, जिनमें घरेलू उपयोग की सामग्री, चिकित्सालयों में प्रयोग की जाने वाली सामग्री, तामचीनी से निर्मित प्रतीक चिह्न तथा स्वच्छता सामग्री का आज उत्पादन हो रहा है और इस सामग्री की गुणवत्ता अत्यंत उच्च मानक प्राप्त कर चुकी है।

उच्च तापमान का प्रयोग करनेवाले किसी भी उद्योग के लिए उच्च तापमान सह्य उत्पाद अनिवार्य होते हैं। किसी भी देश के उच्च तापमान सह्य उद्योग का आकार ही उस देश के अन्य आधारभूत उद्योगों की प्रगति का सूचकांक माना जाता है। लौह तथा इस्पात उद्योग उच्च तापमान सह्य उत्पादों के प्रमुख उपभोक्ताओं में से एक हैं। बीसवीं शताब्दी के प्रारंभिक वर्षों में लौह तथा इस्पात उद्योग की स्थापना के उच्च तापमान सह्य वस्तुओं का उत्पादन करनेवाले कारखानों की संख्या में भी पर्याप्त वृद्धि हुई। अधिकांश उच्च तापमान सह्य उद्योग से संबंधित प्रतिष्ठान ब्रिटिश संस्थाओं के नियंत्रण में थे और इंग्लैंड में अपने प्रतिरूपी के साथ जुड़े होने का लाभ उनको प्राप्त हो रहा था और आधुनिक तकनीक व उपकरणों का प्रयोग करने के कारण वे अधिक अच्छी स्थिति में थे। सीमेंट, काँच, सिरैमिक, ढलाई तथा अन्य उद्योगों की वृद्धि के साथ उच्च ताप सह्य उद्योग की सकल उत्पादन क्षमता में पच्चीस वर्षों में पर्याप्त वृद्धि हुई है। अनुमान है कि इस उद्योग की वर्तमान प्रतिष्ठापन क्षमता 300 हजार टन वार्षिक की है। निर्मित उत्पादों में मुख्यतया अग्निसह पदार्थ यथा सिलिका की अग्निसह ईंटें, मैग्नेसाइट, क्रोम तथा सिलिमैनाइट और अचालक ईंटें आदि होती हैं। उनका वार्षिक उत्पादन 2,00,000 से 2,30,000 टन के बीच होता है, जिसकी कीमत लगभग 2 करोड़ रुपए होती है। इन उत्पादों की गुणवत्ता श्रेष्ठ और भारतीय मानकों के अनुरूप

होती है, ये मानक कमोबेश अन्य औद्योगिक रूप से विकसित देशों में स्वीकृत मानकों के अनुरूप होते हैं।

काँच एवं सिरैमिक उद्योग की प्रगति पर वैज्ञानिक अनुसंधान तथा यंत्रीकरण का प्रभाव—

प्राय: विगत तीस वर्षों में काँच एवं सिरैमिक उद्योगों में जो विकास हुआ है, उस पर दो मुख्य कारकों का प्रभाव रहा है—प्रथमत: उत्पादन-प्रक्रमों का यंत्रीकरण और दूसरा, उद्योग में विज्ञान का सुसंगठित अनुप्रयोग।

सघन एवं क्रमबद्ध वैज्ञानिक अध्ययनों के फलस्वरूप कच्ची सामग्री का स्तर, उत्पादन की विधियाँ, उपकरणों के आकार-प्रकार व भट्ठियों आदि के स्तरों में आमूलचूल परिवर्तन हुए हैं। एक ओर जहाँ विदग्ध विद्वज्जनों द्वारा अनेक स्वचालित यंत्र एवं युक्तियाँ विकसित की गई हैं, वहीं दूसरी ओर उनकी सफलता का श्रेय मुख्य रूप से रसायनज्ञों, भौतिकीविदों, अभियंताओं एवं प्रौद्योगिकीविदों के समन्वित एवं स्थायी प्रयासों को जाता है, जिनके अंतर्गत शुद्ध रासायनिक संघटन, श्रेष्ठतम दक्षता एवं उस दक्षता को न्यूनतम लागत मूल्य पर प्राप्त करना आदि सम्मिलित हैं। उत्पादन कई गुना बढ़ा है और यद्यपि विश्वस्तरीय उत्पादन संबंधी ठीक-ठीक आँकड़े इन उद्योगों के संदर्भ में उपलब्ध नहीं हैं।

उच्च तापमान पर कार्य करनेवाले किसी भी उद्योग के लिए अग्निसह पदार्थ उसके आवश्यक अंग होते हैं। उदाहरणार्थ धातु उद्योग, सीमेंट उद्योग, काँच उद्योग आदि। परिश्रमपूर्वक किए गए अनुसंधानों से प्राप्त परिणामों के आधार पर अग्निसह पदार्थों के निर्माण संबंधी उद्योग ने अन्य उद्योगों में सतत बढ़ती हुई विविध प्रकार की तथा यथार्थ आवश्यकताओं को पूरा करने में सहायता की है। इस दिशा में विशेष रूप से निम्न ऐल्युमिना और निम्न टाइटेनिया ईंटों का उल्लेख किया जा सकता है। काँच उद्योग के लिए संगलित इलेक्ट्रोकास्ट ब्लॉकों का उत्पादन इस दिशा में एक महत्त्वपूर्ण कदम है, जिसने ग्लास टैंकों के अभिकल्प एवं उत्पादन दक्षता को भी प्रभावित किया है।

इस दौरान एक अन्य महत्त्वपूर्ण प्रगति रोधी पदार्थों के क्षेत्र में हुई है, जो कि सन् 1920 के दशक में बहुत आम बात नहीं थी। इन पदार्थों के प्रयोग में निरंतर हो रही वृद्धि के कारण विकिरणजनित ऊर्जा-क्षय में आनेवाली कमी ने भट्ठियों में प्रयोग किए जानेवाले ईंधन की दक्षता को बढ़ाया है, जिससे उत्पादन में आनेवाली लागत में कमी आई है। प्रभावी रोधन हेतु उनका प्रयोग प्रशीतन में भी किया जा रहा है। इसके साथ ही अब उच्च तापसहरोधी पदार्थ भी बना लिये गए हैं, जिनकी छिद्रिष्ट प्रकृति के कारण उनमें उष्मीय आघातों को सहन करने की अद्‌भुत क्षमता पाई जाती है। इन पदार्थों को सीधे ज्वालाओं के संपर्क में रखकर काम में लाया जा सकता है। ग्लास तथा सिरेमिक अनुसंधान केंद्र कलकत्ता में किए गए अनुसंधानों के आधार पर विभिन्न रोधी पदार्थों

को ईंटों, गुटकों आदि रूपों में विकसित किया गया है तथा रद्दी अभ्रक से निर्मित रोधी पदार्थों की कार्यक्षमता उन वर्मीकुलाइट से बने रोधी पदार्थों जैसी ही है, जिनको हम पूरी तरह विदेशों से आयात करते आ रहे थे।

काँच पर की जानेवाली मीनाकारी के क्षेत्र में जो महत्त्वपूर्ण विकास कार्य हुए हैं, उनमें ऐल्यूमिना की मीनाकारी उल्लेखनीय है, जिसे पिछले कुछ वर्षों में हासिल किया गया है। ऐल्युमिनियम और उसकी मिश्रधातुओं का उपयोग इस क्षेत्र में जिस तेजी से बढ़ रहा है, उसे देखते हुए उनसे बड़ी आशाएँ हैं। प्रतिदीप्तिकारी मीना का काम इस दिशा में होनेवाली एक अन्य प्रगति है और उनकी उपयोगिता को देखते हुए मीनाकारी संकेतों के रूप में उनकी माँग भविष्य में बढ़ने की आशा है।

सुहागारहित तामचीनी का उत्पादन इस दिशा में हुई एक नवीन प्रगति है और उनकी उपयोगिता को देखते हुए बोरानरहित तामचीनी पर काम सुहागे की कमी के कारण सर्वप्रथम जर्मनी में प्रारंभ किया गया, जिनमें सुहागे की बजाय कुछ संश्लेषित गालक प्रयोग किए गए थे, परंतु इस प्रकार की तामचीनी में स्वत: कतिपय दोष उत्पन्न हो गए थे, अत: बहुत थोड़ी मात्रा में सुहागे का प्रयोग आवश्यक समझा गया। यहाँ यह उल्लेखनीय है कि काँच एवं सिरेमिक अनुसंधान केंद्र में किए गए क्रमबद्ध अध्ययनों के फलस्वरूप तथाकथित बोरानरहित तामचीनियों को पूर्णरूपेण बोरानरहित बनाने के लिए उसमें नानाविध परिवर्तन किए गए हैं और इन परिवर्तनों के फलस्वरूप इन तामचीनियों में कोई दोष नहीं आने पाया। भारत में सुहागे की आपूर्ति पूर्णतया विदेशों से किए जानेवाले आयात पर निर्भर करती है, अत: हमारी रुचि बोरानविहीन तामचीनी में होना पूर्णतया स्वाभाविक है।

नाभिकीय ऊर्जा में शुद्ध ऑक्साइड सिरेमिक

ई. रिश्केविच तथा ओ.रफ. ने सिरेमिक पिंडों में काँच सदृश आधात्री की भूमिका का पता लगाने के लिए शुद्ध ऑक्साइड सिरेमिकों का अत्यंत आधारभूत अध्ययन किया। इन अध्ययनों से यह पता चला कि इस मौलिक अनुसंधान का सिरैमिक उद्योग पर क्या प्रभाव होगा। अग्निसह पदार्थों की उपयोगिता (विशेष रूप से उनकी उष्मारोधकता और यांत्रिक गुण) काँच सदृश आधात्री की उपस्थिति में कम हो जाती है। विशुद्ध उच्च ताप ऑक्साइड यथा ऐल्यूमिना, बेरिल, मैग्नीशिया, जर्कोनिया आदि आबंधन हेतु काँच सदृश आधात्री पर निर्भर नहीं करते, अपितु उन्हें यह आबंधन अंतरआणविक बलों से प्राप्त होता है। हम कह सकते हैं कि शुद्ध ऑक्साइड के एक बड़े आकार का क्रिस्टल उनमें पाया जाता है, जिनके यांत्रिक पारंपरिक अग्निसह पदार्थों की तुलना में अधिक प्रखर होते हैं। अनुसंधान कार्य में हुई इस प्रगति के फलस्वरूप सिरेमिकों के बारे में हमारी मूलभूत अवधारणाओं में दो परिवर्तन हुए हैं, अग्निसह पदार्थों के निर्माण में प्लास्टिक

की अनिवार्यता तथा काँचवत् आबंध प्रदान करने के लिए कुछ गालक पदार्थों की उपस्थिति सुनिश्चित करना। शुद्ध अग्निसह ऑक्साइड पदार्थों के उत्पादन में इन पदार्थों की आवश्यकता नहीं पड़ती। उद्योग के क्षेत्र में वे ठोस अवस्था अभिक्रियाओं का एक उदाहरण प्रस्तुत करते हैं।

वैज्ञानिक एवं प्रौद्योगिक विकास की वर्तमान प्रवृत्तियाँ संकेत करती हैं कि भावी औद्योगिकीकरणजनित आवश्यकताओं की पूर्ति हेतु नाभिकीय शक्ति ऊर्जा का एक सशक्त साधन बनेगी। किसी पावर रिऐक्टर की कार्यप्रणाली उस बॉयलर की भट्ठी के समान होती है, जिसे विद्युत्-उत्पादन हेतु जलवाष्प के निर्माण हेतु प्रयुक्त किया जाता है। परमाणु भट्ठी (नाभिकीय रिऐक्टर) में अत्यंत उच्च ताप उत्पन्न किए जाते हैं और उच्च तापों को उस मान तक सीमित रखा जाता है, जिस तक उसमें प्रयुक्त पदार्थों को किसी प्रकार की क्षति न हो। इन अर्थों में वे सिरेमिक पदार्थ, जो अति उच्च तापसह पदार्थों के वर्ग में आते हैं, भविष्य में नाभिकीय शक्ति के विकास में महत्त्वपूर्ण भूमिका का निर्वाह करेंगे।

परमाणु भट्ठी में संपन्न होनेवाली अभिक्रियाओं में उत्पन्न जटिलताएँ पदार्थों के पुनः चयन को प्रतिबंधित कर देती हैं। ईंधनधारी पात्र में अतिरिक्त परमाणु भट्ठी के कतिपय अन्य अवयवों में उल्लेखनीय हैं नियंत्रक, जो कि न्यूट्रानों की अतिरिक्त संख्या का अवशोषण कर उनकी उत्पादन दर को नियंत्रित करता है, मंदक, जो कि न्यूट्रानों को मंदगामी बनाकर परमाणु भट्ठी के परिचालन को सुरक्षित तथा उचित बनाए रखते हैं और परावर्तक, जो परमाणु भट्ठी को परिवेष्ठित कर न्यूट्रानों के परमाणु भट्ठी से होनेवाले क्षरण को रोकते हैं। सिरेमिक उत्पाद इनमें से अधिकांश अवयवों के निर्माण में उपयोगी सिद्ध होंगे। नियंत्रक छड़ों के निर्माण हेतु न्यूट्रानों के लिए उच्च अवशोषण परिच्छेद तथा ऊँचे तापों पर रासायनिक व संरचनात्मक स्थायित्ववाले पदार्थों की आवश्यकता होगी। परावर्तकों के रूप में वे पदार्थ उपयुक्त होंगे, जिनके प्रकीर्णन परिच्छेद का मान न्यूट्रानों के लिए अधिक हो। न्यूट्रानों के मंदन हेतु उन पदार्थों का प्रयोग किया जाना उचित रहेगा, जिनके लिए अवशोषण-परिच्छेद का मान कम तथा जिनके नाभिक हलके हों। कुछ उच्च ताप पदार्थों में बड़ी मात्रा में न्यूट्रानों के अवशोषण का गुण पाया जाता है, अतः परमाणु भट्ठियों के लिए पदार्थ का चयन सीमित होगा।

उपर्युक्त किसी भी अवयव के निर्माण हेतु प्रयुक्त किए जानेवाले पदार्थों के अन्य अपेक्षित गुण हैं उच्च तापमानों पर उनका उच्च पटलीय प्रतिरोध, उच्च विसर्पण प्रतिरोध तथा संक्षारण-प्रतिरोध। परमाणु भट्ठियाँ दीर्घकाल तक निर्बाध परिचालित की जा सकें, इसके लिए आवश्यक है कि नाना प्रकार के विकिरणों के प्रति सतत उद्भासित ये परमाणु भट्ठियाँ दीर्घावधि तक अपने इन आवश्यक गुणों को अनुरक्षित बनाए रहें।

इनमें से कुछ आवश्यकताओं की पूर्ति करनेवाली उच्चतापसह सामग्री हमारी परमाणु

भट्ठियों को विशुद्ध ऑक्साइड सिरेमिकों द्वारा प्रदान की जाएगी। विगत में उनके महत्त्व को जिस प्रकार अनुभव किया गया है, उसने उनके गुण-धर्मों के विषय में अत्यंत विस्तृत अनुसंधान कार्य को बल प्रदान किया है और अनेक तापसह पदार्थ (विशेष रूप से जर्कोनियम ऑक्साइड) अत्यंत उच्च तापमान पर भी उच्च संपीडन शक्तिसंपन्न पाए गए हैं।

परमाणु भट्ठियों के अनुसंधान तथा परिचालन से जुड़ी एक अन्य महत्त्वपूर्ण आवश्यकता परिरक्षण की है अर्थात् गामा किरणों व न्यूट्रान सरीखे उच्च भेदन क्षमतावाले विकिरणों से परमाणु भट्ठी पर काम करनेवाले लोगों को बचाए रखने की है, जो भट्ठी की परिचालन अवधि में उससे सतत उत्सर्जित होते रहते हैं। प्रकाश के प्रति पारदर्शिता के गुण के कारण काँच, धातुओं तथा सिरेमिक लेपित अपारदर्शी पदार्थों से अधिक उपयोगी सिद्ध हुआ है। विगत कुछ वर्षों में इन हानिकर विकिरणों के प्रति अपारदर्शी काँच के निर्माण की दिशा में बहुत कार्य हुआ है और विशेष रूप से कैडमियम व बोरॉन के न्यूट्रानों के प्रति उच्च अवशोषण परिच्छेद के गुण का उपयोग इस प्रकार के काँच के निर्माण हेतु किया गया है।

कच्चा माल

किसी उद्योग के भविष्य का निर्धारण करने हेतु दो बातें आवश्यक हैं—1. इसके उत्पादों की माँग तथा 2. आवश्यक कच्चे माल की उपलब्धता।

धातुओं का उपभोग जितनी अधिक मात्रा में किया जा रहा है तथा उनके स्रोत जितने सीमित हैं, उसे दृष्टिगत रखते हुए आनेवाले समय में उनकी आपूर्ति कुछ चिंता का विषय बनती जा रही है। उनके नियोजित उपयोग एवं संरक्षण पर गंभीरतापूर्वक विचार किया जा रहा है। आशा है कि संभावित विकल्प के रूप में काँच एवं सिरेमिक से निर्मित सामग्री का, जिनकी कच्ची सामग्री के स्रोत बड़ी मात्रा में उपलब्ध हैं, प्रयोग लगातार बढ़ता जाएगा। इस उद्योग के उत्पाद अन्य महत्त्वपूर्ण उद्योगों की आवश्यकताओं को पूरा करते हैं, जिसे उच्चताप सह पदार्थों का उपयोग लौह तथा इस्पात उद्योग में, सिरेमिक रोधियों का उपयोग शक्ति संभरण, बरतन एवं काँच के निर्माण में, भवन निर्माण व स्वच्छता सामग्री के निर्माण में और विविध प्रकार के पात्रों का उपयोग रसायन एवं औषधि उद्योगों में किया जाता है। भारत के औद्योगिकीकरण को अब देश की भावी नीति के आधार के रूप में स्वीकार किया जा चुका है और सिरेमिक उद्योग के उत्पादों की भविष्य में आज की तुलना में अधिक मात्रा में आवश्यकता पड़ेगी। उदाहरणार्थ जैसा कि द्वितीय पंचवर्षीय योजना में पाँच मिलियन टन वार्षिक की दर से इस्पात उत्पादन का लक्ष्य निर्धारित किया गया था, इसे प्राप्त करने के लिए कम-से-कम 450,000 टन उच्चतापसह पदार्थों की आवश्यकता केवल इस्पात संयंत्रों के परिचालन हेतु होगी एवं लगभग 150,000 टन

मात्रा अन्य नियोजकों के लिए आवश्यक होगी। इनकी वर्तमान में प्रतिष्ठापित उत्पादन क्षमता 300,000 टन वार्षिक की है। इसकी आवश्यकता हाइटेंशनरोधी पदार्थों के भी पर्याप्त विस्तार में पड़ेगी। अतः इस उद्योग के उत्पादों की माँग इस देश में बहुत अधिक है। यदि इन वस्तुओं का उत्पादन उचित मूल्य पर किया जा सके तो आसपास के देशों, विशेष रूप से दक्षिण-पूर्व एशिया और दक्षिण-पूर्व अफ्रीका में इनके निर्यात हेतु अच्छा खासा-बाजार प्राप्त हो सकता है।

सिरेमिक उद्योग में जिस कच्चे माल की आवश्यकता पड़ती है, उनमें स्फटिक, बालू-पत्थर, क्वार्टजाइट, अग्निसह मृत्तिका (फायरक्ले), चीनी मिट्टी (चाइनाक्ले), सुघट्य मृत्तिका (वालक्ले),फैल्स्पार, खड़िया, काइनाइट, जर्कोन मृत्तिका, बेंटोनाइट, पायरोफाइलाइट, सिलिमैनाइट, बॉक्साइट, क्रोमाइट, चूना-पत्थर, डोलोमाइट के सर्वेक्षण पर बहुत ध्यान दिया जा रहा है। उदाहरण के लिए भारतीय वैज्ञानिक एवं औद्योगिक अनुसंधान परिषद् की पहल पर सिरेमिक उद्योग के लिए वांछित मृत्तिका के उपलब्ध संसाधनों का पता लगाने के लिए जियोलॉजिकल सर्वे ऑफ इंडिया, केंद्रीय काँच तथा सिरेमिक अनुसंधान संस्थान तथा इंडियन ब्यूरो ऑफ माइंस के संयुक्त तत्त्वावधान में कार्य चल रहा है। इस कार्य का एक बड़ा भाग पूर्व में ही पूर्ण किया जा चुका है।

भारत के पास उच्च कोटि का मैग्नेसाइट तथा काइनाइट प्रभूत मात्रा में है। और प्रतिवर्ष बड़ी मात्रा में उनका निर्यात किया जाता है। उच्च उपयोगितावाले सिरेमिक उद्योग का प्रमुख कच्चा माल सिलिमैनाइट खासी पर्वतश्रेणियों पर और रीवा के आसपास प्राकृतिक अवस्था में पाया जाता है। इस उपलब्धि से काँच उद्योग विशेष रूप से लाभान्वित होगा।

फायर क्ले अर्थात् अग्निसह मृत्तिका देश के कोयलेवाले क्षेत्रों में विशेष रूप से बड़ी मात्रा में पाई जाती है। इसकी गुणवत्ता संतोषजनक है। शेष कच्चे माल जैसे बाक्साइट तथा क्रोमाइट के भंडार भी देश में हैं, यद्यपि लगता है कि क्रोमाइट अयस्कों के भंडार अधिक मात्रा में उपलब्ध नहीं हैं।

बरतन उद्योग के लिए आवश्यक बाल क्ले अर्थात् सुघट्य मृत्तिका के भंडार अब तक भारत में प्राप्त नहीं हुए, परंतु इसका यह अर्थ नहीं है कि इतने विशाल देश में सुघट्य मृत्तिका है ही नहीं तथा निश्चित है कि उक्त सर्वेक्षण कार्य के फलस्वरूप इसके भंडार देश में अवश्य प्राप्त होंगे। उच्च गुणवत्तावाला चूना पत्थर और जिप्सम भी काँच तथा बरतन उद्योग के लिए आवश्यक होते हैं। ये भी देश में बड़ी मात्रा में उपलब्ध हैं। कोयला भारत में मुख्य ईंधन है और कई शताब्दियों तक इसके भी पर्याप्त मात्रा में उपलब्ध रहने की आशा है।

भारी सोडा राख के लिए हमारा काँच-उद्योग पूर्णतया आयात पर निर्भर है। इसके

निर्माण हेतु प्रमुख सामग्री अर्थात् साधारण नमक और चूना पत्थर यहाँ उपलब्ध हैं और ऐसा प्रतीत होता है कि द्वितीय पंचवर्षीय योजना के अंतर्गत सरकार स्थानीय आवश्यकताओं की पूर्ति हेतु एक सोडा राख कारखाने की स्थापना का प्रस्ताव रखा। इन विकास कार्यों से, जिनके द्वितीय पंचवर्षीय योजना की अवधि में पूर्ण होने की आशा थी, यह निष्कर्ष प्राप्त होता है कि भारतीय सिरेमिक उद्योग को अब कच्चे माल के लिए कोई कष्ट नहीं उठाना पड़ेगा। यह अवश्य है कि प्रयोग करने से पूर्व उनका समुचित प्रसंस्करण अवश्य करना पड़ेगा। दुर्भाग्यवश इस पक्ष की अब तक उपेक्षा की गई है और अधिकांश माल या तो ज्यों-का-त्यों प्रयोग किया गया अथवा उसको उचित रीति से प्रसंस्कारित नहीं किया गया। आशा है कि क्षमतावाले बाजार के उपलब्ध होने के साथ ही प्रसंस्करणकारी उद्योगों की कार्यदशा इस कच्ची सामग्री के संदर्भ में सुधरेगी तथा प्रसंस्करण हेतु अधिक दक्ष विधियों का प्रयोग किया जाएगा।

अनुसंधान संबंधी सुविधाएँ

प्रथम विश्वयुद्ध (सन् 1914-18) से प्राप्त अनुभव के आधार पर मित्र राष्ट्रों को उद्योगों में वैज्ञानिक-ज्ञान के अनुप्रयोग की आवश्यकता प्रतीत हुई। फलस्वरूप कतिपय औद्योगिक रूप से प्रगतिशील देशों में वहाँ की सरकारों द्वारा औद्योगिक अनुसंधान हेतु समर्पित अनुसंधान संस्थानों की स्थापना की गई और कहीं-कहीं तो स्वयं औद्योगिक प्रतिष्ठानों द्वारा भी इस प्रकार के संस्थान स्थापित किए गए। इस अवधि में निरंतर संघर्षों से जूझते रहने के कारण भारतीय उद्योग इस नए परिवर्तन से अप्रभावित ही रहे, विशेष रूप से जब राज्य की ओर से उनको कोई प्रोत्साहन नहीं प्रदान किया जा रहा था। अंततः सिरेमिक उद्योग से जुड़े लोगों के प्रशिक्षण की सुविधा हेतु बनारस हिंदू विश्वविद्यालय द्वारा व्यावहारिक कदम इस दिशा में उठाया गया और बाद में इसके उपविभाग के रूप में काँच प्रौद्योगिकी विभाग अस्तित्व में आया। ऐसी ही सुविधाएँ कलकत्ते और हैदराबाद में भी उपलब्ध कराई गईं। सीमित अर्थव्यवस्था व सुविधाओं की कमी के कारण ये संस्थान अनुसंधान कार्य हेतु उस सीमा तक शक्ति व समय नहीं दे सके, जितना कि वे दे सकते थे। कतिपय राज्य सरकारों ने अपने उद्योग निर्देशकों के अधीन इन विषयों हेतु पृथक् तकनीकी अनुभागों का संगठन भी किया। जमशेदपुर स्थित टाटा आयरन ऐंड स्टील कंपनी की प्रयोगशालाओं में उच्च तापसह प्रौद्योगिकी अनुभाग की स्थापना इस दिशा में उठाया गया महत्त्वपूर्ण कदम है। इनके द्वारा भारतीय उच्चतापसह सामग्री तथा स्थानीय रूप से उपलब्ध कुछ कच्चे माल के उपयोग से संबंधित महत्त्वपूर्ण परीक्षण किए गए हैं। देश की प्राचीनतम वैज्ञानिक संस्थाओं में से एक, जियोलॉजिकल सर्वे ऑफ इंडिया ने कच्ची सामग्री के संबंध में

हमारे ज्ञान को बढ़ाने में बहुत योगदान किया है।

इन विषयों में वैज्ञानिक अनुसंधान संबंधी सुविधाओं का महत्त्व द्वितीय विश्वयुद्ध की अवधि में और युद्ध के तुरंत पश्चात् बहुत तेजी से अनुभव किया गया तथा इस आवश्यकता को पूरा करने के लिए वैज्ञानिक तथा औद्योगिक अनुसंधान परिषद् ने (जिसकी स्थापना युद्ध काल में की गई) कलकत्ता में केंद्रीय काँच तथा सिरेमिक अनुसंधान संस्थान की स्थापना की। यह संस्थान प्रमुख रूप से काँच बरतन, अग्निसह सामग्री और मीनाकारी संबंधी कार्यों के प्रति समर्पित है। राष्ट्रीय प्रयोगशालाओं की शृंखला में से एक यह भी है। इस संगठन द्वारा कृत अनुसंधान कार्यों एवं इस उद्योग को विकसित करने हेतु इसके द्वारा कृत सेवाओं का लेखा-जोखा देश के तकनीकी जर्नलों और विशेष रूप से वैज्ञानिक एवं औद्योगिक अनुसंधान संबंधी जर्नलों में प्राप्त होगा।

□

3
प्रकाशीय काँच की भूमिका

'ज्ञान ही शक्ति है' और बेहतर जीवन-परिस्थितियों को सुनिश्चित करने के लिए मानव ने प्राकृतिक संसाधनों का दोहन करने में जो शक्ति अर्जित की है, वह विज्ञान तथा उसके अनुप्रयोगों से ही प्रस्फुटित हुई है। संभवत: उस ज्ञान को प्राप्त करने में किसी भी अन्य पदार्थ ने प्रकाशीय काँच की अपेक्षा बेहतर भूमिका नहीं निभाई है। यह महत्त्वपूर्ण पदार्थ आधुनिक सभ्यता का इतना अत्यधिक सहभागी बन गया है कि यह कल्पना करना कठिन है कि इसके उपयोग के बगैर कितनी प्रगति हुई होती। दूरबीन के एक अनिवार्य पदार्थ के रूप में प्रकाशीय काँच ने विज्ञान को रूढ़िवादी अंधविश्वास की पकड़ से मुक्त किया है और ग्रहीय गति के नियमों को स्थापित करने में सहायता की है। प्रकाशीय काँच ने ही हमें सूक्ष्मदर्शी जैसा आश्चर्यजनक उपकरण दिया है, जिसके बिना आज के अनेक विज्ञानों और उद्योगों की प्रगति संभव नहीं थी। इसी प्रकार जीवाणु-विज्ञान, जिसने मानव-दुखों का इतना शमन किया है, प्रकाशीय काँच के बिना उसका जन्म ही नहीं हुआ होता। काँच के बिना किण्वन उद्योग, जो देश के प्रमुख उद्योगों में गिना जाता है, उसकी प्रगति नहीं हुई होती। फोटोग्राफी और चलचित्रदर्शी उपकरणों का कहीं पता ही नहीं होता और खगोलिकी का विकास तो नहीं ही हुआ होता। इस तरह प्रकाशीय काँच ने मानव-चिंतन को सूक्ष्म संरचना जगत् से विस्तृत करके स्थूल संरचना जगत तक पहुँचा दिया है।

युद्धकार्यों में तो अनेक प्रकाशीय उपकरण काम आते हैं और इन उपकरणों में प्रयुक्त होनेवाले प्रकाशीय काँच ने इसे एक जीवनदायी सामरिक पदार्थ बना दिया है। आधुनिक शस्त्रास्त्रों में अनेक प्रकार के प्रकाशीय उपकरणों का उपयोग किया जाता है, जैसे—लक्ष्य दूरी मापक (रेंज फाइंडर), पनडुब्बी का पेरिस्कोप, थलसैनिक दूरबीन, नौसैनिक दूरबीन, द्विनेत्रक (बाइनाकुलर) गन-साइट और कैमरा आदि। युद्ध के शस्त्रास्त्रों के संचालन में प्रभावी निशानेबाजी के लिए प्रकाशीय उपकरणों की सुग्राहिता अत्यंत उच्चकोटि की होनी चाहिए। इस सूक्ष्मग्राहिता का निर्धारण प्रकाशीय उपकरणों

के घटकों के निर्माण में प्रयुक्त प्रकाशीय काँच की गुणवत्ता से ही होता है। सच तो यह है कि आजकल प्रकाशीय-काँच के उपकरण सशस्त्र सेनाओं की 'आँख' कहे जाते हैं।

यहाँ यह ध्यान देने की बात है कि चश्मे के लेंसों और सिग्नल लेंसों (जिनका उपयोग रेल, सड़क-परिवहन एवं वायुयान-परिवहन में होता है) का उपयोग यद्यपि प्रकाश की किरणों के अपवर्तन और पारगमन के लिए ही किया जाता है, वे वास्तव में प्रकाशीय काँच नहीं होते हैं, इन्हें तो क्रमानुसार उपनेत्रक (चश्मा) काँच और सिग्नल-काँच कहा जाता है। चश्मा (चाक्षुष) काँच का उपयोग यद्यपि आँखों की दृष्टिक्षमता बढ़ाने के लिए किया जाता है, पर उनके लिए उतनी उच्च कोटि की परिशुद्धता की आवश्यकता नहीं होती है, जितनी प्रकाशीय काँच के लिए होती है। **प्रकाशीय काँच उस काँच को कहा जाता है, जिसका उपयोग 'उच्च कोटि की परिशुद्धता वाले उपकरणों के निर्माण में किया जाता है।**

प्रकाशीय काँच के विशिष्ट लक्षण

प्रकाशीय काँच भी तो काँच ही है, फिर इसमें ऐसी क्या विशेषता है, जो इसे इतना चहेता (महँगा) बना देता है? प्रकाशीय काँच का उपयोग चाहे लेंस के रूप में किया जाए या प्रिज्म के रूप में, यह किरणों को अपवर्तित करता है और प्रकाश की किरणों का आपतन-पृष्ठ पर तथा बहिर्गमन पृष्ठ पर अपवर्तन होने के अतिरिक्त उपकरा (लेंस या प्रिज्म) के पिंड में होकर गुजरते समय कोई विचलन नहीं होना चाहिए। इस आवश्यकता की पूर्ति को सुनिश्चित करने के लिए यह आवश्यक है कि काँच प्रकाशीय रूप में सर्वांगसम हो, या दूसरे शब्दों में, काँच का समदैशिक (isotropic) (उसके भीतर प्रकाश का गमन सभी दिशाओं में समान रूप से) होना चाहिए। अभी तक यह समदैशिकता आदर्श रूप में प्राप्त नहीं की जा सकी है, पर इसे लगभग सन्निकटत: आदर्श समदैशिकता कहा जा सकता है। प्रकाशीय काँच में प्राप्त की गई यही विशिष्टता उसको अन्य प्रकार के काँचों से मौलिकत: भिन्न बनाती है।

मोटे तौर पर यह कह सकते हैं कि काँच में पाई जानेवाली असमदैशिकता (inhomogeneity) दो प्रकार की होती है—रासायनिक असमदैशिकता और भौतिक असमदैशिकता। पहले किस्म की असमदैशिकता, काँच में दानों, बुदबुदों एवं स्फोटों, पत्थर के कणों, क्रिस्टलीयकरण-उत्पादों, महीन सूक्ष्म रेखाओं, रेशों एवं ऐसी ही अन्य वस्तुओं की उपस्थिति के कारण उत्पन्न होती है। ये अपद्रव्य अपनी उपस्थिति के चलते प्रकाश किरणों को काँच के भीतर गमन के दौरान न केवल बाधित या विचलित करते हैं, वरन् इन वस्तुओं के चारों ओर का निकटस्थ काँच मुख्य काँच की तुलना में भिन्न हो सकता है, अर्थात् उसकी संरचना तथा उसका

अपवर्तनांक मुख्य काँच की संरचना एवं उसके अपवर्तनांक से भिन्न हो सकता है, अत: यह प्रकाशीय घटकों के व्यवहार को बाधित करता है। यदि किसी प्रकार से रासायनिक समदैशिकता को सन्निकटत: प्राप्त कर लिया जाए तो भी काँच के निर्माण की प्रक्रिया में त्रुटिपूर्ण तापानुशीतन (अनीलिंग) के चलते उसमें ऐसी विकृतियाँ उत्पन्न हो सकती हैं, जो प्रकाश पथ को विचलित कर सकती हैं। ऐसे प्रभाव को बूस्टर-प्रभाव (द्विधा अपवर्तन उत्पन्न करनेवाला प्रभाव) कहते हैं। काँच में सर्वाधिक गंभीर असमांगता संभवत: इसी कारण से उत्पन्न होती है।

किसी प्रकाशीय तंत्र (उपकरण) की गुणवत्ता पर विचार करने का दूसरा महत्त्वपूर्ण आधार यह होता है कि उससे बने हुए प्रतिबिंब की दीप्ति कैसी है। अधिकाधिक दीप्ति प्राप्त करने के लिए यह आवश्यक है कि काँच की पारदर्शिता अत्यंत उच्च कोटि की हो, साथ ही यह रंगीन नहीं होना चाहिए। चूँकि प्रकाशीय युक्तियों को बहुधा खुले वातावरण में रखा जाता है और इनको बनाते समय रगड़ने-घिसने की कठोर क्रियाएँ की जाती हैं, अत: काँच को रासायनिक रूप से टिकाऊ और सुदृढ होना चाहिए अर्थात् इसे वायुमंडलीय तथा रासायनिक दुष्प्रभावों के प्रति सहनशील होना चाहिए। इसमें पर्याप्त यांत्रिकीय सुदृढता होनी चाहिए।

प्रकाशीय काँच में निम्नलिखित गुण होने चाहिए—

1.प्रकाशीय सर्वांगसमता, 2. अत्यंत उच्च कोटि तक पारदर्शक और रंगविहीन, 3. रासायनिक दृष्टि से स्थायी और भौतिक दृष्टि से टिकाऊ।

लेंस बनानेवाले कारीगर लेंस को घिसने और पॉलिश करने के लिए कुछ औजारों का उपयोग करते हैं और वे जिस प्रकाशीय काँच का उपयोग करते हैं, उसके स्थिरांकों (अपवर्तनांक तथा अबे मान) के अनुसार लेंसों की वक्रता त्रिज्याओं का परिकलन करके उन्हें अपरिवर्तित बनाए रखते हैं।

यदि भिन्न-भिन्न आपूर्तिकर्ताओं से प्राप्त होनेवाले काँच के प्रकाशीय स्थिरांक भिन्न-भिन्न हों तो लेंस बनानेवालों को, उनके अपवर्तनांकों के अनुसार अपनी मशीनों (साँचों) को बार-बार परिवर्तित करना पड़ेगा। स्पष्ट है कि ऐसा करना व्यावहारिक नहीं होगा। हो सकता है कि कहीं से लिये गए काँच की सर्वांगसमता एवं अन्य विशेषताएँ अच्छी हों, परंतु यदि उसके प्रकाशीय स्थिरांक एक निर्धारित मानक की अपेक्षा परिवर्तित हों, तो ऐसा काँच लेंस निर्माताओं के लिए निरर्थक होगा।

इस प्रकार हम देख सकते हैं कि प्रकाशीय काँच में महत्तम शुद्धता पूर्णरूपेण प्रकाशीय समागता, एकरूपता और उसके पुनरुत्पादन, उसके गुणों का एक अत्यंत संकीर्ण सीमा के भीतर संरक्षित बने रहना अत्यंत आवश्यक होता है, अत: प्रकाशीय काँच का बड़े पैमाने पर उत्पादन अत्यंत उच्च कोटि की परिशुद्धता का काम है। इसमें

जो संक्रियाएँ की जाती हैं, उनका प्रत्येक सूक्ष्म से सूक्ष्मतर स्तर तक सतत सघन नियंत्रण किया जाना आवश्यक होता है। काँच की अपेक्षाएँ यथार्थतापेक्षी हैं और इसका उत्पादन कठिन है, अतः काँचों की दुनिया में प्रकाशीय काँच का एक विशिष्ट स्थान है। इसका उपयोग अत्यंत विशिष्ट उपकरणों में किया जाता है और इसकी खपत अपेक्षाकृत सीमित है। अतः यह बड़े पैमाने पर कभी भी उत्पादित नहीं किया जाता रहा है। विश्व में इसका शांतिकालीन वार्षिक उत्पादन लगभग 2,000 टन आकलित किया जाता रहा है, जबकि काँच का कुल वार्षिक उत्पादन 2 करोड़ टन है, जिसमें प्रकाशीय काँच की भागीदारी मुश्किल से एक प्रतिशत है। विश्व के लगभग आधे दर्जन देशों में काँच का उत्पादन किया जाता है और सभी देशों के काँच उत्पादन की विधियाँ अत्यंत गोपनीय हैं।

प्रकाशीय काँच का आरंभ/प्रकाशीय काँच का संस्थापक गुइनांद

प्रकाशीय काँच, प्रकाशकीय यंत्र उद्योग के लिए अनिवार्य कच्चा माल है। प्रकाशिकी के विकास के साथ ही ऐसे पदार्थों के उत्पादन के प्रयास भी आरंभ हुए थे, जो प्रकाश के अपवर्तन के नियमों पर आधारित ज्यामितीय प्रकाशिकी की अपरिहार्य आवश्यकताओं को अतिसन्निकटतः पूरा कर सकें और उनसे निर्मित प्रकाशीय तंत्र की सहायता से ऐसा प्रतिबिंब प्राप्त किया जा सके, जो वर्ण विपथन (Chromatic aberration), गोलीय विपथन (Spherical aberration), पृष्ठों की वक्रता (Curvature), कामा (Coma) और विकृतियों (Distortions) जैसे दोषों से सर्वथा मुक्त हो।

उन्नीसवीं सदी से पूर्व प्रकाशीय तंत्रों के घटक (लेंस आदि) प्राचीन अल्कली लाइम-सिलिका (क्राउन काँच) और अल्कली लेड ऑक्साइड सिलिका (फ्लिंट काँच) में उपलब्ध सर्वोत्तम क्रिस्टल काँच का चयन करके बनाए जाते थे। इन काँचों में प्रकाशीय दृष्टिकोण से किसी-न-किसी प्रकार का दोष होता ही था और संतोषजनक लेंस बनाने के लिए पर्याप्त उत्तम कोटि का काँच का क्रिस्टल ढूँढ़ना बहुत कठिन होता था। अट्ठारहवीं सदी के उत्तरार्द्ध में पीयरे एल. गुइनांद (Pierre L.Guinand) नामक एक काष्ठकार घड़ियों के केस और घंटे बनाया करता था, उसे दूरबीन बनाने में रुचि पैदा हो गई। वह काँचों को पिघलाने का प्रयास (अपने व्यवसाय के लिए) करने लगा और अनेक असफल प्रयासों के बाद उसे सफलता मिल ही गई। उसे भारी आर्थिक हानि उठानी पड़ी, परंतु पिघले हुए माल को अग्निरोधी मिट्टी (Fire clay) की छड़ से खूब मिला देने से पर्याप्त सर्वांगसम काँच प्राप्त करने में वह सफल रहा। यह बहुत बड़ी प्रगति थी और उसके बाद तो लगभग डेढ़ शताब्दियों तक, काँच की सर्वांगसमता को सुनिश्चित करने के लिए मिलाने या हिलाने की यह विधि जारी रही। आज भी यह प्रक्रिया अत्यधिक सूक्ष्मता के साथ की जाती है। सन् 1824 ई. में गुइनांद की मृत्यु हो गई। उसके बाद

प्रकाशीय काँच के निर्माण का काम फ्रांस में, गुइनांद के उत्तराधिकारियों के सहयोग से दो छोटी फर्मों द्वारा किया जाने लगा। इंग्लैंड में प्रकाशीय काँच का निर्माण 1848 ई. में बर्मिंघम में, जार्ज बंडिंपस के सहयोग से चांस ब्रदर्स द्वारा आरंभ किया गया था। जार्ज बंडिंपस एक कुशल फ्रांसीसी टेक्नीशियन थे। वे किसी समय गुइनांद के किसी वंशज के साथ काम कर चुके थे और उन्होंने पिघले हुए काँच को विलोड़ित करने की बहुत अच्छी विधि विकसित कर ली थी। इस प्रकार लगभग 1880 ई. तक प्रकाशीय काँच का निर्माण तीन फर्मों द्वारा किया जा रहा था, जिनमें से एक इंग्लैंड में (चांस ब्रदर्स), दूसरी फ्रांस में (पैरा मांटोस, पेरिस) और तीसरी जर्मनी में (बेनेडिक्टबर्न) थी। तीनों ही फर्में सर्वांगसम काँच बनाने के लिए गुइनांद की विलोड़न तकनीक का उपयोग कर रही थीं। इस प्रकार तर्कसंगत रूप से गुइनांद को ही प्रकाशीय काँच उद्योग का संस्थापक कहा जा सकता है।

द्वितीयक स्पेक्ट्रम : एक बड़ी कठिनाई

उस युग में जितने किस्म के प्रकाशीय काँच उपलब्ध थे, वे सभी किसी-न-किसी रूप में कमोबेश क्राउन फ्लिंट श्रृंखला के ही विभिन्न रूप थे। उनका प्रमुख अभिलक्षण यह था कि उनके लिए विक्षेपण (dispersion) और अपवर्तनांक के बीच एक सरल रेखीय संबंध था, अर्थात् विक्षेपण का मान अपवर्तनांक के साथ क्रमशः बढ़ता जाता था। इस संबंध के कारण, धनात्मक तत्त्व के लिए अल्पविक्षेपण वाले क्राउन-काँचों का और ऋणात्मक तत्त्व के लिए उच्च विक्षेपणवाले फ्लिंट-काँचों का उपयोग करके उनमें पर्याप्त द्वितीयक स्पेक्ट्रम का दोष पाया जाता था और इसके साथ ही उनमें गोलीय विपथन एवं अन्य दोष भी पाए जाते थे। गुइनांद के आविष्कार के बाद लगभग तीन चौथाई सदी तक ऐसे काँच बनाने के प्रयास होते रहे, जिनमें इस द्वितीयक स्पेक्ट्रम की उपस्थिति यथासंभव न्यूनतम की जा सके और इस प्रकार के कुछ प्रयास तो कई अग्रणी वैज्ञानिकों द्वारा किए गए थे। इंग्लैंड की रॉयल सोसाइटी और फ्रांस की 'एकेडमी ऑफ साइंसेज' जैसे प्रख्यात वैज्ञानिक, संगठनों ने इस विषय पर शोध-कार्य प्रायोजित किया और आगे चलकर एकेडमी ऑफ साइंसेज ने दोषों से मुक्त प्रकाशीय काँच के विकास के लिए एक पुरस्कार देने की घोषणा की थी।

1824 में रॉयल सोसाइटी ने उच्च कोटि के प्रकाशीय काँच के उत्पादन को प्रोत्साहन देने का बीड़ा उठाया। इसके चलते माइकेल फैराडे को, सर जॉन और जी. ओनाल्ड के सहयोग से, कई वर्षों तक गहन अध्ययन करने के बाद अच्छी किस्म का काँच बनाने में सफलता मिली। उन्होंने काँच की खेप को प्लैटिनम की कड़ाहियों में पिघलाया और प्लैटिनम की छड़ों को विशेष प्रकार के टैंकों से पिघले हुए माल को विलोड़ित किया था। इस प्रकार से प्राप्त काँच से बनाए गए अभिदृश्यक लेंस पर्याप्त रूप से अवर्णक (Achromatic) थे।

1894 ई. में 'ब्रिटिश एसोसिएशन फॉर ऐडवांसमेंट ऑफ साइंस' के संस्थापक रेबरेंड विलियम बेरनान हरकोर्ट ने सर जार्ज के साथ मिलकर काँचों के रासायनिक संघटन और उनके प्रकाशीय गुणों के मध्य संबंध की खोजबीन का कार्य आरंभ किया। उन्होंने प्लेटिनम के अनेक क्रुसिबुल लेकर उनमें पिघले हुए काँच के विभिन्न प्रकार के नमूने, विशेषतः पोटैशियम ऑक्साइड मिश्रित फास्फेट, सोडियम, लिथियम, ऐल्यूमीनियम, कैल्शियम, स्ट्रांशियम, बेरियम, टाइटेनियम, मॉलिब्डेनम और टंग्स्टन के ऑक्साइडों से मिश्रित फास्फेट, काँच के नमूने लिये और उनका अध्ययन किया। लगभग एक-चौथाई सदी तक किए गए इन अध्ययनों के परिणामस्वरूप टाइटेनियम फास्फेट काँच प्राप्त करने में सफलता मिली, जो श्रेष्ठतर अवर्णकता प्रदर्शित करते हैं।

प्रकाशीय काँच-निर्माण का नया युग

1870 ई. तक प्रकाशीय काँच-निर्माण की स्थिति कुछ ऐसी ही थी। उन दिनों जेना की वेधशाला के निदेशक थे प्रोफेसर अर्नेस्ट एबे (Ernest Abbe)। वे प्रकाशीय यंत्रों, विशेषतः सूक्ष्मदर्शी में रुचि लेने लगे थे। उनमें यह रुचि उपकरण निर्माता फर्म कार्ल जाइस के बार-बार आग्रह करने से बढ़ी थी। ज्यामितीय प्रकाशिकी के सिद्धांतों पर आधारित विस्तृत परिकलनों, जिनका प्रकाशिकीय यंत्रों की लाइनिंग में प्रथम समावेश उन्होंने ही किया था, के उपयोग और उस समय में उपलब्ध सभी प्रकार के काँचों का उपयोग करने के बावजूद, माइक्रोस्कोप के प्रकाशीय-तंत्र में कोई भी उल्लेखनीय सुधार कर पाने में असफल ही रहे, परंतु एबे ने समस्या का उल्लेख अत्यंत स्पष्टता के साथ किया था और यहाँ तक कि समस्या को हल करने की कार्यदिशा भी इंगित कर दी थी, यह एक बड़ी सफलता कही जाएगी।

यह मान लेना भूल होगी कि केवल एबे ही इन परिणामों से परिचित थे। हरकोर्ट एवं स्टोक्स के शोध परिणामों का प्रकाशन होने के शीघ्र बाद ही चांस ब्रदर्स द्वारा भी इन परिणामों को उपयोग में लाने के प्रयास किए गए थे। इसके अतिरिक्त गुइनांद के प्रपौत्र सी.फील ने फ्रांसीसी केमिस्ट फ्रेमी के सहयोग से काँच में बैराइटों के उपयोग पर विस्तृत रूप से प्रयोगात्मक द्रवणों (meltings) का अध्ययन किया था, पर संभवतः इन अध्ययनों में यह कमी थी कि इनसे इस बात की कोई जानकारी नहीं मिल सकती थी कि किन नए ऑक्साइडों का ठीक अनुपात में किस संयोजन के साथ उपयोग किया जाए कि परिणामी काँच में अपेक्षित गुणों को सुनिश्चित किया जा सके। अपनी पैनी अंतर्दृष्टि से एबे ने यह निष्कर्ष निकाला कि समस्या केवल काँचों को पिघलाने की ही नहीं वरन् नए ऑक्साइडों के रासायनिक प्रकाशीय व्यवहार के क्रमबद्ध वैज्ञानिक अध्ययन की है, अतः उन्होंने यह सुझाव दिया कि सफलता प्रयोगशाला के माध्यम से ही मिल सकती

है, न कि यादृच्छिक एवं परंपरागत विधियों का अनुसरण करते हुए काँच पिघलानेवाली फैक्टरी से।

ओटो स्कॉट एक युवा जर्मन केमिस्ट था, उसने काँच के द्रवण से संबंधित रासायनिक अभिक्रियाओं पर शोध-कार्य किया था, साथ ही पारिवारिक उद्योग के रूप में उसे काँच बनाने का प्रयोगात्मक अनुभव भी था। उसने एबे की रिपोर्ट को पढ़ा। उसने कुछ लिथियम ग्लास बनाया था। रिपोर्ट पढ़कर उसे यह आशा हुई कि उसने जो लिथियम काँच बनाए हैं, शायद वे उपर्युक्त समस्या का हल ढूँढ़ने में सहायक हों। अत: उसने अपने इस माल के कुछ नमूने परीक्षण के लिए एबे के पास भेजे। ये नमूने आवश्यकता की पूर्ति नहीं कर सकते थे। (उनमें अपेक्षित गुण नहीं थे), परंतु एबे को स्कॉट में सही व्यक्ति की झलक मिली। स्कॉट को रसायनशास्त्र का ज्ञान था ही, वह काँच निर्माण की प्रक्रिया से भी सुपरिचित था, अत: एबे को लगा कि हो सकता है वह अपेक्षित परिणामों को प्राप्त करने में सहायता कर सकेगा। यह सोचकर ओटो स्कॉट को एक अति उत्साहवर्धक पत्र भेजा हालाँकि स्कॉट द्वारा भेजे गए नमूने भी उसके अब तक के नमूनों की भाँति ही सकारात्मक थे।

इस प्रकार, स्कॉट को अपने पूर्ववर्ती अनुसंधानकर्ताओं के अध्ययनों को व्यापक रूप से हतोत्साहित करनेवाली जिन प्रमुख बाधाओं का सामना करना पड़ा था, उसमें से एक बाधा को पहले ही पार कर लिया था। इसके बाद से एबे और स्कॉट के बीच नियमित पत्राचार जारी रहा और इसके परिणामस्वरूप सन् 1880 में चालीस वर्ष के मेधावी भौतिकविद् और उनतीस वर्षीय परिश्रमी केमिस्ट के बीच एक ऐतिहासिक सहयोग स्थापित हुआ। कार्य के प्रथम चरण में नए ऑक्साइडों, जैसे—बोरिक ऑक्साइड, फॉस्फोरिक ऑक्साइड, बेरियम ऑक्साइड, टाइटेनियम ऑक्साइड और जिंक ऑक्साइड आदि लिये गए और इनके रासायनिक कोशिकीय प्रभाव का क्रमबद्ध अध्ययन किया गया। स्कॉट ब्रिटेन में काँचों को पिघलाते थे और एबे जेना (Jena) में उनका परीक्षण करते। लगभग दो वर्षों तक कार्य करने के बाद उन्हें ऐसे परिणाम प्राप्त हुए, जिनसे यह संकेत मिला कि बड़े पैमाने पर मेल्टिंग करना आवश्यक है। इस कार्यक्रम के लिए एक प्रयोगशाला होनी चाहिए और इसके लिए स्कॉट और एबे ने धन एकत्र किया, प्रयोगशाला जेना में बनाई गई। स्कॉट अपने स्थान से हटकर जेना में ही चले आए।

उस समय एबे यंत्रों की फर्म कार्ल जाइस में एक हिस्सेदार थे, उसी दौरान उन्हें प्रशियन सरकार से 60,000 डी.एम. का एक अनुदान मिला। यह अनुदान Physiklisch-Technischen Reichanstalt; (जिसे Kaiserlichen Narmal hungskommission के नाम से भी जाना जाता था) के निदेशक डॉ. डब्ल्यू. फोर्सटर के कहने पर उदारतापूर्वक प्राप्त हुआ था। फोर्सटर उस समय रॉयल वेधशाला,

बर्लिन के भी निदेशक थे। कार्ल जाइस के सहयोग एवं उक्त प्रशियन अनुदान से वह छोटी प्रयोगशाला बढ़कर एक उत्पादन प्रयोगशाला में बदल गई, जिसका नाम "Glastecnisches Laboratorium Schott and fissen, Jena रखा गया था। कालक्रम से इस नाम में से प्रथम दो शब्द निकाल दिए गए और 'स्काट ऐंड जेनोसेन' बचा रहा। फिर तो यह इसी नाम से विश्वप्रसिद्ध हो गया।

बोरोसिलीकेट क्राउन, बेरियम क्राउन, बेरियम फ्लिंट और बोरेट एवं फॉस्फेट काँचों जैसे नए प्रकाशीय काँचों का उत्पादन लगभग 1884 ई. तक आरंभ हो चुका था, परंतु बहुत जल्द ही प्रयोगशाला की गतिविधियाँ अनेक ऐसे क्षेत्रों तक विस्तृत हो गईं, जो इसके अपने शोध-कार्यों के फलस्वरूप उभरे थे, जैसे विशेषत: ऊष्मारोधी काँच ब्वॉलर गेज काँच और थर्मामीटर काँच। प्रकाशकीय उपकरणों के डिजाइनर ऐसे काँच पर काम करने के अभ्यस्त थे, जिनमें अपवर्तनांक तथा विक्षेपण के बीच अवांछित रेखीय संबंध पाए जाते थे, परंतु जब उन्हें ऐसे काँच से काम करने का अवसर मिला, जिनमें ये राशियाँ स्वतंत्र रूप से परिवर्तनीय थीं, तो उन्हें आश्चर्य का अनुभव हुआ। नए किस्म के काँचों का उपयोग करके लेंसों के ऐसे जोड़े चुने जा सकते हैं कि उनका विक्षेपण अनुपात पुराने युग्मों की तुलना में अधिक अनुकूल परिणाम दे और लेंस तंत्रों में बेहतर वर्ण संशोधन प्राप्त किया जा सके और इस प्रकार से अबिंदुकताविहीन (anastigmatic) लेंस और अपोक्रोमैटिक (apochromatic) अभिदृश्यकों (objectives) का निर्माण किया जा सके। सूक्ष्मदर्शियों और फोटोग्राफिक कैमरों के लेंसों को समुन्नत बनाने में ये परिणाम इतने आश्चर्यजनक थे कि कुछ ही वर्षों के भीतर जर्मनी, जो अपनी आवश्यकता के 90 प्रतिशत प्रकाशीय काँच का आयात इंग्लैंड और फ्रांस से किया करता था, उसने यह आयात न केवल बंद कर दिया, बल्कि स्वयं उन देशों को निर्यात करने लगा।

यद्यपि प्रथम विश्वयुद्ध के बाद प्रकाशीय काँच उत्पादन भलीभाँति स्थापित हो गया, विशेषत: ग्रेट ब्रिटेन और यू.एस.ए. में, परंतु जर्मन प्रकाशीय काँच और प्रकाशीय उपकरण ही श्रेष्ठतर समझे जाते रहे और काँच उद्योग के आद्य संस्थापक देशों तक में उस काँच के प्रति जो पूर्वग्रह व्याप्त था, उसे हटाना कठिन रहा।

एबे और स्कॉट के अनुसंधानों के वे परिणाम, विशेषत: जो रासायनिक संगठन और प्रकाशीय गुणों से संबंधित थे, जेना उद्योग की व्यावसायिक सफलता के लिए उत्तरदायी प्रमुख आधार थे। विदित हो कि उन्हें विस्तृत रूप से कभी प्रकाशित नहीं किया गया था। फिर भी इनका सारांश तथा बाद में अन्य सहयोगियों द्वारा प्राप्त अन्य परिणाम कुछ शोधपत्रों में प्रकाशित हुआ था और यह सब होवेस्टाड (Hovestade) की रोचक पुस्तक 'Jena Glass' में भी प्रकाशित हुआ था। इनमें रासायनिक संघटन और भौतिक गुणों (जैसे घनत्व, तापीय प्रसार, विशिष्ट ऊष्मा और यंग माडुलस) के बीच के

सन्निकटतः योज्य संबंध दिए गए थे, जिनके लिए कारकों का आकलन किया गया था। इन परिणामों ने प्रकाशीय काँच निर्माण में एक नए युग का शुभारंभ करने के साथ-साथ, आनेवाले वर्षों में आधुनिक काँच उद्योग को सुदृढ आधार प्रदान किया।

प्रकाशीय काँच-निर्माण के क्षेत्र में जर्मनी की श्रेष्ठता

यहाँ एक स्वाभाविक प्रश्न पूछा जा सकता है कि क्यों फ्रांस और ब्रिटेन विशेष रूप से ब्रिटेन, प्रकाशीय काँच-उत्पादन में अग्रणी होने तथा एक बहुत बड़े यंत्र-उद्योग और वैज्ञानिक अनुसंधानों के उत्साहवर्धक परिणामों के बावजूद सफलता का मापदंड नहीं प्राप्त कर सके, जो जेना के पथप्रदर्शकों द्वारा स्थापित मापदंड के समकक्ष हो। उन दिनों ब्रिटिश प्रकाशकीय यंत्र उद्योग ऐसे कुशल शिल्पियों द्वारा संचालित किया जा रहा था, जो अपने पुश्तैनी कला-कौशल के प्रति आस्था रखते थे और वे इस दृष्टि से एबे से भिन्न थे कि वे ज्यामिती प्रकाशिकी के सिद्धांतों के आधार पर वैज्ञानिक डिजाइनिंग करने के महत्त्व को समझने में असमर्थ थे। जो प्रकाशिक काँच निर्माता अपने लाभ का सर्वाधिक भाग काँच उत्पादन के अन्य व्यवसायों के रूप अर्जित करते थे, वे प्रकाशकीय यंत्र उद्योग में हो रहे विकास के प्रति अनभिज्ञ बने थे और वैज्ञानिक शोधकर्ता उत्पादन पर विचारों से कुछ अलग-थलग रहते हुए समस्या ढूँढ़ने में लगे हुए थे। इस प्रकार इन दोनों ग्रुपों के बीच सहज सहयोग का अभाव बना रहा और वे अपने-अपने क्षेत्रों में स्वतंत्र रूप से कार्य करते रहे, अतः वे प्रयोगात्मक सुधारों में बढ़ावा देने का माहौल बनाने में असफल रहे। ऐसी स्थिति में ब्रिटेन में कुछ विशिष्ट वैज्ञानिकों, जैसे फैराडे, हर्कोट और स्टोक्स द्वारा द्वितीयक स्पेक्ट्रम की समस्या के निराकरण में कुछ ऑक्साइडों की भूमिका पर किए गए उपयोगी वैज्ञानिक अनुसंधानों के परिणामों को एबे ने प्रोत्साहित किया और उन्होंने इनमें प्रकाशीय यंत्र उद्योग की सर्वाधिक ज्वलंत समस्या को हल करने की युक्ति ढूँढ़ निकाली। प्रकाशकीय निर्माता संगठन कार्ल जाइस, जिस फर्म में वे भागीदार भी थे, उसका आश्वासन तथा स्कॉट का सहयोग पाकर, एबे ने इसे बढ़ावा देने का बीड़ा उठाया और हम कह सकते हैं कि एबे प्रकाशीय काँच तथा प्रकाशीय यंत्र उद्योग के क्षेत्र में एक क्रांति उत्पन्न करने में सहायक हुए। भौतिकीविद् डिजाइनर, केमिस्ट, काँच उत्पादक और यंत्र उत्पादक इन सबका एक सुखद सहयोग, जिसे उच्च कोटि के कुशल कारीगरों में सहारा मिला, यही जेना उद्योग की बहुमुखी सफलता का रहस्य था।

प्रथम विश्वयुद्ध : प्रकाशीय काँच सामरिक महत्त्व का पदार्थ

1914 ई. में जब प्रथम विश्वयुद्ध आरंभ हुआ, उस समय ग्रेट ब्रिटेन अपनी आवश्यकता के प्रकाशीय काँच का लगभग 90 प्रतिशत प्रमुख रूप से जर्मनी से

आयातित करता था। अमेरिका तो लगभग पूर्णरूपेण जर्मनी पर निर्भर था और फ्रांस भी जर्मनी से ही पर्याप्त मात्रा में काँच मँगाता था। युद्ध की घोषणा होते ही इन सभी देशों को जर्मनी की आपूर्ति बंद हो गई। अतएव ये मित्र राष्ट्र भारी संकट में फँस गए, सामरिक महत्त्व की सामग्री के रूप में प्रकाशीय काँच के महत्त्व को इस संकट काल में जितना मूल्यवान समझा गया, उतना इससे पहले कभी नहीं समझा गया था और इसके उत्पादन को अनिवार्यत: सर्वोच्च वरीयता दी गई, परंतु प्रकाशीय काँच का उत्पादन कहीं पर कुछ खाइयाँ खोद देने और कहीं पर कुछ अवरोध खड़े कर देने जैसा नहीं है। यह तो ऐसे सामरिक प्रकाशीय यंत्रों की जटिल आवश्यकताओं के लिए अत्यंत परिशुद्ध पदार्थ निर्मित करने का सवाल था, जो युद्ध की दिशा को प्रभावित कर सकता था। देर से ही सही, यह सबको समझ में आ गया कि यद्यपि मित्र राष्ट्रों की ओर दो कारखाने चल रहे थे—एक चांस ब्रदर्स, इंग्लैंड में और दूसरा पैरामांटोस, फ्रांस में और दोनों ही स्कॉट की फर्म की तुलना में काफी पुराने थे, परंतु ये भौतिकीविदों एवं केमिस्टों के सहयोग के अभाव में अपेक्षित गुणवत्ता का उत्पादन प्राप्त नहीं कर सकते थे। यह सहयोग मिल जाने पर चांस ब्रदर्स का उत्पादन, जो विपरीत परिस्थितियों के बावजूद प्रकाशीय काँच निर्माण का काम कर रहा था, निर्बाध रूप से बढ़ने लगा, परंतु युद्धकालिक भारी माँग की पूर्ति के लिए डर्बी में एक और कारखाना चालू किया गया। यह उत्पादन कार्य वैज्ञानिकों के सहयोग के साथ किया जाने लगा और दोनों कारखाने मिलकर ब्रिटेन में युद्ध की आवश्यकताओं की पूर्ति करने में सक्षम हो गए। यह सफलता वास्तव में प्रशंसनीय थी।

अमेरिका, जिसकी आबादी बढ़ गई है और जो प्रौद्योगिक गतिविधियों का संचालन कर रहा है, वह युद्ध के आरंभ के समय में युद्ध में शामिल नहीं रहा,फिर भी उसकी प्रकाशीय काँच की आपूर्ति उस समय अकस्मात् बंद हो गई थी। इतना ही नहीं वरन् यह अत्यंत खराब हो गई थी। उस समय प्रकाशीय काँच बनाने के लिए कुछ प्रयास किए गए थे, विशेषत: ये प्रयास बाउश ऐंड लैब ऑप्टिकल कंपनी द्वारा किए गए थे, परंतु यह प्रयास युद्ध की माँग की पूर्ति के अनुकूल उत्पादन करने योग्य नहीं था।

उत्पादन संक्रियाओं से संबंधित गोपनीयता इतनी पर्याप्त थी कि युद्ध के आपातकाल में भी, अमेरिका को अपने मित्र राष्ट्रों से कोई सहयोग नहीं प्राप्त हो सका। वाशिंगटन के कार्नेगी संस्थान की भू-भौतिकी प्रयोगशाला के निदेशक डॉ. ए.एल.डे (1920), जो 'वार इंडस्ट्रीज बोर्ड यू एस ए के प्रकाशीय काँच उत्पादन के प्रभारी भी थे, उनके शब्दों में, "प्रकारांतर से यह उल्लेख करना संभवत: रोचक है कि जिस समय हमने युद्ध की भागीदारी की थी, उसके बाद जब फ्रेंच लायसन कमीशन ने हमें युद्धोपयोगी सामानों के उत्पादन में अपने अनुभव की सहायता देने के लिए इस देश का दौरा किया, तब प्रकाशीय काँच के उत्पादन के संबंध में उसे, किसी भी विस्तृत जानकारी का

रहस्योद्‌धाटन करने की अनुमति नहीं दी गई थी और ऐसा इस आधार पर किया गया था कि फ्रांस में मौजूद काँच एकाधिकार का सरकार द्वारा सदैव सम्मान किया गया है, अत: उस समय भी ऐसा ही होना चाहिए, भले ही युद्ध का दबाव पड़ रहा हो। इंग्लैंड ने भी ऐसा ही रुख इख्तियार किया, अतएव इस एक अकेले मामले में, यूनाइटेड स्टेट्स को बिना किसी बाहरी सहयोग के अकेले ही वह साहसिक अभियान आरंभ करना पड़ा, जिसे इतने सर्वोत्तम रूप में करना था कि आरंभिक आठवें दशक में, एबे और स्कॉट के समय से लेकर इस समय तक प्रकाशीय काँच उत्पादन में जो अनुभव प्राप्त किया गया था, वह सबकुछ ही महीनों के भीतर पुन: प्राप्त किया जा सके।''

इस संदर्भ में इंग्लैंड की बात कुछ आश्चर्यजनक है। इस बात के लिखित प्रमाण हैं कि प्रथम विश्वयुद्ध के दौरान मेसर्स चांस ब्रदर्स ने रशियन सरकार को, पेट्रोग्राड के इंपीरियल पोर्सिलेन कारखाने में, प्रकाशीय काँच उत्पादन आरंभ करने में सहायता प्रदान की थी। यह भी दावा किया जाता है कि इसी सहायता ने सोवियत काँच-उद्योग की नींव रखी।

प्रथम विश्वयुद्ध के दौरान सामरिक पदार्थ के रूप में प्रकाशीय काँच के उद्‌भव ने विभिन्न देशों की सरकारों को अपने-अपने देशों में इसके उत्पादन को बढ़ावा देने तथा यंत्र उद्योगों को विकसित करने के लिए बाध्य किया। ग्रेट ब्रिटेन में एक प्रकाशीय काँच समिति का गठन किया गया और चांस ब्रदर्स, ब्रिटिश इंस्ट्रूमेंट्स शोध संगठन और प्रकाशीय यंत्र निर्माता जैसे विभिन्न संगठनों की गतिविधियों को समन्वित करने के लिए शाही नौसेना प्रशासन के वैज्ञानिक शोध-कार्यों के निदेशक को इसका अध्यक्ष बनाया गया। संयुक्त राज्य अमेरिका में यह लक्ष्य बिना किसी मध्यस्थ के सीधे ही अपनाया गया और प्रकाशीय काँच का उत्पादन नेशनल ब्यूरो ऑफ स्टैंडर्ड का एक नियमित कार्य बन गया। इससे सरकार को उच्च गुणवत्ता के प्रकाशीय काँच की आपूर्ति सुनिश्चित हो गई। इतना ही नहीं, इससे सतत शोध एवं विकास संभव हुआ तथा एक ऐसा व्यावहारिक उत्पादक संगठन तैयार हो गया, जिसे किसी आपातकाल में विस्तारित किया जा सकता था। इस निर्णय के पीछे जो दूरदृष्टि थी, उसकी सच्चाई द्वितीय विश्वयुद्ध के दौरान तब प्रदर्शित हुई जब ब्यूरो के कारखाने ने अपना उत्पादन समय के अनुसार क्रमिक रूप से बढ़ाया था। उल्लेखनीय है कि जब अमेरिका युद्ध में शामिल नहीं था (1941) तब यह उत्पादन 18 टन था, जो 1942 में बढ़कर 68 टन और 1943 में 120 टन तक पहुँच गया।

प्रौद्योगिकी का आरंभिक काल

सन्‌ 1914 से 1918 तक के युद्धकाल तथा उसके बाद के वर्षों में अत्यंत स्वागतयोग्य प्रगति हुई है, जिसे औद्योगिक रूप से विकसित कुछ देशों में प्रोत्साहन

मिला। यह प्रगति उत्पादन क्रियाओं के वैज्ञानिक अध्ययन की दिशा में उपकरणों एवं भट्ठियों की डिजाइन दिशा में तथा काँच के संघटन में निहित भौतिक-रासायनिक सिद्धांतों को पूर्णतर रूप से समझने की दिशा में हुई। नए शोध संगठनों की स्थापना हुई और आनुभविक ज्ञान के स्थान पर वैज्ञानिक समझदारी का उपयोग होने लगा और काँच निर्माण के व्यवसाय पर रहस्य का जो परदा पड़ा था, वह धीरे-धीरे उठने लगा। जो काँच उस समय कला की अभिव्यक्ति का एक माध्यम समझा जाता था, उसे इन विकास-कार्यों से अनेक ऐसी बहुमुखी उपयोग की वस्तु के रूप में बदल दिया, जैसा कि हम उसे आज जानते हैं। ज्ञान का संचयन एक श्रमसाध्य एवं अनिवार्यत: ऐसी प्रक्रिया है और इस संदर्भ में अनेक देशों के अनेक व्यक्तियों ने सार्थक योगदान किया है, परंतु प्रो. डब्ल्यू. ई.एस. टर्नर तथा उनके कुशलकर्मियों का कार्य अनूठा रहा है। प्रो. टर्नर और उनका स्कूल शोध-क्षेत्रों की विविधता और प्राप्त परिणामों की उपयोगिता दोनों ही के लिए उल्लेखनीय है।

विकास कार्य : दुर्लभ मृदा एवं अन्य काँच

यद्यपि एबे और स्कॉट द्वारा बेरियम क्राउन, बेरियम फ्लिंट और बोरोसिलीकेट क्राउन काँचों के समावेश के विशेषत: फोटो और माइक्रोस्कोप के लेंसों के लिए उल्लेखनीय परिणाम प्राप्त हुए, परंतु इससे एक ही अपवर्तनांकवाले और भिन्न-भिन्न विक्षेपणोंवाले तथा समान विक्षेपणों और विभिन्न अपवर्तनोंवाले काँचों की समस्या का पूर्ण समाधान नहीं प्राप्त हो सका। यह समस्या तब भी बनी रही कि उच्च विक्षेपणों, परंतु निम्न अपवर्तनांकोंवाले फ्लिंट का निर्माण कैसे हो। इसके अतिरिक्त, प्रकाशीय काँच डिजाइनर इसमें अधिक रुचि लेने लगे कि उन्हें तब तक प्राप्त अपवर्तनांक की अपेक्षा उच्चतर अपवर्तनांकोंवाले तथा अपेक्षाकृत निम्नतर विक्षेपणवाले काँच उत्पादन में कुछ सार्थक प्रगति की गई थी। इन दोनों वैज्ञानिकों ने ऐसे काँचों की खोज की है, जिनका अपवर्तनांक अत्यंत उच्च तथा विक्षेपण (disperson) निम्न है, इन्हें 'दुर्लभ-मृदा प्रकाशीय काँच' के नाम से जाना जाता है। मोरे ने विभिन्न ऑक्साइडों पर अत्यंत परिश्रमपूर्ण शोध करके उनके रासायनिक प्रकाशिक व्यवहार का अध्ययन किया था। मोरे यह सिद्ध करने में सफल रहे कि सिलिकन या फास्फोरस को प्रकाशीय काँच के अनिवार्य रूप में देखने की परंपरागत अवधारणा को संशोधित करना आवश्यक है। दुर्लभ मृदा ऑक्साइडों जैसे लैंथेना, थोरिया तथा अन्य ऑक्साइड जैसे टाइटेनिया, टैंटेलम और टंग्स्टन के ऑक्साइडों के मिश्रण से काँच का निर्माण करनेवाले पदार्थ के रूप में केवल ऑक्साइड का उपयोग करके ऐसे प्रकाशीय काँच बनाए जा सके, जिनका अपवर्तनांक अत्यंत उच्च और विक्षेपण अल्पमात्र है। इस प्रकार मोरे ने काँच

निर्माण के क्षेत्र में एक वैसी ही दूसरी सार्थक पहल का सूत्रपात किया, जैसा एबे और स्कॉट ने बेरियम काँचों का विकास करके किया था।

इस पथप्रदर्शक कार्य को वी एम गोल्डस्मिथ के शिष्य जाचारियेसेन के प्रतिभापूर्ण योगदान से बड़ा प्रोत्साहन मिला। यह योगदान सन् 1932 में काँच के निर्माण में भाग लेनेवाले आयनों के आकार एवं विद्युत् आवेश पर आधारित क्रिस्टल रसायन के सिद्धांत का काँच की संरचना तक विस्तार करके किया गया था। उस समय काँच के संघटन एवं उसके भौतिक गुणों पर शोध-कार्य बाधित था, क्योंकि काँच की संरचना की जानकारी नहीं थी। जाचारियेसेन द्वारा प्रस्तुत विचारों को वारेन तथा उसके सहयोगियों द्वारा किए गए एक्स-रे विश्लेषण से समर्थन मिला, फलतः इससे काँच के संघटन पर शोध-कार्यों को अत्यधिक प्रोत्साहन मिला और काँच निर्माण को नए क्षेत्रों की भविष्यवाणी में सहायता मिली।

दुर्लभ-मृदा काँच की प्रकृति अत्यंत संक्षारक होती है और यह सर्वाधिक प्रतिरोधी दुर्गलनीय (रिफैक्टरी भट्ठी पात्र) के लिए भी अत्यधिक संक्षारक होती है, अतएव इनके कारण गंभीर उत्पादन समस्याएँ आने लगीं। इस समस्या को हल करने के लिए प्लैटिनम के मध्यम आकार के कुसिबुलोंवाली पुरानी विधि अपनाई और विद्युत् तापित भट्ठियों का उपयोग करना पड़ा, जैसा कि फैराडे, हरकोर्ट और स्टोक्स ने तथा एबे और स्कॉट ने भी अपने कुछ प्रयोगात्मक कार्यों के लिए अपनाया था। इन काँचों का उत्पादन संयुक्त राज्य अमेरिका में द्वितीय युद्ध से ठीक पहले आरंभ किया गया था और युद्ध काल के दौरान कई टन माल उत्पादित किया गया था। फोटोग्राफिक लेंसों के लिए यह काँच बेहतर एवं बहु उपयोगी है अतएव आजकल सुग्राही एवं विशिष्ट प्रकार के फोटोग्राफिक कैमरों में इसका उपयोग बहुतायत से होता है।

मोरे के कार्य से प्रोत्साहन मिलने तथा जाचारियेसेन द्वारा काम करने की नई विधि का सहारा प्राप्त होने के परिणामस्वरूप नए प्रकाशीय काँचों का उत्पादन अनेक प्रयोगशालाओं का पसंदीदा विषय बन गया। कोडाक ग्रुप के शोधकर्ताओं को उल्लेखनीय प्रकाशीय गुणोंवाले ऐसे काँच प्राप्त करने में आश्चर्यजनक सफलता मिली, जिनके अपवर्तनांक और विक्षेपण दोनों की सीमाएँ इतनी अधिक विस्तृत हो गई, जिन्हें अब तक प्राप्त नहीं किया जा सका था। इन काँचों में से विशेष पसंदीदा काँच फ्लोरोसिलिकेट फ्लिंट या सुपर-फ्लिंट काँच है। ये वे काँच हैं, जिनका विक्षेपण संगत अपवर्तनांकवाले फ्लिंट काँचों की अपेक्षा उच्चतर है और ये ऐसे पूर्ण फ्लोराइड काँच हैं, जिनमें परंपरागत सिलिकन, फास्फोरस या बोरान काँच बनाने वाले पदार्थों के स्थान पर फ्लोरीन का उपयोग होता है। सुपर फ्लिंट काँचों का उत्पादन व्यावसायिक स्तर पर किया गया है और ये यंत्र डिजाइनरों के लिए बड़े सहायक सिद्ध हुए हैं। फ्लोराइड

टाइप के काँचों का उत्पादन कठिन है। सिलिका-विहीन प्रकाशीय काँचों का दूसरा ग्रुप, जिसमें पराबैंगनी क्षेत्र में पारगमन उच्चकोटि का होता है, परंतु अवरक्त क्षेत्र में उच्च अवशोषकता होती है, फास्फेट काँचों का है, जो एल्यूमीनियम फास्फेट डालकर बनाया जाता है। यह फास्फेट कुछ गुणों के विचार से सिलिका जैसा होता है। इस प्रकार लगभग एक दशक के दौरान प्रकाशीय काँचों का क्षेत्र उल्लेखनीय रूप से विस्तृत हुआ है।

उत्पाद-तकनीकी में विकास

यद्यपि प्रथम विश्वयुद्ध के थोड़े ही समय बाद काँच-उद्योग की अनेक शाखाओं में तीव्र परिवर्तन देखा गया। हस्त-चालित उद्योग उच्चस्तरीय यंत्रचालित उद्योग में बदलने लगा, परंतु कुछ गिने-चुने अपवादों को छोड़कर प्रकाशीय काँच निर्माण की प्रविधियों में कोई तुलनात्मक परिवर्तन नहीं हुआ और निर्माण विधियाँ कमोबेश वैसी ही बनी रहीं, जैसी लगभग एक सदी पहले गुइनांद द्वारा आरंभ की गई थीं। हाँ एक यह परिवर्तन अवश्य हुआ है कि हाथ से विलोड़ित करने (मथने) की प्रक्रिया मशीन से की जाने लगी। दूसरी महत्त्वपूर्ण बात यह हुई कि पिघले हुए काँच की ढलाई, उसे सर्वांगसम करने के बाद लोहे के एक आयताकार बरतन में की जाने लगी, जिसमें इसे धीरे-धीरे ठंडा और तापानुशीतित करके एक विशाल ठोस ब्लाक बना लिया जाता था और इसे हीरे की आरी से काटकर छोटे पिंड और प्लेटें बना ली जाती थीं। इन छोटे टुकड़ों या प्लेटों से इच्छित भार के टुकड़े काटे जा सकते थे। इन टुकड़ों को पुनः गरम करके मुलायम बनाया जाता था और इन्हें साँचों में डालकर कोरे लेंस बनाए जाते थे। इस तरह के लेंस ब्लैंक बनाना तब लाभप्रद रहता है, जब किसी एक विशेष आकार के लेंस की माँग भारी संख्या में हो। रिफ्रैक्टरी पात्र और विलोडक (Stirrer) की गुणवत्ता उपयोगी काँच की गुणवत्ता एवं लब्धि का निर्धारण करती है, अतएव बेहतर किस्म की चिकनी मिट्टी का उपयोग करके और काँच के संघटन की अम्लीयता या क्षारीयता के अनुसार रिफ्रैक्टरी पात्र के संघटन को अनुकूलित करके, इनकी गुणवत्ता को काफी समुन्नत कर दिया गया है। इतना ही नहीं, नेशनल ब्यूरो ऑफ स्टैंडड्र्स के ए.वी. ब्लाइनिंजर द्वारा ढलाई की एक विशिष्ट विधि विकसित की गई है, जिसे सर्पण ढलाई (Slip Casting) कहते हैं। इस विधि ने कारखाने का उत्पादन बढ़ाने तथा बेहतर रिफ्रैक्टरी पात्र बनाने में बहुत योगदान किया है।

द्वितीय विश्वयुद्ध के दौरान संयुक्त राज्य अमेरिका की सरकार की माँग पर युद्ध संबंधी बढ़ती हुई आवश्यकताओं की पूर्ति के लिए कार्निंग ग्लास कंपनी द्वारा उत्पादन की तकनीक में एक साहसिक प्रगति की गई। यह थी प्रकाशीय काँच की सतत रूप से पिघलाने की प्रक्रिया का विकास। इससे पहले पिघलाने का यह कार्य प्लैटिनम स्तरित **टैंकों में** बार-बार अलग-अलग खेपों में किया जाता था। सिद्धांततः यह विधि टैंक-भट्ठियों

में व्यावसायिक काँच को पिघलाने की प्रक्रिया के समान ही थी। प्लैटिनम अस्तरित टैंक में कच्चे माल को विद्युत् धारा से तप्त करके पिघलाया जाता है और इसे सर्वांगसम बनाने के लिए प्लैटिनम की मथानी (विलोड़न) से खूब मिलाया जाता है। टैंक में से तैयार माल (काँच) एक मोटे फीते या छड़ (bar) के रूप में बाहर निकलता है, जिससे प्रिज्म तथा अन्य आकार के टुकड़े बनाए जा सकते हैं। इसके अतिरिक्त काँच को पिघली हुई दशा में ही एक विशेष प्रकार के फीडर (पाउच) की सहायता से ऐसे साँचों में भरा जाता है, जिनसे स्वचालित दाब-यंत्र जुड़े होते हैं। इस तरह सदियों पुरानी यह अवधारणा कि काँच केवल पात्रों में पिघलाया जा सकता है, त्याग दी गई। युद्ध के बाद के वर्षों में यह प्रक्रिया काफी समुन्नत कर दी गई है। अब रुक-रुककर खेप में संचालित प्रक्रिया से प्राप्त उत्पाद की तुलना में अधिक परिमाण में उत्पाद प्राप्त होता है और चूँकि प्लैटिनम काँच में क्षरित नहीं होता है, अत: प्राप्त काँच की गुणवत्ता काफी बेहतर होती है, साथ ही मूल्यवान धातु प्लैटिनम की क्षति नगण्य होती है, फलत: यह प्रक्रिया विधि किसी विशेष आकार (shapes) के बृहद उत्पादन के ही लिए उपयुक्त होती है। यह विशिष्ट रूप से आपथैल्मिक (चश्मे बनानेवाले) काँच के उत्पादक के लिए उपयुक्त है, जो वृहद् मात्रा में कुछ गिने-चुने आकार-प्रकारवाली वस्तुएँ बनाने के लिए आवश्यक होता है।

इस प्रकार अमेरिका, जिसे युद्ध के आपातकाल के दौरान भी काँच उद्योग की तकनीक जाननेवालों ने तकनीक सहायता देना नकार दिया था, वह साहसिक कार्यक्रमों तथा प्रभावी विकास कार्यों के माध्यम से 25 वर्षों में प्रकाशीय काँच निर्माण के क्षेत्र में अग्रणी देश हो चुका है।

प्रकाशीय काँच की किस्में

युद्धोपरांत काल के दौरान एक स्वागतयोग्य कार्य यह हुआ कि प्रकाशीय अभिकलनों (Computations) का मानकीकरण (Rationalization) किया गया। इसके परिणामस्वरूप डिजाइनरों द्वारा अपेक्षित काँच की किस्मों की संख्या पर्याप्त कम हो गई, जबकि द्वितीय विश्वयुद्ध के आरंभ के समय वास्तविक रूप से उपयोग में आनेवाली किस्मों की संख्या अनावश्यक रूप से बड़ी (लगभग 200) थी। अब यह अपवर्तनांक तथा विक्षेपण के काफी विस्तृत परास के बावजूद घटकर लगभग 30 रह गई है। ऐसा समझा जाता है कि यह संख्या आज की अधिकांश आवश्यकताओं की पूर्ति कर सकती है। भारत में वर्तमान समय में प्रकाशीय काँच की लगभग 20 किस्मों का उपयोग हो रहा है और इनमें से कुछ का उपयोग किसी समय विभिन्न स्रोतों से प्राप्त आयातित माल की आपूर्ति से हो रहा है।

भारत में काँच निर्माण की स्थिति

भारत अब तक प्रकाशीय यंत्रों की आवश्यकताओं के लिए अन्य देशों पर निर्भर रहा है, विशेषत: जर्मनी पर और यहाँ बड़े यंत्र उद्योग के विकास के लिए अनुकूल वातावरण रहा ही नहीं। सन् 1803 में यंत्रों की मरम्मत करनेवाली दुकान के रूप में कलकत्ता में स्थापित गणितीय यंत्र कार्यालय, जिसे अब राष्ट्रीय यंत्र लिमिटेड कहते हैं, द्वितीय विश्व युद्ध के दौरान देहरादून में बना रक्षा-मंत्रालय का 'तकनीकी विकास प्रतिष्ठान' तथा कुछ अन्य थोड़े से प्रकाशीय यंत्र निर्माता, सभी आयातित काँच से बनाए गए प्रकाशीय यंत्र घटकों की केवल घिसाई और पॉलिशिंग का काम करते थे। सकल उत्पादन अत्यंत कम था। चूँकि प्रकाशीय काँच की कुल माँग मुश्किल से दो या तीन टन प्रति वर्ष थी और उसे आयातित करना सरल था, अत: स्पष्ट था कि काँच के सामरिक महत्त्व पर ध्यान केंद्रित नहीं हो सका था, परंतु द्वितीय विश्वयुद्ध के दौरान इस महत्त्व का अनुभव किया गया, जिसका मुख्य कारण यह था कि बाहर से माल प्राप्त करना कठिन हो गया और देश में इसका उत्पादन आरंभ करने के लिए भारत सरकार ने ब्रिटिश सरकार से संपर्क स्थापित किया और मेसर्स चांस ब्रदर्स से तकनीकी सहायता दिलवाने की माँग की। इसके साथ ही वैज्ञानिक एवं औद्योगिक अनुसंधान परिषद् ने काँच उत्पादन की प्रक्रियाएँ ज्ञात करने के लिए शोध-योजना हेतु आर्थिक सहायता देनी आरंभ की, परंतु इन प्रयासों के परिणाम कुछ खास उपयोगी नहीं सिद्ध हुए। भारतीय काँच-उद्योग के युद्धोत्तर विकास पर प्रकाशित एक रपट में भारत सरकार के ग्लास पैनेल ने सन् 1947 में यह बताया कि प्रकाशीय काँच की माँग सीमित तथा विशेष किस्मों के लिए थी, अतएव प्राइवेट फर्में इसका उत्पादन करना पसंद करेंगी, यह संदेहास्पद था। अतएव उक्त ग्लास-पैनेल ने इसके सामरिक महत्त्व को ध्यान में रखते हुए यह संस्तुति की कि भारत सरकार को इसके उत्पादन के लिए तत्काल कदम उठाने चाहिए।

सन् 1946-47 में युद्ध समाप्त हो जाने के तत्काल बाद ही मैंने डॉ. आत्माराम ने यूरोप और ब्रिटेन का दौरा किया था, प्रकाशीय काँच उत्पादकों से विचार-विमर्श के दौरान यह अनुभव किया था कि उत्पादक फर्मों से तकनीकी सहयोग प्राप्त करना सरल नहीं होगा। अतएव जब मैंने सन् 1948 में वाशिंगटन स्थित नेशनल ब्यूरो ऑफ स्टैंडर्ड में अतिथि शोधकर्ताओं के रूप में कार्य करते समय अमेरिकी सरकार की सद्भावनाओं के माध्यम से ब्यूरो से संबद्ध प्रायोगिक कारखाने में प्रकाशीय काँच के उत्पादन की विधि अपनाई, विधियों को देखने का सुअवसर प्राप्त किया था, उसके बाद भारत में लौटकर मैंने अपने देश में ही प्रकाशीय काँच उत्पादन के लिए प्रस्ताव भेजा, परंतु उन्होंने इस बात पर जोर दिया था कि इस प्रकार की किसी योजना पर विचार करते समय सामरिक महत्त्व को व्यावसायिक पहलू की अपेक्षा अधिक महत्त्व देना चाहिए। कई ऐसे देश थे, जिनको

प्रकाशीय काँच बाहर से मँगाना अपेक्षाकृत सस्ता पड़ सकता था, फिर भी उन्होंने इसका उत्पादन स्वयं किया था और उनकी अपनी सरकारों ने अनेक प्रकार से उनके उत्पादन को प्रोत्साहन दिया था। आगे चलकर निरीक्षण करनेवाली विशेषज्ञों की भारत का दौरान करनेवाली अन्य विभिन्न टीमों द्वारा भी इस दृष्टिकोण का समर्थन किया गया।

भारत सरकार ने लगभग सभी प्रकाशीय काँच उत्पादक फर्मों, विशेषत: इंग्लैंड, अमेरिका, पूर्वी व पश्चिमी जर्मनी, फ्रांस और जापान की फर्मों से तकनीकी सहयोग के लिए संपर्क स्थापित किया। इनमें से कुछ देशों की तकनीकी टीमों ने भारत का दौरा किया, परंतु सहयोग के लिए कोई संतोषजनक आधार नहीं बनाया जा सका। भारत सरकार के लिए प्रकाशीय काँच एक समस्या बना रहा और प्रधानमंत्री ने भी यह अनुभव किया कि वर्तमान परिस्थितियों के अंतर्गत सर्वोत्तम मार्ग यही होगा कि केंद्रीय ग्लास एवं सिरेमिक शोध संस्थान को ही यह कार्य सौंपा जाए। इसी बीच संस्थान के दो वरिष्ठ अधिकारियों को, नेशनल ब्यूरो ऑफ स्टैंडर्ड्स के काँच संभाग में उत्पादन की विधियों से सुपरिचित होने का सुयोग मिला था, देखकर कि विदेशी फर्मों से बातचीत का कोई व्यावहारिक परिणाम नहीं मिल रहा है, योजना आयोग ने सन् 1956 के मध्य में प्रकाशीय काँच उत्पादन का कार्य संस्थान को दे दिया। इसी बीच यू.एस.एस.आर. की सरकार ने प्रकाशकीय एवं ऑफ्थैल्मिक काँचों का भारत में ही उत्पादन करने के लिए एक कारखाना बनाने करने में सहायता प्रदान करने का प्रस्ताव रखा।

प्रकाशीय काँच-निर्माण की जटिलताएँ

यदि यह संभव होता कि काँच की एक खेप के लिए आवश्यक घटक पदार्थों की मात्रा का आकलन करके उसे एक पात्र में रख देने से अभीष्ट रूप से अंतिम उत्पाद प्राप्त हो जाएगा, तब तो प्रकाशीय काँच का उत्पादन अपेक्षत: एक सरल प्रक्रिया होती, परंतु काँच का पिघलना एक ऐसी प्रक्रिया है, जिसमें कुछ घटक पदार्थ लगातार वाष्पीकरण (Volatilization) में नष्ट होते रहते हैं, और कुछ घटक रिफ्रैक्टरी पात्र क्षरण के चलते उसमें मिलते रहते हैं। दोनों ही कारण काँच की एकरूपता और पारदर्शकता को प्रभावित करते हैं, जिनमें से क्षरणजन्य घटक अधिक प्रभावकारी होता है। वास्तव में काँच कभी भी साम्यावस्था में नहीं होता है, पिघलने की प्रक्रिया के दौरान इसका संघटन निरंतर परिवर्तित होता रहता है। प्रकाशीय काँच की जटिलताएँ उत्पादन-प्रक्रियाओं की इन्हीं विचित्रताओं के कारण उत्पन्न होती हैं, जो अत्यंत उच्च स्तर की सर्वांगसमता-पारदर्शकता का ऐसा उत्पाद प्राप्त करने के लिए अपनाई जाती हैं, जिसके लिए अपवर्तनांक और विक्षेपण क्षमता के मनवांछित संकीर्णता सीमाओं के भीतर ही परिवर्तित होते हैं।

उच्च परिशुद्धतावाले उद्योगों के लिए उत्पादन हेतु परिशुद्ध उपस्करों (औजारों)

का होना भी आवश्यक होता है, परंतु काँच निर्माता, जिसे यद्यपि एक अत्यंत परिशुद्ध पदार्थ के उत्पादन की जिम्मेदारी दी गई होती है, उसके पास इस प्रकार के यंत्र उपकरण नहीं आते और उसे अत्यंत उच्च ताप पर अनियंत्रित रूप से बदलती हुई परिस्थितियों का सामना करना पड़ता है। प्रकाशीय काँच निर्माण को एक कला या तकनीक कह सकते हैं। इसकी सफलता का रहस्य अनुभव पर आधारित गोपनीय खेप (बैच) को पिघलाने में नहीं, संक्रियाओं की समग्र शृंखला के सूक्ष्मतम विवरण के वैज्ञानिक ज्ञान तथा इनमें से प्रत्येक का गहन नियंत्रण करने में निहित होता है। यही कारण है कि प्रकाशीय काँच का प्रत्येक औद्योगिक उत्पादक एक सतत पुनर्नवकृत शोध प्रयोगशाला संचालित करता है, जिसका नियंत्रण योग्य एवं अनुभवी कार्यकर्ताओं के एक दल द्वारा किया जाता है।

प्रौद्योगिकी का चयन

चूँकि प्रकाशीय काँच उत्पादन सर्वोपरि सामरिक महत्त्व का उद्योग है, अतः इसकी प्रौद्योगिकी तथा संक्रियाओं के विषय में कुछ विशेष विवरण प्रकाशित नहीं हुआ है। कुछ थोड़ी-बहुत जानकारी भू-भौतिकी प्रयोगशाला तथा नेशनल ब्यूरो ऑफ स्टैंडर्ड्स वाशिंगटन के प्रकाशनों में उपलब्ध है। वर्तमान समय में प्रकाशीय काँच बनाने की तीन विधियाँ प्रचलित हैं। पहली प्राचीन विधि है, जिसमें काँच को पिघलाने के लिए एक दुर्गलनीय (रिफ्रैक्टरी) पात्र का उपयोग किया जाता है। दूसरी, प्लैटिनम के क्रुसिबुल में काँच पिघलाने की विधि और तीसरी प्लैटिनम अस्तरित टैंकों में सतत रूप से पिघलाने की विधि। इन सभी विधियों में काँच को सर्वांगसम बनाने के लिए विलोड़न (मंथन) का सहारा लिया जाता है। पहली विधि में दुर्गलनीय (रिफ्रैक्टरी) विलोड़क का तथा अन्य दोनों विधियों में प्लैटिनम के विलोड़कों का उपयोग किया जाता है। प्रथम दोनों विधियों की संक्रियाएँ रुक-रुककर अंतरालों में की जाती हैं, जबकि तीसरी विधि लगातार चालू रहती है।

पहली विधि से अधिक प्रचलित किस्म का प्रकाशीय काँच बनाया जाता है, जिसकी गुणवत्ता उल्लेखनीय रूप से अच्छी होती है, हालाँकि रिफ्रैक्टरी पात्र, काँच क्षरण के प्रति संवेदनशील होता है, परंतु इस विधि में उत्पादन कम होता है। अन्य दोनों विधियों में क्षरण लगभग झुर्रियों (Striae) से भलीभाँति युक्त हो जाता है। पहली विधि किसी अपेक्षित किस्म के काँच के मध्यम परिमाण में उत्पादन के लिए उपयुक्त होती है, दूसरी विधि केवल अल्प मात्रा में उत्पादन के लिए और तीसरी विधि, जिसमें उत्पादन दर बहुत ऊँची होती है, किसी विशिष्ट किस्म और आकार के काँच की भारी माँग की पूर्ति के लिए उपयुक्त है। तीसरी विधि अधिक सीसा-युक्त काँचों और फास्फेट-काँचों को पिघलाने के लिए उपयुक्त नहीं मानी जाती है।

जब संस्थान ने प्रकाशीय काँच उत्पादन का काम हाथ में लिया, तब पहला निर्णय यह लेना था कि उत्पादन के लिए किस उपयुक्त तकनीक का चयन किया जाए। यह निर्णय इस बात को ध्यान में रखकर लेना था कि काँच की वर्तमान माँग कितनी है तथा निकट भविष्य में इसके कितनी हो जाने की संभावना है। यह तो पता ही था कि सतत प्रक्रियावाली विधि में भारी पूँजी निवेश आवश्यक होता है। अत: इसे अपनाने का कोई प्रश्न ही नहीं था। इसके साथ एक मुद्दा यह भी जुड़ा था कि प्लैटिनम के समस्त उपस्करों-औजारों को बाहर से मँगाना पड़ेगा। इसके अतिरिक्त तमाम सावधानियों के बावजूद प्लैटिनम का उपयोग खतरे से रहित नहीं है। पिघलाने के दौरान टूट-फूट होने पर उपकरणों की मरम्मत किसी बाहरी देश में करानी होगी। इससे सतत उत्पादन प्रक्रिया आंतरायित (intermittant) प्रक्रिया की अपेक्षा और भी अधिक आंतरायिक हो जाएगी। आगामी दशकों के बाद भी ऐसी संभावना नहीं है कि माँग इतनी बढ़ जाएगी कि सतत उत्पादनवाली प्रक्रिया अपनाना आवश्यक हो जाए। यह विधि अब तक अनेक प्रकाशीय काँच उत्पादक कारखानों में से बहुतों में अपनाई नहीं गई है। अधिकांश प्रकाशीय काँच अब भी आंतरायित विधियों से ही बनाया जा रहा है।

इन सभी पहलुओं पर विचार करके यह निर्णय किया गया कि पिघलाने के लिए रिफ्रैक्टरी पात्रों और क्रुसिबुलों, दोनों ही का उपयोग करके आंतरायित प्रक्रिया का विस्तृत ब्योरा तैयार करने पर ध्यान दिया जाए। नेशनल ब्यूरो ऑफ स्टैंडर्ड्स में काँच का दुर्गलनीय (रिफ्रैक्टरी) पात्रों में पिघलाने की प्रक्रिया की सामान्य जानकारी पहले से थी, अत: इस आधार पर भी यही निर्णय उपयुक्त जान पड़ा। यह एक रोचक तथ्य है कि तकनीकी सहयोग के लिए प्रकाशीय काँच-विशेषज्ञों की जितनी भी टीमों ने हमारे देश का दौरा किया, लगभग उन सभी ने आंतरायित (रिफ्रैक्टरी) पात्र तकनीकी को ही अपनाने का सुझाव दिया था। इसके अतिरिक्त चूँकि किसी भी एक किस्म के प्रकाशीय काँच की माँग कम ही थी, अत: इसे देखते हुए हमारा चयन पात्रगत शीतलन प्रक्रिया तक ही सीमित रखा गया, काँच को स्लैबों में ढालने या पट्टियों के रूप में रोल करने की प्रक्रियाएँ नहीं अपनाई गईं। कुछ किस्मों के काँचों की वार्षिक आवश्यकता तो 100 पौंड से अधिक थी ही नहीं, अत: सतत प्रक्रिया अपनाना बिल्कुल ही व्यावहारिक नहीं था।

कच्चा माल और उपकरण

जैसा कि पहले ही बताया गया है, प्रकाशीय काँच में जिन परिशुद्ध गुणों का होना अपेक्षित होता है, उनके लिए उच्च शुद्धता एवं एकसमान (uniform) गुणवत्तावाले कच्चे माल की आवश्यकता होती है। रंगीन बना देनेवाले ऑक्साइड, जैसे आयरन, क्रोमियम,

कोबाल्ट, तांबा, टाइटैनियम, निकेल और मैंगनीज आदि के ऑक्साइडों की उपस्थिति एक प्रतिशत का हजारवाँ भाग मात्र भी हो तो काँच की पारदर्शकता पर हानिकारक प्रभाव पड़ता है। विरंजन (Decolorization) जैसे कि आयरन मिलने पर जो रंग उत्पन्न होता है, उसे उचित नहीं समझा जाता है, क्योंकि यह विरंजन समग्र पारगम्यता को कम कर देता है, हालाँकि कुछ पुराने प्रकाशीय काँच निर्माता इनका उपयोग किया करते थे। इसके अतिरिक्त निर्मित काँचों पर सूरज का प्रकाश पड़ने या पर्याप्त अनुपात में पराबैंगनी विकिरणयुक्त प्रकाश पड़ने से प्रकाशीय उपकरणों की गुणवत्ता में जो ह्रास होता है, उसे दूर करने के लिए विरंजकों, विशेषत: मैंगनीज-विरंजकों का उपयोग उचित नहीं होता है। भट्ठी का पात्र और विलोड़क बनाने के लिए जिस चिकनी मिट्टी और फेल्स्पार आदि पदार्थों का उपयोग किया जाता है उन्हें रंजक ऑक्साइडों से सर्वथा मुक्त होना चाहिए ताकि भट्ठी के क्षरण के चलते काँच में कोई अवांछित अशुद्धि न आने पाए। लेड-काँच में क्लोराइडों और सल्फेटों की उपस्थिति के कारण हलका दूधिया रंग आने लगता है, अत: प्रयुक्त रसायनों तथा अन्य कच्चे सामानों में इन्हें उपस्थित नहीं होना चाहिए।

इस प्रकार, पहला कदम कच्चे माल का अध्ययन करना, उसको उपयोगी बनाना और इस तरह प्रसंस्कारित करना था कि वे प्रकाशीय काँच के उत्पादन के लिए उपयुक्त हो जाएँ। कुछ वर्षों पहले संस्थान द्वारा कच्चे माल का जो सर्वेक्षण कराया गया था, वह अत्यंत लाभप्रद सिद्ध हुआ। भट्ठियों में जाँचकर तथा प्रयोगात्मक रूप में पिघलाकर गहन जाँच-पड़ताल के बाद यह सुनिश्चित किया गया कि कुछ थोड़े से रसायनों, जैसे सोडा ऐश, पोटैशियम कार्बोनेट, बोरैक्स, बोरिक अम्ल और बेरियम कार्बोनेट को छोड़कर, जिनका उपयोग कुछ अन्य उद्योगों की आवश्यकताओं की पूर्ति के लिए किया जा रहा है, प्रकाशीय काँच निर्माण के लिए आवश्यक अन्य रसायनों तथा कच्चा माल अपने देश में उपलब्ध है, अत: अंतत: यह धारणा त्याग दी गई कि भारत में इस प्रकार का कच्चा माल उपलब्ध नहीं है।

कार्य आरंभ करने के लिए विशेष प्रकार के उपकरणों को प्राप्त करना मुख्य समस्या थी। वे उपकरण कहीं बाहर से आयातित नहीं किए जा सकते थे, क्योंकि ये सभी उपकरण ये फर्में अपनी-अपनी योजना के अनुसार विशेष रूप में डिजाइन करके बनाती हैं और अपनी उत्पादन तकनीकों और प्रविधियों के लिए गहन गोपनीयता बरतती हैं। समस्त उपस्कर, जैसे विलोड़क मशीन, पात्र को उठानेवाली गाड़ी और विभिन्न प्रकार के अन्य छोटे उपस्कर (gadgets) जिनमें प्लास्टिक के साँचे भी शामिल थे, सभी इस संस्थान में ही डिजाइन किए गए और बनाए गए थे। इसी प्रकार, बरतनों को प्रज्वलित करने के लिए, पिघलाने के लिए, स्लपिंग, ढलाई और तापानुशीतन आदि के लिए भी सभी उपस्कर यहीं पर डिजाइन करके बनाए गए थे और कहने की आवश्यकता नहीं है

कि अनेक विशिष्ट प्रकार के दुर्गलनीय भाग और साज-सामान आदि, जो कि भट्ठी के लिए आवश्यक थे, वे सब भी बनाए गए थे।

उत्पादन संबंधी कुछ प्रारूपिक समस्याएँ

सभी प्रकार के प्रकाशीय काँच के लिए, सर्वांगसमता तथा अपवर्तनांक एवं विक्षेपण क्षमता की पुनरुत्पादकता ऐसी आवश्यकताएँ हैं, जिन पर काफी ध्यान दिया जाता है। इनको प्राप्त करने के लिए, रासायनिक संघटन की स्थिरता सबसे पहली शर्त है। यह देखा जाता है कि कच्चे माल के विश्लेषण तथा भार मापन एवं मिश्रण पर हर प्रकार से ध्यान रखा जाए, तब भी दो ऐसे कारक हैं, जो कच्चे माल के निवेश के आधार पर परिकल्पित संघटन की अपेक्षा भिन्न संघटन उत्पन्न कर देते हैं। ये कारक हैं, पिघलाते समय ऊर्ध्वपातन के कारण होनेवाली क्षति और पिघलाने के लिए प्रयुक्त पात्र में से काँच द्वारा एल्यूमिना, सिलिका और आयरन ऑक्साइड आदि का अवशोषण। यह क्षति और वृद्धि ताप तथा संक्रियात्मक कार्यविधि के कारण परिवर्तित होती है और इनका आकलन पहले से ही सावधानी के साथ कर लिया जाना चाहिए। उच्च तापमान तथा पिघलाने की अवधि लंबी होने से वाष्पीकरण एवं संक्षारण का प्रभाव और भी बढ़ जाता है और ये दोनों ही कारक काँच में रैखिक विकृतियाँ (striae) उत्पन्न करते हैं। इसके अतिरिक्त पात्र क्षरण से, दो अन्य प्रतिकूल प्रभाव उत्पन्न होते हैं। पहला प्रभाव है काँच में अवांछित आयरन का प्रवेश और दूसरा है काँच में बुलबुले बनना। यह द्वितीय कारक कभी-कभी इतना गंभीर हो सकता है कि सब प्रकार से उत्तम पिघला माल, पिघलने के अंतिम चरण में पूर्णरूपेण खराब हो सकता है।

पिघलाकर प्राप्त किए गए काँच की पुनरुत्पादकता को सुनिश्चित करने के लिए आवश्यक प्रतिबंध ज्ञात करने के लिए परीक्षणीय द्रवण कार्य करते समय यह समझ में आया कि प्रकाशीय काँच निर्माण की सबसे पहली बाधा रिफ्रैक्टरी पात्र की कार्य निष्पादन क्षमता ही है। अतः एक संतोषजनक रिफ्रैक्टरी पात्र का निर्माण ही मुख्य अनिवार्य कदम समझा गया। सौभाग्यवश संस्थान में एक अनुभवी रिफ्रैक्टरी-शोध-ग्रुप मौजूद था। रिफ्रैक्टरी पात्र का निर्माण स्लिप ढलाई विधि से किया गया और यद्यपि इस विधि के विभिन्न चरणों की स्पष्ट जानकारी उपलब्ध थी, फिर भी उपलब्ध चिकनी मिट्टी की सहायता से संतोषजनक रिफ्रैक्टरी पात्र का निर्माण अत्यंत कठिन सिद्ध हुआ। उत्पादों की पुनः प्राप्ति में असफलता, विशेषतः काँच को बुलबुलों से रहित रखने में असफलता समझ से परे थी, हालाँकि पात्र के निर्माण और दहन की परिस्थितियाँ आभासतः एक जैसी ही बनी रही हैं। आगे चलकर इन असफलताओं के कारण ढूँढ़ निकाले गए और सभी कठिनाइयाँ दूर कर दी गईं।

प्रकाशीय काँच निर्माण में सर्वांगसमता को सुनिश्चित करने के लिए पिघलती हुई काँच की राशि को विलोड़ित करना एक अत्यंत महत्त्वपूर्ण प्रक्रिया होती है। इसके लिए विलोड़क की गति, उसके क्रिया-क्षेत्र का विस्तार, विलोड़न की अवधि, तापमान के घटने की दर और पात्र को भट्ठी से उतारते समय भट्ठी के तापमान का पहले से ही आकलन कर लेना महत्त्वपूर्ण होता है। इसके लिए विभिन्न तापमानों पर पिघले हुए काँच की श्यानता (viscosity) की परिशुद्ध जानकारी होनी चाहिए। उच्च तापों पर श्यानता का मापन करने में विशेष सावधानी बरतनी चाहिए। भट्ठी की कार्यविधि जानना भी अत्यंत महत्त्वपूर्ण है, क्योंकि इस प्रक्रिया के दौरान ताप में थोड़ा सा भी परिवर्तन श्यानता को स्पष्टतः प्रभावित कर देता है। श्यानता के मान नेशनल ब्यूरो ऑफ स्टैंडर्ड द्वारा प्रस्तावित 'प्लैटिनम बॉल गतिविधि' से P_tR_h (प्लैटिनम-रहेनियम) तार लपेट करके बनाई गई नियंत्रित भट्ठी में ज्ञात किए जाते हैं। विभिन्न प्रकार के प्रकाशीय काँचों के लिए तापमान के साथ श्यानता के परिवर्तन को व्यक्त करनेवाले अनेक वक्र बनाए गए हैं, जिनके आधार पर समुचित विलोड़न कार्यक्रम तैयार किए जा सकते हैं।

विलोड़न के बाद पिघले हुए काँच से भरे पात्र को भट्ठी से बाहर निकालकर नियंत्रित परिस्थितियों में ठंडा किया जाता है, ठंडे पात्र को तोड़ दिया जाता है, काँच के जो पिंड प्राप्त होते हैं, उनका निरीक्षण करके उनकी त्रुटियाँ ज्ञात की जाती हैं। त्रुटिपूर्ण पिंडों को अलग छाँट दिया जाता है, जो पिंड रेखीय विकृतियों से सर्वथा मुक्त रहते हैं, उन्हें ब्लॉकों में ढालने या स्लैबों में रूपांतरित करने के लिए चुना जाता है। निरीक्षण और छँटाई के लिए सावधानी तथा कुशलता की आवश्यकता होती है, क्योंकि थोड़ी सी भी लापरवाही से उत्तम किस्म के टुकड़ों में कुछ रद्दी काँच जड़ा हुआ बचा रह सकता है। चुने गए उपयुक्त टुकड़ों में से उत्तम किस्म का काँच कतर कर प्राप्त करते समय असावधानी होने पर भी ऐसा ही हो सकता है।

चुने गए काँच के टुकड़े, जो भले ही रासायनिक दृष्टि से सर्वांगसम होते हैं, उनमें भी पर्याप्त परिमाण में विकृतियाँ बची रहती हैं और इन्हें तापानुशीतन द्वारा दूर किया जाता है। इस प्रक्रिया (तापानुशीतन) में भी सतर्कतापूर्ण सावधानी तथा नियंत्रण आवश्यक होता है। प्रकाशीय काँच के तापानुशीतन में किसी टुकड़े का संघटन रूप और आकार तो तापानुशीतन की कार्य योजना से प्रभावित होते हैं। एक अन्य कारक भी है, जिस पर विचार किया जाना चाहिए और यह तापानुशीतन के दौरान अपवर्तनांक की वृद्धि पूरे टुकड़े में सर्वत्र अपवर्तनांक की वृद्धि समान हो, इसके लिए यह आवश्यक है कि पूरे टुकड़े में सर्वत्र ताप वितरण एकसमान हो। यदि किन्हीं दो बिंदुओं के बीच ताप की भिन्नता 10° सेल्सियस के लगभग है तो इससे अवांछित विकृति नहीं उत्पन्न

होगी, परंतु यह अपवर्तनांक में पर्याप्त अंतर उत्पन्न करेगी और काँच को प्रकाशकीय उपयोगों के लिए निरर्थक बना देगी। अतएव तापानुशीलन के लिए जो भट्ठियाँ (Kilns) बनाई जाती हैं, उन्हें परिशुद्ध ताप नियंत्रण के साथ बनाया जाना चाहिए। उपयुक्त विधि से तापनुशीतित प्रकाशीय काँच पट्टियों में पोलारीमीटर (Polarimeter) से देखने पर प्रति सेंटीमीटर लंबाई पर 5 से अधिक विचलन (deviation) नहीं दिखाई देना चाहिए।

लगभग अठारह महीनों तक कच्चे माल पर भट्ठी और उपस्करों की डिजाइनिंग एवं निर्माण पर क्रमबद्ध रूप से काम करने, पात्र निर्माण के विस्तृत ब्योरों का अध्ययन करने, विभिन्न कार्य योजनाएँ बनाने जैसे कि विलोड़न, तापानुशीलन और उपयुक्त संघटनों का निर्धारण करने के बाद संस्थान को परीक्षणीय पैमाने पर 600 पौंड माल पिघलाकर प्रकाशीय काँच बनाने में सफलता प्राप्त हुई थी। तैयार नमूने का प्रायोगिक भौतिकी प्रयोगशाला नई दिल्ली और रक्षा मंत्रालय के तकनीकी विकास प्रतिष्ठान, देहरादून द्वारा परीक्षण किया गया और उसे संतोषजनक पाया गया। देहरादून के प्रतिष्ठान द्वारा, जो कि हमारे देश में प्रकाशीय काँच का सबसे बड़ा उपभोक्ता है, इस उत्पाद को ए ग्रेड का काँच घोषित किया गया।

लब्धि और उत्पादन की लागत

जैसा कि पहले ही बताया गया है कि रिफ्रैक्टरी पात्र की विधि से उपयोगी प्रकाशीय काँच की लब्धि (yield) बहुत कम होती है, जिसका मुख्य कारण पात्र क्षरण है। यह लब्धि बहुत हद तक उस रूप-आकार पर निर्भर करती है, जिसमें इसको अंतिम रूप में ढालकर यंत्र निर्माता को दिया जाता है। संस्थान के कारखाने में कुछ महीनों के दौरान कुछ मुख्य प्रकार का जो वास्तविक उत्पादन हुआ है, उसे देखते हुए यह पता चलता है कि संस्थान में जो विधियाँ अपनाई गईं और जो उपकरण बनाए गए हैं, उनके उपयोग से जो उत्पादन लब्धि पाई गई है, वह देश का दौरा करनेवाले विशेषज्ञों की विभिन्न टीमों द्वारा उनके प्रस्तावों में दर्ज की गई लब्धियों से कम नहीं है।

कभी-कभी **यह प्रश्न पूछा जाता है कि इतनी कम माँगवाले प्रकाशीय काँच का उत्पादन व्यावसायिक दृष्टि से कहाँ तक लाभदायक हो सकता है ?** यह एक कठिन प्रश्न है और इसके उत्तर के लिए इसकी लागत की तुलना में इसके महत्त्व के यथोचित मूल्यांकन की आवश्यकता होती है। जैसा कि पहले ही संकेत किया गया है, प्रकाशीय काँच एक सामरिक महत्त्व की वस्तु है, यह कोई बड़े पैमाने पर उत्पादित की जानेवाली वस्तु नहीं है। सामान्यत: इस बात को महत्त्व नहीं दिया जाता है कि प्रकाशीय काँच का बड़े पैमाने पर उत्पादन अपने आपमें कोई धन अर्जित करने का व्यवसाय नहीं है और प्रकाशीय काँच निर्माता की व्यापारिक प्रतिभा को कम करके आँके बिना यह

कहना सत्य से बहुत परे नहीं होगा कि वे अपना लाभ किसी अन्य वस्तु के उत्पादन में अर्जित करते हैं, न कि प्रकाशीय काँच से।

भारत में औद्योगिकीकरण

मैंने आज व्याख्यान के लिए 'प्रकाशीय काँच' का विषय केवल इसलिए नहीं चुना था कि इस पर मेरा ध्यान अब से कुछ वर्ष पूर्व से ही आकृष्ट रहा, वरन इस कारण से भी चुना था कि प्रकाशीय काँच उत्पादन के इतिहास में कुछ ऐसे अनुभव उपलब्ध होते हैं, जिनसे हम देश के औद्योगिकीकरण के वर्तमान संदर्भ में लाभ प्राप्त कर सकते हैं।

उन्नीसवीं सदी के आठवें दशक में जर्मनी द्वारा प्रकाशीय काँच के बड़े पैमाने पर उत्पादन में सर्वश्रेष्ठता अर्जित करने का एकमात्र कारण यही था कि जहाँ अन्य देशों के उत्पादक उत्पादन की आनुमानिक विधियों से संतुष्ट बने रहे, वहीं जर्मनी में वैज्ञानिकों और उत्पादकों में विभिन्न प्रक्रियाओं को सर्वथा वैज्ञानिक दृष्टिकोण से समझने और सटीक उत्पादन तकनीक विकसित करने में परस्पर सहयोग किया। यद्यपि कोई भी व्यक्ति दूसरों से कौशलपरक ज्ञान, संयंत्रों और उपकरणों आदि को आयातित करके उद्योग आरंभ करने में सफलता प्राप्त कर सकता है, परंतु प्रगति को सुनिश्चित करने के लिए इतना ही पर्याप्त नहीं होता है। इससे कहीं अधिक महत्त्वपूर्ण होता है उत्पादन प्रक्रियाओं की वैज्ञानिक समझदारी। इसके लिए उपयुक्त शब्द के अभाव में इसे know why ज्ञात करने की भी विधि विकसित करनी चाहिए।

दूसरी शिक्षा यह ग्रहण करना है कि केवल वैज्ञानिक शोध के लिए सुविधाएँ और औद्योगिक विकास के सुअवसर मिल जाने मात्र से ही औद्योगिक सफलता को सुनिश्चित नहीं किया जा सकता है। इंग्लैंड और फ्रांस दोनों ही जर्मनी से इस बात में आगे थे कि उनके पास एक स्थापित प्रकाशीय काँच उद्योग था और इन देशों के कुछ प्रसिद्ध वैज्ञानिक प्रकाशीय काँच के शोध-कार्य में भी लगे हुए थे। विज्ञान, प्रौद्योगिकी और उद्योग इन सबका समुचित सहयोग आवश्यक होता है। इसी सहयोग ने प्रकाशीय काँच के क्षेत्र में जर्मनी की सर्वश्रेष्ठता सुनिश्चित की। व्यावहारिक परिणामों को प्राप्त करने में विज्ञान एवं प्रौद्योगिकी की वैयक्तिक उत्कृष्टता की अपेक्षा सम्मिलित प्रयास कहीं अधिक उपादेय होते हैं।

मैं इस तथ्य को कुछ विस्तार से बताना चाहता हूँ। जेना प्रतिष्ठान के अग्रणी उद्योगकर्मियों ने दूसरे देशों में लंबे समय से स्थापित तकनीकी ज्ञान का ही उपयोग करके फ्रांस और इंग्लैंड से न केवल आयात बंद करने में सफलता पाई, वरन् और भी उल्लेखनीय बात तो यह है कि उन्होंने इन्हीं देशों को प्रकाशीय काँच का निर्यात करना आरंभ कर दिया। इतना ही नहीं, उन्होंने तो अपने समन्वित प्रयासों के चलते प्रकाशीय

काँच के क्षेत्र में विश्व भर में अपना एकाधिपत्य स्थापित कर लिया है। पिछली सदी के अंत तक जर्मनी विज्ञान को, उद्योग में एक नए आयाम के रूप में क्रमश: जोड़ता जा रहा था और उसने विज्ञान को उत्पादन के साथ समेकित करके तकनीकी क्षेत्रों, जैसे रंजक उत्पाद और निस्संदेह प्रकाशीय काँच के क्षेत्र में औद्योगिक श्रेष्ठता अर्जित की, जिनमें पहले अन्य देश अग्रणी थे। इस प्रकार उस देश में विज्ञान को उद्योगों में प्रयुक्त करने की एक परंपरा विकसित हुई और शीघ्र ही विज्ञान एवं उद्योग के प्रभावी सहयोग के अनुकूल माहौल बना। इससे जर्मनी को औद्योगिक क्षेत्र में तकनीकी कौशल के रूप में एक निरापद पूँजी प्राप्त हुई। इस पूँजी की प्रभावोत्पादकता उस आश्चर्यजनक सफलता के रूप में प्रमाणित हुई है, जिसे 'आर्थिक चमत्कार' कह सकते हैं और जिसे जर्मनी ने अपनी युद्धजर्जरित अर्थव्यवस्था के पुनर्नवीकरण में हाल के वर्षों में प्राप्त किया है।

आज भारत भी अपनी आम जनता का जीवन स्तर उन्नत बनाने के लिए तेजी से देश के औद्योगिकीकरण का महत प्रयास करने में लगा है। इन प्रयासों के परिणाम, अधिकांश में तकनीकी विकास की गति तथा उसकी तीव्रता द्वारा निर्धारित होंगे, जिससे यह देश प्रौद्योगिकीय स्वाधीनता प्राप्त करेगा। इस लंबे पिछड़ेपन को दूर करने और औद्योगिक रूप से विकसित देशों की बराबरी करने के प्रयास में उसे मित्र देशों से तकनीकी एवं आर्थिक दोनों ही प्रकार की स्वागतयोग्य सहायता मिल रही है, परंतु आर्थिक प्रगति केवल दूसरों की उदारतापूर्वक दी गई सहायता से सुनिश्चित नहीं हो सकती है। जो लोग आर्थिक मामलों के नियंता हैं, वे इस तथ्य को समझते हैं।

जिस समय हमारा देश व्यावहारिक तकनीकी ज्ञान, संयंत्र और उपकरण आदि दूसरे देशों से प्राप्त कर रहा है, हमें इसके साथ ही बिना समय गँवाए, संक्रियाओं के know-how कारणों का अध्ययन आरंभ कर देना चाहिए। यह अध्ययन उद्योगों को न केवल अधिक दक्षतापूर्वक चलाने में सहायक होगा, वरन् नई एवं श्रेष्ठतर मशीनों एवं उपकरणों के विकास एवं निर्माण में सहायक होकर राष्ट्र को प्रौद्योगिक रूप से स्वाधीन बनाएगा। पर्याप्त वैज्ञानिक समझ के अभाव में, तकनीकी जानकारी की नकल मात्र करते रहने से उत्पादन दक्षता और उच्च गुणवत्ता के उत्पादन में सफलता नहीं मिलेगी। हमारे बहुत से निर्यातित माल की गुणवत्ता के विषय में बहुधा शिकायतें सुनने को मिलती हैं, यह बात उचित ही है। अनेक उत्पाद (products) जो अब निर्यात किए जा रहे हैं, वे आयातित तकनीकी ज्ञान और आयातित मशीनरी द्वारा तैयार किए गए हैं, परंतु उनमें वैज्ञानिक समझदारी और उत्पादन के समन्वय पर ध्यान नहीं दिया गया है। यह विशेष रूप से ध्यान देने की बात है कि कोई प्रतिभाशाली व्यक्ति अकेले भी नई प्रविधियों एवं मशीनों के विकास में सहायक हुआ हो, यह तो हो सकता है, परंतु किसी औद्योगिक या व्यावसायिक प्रतिष्ठान की सफलता मुख्यत: वैज्ञानिकों, तकनीशियनों, इंजीनियरों,

अर्थशास्त्रियों और उद्योगपतियों के समन्वित प्रयासों से ही प्राप्त की गई है, जिन्होंने पहले महत्तम दक्षता में सहायता देनेवाली परिस्थितियों को समझा, उसके बाद उपयुक्त विधियों को समझा, उपयुक्त संयंत्रों और मशीनरी की व्यवस्था की और अपेक्षित परिणामों को प्राप्त करने की प्रविधियों को संचालित करने का प्रयास किया।

उद्योगों की प्रगति में विज्ञान की अनिवार्य भूमिका को महत्त्व देते हुए और तकनीकी स्वाधीनता की ओर पहले कदम के रूप में, स्वतंत्रता प्राप्ति के बाद होनेवाले काल में, अनेक वैज्ञानिक एवं प्रौद्योगिक संस्थानों की स्थापना हुई और शोध और विकास कार्यों को गति देने के लिए पहले से चल रहे संस्थानों में भी पर्याप्त रूप से सुविधाएँ बढ़ा दी गईं। संभवत: इससे पूर्व भारत और कुछ अन्य देशों में भी विज्ञान को इस प्रकार की भारी राजकीय सहायता शायद ही मिली हो। हमारे प्रधानमंत्री नेहरूजी को विज्ञान में अटूट विश्वास है, उन्हें विश्वास है कि "केवल विज्ञान ही भूख और गरीबी की, अस्वच्छता और निरक्षरता की, अंधविश्वास और जड़तापूर्ण प्रथाओं और परंपराओं की, बहुलतापूर्ण संसाधनों की बरबादी की और भूखे-नंगे निवासियों के इस समृद्ध देश की समस्याओं को हल कर सकता है। आज वास्तव में ऐसा कौन है, जो विज्ञान की उपेक्षा कर सकता है? हमें जीवन के प्रत्येक मोड़ पर विज्ञान की सहायता चाहिए। भविष्य तो विज्ञान और उनका है, जो विज्ञान के साथ मित्रता करते हैं।"

स्वाधीनता प्राप्ति के बाद से हमारे देश ने पर्याप्त प्रगति की है और महत्त्वपूर्ण परिणाम प्राप्त किए गए हैं। फिर भी, एक यह भावना कमोबेश प्रत्यक्ष रूप से फैली हुई है कि भारतीय प्रयोगशालाओं और संस्थानों में प्राप्त किए गए परिणाम बहुत थोड़े ही हैं और वे भी उन्नत देशों की महान् उपलब्धियों की तुलना में प्राय: महत्त्वहीन हैं। इस प्रकार की तुलनाएँ बहुधा अनुचित हैं।

वैज्ञानिक आलोचना ने सर्वत्र विज्ञान की अभिवृद्धि और वैज्ञानिक वातावरण बनाने में सहायता की है। नेशनल इंस्टीट्यूट के एक अध्यक्ष प्रो. पी. महालनोबिस ने हाल ही में 'वैज्ञानिक मैनपावर' के संदर्भ में लिखे गए एक लेख में प्रो. हाल्डेन (Haldane) की इस टिप्पणी की ओर ध्यान दिलाया है कि भारत में विवेकपूर्ण एवं सूचनापरक वैज्ञानिक आलोचना की कमी है। विज्ञान का इतिहास ऐसे अनेक अन्वेषणों के उदाहरणों से भरा पड़ा है, जो सक्षम वैज्ञानिकों की आलोचनाओं से प्रेरित हुए थे। भारतवर्ष में भी आलोचना की कोई कमी नहीं है, परंतु दुर्भाग्यवश इसका अधिकांश भाग वैज्ञानिक न होकर व्यक्तिगत समीक्षा की ओर उन्मुख होता है। इस प्रकार की आलोचना प्रगति को दबाती है और रचनात्मक कार्यों के वातावरण को दूषित करती है। आलोचना को मूल्यवान होने के लिए यह आवश्यक है कि यह तथ्यों की सूचनापरक समझदारी पर आधारित हो।

भारत में विज्ञान और प्रौद्योगिकी प्रगति की राह पर है। मेधावी युवक विज्ञान को अपनी जीविका के रूप में अपना सकें, इसके लिए उन्हें प्रोत्साहन देने हेतु आजकल जो प्रयास हो रहे हैं, वे अत्यंत स्वागतयोग्य हैं। एक ऐसा वातावरण, जो विज्ञान और प्रौद्योगिकी में साहसिक कार्यों को प्रोत्साहित कर सके, वह उत्साही पुरुषों एवं महिलाओं को आकर्षित करने तथा काम में लगाए रखने के लिए अनिवार्य होता है। इस प्रकार के वातावरण के अभाव में वैज्ञानिक प्रतिभाओं का पलायन ऐसे व्यवसायों की ओर हो सकता है, जो साहसिक कार्यों को पुरस्कृत नहीं करते, वरन् केवल नियमों, प्रक्रियाओं और पुरानी परंपराओं पर काम कराना चाहते हैं। उपकरण, भवन आदि भौतिक संसाधन यद्यपि असंदिग्ध रूप से आवश्यक हैं, परंतु वैज्ञानिक अभियान के लिए वातावरण अधिक महत्त्वपूर्ण होता है और नेशनल इंस्टीट्यूट ऑफ साइंसेज को चाहिए कि यह देश की एक अति सम्मानित अग्रणी विद्वत्–परिषद् के रूप में इस प्रकार के वातावरण का निर्माण करने में अपना कुछ ध्यान और प्रयास लगाए।

□

4
भारत में विज्ञान

विकासशील समाज में विज्ञान की भूमिका

स्वतंत्रता प्राप्ति से अब तक प्राय: सभी नेशनल साइंस कांग्रेस के सम्मेलनों में इस कांग्रेस को श्री जवाहरलाल नेहरू उद्‌घाटित करते आए हैं और इसमें भाग लेते रहे हैं। वे हमारे अध्यक्ष भी रह चुके हैं। उनकी प्रबुद्ध अगुवाई के कारण इस देश में वैज्ञानिक प्रगति में तेजी आई है, क्योंकि उन्होंने सरकार तथा जनता की मनोवृत्ति को नया रूप दिया है। एक सम्मेलन में उन्होंने कहा, "मेरी रुचि मुख्यत: भारतीय जनता तथा भारत सरकार को भी वैज्ञानिक कार्यों तथा इसकी आवश्यकता के प्रति जागरूक करने के प्रयास में रही है।"

वे लगातार वैज्ञानिक अभिरुचि की आवश्यकता की याद दिलाते रहे हैं, जिसके लिए हम कृतज्ञ हैं।

यह हमारा सौभाग्य है कि श्रीमती इंदिरा गांधी को भी विज्ञान तथा वैज्ञानिक विधि में गहन रुचि रही है। विज्ञान तथा प्रौद्योगिकी में उनकी रुचि होने से मुझे विश्वास है कि ये लंबे डग भरेंगे और देश के जीवन में अपना पार्ट अदा करेंगे। यह महत्त्वपूर्ण बात है कि उन्होंने हमारे बीच से डॉ. त्रिगुणसेन को वैज्ञानिक मामलों की देखरेख के लिए यूनियन मिनिस्टर चुना है। उन्होंने पहले ही वृहत्तर क्षेत्र में आशाओं की पूर्ति का भाव जाग्रत् किया है। हम उनसे लगातार सहाय्य तथा प्रोत्साहन की आशा करते हैं।

पं. नेहरू भारत में विज्ञान को इतनी महत्ता क्यों प्रदान करते थे, हम वैज्ञानिक तथा प्रौद्योगिकीय अनुसंधान में पर्याप्त निवेश क्यों कर रहे हैं और हम अधिकाधिक वैज्ञानिक प्रयासों को इतना प्रोत्साहन क्यों दे रहे हैं, संक्षेपत: विज्ञान को हमारे समर्थन के लक्ष्य क्या हैं?

इन प्रश्नों पर विचार करने पर दो प्रश्न सामने उठते हैं। पहला संक्रमण से गुजर रहे समाज में तर्कसंगत चिंतन को विकसित करने तथा ज्ञान को विस्तृत करने में विज्ञान का महत्त्व तथा दूसरा इसका आर्थिक और सामाजिक महत्त्व। विज्ञान तथा विज्ञान पोषित

प्रौद्योगिकी हमें उद्योग तथा कृषि के विकास के साधन प्रदान करते हैं, आवागमन सुधारने के लिए हमें ज्ञान तथा योग्यता प्रदान करते हैं, रोगों के निर्मूलन द्वारा हमें उत्तमतर स्वास्थ्य प्रदान करते हैं और संक्षेप में कहना चाहें तो हमें उत्तमतर जीवन मानक प्रदान करते हैं। समसामयिक विश्व में विज्ञान मनुष्य की खुशहाली का महत्त्वपूर्ण साधन है, यहाँ तक कि कल के विश्व में वह पूँजी, श्रम तथा उद्यम था। इसके पूर्व मनुष्य के पास अपने कल्याण हेतु इतना ज्ञान तथा तकनीक कभी नहीं थे। विज्ञान के पास लोगों के लिए वह प्रतिज्ञा है, जो इसे महत्त्वपूर्ण बनाती है। इसलिए भारतीयों का यह उत्तरदायित्व है कि वे इस समुदाय के कल्याण हेतु योगदान दें। एक विकासशील समाज में आखिर वैज्ञानिकों का और कर्तव्य क्या हो सकता है? हमें स्वयं से यह प्रश्न करना चाहिए, "हम अपने लोगों के कितने निकट हैं और हमारे कार्य उनकी आशाओं तथा महत्त्वाकांक्षाओं से कितने प्रासंगिक हैं?"

हमारे अनुसंधान तथा विकास को आर्थिक वृद्धि से भलीभाँति संबद्ध होना तथा योगदान करनेवाला होना चाहिए। रॉयल सोसाइटी लंदन के प्रोफेसर पी.एम.एस ब्लैकेट ने अपने एक हाल ही में दिए गए नेहरू स्मारक व्याख्यान में ठीक ही कहा है, "वर्तमान गरीबी इतनी अधिक है और तेजी से बढ़ रही है, जनसंख्या से निपटना इतना दुर्जेय है कि आर्थिक वृद्धि के लिए हर चीज का बलिदान कर देना चाहिए।" मैं इस अभिमत से पूर्णतया सहमत हूँ। इस संदर्भ में अनुसंधान तथा विकास की परीक्षा होगी कि उत्पादक उद्यम में इसे किस हद तक इस्तेमाल किया जाता है। भारत में अनुसंधान तथा विकास अधिकांशतया सरकार द्वारा प्रायोजित प्रतिष्ठानों तक सीमित है और इन परिणामों का उपयोग सार्वजनिक उद्योगों में या प्राइवेट सेक्टर में होना है तो एक अंतराल (क्रमभंग) है। यह समझ में आनेवाला है, क्योंकि यदि दोनों ही एक तत्त्वावधान में हों तो नवाचार (innovation) के प्रति नीचे से लेकर ऊपर तक प्रतिरोध है। अनुसंधान तथा उत्पादन का यह द्विभाजन एक दुर्बलता है। सर्वोत्तम हल तो उद्योग को अपना अनुसंधान करने हेतु प्रेरक टैक्स देने के बावजूद तथा CSIR द्वारा औद्योगिक अनुसंधान संगठनों को सहकारिता आधार पर धन देने का प्रस्ताव होने के बावजूद उद्योग द्वारा अनुसंधान तेजी नहीं पकड़ रहा। विज्ञान का सही तथा वैधानिक लक्ष्य यह है कि मनुष्य जीवन नवीन शक्तियों तथा खोजों से समृद्ध हो तथा मनुष्य जीवन के सुधारने में कारणस्वरूप हो।"

प्रौद्योगिकी तथा विज्ञान शताब्दियों तक एक-दूसरे से स्वतंत्र रहे और विकसित हुए। प्रौद्योगिकी, जो औद्योगिक कला कही जाती है, वह अनिवार्यत: आनुभविक थी और उसने बौद्धिक वर्ग, जो इसे नीचा समझते थे, उनमें कोई अभिरुचि उत्पन्न नहीं की। विज्ञान सुनियोजित मानव विचार की शाखा के रूप में बुद्धिजीवी वर्गों को मोहता रहा और वह उनके मनोविनोद का साधन बना रहा। उन्नीसवीं सदी के मध्य में जाकर विज्ञान तथा प्रौद्योगिकी एक-दूसरे के निकट आए और ऐसा अनुभव किया जाने लगा कि एक-दूसरे

की वृद्धि को उद्दीपित करते हैं। अनेक क्षेत्रों में सुनियोजित ज्ञान की प्रगति होने से विज्ञान तथा प्रौद्योगिकी ने अपनी पृथकता बहुत कुछ खो दी है। अब प्रौद्योगिकी इतनी अधिक विज्ञान-आधारित है, जितनी पहले कभी न थी।

मेरे विचार से इस देश में विज्ञान तथा प्रौद्योगिकी की पृथक् भूमिकाओं को समझना हमारे लिए कुछ लाभदायक होगा। यद्यपि सुविकसित अर्थतंत्र में यह पार्थक्य बहुत महत्त्वपूर्ण नहीं है, किंतु हमारे राष्ट्र की वृद्धि की वर्तमान अवस्था में यह महत्त्वपूर्ण है, क्योंकि हमें इसी पार्थक्य (अंतर) पर विज्ञान तथा प्रौद्योगिकी के विकास की नीति को आधारित करना है। हमारी वर्तमान आवश्यकता प्रौद्योगिकी पर अधिकाधिक बल देने का आह्वान करती है।

चूँकि आज का विज्ञान कल की प्रौद्योगिकी हो सकता है, इसलिए हमें सभी तरह से विज्ञान को टिकाऊ बनाना है। जो शुद्ध विज्ञान में लगे हैं, उन्हें इसमें लगे रहना चाहिए। विज्ञान को व्यवहृत करने के लिए पहले उसे जानना होगा। अतः शुद्ध विज्ञान की लगन को उसकी विविध शाखाओं में प्रोत्साहन दिया जाना चाहिए, किंतु ऐसा करते समय उच्चतम अंतरराष्ट्रीय मानकों का पालन किया जाना चाहिए। मूलभूत विज्ञान की स्वस्थ वृद्धि होनी आवश्यक है और अनुसंधान कार्य ज्ञान की सरहदों पर किया जाना चाहिए। इसी कारण से विश्वविद्यालय, जो मूलभूत कार्य के मुख्य केंद्र हैं, उन्हें सशक्त बनाना चाहिए। इस दिशा में हमारा मूल लक्ष्य वैज्ञानिक क्षमताओं का विकास होना चाहिए।

सरसरी तौर पर मैं उल्लेख करना चाहूँगा कि हमारे विज्ञान अध्यापन में प्रयोगात्मक पक्ष पर पर्याप्त बल नहीं दिया जाता। प्रयोगात्मक क्षमता का संस्कार उपकरण या तैयार सामग्री पर पूर्णतया निर्भर नहीं होना है। कामचलाऊ व्यवस्था को प्रोत्साहन नहीं दिया जाना चाहिए। इसी से नवाचार को और प्रायः खोजों को दिशा मिलती है। जो भी हो, इससे निपुणता तथा मशीन भाव विकसित होता है। इससे हमें अपनी शिक्षा-प्रणाली को अभिविन्यस्त करने में सहायता मिलेगी।

हमारे देश में बौद्धिक सक्रियता की दीर्घ परंपरा रही है। विज्ञान के कई क्षेत्र में हमारे पूर्वजों ने ज्ञान की वृद्धि में कुछ महान् योगदान किए हैं। किंतु ऐसा ज्ञान अधिकांशतया सामाजिक आवश्यकताओं से अलग-थलग रहा आया। बाद में विज्ञान में तथा सृजनात्मकता के अन्य कई क्षेत्रों में गतिहीनता चालू हुई। अनेक ऐतिहासिक शक्तियों ने हमें तथा अन्य प्राच्य लोगों को पछाड़ दिया। हमारे लिए विज्ञान तथा प्रौद्योगिकी प्रायः विदेशी हो गए।

हमारे पास वैज्ञानिक नीति प्रस्ताव तो है, किंतु क्या विज्ञान के प्रति समर्पण का राष्ट्रीय संकल्प है? क्या कारण है कि वह अग्नि या उत्साह, जिससे अद्वितीय व्यक्ति उत्पन्न हुए, जो अन्यत्र के अपने समकक्षों के साथ कंधा-से-कंधा मिलाकर चले थे ठंडा हो गया है? स्वतंत्रता के पूर्व हमारे पास एक लक्ष्य था। अब क्या लक्ष्य है, क्या अब हम

अपने अतीत की ख्याति पर आश्रित हैं? क्या कारण है कि जब आज की अपेक्षा नगण्य राशि उपलब्ध थी तो हमने इतना अच्छा कार्य किया?

ऐसे संधि काल में जब प्रौद्योगिकी पर इतना बल दिया जा रहा है, हमारे पास कोई वैसा स्पष्ट प्रौद्योगिकीय नीति का वक्तव्य नहीं है, जैसा कि विज्ञान और औद्योगिक नीतियों का है। ऐसा प्रौद्योगिकीय नीति वक्तव्य आवश्यक है, जो हमारी विज्ञान तथा औद्योगिक नीति को जोड़ सके। इससे हमारी वैज्ञानिक नीति को अनेक पक्षों में व्यावहारिक स्वरूप प्राप्त होगा और हमारी औद्योगिक नीति के लिए दिशा निर्देश मिलेगा। ऐसे वक्तव्य में अन्य चीजों के अलावा निम्नांकित बातों पर विचार करना होगा।

आधुनिक प्रौद्योगिकी पूँजी-प्रधान तथा श्रम बचतवाली है। भारत में परिस्थितियाँ इससे सर्वथा विपरीत हैं। पूँजी की कमी है और श्रम इफरात में है, विशेषतया उसके पास विदेशी विनिमय का टोटा है। ऐसे में प्रश्न आता है कि किस प्रौद्योगिकी को चुना जाए? इसकी कसौटी यही होनी चाहिए कि वह हमारी आवश्यकताओं के उपयुक्त हो न कि उसकी श्रेष्ठता, जिससे सामाजिक असंतुलन तथा बेरोजगारी उत्पन्न होने से बचा जा सके। किसी प्रौद्योगिकी को अपनाने में प्रतिष्ठा को कोई स्थान नहीं दिया जाना चाहिए। सामान्य विश्वास के विपरीत जापान ने यह दिखा दिया है कि अश्वचालित प्रौद्योगिकियाँ आदिम (Primitive) ही हों, यह आवश्यक नहीं है, न ही परिष्कृत प्रौद्योगिकियाँ स्वचालित होती हैं।

देश किन-किन क्षेत्रों में ज्ञान की खोज करे और उसे प्राप्त करे? और वे कौन से जानकारी करने योग्य प्रक्रम हैं, जिन्हें विकसित करने का कार्य हमारे संस्थानों को सौंपा जा सकता है? जानकारी प्राप्त करने में कई पहलू होते हैं, जो परस्पर संबद्ध होते हैं और जिन पर सतर्क विचार करने की आवश्यकता पड़ती है। उपभोक्ता सामान तैयार करने के लिए हमें श्रमप्रधान प्रौद्योगिकियों पर अधिक आश्रित रहना होगा।

हमारी आवश्यकताओं के संबंध में किस हद तक परिष्कार हो? कुछ क्षेत्रों में, जैसे कि इस्पात निर्माण, बेसिक रसायनों, रक्षा तथा स्वास्थ्य के क्षेत्रों में हमें सर्वोपरिता प्राप्त करनी चाहिए और मापन की सावधानी के प्रति आश्वस्त होना चाहिए।

कच्चे माल की उपलब्धता के साथ प्रौद्योगिकीय नीति का संबंध होना अति आवश्यक है। अंतरराष्ट्रीय व्यापार में हमें उन मदों की पहचान करनी होगी, जहाँ हम प्रतिस्पर्धा में खरे उतर सकते हैं और ऐसे मामलों में हमें सर्वोत्तम तकनीकों का इस्तेमाल करना चाहिए। उदाहरणार्थ हमें जूट, चाय तथा वस्त्र उद्योगों से संबद्ध अनुसंधान पर अपना ध्यान केंद्रित करना चाहिए, क्योंकि इनसे हमारी प्रमुख विदेशी विनिमय कमाई होती है।

ऐसे ही अन्य प्रश्न हो सकते हैं। उन पर ध्यान दिया जाना चाहिए और प्रौद्योगिकीय नीति वक्तव्य के अंगस्वरूप होना चाहिए।

इन मुद्दों पर कुछ-न-कुछ विचार होता रहा है और इनमें से कुछ के बारे में नीति

निर्णय लिये जा चुके हैं, किंतु समस्या पर समग्र से विचार करने की आवश्यकता है, जिससे प्रौद्योगिकी के समन्वित राष्ट्रीय नीति वक्तव्य के दायरे में उन्हें लाया जा सके।

मानव संसाधन के विकास की महत्ता

वैज्ञानिक नीति प्रस्ताव हमारे इरादों का भलीभाँति से ड्राफ्ट किया हुआ वक्तव्य है। हमें अभी विकास की रणनीति पर कार्य करना है। हम प्राय: भारत के विषय में सुनते हैं कि वह निर्धन धनी देश है। हम अपने संसाधनों में धनी हैं, किंतु हमारे लोग निर्धन हैं। अत: विकास रणनीति में तीन अनिवार्य तत्त्व होने चाहिए। हमारे भौतिक संसाधनों का गहन सर्वेक्षण तथा उनका दोहन, पूँजी का निर्माण तथा उद्यमिता को बढ़ावा एवं मानव संसाधनों का विकास। इन तीनों क्षेत्रों में एकसाथ प्रगति से ही हमारा देश धनवान बन सकता है।

इनमें से मानव संसाधनों का विकास मुख्य है। आर्थिक विकास के लिए पूँजी, प्रौद्योगिकीय तथा आर्थिक ज्ञान, प्रबंधन क्षमता, आधुनिक औद्योगिक निपुणता तथा कठोर कार्य करने की इच्छा शक्ति की आवश्यकता पड़ती है। इनमें से पूँजी के अलावा अन्य सबका संबंध मानव संसाधनों से है। हम ऐसे देशों को जानते हैं, जिन्होंने अपर्याप्त पूँजी से ही अपने मानव संसाधनों के बल पर उल्लेखनीय प्रगति की है। कोई भी देश अपने ही भौतिक संसाधन में आत्मनिर्भर नहीं है। इतिहास बताता है कि किस तरह कई संपन्न देश अचतुर मानवीय कार्यकलाप से नष्ट हो गए।

हमारे देश का विकास केवल कड़ी मेहनत से हो सकता है। विदेश से विभिन्न रूपों में पूँजी तथा सहाय्य का आगम (inflow) पूरक का ही काम कर सकता है। जब तक देश के भीतर वैज्ञानिक तथा प्रौद्योगिकीय निपुणताएँ, उद्यमिता प्रतिभाएँ तथा दूरदर्शी सामाजिक मनोवृत्तियों पर आधारित शक्तियाँ उत्पन्न नहीं की जाएँगी, तब तक हम विकास की समुचित आधारिक संरचना खड़ी करने में सफल नहीं हो सकेंगे। तो इन वृद्धि की शक्तियों को किस तरह उत्पन्न किया जाए? स्पष्टत: मानव संसाधनों को विकसित करके। यदि संसाधनों में निवेश से लाभ हो सकता है तो मानव संसाधनों में निवेश से उससे कई गुना लाभ हो सकता है, किंतु मानव संसाधन विकास मात्र शिक्षा नहीं है, यद्यपि इसमें शिक्षा की महत्त्वपूर्ण भूमिका है। शिक्षा वह आधार प्रदान करती है, जिस पर हमें कौशल एवं क्षमता से विशाल संरचना खड़ी करनी है, जो भौतिक संसाधनों को संपत्ति में रूपांतरित करती है। राष्ट्र की उन्नति हेतु वैज्ञानिकों, प्रौद्योगिकीविदों व इंजीनियरों, टेक्नीशियनों तथा शिल्पियों तथा प्रबंधकों, कार्मिकों एवं शिल्प के तमाम व्यावसायियों एवं गैर व्यावसायियों का प्रशिक्षण अत्यावश्यक है। क्या हमने संपदा उत्पन्न करनेवाले कौशल, योग्यताओं तथा क्षमताओं की समस्या को ठीक से सुलझाया है?

कौशल की चर्चा करते समय मैं यह बताना चाहूँगा कि हमारे देश में टेक्नीशियनों की लगातार उपेक्षा होती रही है। उत्पादन जितना परिष्कृत होगा, उतनी ही निर्भरता होगी टेक्नीशियनों तथा वैज्ञानिक विधि से प्रशिक्षित कर्मियों पर। औद्योगिक उत्पादन जिस तरह से अधिकाधिक यंत्रीकृत तथा विस्तृत होता जा रहा है, उसी अनुपात में उपकरणों को चलाने, उनका रखरखाव तथा उनकी मरम्मत करने, कच्चे माल तथा उत्पादों का परीक्षण एवं पर्यवेक्षण करने, नई मशीनें प्रकल्पित करने तथा बनाने और नवीन उत्पादों को विकसित करने की आवश्यकता होगी। उद्योग को इन अत्यधिक टेक्निकल कार्यों के लिए ऐसे व्यक्तियों की आवश्यकता पड़ती है, जिन्हें विस्तृत तथा गहन टेक्निकल प्रशिक्षण प्राप्त हो। हमारे समाज ने टेक्नीशियनों को वह मान्यता नहीं प्रदान की, जिसके वे पात्र हैं। आर्थिक तथा सामाजिक प्रगति में उनका योगदान उतना ही महत्त्वपूर्ण है, जितना कि समुदाय के अन्य व्यावसायिक समूहों का।

विज्ञान का नियोजन तथा गठन

चूँकि हमने विज्ञान को बड़े पैमाने पर संगठित और विस्तृत करना शुरू कर दिया है, अत: विज्ञान के संगठन और आयोजन से संबद्ध समस्याओं की ओर हमारा ध्यान गया है। ये हैं, विज्ञान को किस तरह संगठित किया जाए, ऐसे संगठन में व्यष्टि वैज्ञानिकों का क्या स्थान है?

किसी भी मानवीय प्रयास में कुछ-न-कुछ संगठन आवश्यक होता है। संप्रयुक्त विज्ञान, जो विशिष्ट समस्याओं का समाधान खोजने के लिए प्रतिबद्ध हो, जिनमें व्यक्तियों तथा सामग्री के विशाल संसाधनों की आवश्यकता हो, उसके लिए संगठन तो अपरिहार्य हो जाता है, किंतु केवल कार्य के संगठन से सर्जनात्मकता नहीं आती। बड़ी-बड़ी खोजें आशा या योजना के अनुसार नहीं होतीं। अत्यधिक विशिष्ट लक्ष्योंवाले विकास को यथासंभव पूरी तरह संगठित होना चाहिए। संप्रयुक्त अनुसंधान प्रयोगशालाएँ इन दो अतियों के बीच में आती हैं और इनके अनुसंधान का संगठन किसी स्थिर पैटर्न के अनुरूप नहीं होता। यह एक प्रयोगशाला से दूसरी प्रयोगशाला में बदलता रहता है।

आधुनिक अनुसंधान प्रयोगशालाओं में प्रबंधन को एक महत्त्वपूर्ण पक्ष माना जाता है। औद्योगिक अनुसंधान को संगठित या प्रबंधित करने की मान्य या मानक विधियाँ नहीं हैं। फिर भी औद्योगिक अनुसंधान काफी सफल हुआ है और काफी प्रगति कर चुका है। यद्यपि ऐसा मत है कि औद्योगिक अनुसंधान के संगठन हेतु संतोषजनक सूत्र निकालने के असफल प्रयास हुए हैं, किंतु इसके विपरीत इसमें सफलता भी मिली है। फिर भी हमें अपनी समस्याओं से अवगत होना चाहिए और अपने अनुसंधान को संगठित करने की विधियों को सुधारने का प्रयत्न करना चाहिए, किंतु समाधानों को इतनी जल्दी पा लेने की बहुत आशा नहीं की जानी चाहिए। यद्यपि पुस्तकों, संगोष्ठियों एवं गोष्ठियों से अनुसंधान

के प्रबंधन के सिद्धांत एवं विचार आते रहेंगे, किंतु विज्ञान की गतिशीलता इसके प्रबंधन को सताती रहेगी, जितनी भी विधियाँ विकसित होंगी, वे अस्थायी होंगी और उन्हें अनुभव की कसौटी पर कसा जाएगा। हर हालत में हमें अपने देश को संगठित करने में कम समय लगाना चाहिए और अनुसंधान में ज्यादा समय लगाना चाहिए।

अगला प्रश्न है, "इस युग के टोली कार्य में व्यष्टि वैज्ञानिक का स्थान क्या हो?" आम धारणा यही है कि आधुनिक अनुसंधान टोली कार्य है और व्यक्तिगत उपलब्धि का युग बीत गया, किंतु चाहे, "टीम कार्य करे या कमेटी, विचारधारा तो व्यक्तिगत बुद्धि का प्रतिफल होती है।" मानव मस्तिष्क की प्रयोगशाला में आकस्मिक चमक विचारों को उत्पन्न करती है, जिससे मौलिक अवदान होता है। कमेटियों ने कभी न तो पेनिसिलीन की खोज की, न ही जेट इंजन का ईजाद किया। टोली कार्य तथा कमेटी कार्य पर बल देने से समग्र संगठन तथा आयोजन होता है।

मैं प्रो. नीलरत्न धर के स्नेहपूर्ण मार्गदर्शन में अपना विश्वविद्यालयी जीवन पूरा करके प्रोफेसर मेघनाद साहा से अत्यधिक प्रभावित हुआ। मुझे नेशनल प्लानिंग कमेटी में उनके साथ कार्य करने का अवसर प्राप्त हुआ। इधर के वर्षों में डॉ. शांति स्वरूप भटनागर ने विज्ञान की आयोजना बड़े पैमाने पर की तथा उसे संगठित किया है और मैं उनके साथ 15 वर्षों तक जुड़ा रहा। बाद में मैं आयोजना के मामलों में प्रोफेसर पी.सी. महालनोबिस के संपर्क में आया। अपने अनुभव से मैं विकास हेतु आयोजना की अनिवार्यता पर प्रबल विश्वास करने लगा हूँ। अनुसंधान में 36 वर्ष जीवन बिताकर मैं लगभग सालभर से दिल्ली आया हूँ। मैंने अनेक बैठकों तथा कमेटियों में भाग लिया है और उन्हें निकट से देखा है। यदि इन चर्चाओं की शब्दावली का रिकॉर्ड रखा गया होता तो दीर्घ अवधि, लघु अवधि, चरणबद्ध कार्यक्रम, फीडबैक क्रैश प्रोग्राम, स्पिल ओवर तथा इंफ्रास्ट्रक्चर जैसी शब्दावली सुनने को मिलेगी, किंतु ऐसी शब्दावली हमें कहाँ ले जा रही है?

विज्ञान के जिन पक्षों में आयोजन महत्त्वपूर्ण है, उन पर अभी हमने कार्य शुरू नहीं किया। हमने अभी तक प्राथमिकताएँ तय करने के तरीके या धन के वितरण की प्रणाली नहीं विकसित की है। संप्रति कार्य प्रोग्राम संस्थाओं द्वारा सूत्रबद्ध किए जाते हैं और ऐसे प्रोग्रामों का संकलन ही आयोजना का रूप धारण करता है। ऐसा कोई वैज्ञानिक संगठन नहीं है, जो प्राथमिकताओं को सुनिश्चित करता हो, या अनुसंधान के विविध क्षेत्रों पर बल देता हो या निधियों के विनिधान के दिशा-निर्देश तैयार करता हो। यह आवश्यक है कि कोई-न-कोई क्रियाविधि स्थापित की जाए, जिससे आश्वस्त हुआ जा सके कि हमारे देश में वैज्ञानिक अनुसंधान में कुल जितना धन लगाया जा रहा है, वह इस तरह से लगा है कि देश को अधिकतम लाभ मिल सके। इससे देश की कुछ जीवंत आवश्यकताओं की उपेक्षा करके सारा धन बड़े-बड़े प्रोजेक्टों की ओर या न्यूनतर सामाजिक तथा आर्थिक महत्त्व के प्रोजेक्टों की ओर नहीं मोड़ा जा सकेगा।

आयोजना तथा संगठन की संकल्पना की प्रतिक्रिया के फलस्वरूप ही प्रयोगशालाओं में 'लोकातंत्रीकरण' की प्रवृत्ति बढ़ी है। प्रयोगशाला का हर कार्यकर्ता निर्णय लेने में अपनी राय देना चाहता है, तो प्रयोगशाला की कार्य प्रणाली में किस हद तक इस लोकतंत्रीय प्रक्रम को व्यवहृत किया जा सकता है? यह साथी वैज्ञानिक कार्यकर्ताओं के बीच नेता के कद तथा उसके प्रति आदर के विलोमानुपाती होता है।

अब और कुछ कहने के पूर्व मैं प्रशासन तथा विज्ञान के संबंध का संदर्भ देना चाहूँगा। ऐसा लगता है कि यह पक्की तरह मान लिया गया है कि वैज्ञानिकों तथा प्रशासकों में एक-दूसरे के विचारों के प्रति सहानुभूति का अभाव होता है। हमारी वर्तमान प्रशासनिक प्रणाली अधीन व्यक्तियों पर शासन कर रहे वर्ग द्वारा बनाई गई थी। स्वतंत्रता के बाद इस प्रणाली में कुछ परिवर्तन आए हैं, किंतु स्वतंत्र व्यक्तियों की आकांक्षाओं को तुष्ट करने में सक्षम नहीं हैं, किंतु इस प्रणाली की जड़ें गहरा चुकी हैं, अत: द्रुत परिवर्तन पीड़ारहित नहीं होगा। मेरे विचार से प्रशासन तंत्र का उतना प्रभाव नहीं होता, अपितु उसके पीछे व्यक्ति का होता है। प्रबुद्ध एवं सक्षम प्रशासन के हाथों में अपर्याप्त तंत्र भी लाभ सहित कार्य कर सकता है। जो व्यक्ति कुछ कर दिखाना चाहता है, उसे बाधाएँ रोक नहीं पातीं।

प्राय: वैज्ञानिक संस्थानों में स्वायत्तता का प्रश्न उठाया जाता है और खर्च करने की स्वायत्तता पर बल दिया जाता है, किंतु मैं तो बौद्धिक स्वायत्तता पर बल देना चाहूँगा और मैं चाहूँगा कि वैज्ञानिकों के लिए यह स्वायत्तता सुनिश्चित की जाए। मैंने अपना जीवन अनुसंधान सहायक पद से शुरू किया, किंतु मुझे इच्छानुसार वैज्ञानिक समस्याओं से निपटने की मेरी स्वतंत्रता में कभी कोई हस्तक्षेप नहीं हुआ। इसी को मैं बौद्धिक स्वायत्तता मानता हूँ।

स्वायत्तता की समस्या का एक जुड़वाँ भाई है, यह है अधिक्रम (hierarchy)। यहाँ भी पर्याप्त गलतफहमी रहती है। विज्ञान किसी बौद्धिक अधिक्रम को नहीं मानता। जहाँ भी यह विद्यमान रहता है, उसे पूरी तरह से दफना देना चाहिए, किंतु एक अनुसंधान प्रयोगशाला में, जहाँ कुछ सौ वैज्ञानिकों का स्टाफ होता है, वहाँ पर एक प्रकार की अव्यवस्था बनी रहेगी, यदि इनमें से हर एक यह सोचे कि वह किसी के प्रति जवाबदेह नहीं है। ऐसी स्थिति में अनुसंधानहीनता तथा अनुत्तरदायित्व बढ़ेगा। क्या हमने इसकी परवाह की है कि ऐसी स्थिति उत्पन्न न हो?

स्वस्थ मनोवृत्ति की आवश्यकता

स्वतंत्रता प्राप्ति होते ही बड़े पैमाने पर वैज्ञानिक संगठनों के उदय एवं विकास से भी वैज्ञानिक कॅरियर के लिए अवसर बढ़े हैं। फलत: तमाम समस्याएँ उठ खड़ी हुई हैं, जिनमें सबसे उल्लेखनीय है विज्ञान में कॅरियर बनाने की बाढ़। अब वैज्ञानिक सेवक न रहकर

'वैज्ञानिक कार्मिक' बन गए हैं। स्वतंत्रता के पूर्व केवल वे ही लोग वैज्ञानिक कार्य अपनाते थे, जिनकी इसमें रुचि होती थी। केवल कुछ ही लोग इससे सुखपूर्वक जीवन बिताते थे, किंतु अधिकांशत: वैज्ञानिक कॅरियर से न तो अधिक धन मिलता था, न ही भौतिक उपलब्धियाँ होती थीं, किंतु अब विज्ञान कॅरियर सामाजिक प्रतिष्ठा प्रदान करनेवाला है।

विज्ञान का जीवन चुनने से मीठे तथा कड़वे दोनों तरह के फल प्राप्त होते हैं। विज्ञान का जीवन चुनने की मनोवृत्ति से वैज्ञानिक अपने वैज्ञानिक कार्य तथा जीवन के प्रति भावनात्मक या आत्मनिष्ठ हो सकता है। केवल कुछ ही वैज्ञानिकों में यह भाव जाग्रत् हो पाता है कि वैज्ञानिक होने के नाते उन्हें समाज में विशेष अधिकार प्राप्त हो जाते हैं। मध्यकालीन भारत में विशेष अधिकारप्राप्त पुरोहितों जैसी नवीन वर्ग चेतना देखी जा सकती है। एक दृष्टिकोण यह है कि चूँकि विज्ञान भौतिक जीवन को सुधारने में सहायक होता है, अत: यह ज्ञान अन्य रूपों से अधिक गौरवास्पद है। इससे बढ़कर भ्रांति और कुछ नहीं हो सकती कि एक विशेष प्रकार का ज्ञान अन्य से श्रेष्ठ है। ज्ञान विविधतापूर्ण है और उन्नति से अभिन्न है। मानव प्रतिभाओं के संतुलित मेल से ही स्वस्थ समाज निर्मित होता है। जब तक वैज्ञानिक विनीत नहीं होंगे और यह नहीं समझेंगे कि समाज की वृद्धि में उनका योगदान है, तब तक वे समाज पर कोई प्रभाव डालने और उसका विश्वास जीतने में असफल होंगे।

वैज्ञानिक सोसाइटियों की भूमिका

विद्वत् सोसाइटियों तथा व्यावसायिक संगठनों को चाहिए कि वे वैज्ञानिक समुदाय को नेतृत्व प्रदान करें और उदाहरण तथा उपदेश द्वारा जनमत को ढालें। इससे भारतीय विज्ञान की राजनीति में अस्वास्थ्यकर प्रवृत्तियों को कम किया जा सकता है या रोका जा सकता है। भारतीय वैज्ञानिक संस्थानों के विविधीकरण तथा वृद्धि के साथ वैज्ञानिक कॅरियर में लगे युवाओं तथा महिलाओं की संख्या में वृद्धि हुई है। वे अंशत: विज्ञान के सही ज्ञान तथा समझ के कारण प्रभावित हो सकते हैं। वे नारों के भुलावे में पड़कर कभी-कभी गलत काम कर सकते हैं। यदि ऐसे प्रतिभावान व्यक्तियों का इतना बड़ा समूह गुमराह हो जाए तो यह चिंता का विषय है। मैं विद्वत् सोसाइटी से आग्रह करता हूँ कि वे इस समस्या पर गंभीरता से विचार करें। सोसाइटी को चाहिए कि वे युवाओं को नेतृत्व प्रदान करें।

इस मामले में सरकार की महत्त्वपूर्ण भूमिका है। उसे चाहिए कि वह वैज्ञानिक सोसाइटी को प्रोत्साहित करे तथा तात्कालिक विषयों पर उनसे परामर्श करे। भारत सरकार काफी समय से देश भर के लिए एक राष्ट्रीय एकेडमी स्थापित करने पर विचार करती रही है। मैं यह बता दूँ कि 1945 में ही सरकार भारत में नेशनल इंस्टीट्यूट ऑफ साइंसेज को देश की प्रथम वैज्ञानिक सोसाइटी घोषित कर चुकी है। विज्ञान तथा प्रौद्योगिकी की

अधिकांश शाखाओं में सुगठित व्यावसायिक सोसाइटियाँ हैं, जिनसे सरकार सलाह ले सकती है। जिस बात की आवश्यकता है, वह यह कि सरकार ऐसी सोसाइटियों से परामर्श लेने की आदत डाले।

विद्वत् सोसाइटियों का अन्य महत्त्वपूर्ण कर्तव्य है कि वे वैज्ञानिकों तथा समाज के बीच अधिकाधिक समझदारी लाएँ। एकमात्र वैज्ञानिक दृष्टिकोण समाज की गतिशीलता से नहीं निपट सकता। ऐसे दृष्टिकोण से सामाजिक शक्तियाँ सरल मान ली जाएँगी, किंतु वे वैसी हैं नहीं, यहाँ तक कि अत्यधिक विकसित औद्योगीकृत सोसाइटियों में भी जटिल सामाजिक शक्तियाँ कार्यशील रहती हैं। कुछ बुद्धिजीवियों को लगता है कि मानवता को गंभीर सांस्कृतिक संकट ने घेर लिया है और व्यक्तिगत स्वतंत्रता तथा मानव प्रतिष्ठा खतरे में है। अन्य बुद्धिजीवी आध्यात्मिक मूल्यों की पुनर्स्थापना की आवश्यकता पर बल देते हैं। भले ही वैज्ञानिक जन यह दावा करें कि वे नए मानवतावादी हैं, किंतु अन्यों को लगता है कि जीवन के वैज्ञानिक मोड़ तथा सोसाइटियों के औद्योगिकीकरण से जो परिवर्तन आए हैं, वे तनिक भी कल्याणकारी नहीं हैं।

विज्ञान तथा प्रौद्योगिकी समाज को ढालनेवाली जटिल शक्तियों के महत्त्वपूर्ण अंश होते हुए भी केवल एक अंश हैं। विज्ञान तथा प्रौद्योगिकी को हमारी संस्कृति का अनिवार्य तथा अविच्छिन्न अंग होना है, किंतु हम अन्य पहलुओं की उपेक्षा नहीं कर सकते। यह कल्पना करना मूर्खता होगी कि चूँकि यह भौतिक कल्याण तथा भौतिक आराम में बहुत सहायक है, अत: वैज्ञानिक तथा प्रौद्योगिक प्रगति से स्वत: मानव प्रगति प्रतिफलित होती है। व्यवहारपरक विज्ञान अभी भी विकास की बाल्यावस्था में है। शायद इन विज्ञानों के विकास के साथ हम व्यष्टि तथा समाज को अधिक गहराई से समझ पाएँगे। मैं यह स्पष्ट करना चाहता हूँ कि विज्ञान तथा प्रौद्योगिकी पर आधारित औद्योगीकृत समाज कोई अमिश्रित वरदान नहीं है, अन्यथा अत्यधिक औद्योगिक पाश्चात्य समाज़ों में मानसिक तनावों तथा व्याधियों की विवेचना कैसे की जा सकती है?

आचार्य विनोबा भावे कहते रहे हैं कि आधुनिक जगत् में विज्ञान तथा आध्यात्मिकता ने राजनीति तथा धर्म का स्थान ले लिया है। यह गंभीर कथन है। नेहरू ने हमारे जैसे समाज में इसके आशयों को देखा। प्राय: वैज्ञानिकों द्वारा यह कहते हुए सुना जाता है और यही वैज्ञानिक दृष्टिकोण भी है कि धर्म ने देश की प्रगति में कर्षण का कार्य किया है। यह भी कहा जाता है कि भारतीय समाज में धर्म ने तर्क बुद्धिवाद के विरुद्ध प्रतिभा एवं विज्ञान की आत्मा के विरुद्ध शक्ति के रूप में कार्य किया है। कुछ लोगों की दलील है कि जब तक धर्म बहिष्कृत है, तब तक हम अधिक उन्नति नहीं कर सकते।

जब हम धर्म का नाम लेते हैं तो हमारे मन में क्या रहता है, हठधर्म या आध्यात्मिकता? यदि धर्म से हमारा तात्पर्य हठधर्म, अंधविश्वास तथा सुधार विरोध है तो हमें संकल्पपूर्वक

इससे पिंड छुड़ा लेना चाहिए। भारतीय में आध्यात्मिकता तथा धर्म में अंतर करने का विवेक है। मानव जीवन में कुछ-न-कुछ आध्यात्मिकता होनी आवश्यक है। मनुष्य तथा समाज में कार्यरत मूलभूत अतार्किक शक्तियों की विवेचना करना आसान नहीं है। सिगमंड फ्रायड ने क्रमबद्ध ढंग से सिद्ध किया है कि किस तरह अतार्किक शक्तियाँ तथा गुप्त मंतव्य मानव आचरण को रूप देते हैं। हमें इन शक्तियों को प्रश्रय नहीं देना चाहिए, उन पर लगाम लगाकर उन्हें प्रणालीबद्ध करना चाहिए। शायद धर्म इस आवश्यक कार्य को प्राप्त करने में सहायक बनता आया है। इसने सामाजिक एकता हेतु मानव की इच्छा को भी तुष्ट किया है। इस मामले में शायद आध्यात्मिकता में अधिक शक्ति है। विज्ञान कोई ऐसी दवा नहीं खोज पाया है, जो मनुष्य में सद्गुणों को प्रेरित कर सके, न ही इसने ऐसा कोई ऐंटीबायोटिक ईजाद किया है, जो मतांधता से लड़ सके। विज्ञान प्रवृत्ति के बिना धर्म अंधविश्वासमय है। आध्यात्मिकता का पानी चढ़े बिना विज्ञान भयावह है।

वैज्ञानिक प्रतिभा तथा जनशक्ति की कुछ समस्याएँ

प्रायः सुनने को मिलता है कि हमारी जनशक्ति की स्थिति खराब है, विशेषतया सक्षम लोगों की कमी तथा 'ब्रेनड्रेन' (प्रतिभा का पलायन) की समस्या है। यह स्वीकार करना होगा कि सक्षम लोगों की कमी है। दो कारणों से यह स्थिति बद से बदतर हुई है। सही संगति तथा सही संपर्क में आने की क्षमता से व्यक्ति की प्रसिद्धि, प्रतिष्ठा तथा प्रभाव निर्धारित होते हैं। प्रायः प्रलोभनों से बच पाना और अपनी समस्याओं से प्रयोगशाला में ही जूझते रहना कठिन है। अवसरों (नौकरियों) के प्रति लोभ का प्रतिफल सदैव स्वस्थ नहीं होता। हमारे देश का वृहद् आकार होने से कठिनाई बढ़ जाती है। 70 विश्वविद्यालयों तथा 200 वैज्ञानिक तथा शैक्षिक संस्थानों में 30 लाख वर्गमील के क्षेत्र में समस्त प्रतिभाशाली व्यक्तियों को जान पाना आसान नहीं है। इसके दो प्रतिफल होते हैं। कुछेक जिनकी पहचान होती है, वे ही बारंबार ढूँढ़े जाते हैं। वे शीघ्र ही विज्ञान के क्षेत्र में अपना महत्त्व खो बैठते हैं, जिनके लिए कभी जाने जाते थे। फलस्वरूप कुछेक व्यक्तियों को ही समुदाय में असमानुपातिक महत्त्व मिल पाता है और उनमें 'मठाधिपतियों की प्रवृत्ति विकसित हो जाती है।' अन्य अनेक व्यक्ति, जिनमें अनेक युवा होते हैं, अपरिचित रह जाते हैं। चूँकि उन्हें इन पर कुछ भाग्यशाली व्यक्तियों के अवसर भोगने को नहीं मिल पाते, उनका मोहभंग हो जाता है, वे आलोचक और जिद्दी बन जाते हैं। इससे युवा तथा पुरानों के बीच विवाद खड़ा हो जाता है। मैं नहीं सोचता कि राष्ट्र में प्रतिभा का टोटा है, प्रत्युत प्रतिभा को पहचानने की विधियाँ दोषपूर्ण हैं और प्रतिभाओं का अत्यधिक उपयोग किया जाता है और प्रतिभाएँ तितर-बितर हैं। सरकार की सलाह लेने की विधि से वैज्ञानिकों को सृजनात्मक कार्यों से विरत नहीं करना चाहिए, न ही उनकी उपेक्षा की जानी चाहिए।

अन्य बात, जो मेरे मन में आ रही है, वह सृजनात्मकता का आयु से जोड़ा जाना है। सृजनात्मकता का आयु से कुछ भी नहीं लेना-देना है। हाँ, युवावस्था में खोज के प्रति ललक तैयार होती है। यह सांख्यिकीय कथन है, क्योंकि युवा मस्तिष्क ज्ञान से बोझिल नहीं रहता और उसमें आश्चर्य की भावना तीक्ष्ण होती है। वह पूर्वकल्पित विचारों के बंधन से मुक्त होकर आगे बढ़ता है। वह उन संकल्पनाओं की बलि दे सकता है, जो मनों पर लगाम लगाती हैं। युवा मन की ऐसी उड़ानें कभी-कभी महत्त्वपूर्ण खोजें कर लेती हैं। यह सिद्धांत केवल विज्ञान के लिए ही अनूठा नहीं है। विलियम वड्‌र्सवर्थ को लगता था कि शिशुओं में आध्यात्मिक ज्ञान होता है और बंदीगृह की छायाएँ विकास करते मन को बंद कर लेती हैं। जब कोई युवा वैज्ञानिक कोई महत्त्वपूर्ण खोज करता है तो वह विख्यात या यशस्वी बन जाता है और उसे पुरस्कार लेने, बैठकों में भाषण देने, कमेटियों में राय-मशविरा देने में अपना समय लगाना पड़ता है। परिस्थितियाँ उसे सर्जनात्मक वैज्ञानिक कार्य से विलग कर देती हैं। फिर भी उसे प्रचुर उपकरण तथा धन मिल सकता है, वह सम्मान तथा सुरक्षा प्राप्त कर सकता है, किंतु उसके पास सर्जनात्मक कार्य के लिए समय नहीं रहता। हो सकता है कि इस तरह हम कइयों को खो चुके हों, जो प्रसिद्धि प्राप्त कर सकते थे।

युवाओं को प्रोत्साहित किया जाए, किंतु एक अन्य सामान्यीकरण करने के प्रलोभन से बचना होगा। यदि उन भारतीय वैज्ञानिकों के जीवन का अध्ययन किया जाए, जिन्हें हम वृद्धों की श्रेणी में परिगणित कर सकते हैं, तो यह देखा जाएगा कि उनमें से अधिकांश ने ख्याति तब पाई, जब वे युवा थे। यह स्मरण करना होगा कि प्रारंभिक काल में जब कई राष्ट्रीय प्रयोगशालाओं के अध्यक्ष नियुक्त किए गए तो वे तीस-चालीस वर्ष के थे। प्राचीन व्यवस्था बदलकर नवीन व्यवस्था को स्थान देती है, यह स्वाभाविक प्रक्रम है। इस तरह यह प्रक्रम चलता रहता है और आगे सदैव चलता रहेगा।

प्रतिभा पलायन के विषय में काफी कुछ कहा तथा लिखा जा रहा है। इस समस्या को लेकर सारे जगत् में चर्चाएँ हो रही हैं। कइयों ने इस घटना को उसी रूप में बयान किया है, उन्हें जैसी प्रतीत हुई। उन्होंने इसे रोग समझकर इसके कारणों की पहचान की है और अनेक उपचार सुझाए हैं। मैंने भी इस चर्चा में कुछ योगदान किया है, जिस पर कुछ-कुछ विवेचनाएँ उछाली गई हैं। मैं स्वीकार करता हूँ कि इनमें से कुछ विवेचनाओं ने मुझे चकित किया है, क्योंकि कुछ लोग इस हद तक कहने लगे हैं कि मैं 'साइंटिस्ट पूल' को समाप्त करने जा रहा हूँ। मैं जोर देकर कहना चाहूँगा कि यह पूरी तरह से असत्य है।

प्रतिभा पलायन भारत के लिए भी अनोखा नहीं है। शायद यूनाइटेड स्टेट्स को छोड़कर विश्व का कोई भी देश एशिया में इससे अछूता नहीं है। तथाकथित 'प्रतिभा पलायन' में यूनाइटेड स्टेट्स की ओर प्रवाह है। कुछ हद तक यूरोप के अन्य विकसित देश एशिया तथा अफ्रीका जैसे विकासशील देशों एवं यूनाइटेड स्टेट्स के मध्य अंतरापृष्ठ

का काम करते हैं, किंतु अंतिम प्रापक यूनाइटेड स्टेट्स ही है।

मैं इस समस्या के दो पक्षों पर चर्चा करना चाहूँगा। पहला है, प्रवास (migration) की बात। द्वितीय विश्वयुद्ध के बाद वैज्ञानिकों तथा अन्य कुशल (प्रवीण) व्यक्तियों की गतिशीलता पूरे विश्व में बढ़ी है। इस तथ्य के अतिरिक्त कि विज्ञान तथा प्रौद्योगिकी की भाषा सार्वत्रिक है, वैज्ञानिकों तथा प्रौद्योगिकीविदों के मध्य संचार के सामान्य माध्यम अंग्रेजी के प्रयोग ने गतिशीलता को अधिक आसान बना दिया है। कुशलता/प्रवीणता सदैव अवसर की ताक में रहती है और आज यूनाइटेड स्टेट्स उन अवसरों को तुष्टि प्रदान करता है। वैज्ञानिकों को बाहर जाने से रोक पाना कठिन है, किंतु हमें और अधिक कदम उठाने चाहिए, जिससे उनकी संख्या घटे और हमें कोई हानि न पहुँचे, किंतु वैज्ञानिकों को देश में वापस आने या उन्हें देश में ही रुकने के लिए प्रेरित करने के और अधिक उपाय किए जाने चाहिए।

इस समस्या का दूसरा पक्ष है कि विदेश में बसे भारतीय वैज्ञानिकों तथा अन्य योग्य व्यक्तियों को देश में वापस लाने के लिए हम क्या कर सकते हैं। यहाँ पर भी हम अपने दृष्टिकोण में भावनात्मक तथा व्यक्तिपरक हो उठते हैं और हम यह भी भूल जाते हैं कि पहले से देश के बाहर कौन से वैज्ञानिक हैं, किंतु जिन दक्ष तथा श्रेष्ठ वैज्ञानिकों ने मातृभूमि में ही रहना चुना है, क्या उनको हम मान्यता देने तथा तुष्ट करने के लिए पर्याप्त प्रयास कर रहे हैं? विदेश स्थित वैज्ञानिकों को वापस बुलाने का सामान्य आह्वान कोई समाधान नहीं है। साइंटिस्ट पूल या सरकारी प्रतिष्ठानों तथा अन्य उपशामकों में अधिसंख्य पदों के सृजन से समस्या का स्पर्श भी नहीं हो पाता। जब तक हमारी अर्थव्यवस्था की वृद्धि ऐसी न हो कि वह उन्हें ठीक से स्थान दे सके, तो कुशल तथा योग्य पुरुषों तथा महिलाओं की बड़ी संख्या की वापसी से हमारे बौद्धिक जीवन में हताशा तथा अमर्ष में वृद्धि ही होगी।

ज्ञान तथा विदेशी सहयोग की समस्या

विदेशी सहयोग तथा ज्ञान (Knowledge) का आयात अन्य विषय है, जिस पर प्राय: उग्र विचार व्यक्त किए जाते हैं। वैज्ञानिकों तथा प्रौद्योगिकीविदों के मत चाहे जो भी हों, हमें विदेशी सहायता तथा प्रौद्योगिकी की नीति को प्रभावित करनेवाले सामान्य मनोविज्ञान के विषय में किसी तरह की भूल नहीं करनी चाहिए। 1947 के बाद हमारे देश ने काफी अच्छी आर्थिक वृद्धि की है और यह वृद्धि विदेशी सहयोग तथा आयातित ज्ञान पर आधारित है।

सरकार ने विदेशी निवेश तथा विदेशी निवेशकों द्वारा प्रेषित धन तथा देश प्रत्यावर्तन के प्रति काफी उदार नीति अपना रखी है। ऐसा विचार है कि विदेशी सहयोग की अनुमति

वहाँ भी दी हुई है, जहाँ देश में ज्ञान उपलब्ध है। कुछेक का कहना है कि प्रयोगशाला स्तरीय संक्रियाओं को टेक्निकल ज्ञान मानने की भूल की जाती है। इस मामले में परार्थवादी उद्देश्य की बहुत कम भूमिका है। जब-तक हम निवेशक को संपूर्ण 'पैकेज ऑफर' नहीं दे सकते, जो टेक्निकल तथा आर्थिक जानकारी, संयंत्र तथा मशीनरी, प्रबंधकीय तथा विपणन तकनीकी के रूप में है, तब तक मात्र टेक्निकल जानकारी में रुचि नहीं लेंगे। अनुसंधान वैज्ञानिक वह पूरी विशेषज्ञता तथा ज्ञान प्रदान नहीं कर सकता, जिससे एक औद्योगिक उद्यम बन जाए। कहीं भी ऐसा नहीं है। अनुसंधान वैज्ञानिक की भूमिका की सराहना का अभाव समय एवं प्रयास की बरबाद तथा अनावश्यक दोषारोपण बरबाद कर सकता है।

आधुनिक अर्थों में औद्योगिकीकरण के साथ अत्यधिक सुसंस्कृत प्रबंधन की नई-नई प्रविधियाँ आई हैं। ऐसे उत्तरदायित्व, जिनका उल्लेख निम्नवत् है और जो अब विशाल औद्योगिक प्रबंधन के सुपुर्द हैं, वे इसके पूर्व अज्ञातप्राप्य थे। 1. उत्पादन का चुनाव, 2. उत्पादन हेतु संक्रिया का डिजाइन 3. आवश्यक सामग्रियों, मशीनों, शक्ति तथा श्रम को प्राप्त करना तथा उनका उपयोग 4. उत्पादों का वाणिज्य तथा विपणन 5. प्रकार्यात्मक सेटअप के रूप के विशाल नेटवर्क का निर्माण तथा उनका रखरखाव। इन सबमें प्रबंधन कौशल के साथ जटिल प्रविधियों की आवश्यकता होती है। यदि हम औद्योगिक तथा व्यापारिक जगत् में अग्रिम पंक्ति में खड़ा होना चाहते हैं, अन्य देशों के साथ व्यापार करना चाहते हैं और भुगतान संतुलन की स्थिति को पुष्ट करना चाहते हैं तो इन सबों में कौशल की आवश्यकता पड़ती है। ऐसे कार्यकलापों के पोषण तथा अनुसंधान से स्थानों के साथ समन्वय में कार्य करना आज की नितांत आवश्यकता है।

विज्ञान, सरकार तथा राजनीति

राष्ट्रों की संपन्नता तथा सुरक्षा उनकी वैज्ञानिक क्षमता तथा औद्योगिक शक्ति से निर्धारित की जाती है। अत: विज्ञान के प्रति सरकारी संरक्षण में अपार वृद्धि और वैज्ञानिक प्रगति पर सरकार प्रारूप बनाती है। हमारी सरकार के कार्यों में, वैज्ञानिक सक्रियता में लगातार वृद्धि हो रही है। इसमें आगे भी वृद्धि अवश्यंभावी है।

सरकार में वैज्ञानिक का स्थान सुनिश्चित है और यह निर्णय लेने तथा अधिशासी कार्यों को संपन्न करने में कुछ-न-कुछ हद तक भाग लेता है, किंतु इस स्थिति के पार्श्व प्रभाव भी हैं। इसकी संभावना बनी रहती है कि व्यक्ति अपनी योग्यता या अपनी सीमा से परे भूमिका अदा करने लगे। ऐसे उदाहरणों की कमी नहीं है। मेरे विचार से दो सावधानियाँ अपनानी होंगी। एक है, सही व्यक्ति को सही स्थान में रखा जाए। दूसरा है कि सलाह-मशविरा की मशीनरी ऐसी हो कि किसी एक व्यक्ति को सलाह देने तथा महत्त्वपूर्ण निर्णय लेने का अधिकार उसके पद के बल पर न दिया जाए। अत: सरकार वैज्ञानिक सोसाइटियों

के माध्यम से सलाह लेने के दायरे को बड़ा कर सकती है।

विज्ञान ने राज्य के हाथों में प्रभूत शक्ति दे रखी है। इस शक्ति का उपयोग करने के लिए वैज्ञानिक ही साधन है। इससे वैज्ञानिक जन राजनीति के अखाड़े में जा गिरते हैं। लॉर्ड शर्वेल तथा अन्यों का उदाहरण दिया जा सकता है। आज एक वैज्ञानिक को सरकारी कार्य के प्रचुर क्षेत्र में अधिनायकत्व प्राप्त करने के काफी अवसर हैं। यह ऐसा विषय है, जिस पर वैज्ञानिक समुदाय को ध्यान देना है और ऐसे उपाय निकालने होंगे, जिनसे अस्वास्थ्यकर प्रवृत्तियाँ वैज्ञानिकों को अभिभूत न कर सकें। यदि वैज्ञानिक समुदाय सतर्क नहीं रहेगा तो सत्यनिष्ठा ही अस्त-व्यस्त हो जाएगी।

संसदीय लोकतंत्र में, जहाँ विज्ञान का विकास राजनीति का प्रमुख सिद्धांत है, यह स्वाभाविक है कि सांसद लोग विज्ञान के कार्यकलापों में अधिकाधिक लिप्त हों। हमारे लिए परितोष का विषय है कि हमारे यहाँ एक भारतीय संसदीय तथा वैज्ञानिक कमेटी है, जिसमें संसद् तथा वैज्ञानिक संस्थानों के प्रतिनिधि होते हैं। यह वांछनीय है कि सांसद तथा वैज्ञानिक एक-दूसरे के निकट संपर्क में आएँ, जिससे सांसद भी विज्ञान की विधियों तथा देश के कल्याण हेतु उनके सम्प्रयोगों को सराह सकें। वैज्ञानिक विषयों की विश्वसनीय वस्तुपरक तथा समसामयिक सूची प्राप्त करने में सांसदों को सक्षम बनाने के लिए यह उपयोगी होगा कि संसद् सेक्रेटेरियट में साइंस सूचना यूनिट स्थापित की जाए।

आज वैज्ञानिकों के पास जो शक्ति का प्रभाव है, उससे राजनीतिक निर्णय लेने में उन्हें उच्च स्थान प्राप्त है। कुछ मामलों में पाश्चात्य देशों में वे निर्णायक भूमिका अदा करते हैं। वह दिन दूर नहीं, जब वैज्ञानिकों को इस देश में भी ऐसी भूमिकाएँ निभाने के लिए कहा जाएगा। यह तथ्य है कि विज्ञान का स्वरूप सार्वत्रिक है और यह राष्ट्रीय हदों को नहीं मानता, इससे वह अंतरराष्ट्रीय समझ को पोषित करने का महत्त्वपूर्ण वाहन है। आधुनिक रक्षा तथा आयुध नीति से संबद्ध मामलों तथा ऐसे ही अन्य मुद्दों में वैज्ञानिकों का विशिष्ट तथा महत्त्वपूर्ण स्थान है। विज्ञान तथा प्रौद्योगिकी पर लगातार अधिकाधिक निर्भर बननेवाले संसार में वैज्ञानिकों को अपने उत्तरदायित्वों को स्पष्ट समझना चाहिए। मैं यह नहीं कह रहा कि वैज्ञानिक जन राजनीति में जाएँ। मैं यह कहना चाहता हूँ कि आधुनिक जगत् की समस्याओं को केवल राजनीतिज्ञों पर नहीं छोड़ा जा सकता और न छोड़ा जाना चाहिए। वैज्ञानिकों तथा प्रौद्योगिकीविदों को सक्रिय भूमिका अदा करनी है। उन्हें मात्र सलाहकार का कार्य नहीं करना है।

□

5
भारत में संप्रयुक्त विज्ञान

अधिकांश विकासशील देशों में प्राकृतिक संसाधनों की अधिकता है। यदि इनका समुचित विकास किया जाए तो ये उनकी आर्थिक परिस्थितियों को सुधारने में काफी सहायक होंगे। इस प्रकार नवीन राष्ट्रों के समक्ष अपने संसाधनों के विकास, कौशल की प्राप्ति और इस उद्‍देश्य के लिए साधन उत्पन्न करने की चुनौती है।

राष्ट्रीय विकास में विज्ञान

कुछ प्रख्यात भारतीय वैज्ञानिकों ने राष्ट्रों के विकास में विज्ञान के महत्त्व को पहचाना और स्वतंत्रता के बहुत पहले ही इस विषय पर अपने विचार गंभीरतापूर्वक व्यक्त किए। प्रो. मेघनाद साहा की पहल पर नेताजी सुभाषचंद्र बोस द्वारा राष्ट्रीय योजना समिति का गठन पंडित जवाहरलाल नेहरू की अध्यक्षता में किया गया, जिसमें प्रख्यात वैज्ञानिक, अर्थशास्त्री एवं अन्य लोग शामिल थे, जिन्होंने राष्ट्रीय विकास विषय पर मंथन करके अपनी योजनाओं में विज्ञान को एक महत्त्वपूर्ण स्थान दिया। स्वतंत्रता के तत्काल बाद प्रधानमंत्री नेहरू ने विज्ञान के प्रति अपने अटूट विश्वास के साथ घोषणा की थी—

"एकमात्र विज्ञान ही है, जो भूख और गरीबी, अस्वच्छता और निरक्षरता अंधविश्वास और मृतप्राय परंपराओं, व्यर्थ हो रहे विशाल संसाधनों, संपन्न देश में रहनेवाले भूखे लोगों की समस्याओं को हल कर सकता है। आज विज्ञान की उपेक्षा करने का साहस कौन कर सकता है ? हर मोड़ पर हमें इसकी सहायता लेनी होगी, भविष्य विज्ञान का है और उन लोगों का है, जो विज्ञान को अपना मित्र समझेंगे।"

लगभग एक दशक बाद, इसके दौरान भारत में विज्ञान के तीव्र विकास के लिए भारी प्रयास किए गए, यही विश्वास विज्ञान नीति का आधार बना, जब 1958 में भारतीय संसद् ने ऐतिहासिक **विज्ञान नीति** प्रस्ताव पारित किया, जिसने राष्ट्र के विकास में विज्ञान की महत्त्वपूर्ण भूमिका को पहचाना और विज्ञान की तीव्रवृद्धि के लिए प्रयास करने हेतु सरकार को वचनबद्ध किया।

शासन के बढ़ते संरक्षण के कारण जनता की विज्ञान से अपेक्षाएँ बहुत बढ़ गई हैं। वे लोग लंबे समय से विभिन्न अभावों में जी रहे थे और दैनिक आवश्यकताओं की वस्तुओं की बात छोड़िए, सदियों से भोजन, वस्त्र, आवास की कमी का सामना कर रहे थे। देश में विज्ञान और वैज्ञानिक विकास से शीघ्र परिणामों की अपेक्षा करने लगे थे। बहुत बार विकसित देशों के साथ तुलना की जाने लगी, जिनको वैज्ञानिक विकास का दीर्घकालीन लाभ प्राप्त था। यह कहना निरर्थक हो सकता है कि राजनीतिक स्वतंत्रता केवल आर्थिक संभावनाओं की भूख को बढ़ाती है। नवस्वतंत्र राष्ट्रों के लोग, जिनमें से अधिकांश ने शासन के लोकतांत्रिक स्वरूप को स्वीकार किया है और जिन्होंने वैज्ञानिक विकास के लिए धन तथा अन्य तरीकों से यथाशक्ति हर प्रकार के प्रोत्साहन दिए हैं, अनुभव करते हैं कि यह पूछने का समय आ चुका है, 'क्या विज्ञान उनकी आवश्यकताओं की पूर्ति में सहायक रहा है?' विकसित राष्ट्रों में समय का महत्त्व है और विज्ञान के अनुप्रयोग से तीव्र विकास की आवश्यकता के लिए किसी विशेष बल की जरूरत नहीं होती।

भारत की जनता ने विज्ञान को आर्थिक प्रगति की प्राप्ति की कुंजी के रूप में स्वीकार किया है। इसके लिए पं. नेहरू को धन्यवाद, किंतु जैसा कि वे अकसर कहते थे, विज्ञान का तब तक विकास नहीं हो सकता, जब तक संपूर्ण समाज में सामाजिक, राजनीतिक और आर्थिक समस्याओं के समाधान हेतु एक वैज्ञानिक और तर्कसम्मत दृष्टिकोण का विकास न हो। कोई भी लोकतांत्रिक शासन चाहे वह कितना भी प्रगतिशील क्यों न हो, किसी ऐसी गतिविधि के लिए जनता के धन का बड़ा भाग नहीं आवंटित कर सकता, जब तक उसकी आवश्यकता के बारे में जनता में जागरूकता न हो। यह आवश्यक नहीं है कि विज्ञान की प्रमुख भूमिका का सम्मान करते हुए हर व्यक्ति वैज्ञानिक बन जाए, किंतु यह जरूरी है कि यह ठीक प्रकार से समझा जाए कि विज्ञान क्या कर सकता है और कैसे तथा किन परिस्थितियों में इसके परिणाम मिलेंगे। यह विशेष रूप से महत्त्वपूर्ण है, क्योंकि यद्यपि विज्ञान और प्रौद्योगिकी ने उन्नत राष्ट्रों की जनता के जीवन में क्रांति ला दी है, किंतु नवीन राष्ट्रों के द्वारा इसका उपयोग आसान नहीं है और इसमें बहुत सारी सामाजिक, आर्थिक और राजनीतिक समस्याएँ हैं।

जनता की जागरूकता लोगों के विचारों से ही बनती और चलती है। इसीलिए निर्णय केंद्रों पर आर्थिक विकास में विज्ञान की भूमिका के उचित मूल्यांकन की आवश्यकता है। यदि जिम्मेदार क्षेत्रों में कभी व्यक्त किए गए विचारों को लाक्षणिक समझा जाए तो ऐसा लगेगा कि यह समझ ठीक ढंग से विकसित नहीं हो सकी है, अन्यथा भारतीय औद्योगिक अनुसंधान के द्वारा कई प्रभावपूर्ण उपलब्धियों के दावों के समक्ष, जनसामान्य की भ्रामक भावनाओं को व्यक्त कर पाना कठिन होगा, इतनी लागत से इतना कम? हमें ग्रीक दार्शनिक के कथन को भूलना नहीं चाहिए, "विज्ञान से ज्ञान उत्पन्न होता है, विचारों से अज्ञानता उत्पन्न होती है।"

अत: आइए, इस गलतफहमी के कारणों को समझें।

वैज्ञानिकों का मानना है कि उद्यमी, प्रशासक तथा उद्योगपति उनके योगदान का उचित रूप से मूल्यांकन नहीं करते। उद्योगपति समझते हैं कि भारतीय वैज्ञानिक मुख्यत: शैक्षिक/बौद्धिक भावना से कार्य करते हैं और वे यथार्थवादी नहीं हैं। इस प्रकार ऐसी परिस्थिति उत्पन्न हो गई है, जिसमें एक तरफ वैज्ञानिकों और दूसरी तरफ प्रशासकों एवं उद्योगपतियों के मध्य अनुचित धारणा बन गई है। यह प्रगति के लिए गंभीर खतरा बन सकती है।

कुछ हद तक, एक-दूसरे की भूमिका के मूल्यांकन का अभाव, प्रथमत: उद्योगों के संबंध में विज्ञान की यांत्रिकी की समझ का होना, वैज्ञानिकों ने लोगों को अपनी भूमिका के बारे में जागरूक करने पर पर्याप्त ध्यान नहीं दिया। उद्योगों ने भी यह समझने का प्रयास नहीं किया कि विज्ञान कहाँ आता है, यह क्या कर सकता है और यह अकेले क्या नहीं प्राप्त कर सकता।

विज्ञान और प्रौद्योगिकी में संबंध

विज्ञान और प्रौद्योगिकी की भूमिका के बीच पर्याप्त भ्रांति है। जब कोई महान् उपलब्धि होती है, स्पूतनिक, अंतरिक्ष मानव, चंद्रमा पर राकेट, चंद्रमा के दूसरे हिस्से का चित्र, संचार के लिए टेलस्टार आदि इन सभी को विज्ञान से जोड़ दिया जाता है और ऐसे अवसरों पर सुनाई देता है—हमें और विज्ञान जानना होगा। यह नहीं समझा जाता कि ये सारी अद्भुत उपलब्धियाँ संभव नहीं हो पातीं, यदि उचित प्रौद्योगिकी विकसित नहीं होती और उस प्रौद्योगिकी को उपयोग में लाने के लिए संसाधन उपलब्ध नहीं होते। इसमें कोई संदेह नहीं कि ये सभी उपलब्धियाँ अद्भुत हैं और उनके लिए उत्तरदायी राष्ट्रों को उच्च प्रतिष्ठा प्राप्त हुई है, किंतु यह अत्यंत खर्चीली और जटिल है। यह जानना महत्त्वपूर्ण है कि कोई देश विज्ञान में कितना भी व्यय करे, उसके वैज्ञानिक कितने ही उत्कृष्ट क्यों न हों, उन्हें कितनी ही अंतरराष्ट्रीय पहचान क्यों न प्राप्त हो, यह उद्योगों पर विज्ञान के प्रभाव को तब तक सुनिश्चित नहीं करेगा, जब तक प्रौद्योगिकी बड़े पैमाने पर सामने नहीं आती।

इस बात का पूरी तरह आकलन नहीं किया जाता कि प्रयोगशाला के परिणामों को बिक्री योग्य उत्पादों में परिवर्तित करना एक श्रमसाध्य और व्ययसाध्य कार्य है। मैं रॉयल सोसाइटी लंदन की नई सोच के बारे में बता सकता हूँ, जिसकी फेलोशिप को विज्ञान की दुनिया में अत्यधिक सम्मान के साथ देखा जाता है। सोसायटी ने हाल में ही अनुप्रयुक्त और प्रौद्योगिकी विषयों से फेलों की संख्या बढ़ाने का निर्णय किया है तथा रॉयल मेडल अनुप्रयुक्त विज्ञानों के योगदान के लिए विशेष रूप से स्थापित किया गया है।

अनुसंधान, विकास और उत्पादन

समाजवादी राष्ट्रों में वैज्ञानिक अनुसंधान, औद्योगिक अनुसंधान, मूलभूत और अनुप्रयुक्त उत्पादन और वितरण, ये सभी सरकारी गतिविधियाँ हैं। इसलिए बहुत से उच्च उत्पादक प्रतिष्ठानों में अनुसंधान, विकास, उत्पादन, सभी कुछ सरकारी नियंत्रण में दिखता है, जैसे कि सब एक छत के नीचे हों। पश्चिमी देशों में औद्योगिक अनुसंधान उद्योगों द्वारा स्वयं किया जाता है। उत्पादों तथा प्रक्रमों का विकास भी निर्मात्री फर्मों की अनुसंधान प्रयोगशालाओं में किया जाता है और संभवत: इस प्रकार के कार्यों के लिए एक सर्वोत्तम विभाजन है। इस कारण आधुनिक प्रौद्योगिकी का प्रमुख भाग निर्माण प्रतिष्ठानों में उत्पन्न होता है। फिर भी यह नहीं मानना चाहिए कि निर्माण प्रतिष्ठानों द्वारा नवाचारों का नए उत्पादों, प्रक्रमों और सुधारों में बदलना एक आसान कार्य है। यह सर्वविदित है कि एक ही संगठन के कार्य करते हुए भी अनुसंधान प्रयोगशालाओं के विचारों से बिक्री कक्ष तक बहुत सी अड़चनें होती हैं और मात्र अति दक्ष और प्रगतिशील प्रबंधन ही, जिसे सक्षम तकनीकी सलाहकारों का सहयोग प्राप्त हो, इन अड़चनों को दूर कर सकता है।

भारत में अधिकतर औद्योगिक अनुसंधान गतिविधियाँ शासन द्वारा आयोजित अनुसंधान प्रतिष्ठानों में केंद्रित हैं। कुछ निर्माण संगठनों को छोड़ दें तो इधर हाल में ही उद्योगों ने अनुसंधान और विकास कार्य में कुछ रुचि लेना आरंभ किया है और वह भी सहकारी अनुसंधान सहयोग द्वारा हो रहा है। व्यक्तिगत फर्मों की कार्य पद्धति अनुसंधान प्रयोगशालाओं से भिन्न है, यहाँ तक कि सार्वजनिक क्षेत्र के औद्योगिक प्रतिष्ठान भी अधिकांश मामलों में अपनी स्वयं की अनुसंधान प्रयोगशालाएँ नहीं बना सके हैं।

भारत जैसे विकासशील देश में वैज्ञानिकों और प्रौद्योगिकीविदों का क्या कार्य होना चाहिए? मेरे विचार से, वैज्ञानिकों और प्रौद्योगिकीविदों को देश की प्रमुख समस्याओं के समाधान में सहायता करनी चाहिए। उदाहरणार्थ देश के सीमित संसाधनों का अधिकतम लाभ कम-से-कम अवधि में देश के लोगों तक कैसे पहुँचाया जाए, यह सुनिश्चित करना कि देश के प्रत्येक व्यक्ति को उसकी अनिवार्य आवश्यकताएँ, जैसे भोजन, कपड़ा, मकान और अन्य जरूरी वस्तुएँ कैसे उपलब्ध हों। यदि हम इस काम में असफल रहे तो मुझे भय है कि हम अपनी गतिविधियों के लिए जनता का सहयोग प्राप्त करने के अपने दावे को कमजोर करेंगे।

मूलभूत अनुसंधान

जब मैं यह कहता हूँ तो यह नहीं समझना चाहिए कि मैं मूलभूत अनुसंधान के महत्त्व को कम कर रहा हूँ। यह आवश्यक है कि हम अपने विश्वविद्यालयों और अनुसंधान संस्थानों में बौद्धिक अनुसंधान की उच्चतम परंपराओं को स्थापित करें, किंतु इन

गतिविधियों का हमारा प्राथमिक लक्ष्य वैज्ञानिकों और प्रौद्योगिकीविदों को प्रशिक्षित करना और वैज्ञानिक क्षमता का विकास करना होना चाहिए। जब तक बड़ी संख्या में वैज्ञानिक और प्रौद्योगिकीविद् विविध विषयों में आवश्यक दक्षता प्राप्त नहीं कर लेते, हमारे लिए उन समस्याओं का सामना करना संभव नहीं होगा, जिनका मैंने वर्णन किया है। इस संदर्भ में मूलभूत अनुसंधान पूर्णत: उचित है, साथ ही यदि हमें मूलभूत अनुसंधान के लिए प्रथम श्रेणी के व्यक्तियों की आवश्यकता है तो अनुप्रयुक्त कार्यों के लिए भी प्रथम श्रेणी के व्यक्तियों की उतनी ही आवश्यकता है और ऐसा तभी संभव होगा, जब हमारे पास ऐसे प्रथम श्रेणी के लोग होंगे, जो ज्ञान को समझने, निर्मित करने और बाँटने में सक्षम होंगे। आदिम विचारोंवाले पारंपरिक समाजों में विज्ञान को रोपा नहीं जा सकता। यह केवल अच्छी शिक्षा के आधार पर बढ़ सकता है और इसे ऐसे लोगों की आवश्यकता है, जो इसे ग्रहण, प्राप्त और उपयोग कर सकें।

नवीन राष्ट्रों को सिर्फ विज्ञान के लिए विज्ञान के ओलंपिक पदकों की दौड़ दौड़ने की आवश्यकता नहीं है। वे इसे करने में समर्थ नहीं हैं। पिछली एक–चौथाई सदी में विज्ञान एक अत्यंत महँगा कार्य हो गया है।

भारतीय वैज्ञानिकों के समक्ष तात्कालिक और सबसे बड़ा कार्य है देश के संसाधनों का त्वरित, प्रायोजित तथा सक्षम विकास करना, लोगों की भौतिक जरूरतों को उपलब्ध करना, तो क्या वैज्ञानिकों और प्रौद्योगिकीविदों की यह जिम्मेदारी नहीं है कि वे आत्मावलोकन करें? हमें सबसे पहले स्वयं से पूछना होगा, कि क्या हम अपनी जनता के लिए उचित कर रहे हैं? ऐसा प्रचुर वैज्ञानिक और तकनीकी ज्ञान उपलब्ध है जो भारतीय परिस्थितियों में प्रयोग किए जाने का इंतजार कर रहा है। यह चयन का प्रश्न है कि उसे प्राथमिकता दी जाए, ज्ञान का सृजन, जो निश्चित ही महत्त्वपूर्ण है या जो ज्ञान है, उसका तत्काल अनुप्रयोग? यदि हम अपने संसाधनों की समृद्धि के सृजन में सहायक होने को उन्मुख नहीं होंगे तो हम मूलभूत अनुसंधान के लिए कैसे और कहाँ से धन उपलब्ध कर सकेंगे? ब्रिटेन और जापान का अनुभव हमें चुनाव करने में सहायक होगा।

ऐसे कई तरीके हैं, जो वैज्ञानिक अनुसंधान संसाधनों के विकास, वृद्धि को बढ़ाने और उद्योगों की प्रगति को त्वरित करने में सहायक हो सकते हैं, जैसे 1. खनिज और पादप मूल के कच्चे पदार्थों की क्रमबद्ध खोज, उनका मूल्यांकन, उनका लाभ उठाना आदि 2. प्रौद्योगिकी क्रियाओं में निहित वैज्ञानिक सिद्धांतों को समझना, जिससे गुणवत्ता में सुधार, उत्पादन लागत में कमी और उच्च उत्पादकता प्राप्त हो, 3. उनका सृजन, जिससे नवीन उत्पाद और प्रक्रम उपलब्ध हों 4. नवीन उत्पादों और प्रक्रमों का विकास और वर्तमान का सुधार, अर्थात् जानकारी विकास और 5. नए उद्योगों की स्थापना और उसके प्रबंधन के लिए आवश्यक कौशल का प्रशिक्षण।

भारत में अनुसंधान के परिणामों को औद्योगिक उत्पादों में परिवर्तित करने की प्रक्रियाओं का क्रम अभी पूरी तरह से बोधगम्य नहीं है। हाल में ही इसमें आनेवाली कठिनाइयों पर गंभीर विचार हुआ है, किंतु अभी भी किसी दुर्घटना के होने पर एक दूसरे पर दोषारोपण करने की प्रवृत्ति बनी हुई है।

प्रक्रिया का क्रम कुछ इस प्रकार है—

अनुसंधान—1. मूलभूत तथा अनुप्रयुक्त 2. पायलट मार्गदर्शक कारखाना, 3. विकास, 4. अभियंत्रण-डिजाइन, निर्माण, कारखाने तथा उपकरणों का निर्माण, 5. उत्पादन, 6. विपणन।

एक सिरे पर वैज्ञानिक है, जो अनुसंधान कर रहा है और चीजों को समझने में लगा है और दूसरे सिरे पर उद्योगपति है, जिसका जोर उत्पादन और लाभ पर है, किंतु इसके बीच में कई चरण हैं। जब तक हम प्रक्रियाओं की इस शृंखला से नहीं गुजरेंगे, कोई भी अनुसंधान वास्तविक उत्पादन में नहीं बदल सकता।

उधार ली गई प्रौद्योगिकी

मैं उधार ली गई प्रौद्योगिकी के प्रश्न का उल्लेख करना चाहूँगा। मैं स्पष्ट कर दूँ कि मैं व्यक्तिगत रूप से प्रौद्योगिकी के उधार लिये जाने या खरीदने के विरुद्ध नहीं हूँ। मैं इस मत का भी पक्षधर नहीं हूँ कि भारत में अनुसंधान करने और विकास की कोई आवश्यकता नहीं है, क्योंकि प्रौद्योगिकी का सुपर बाजार है, जहाँ हम जाकर जो भी आवश्यक हो, खरीद सकते हैं। हमें अपनी परिस्थितियों के अनुकूल उधार ली गई प्रौद्योगिकी के अनुकूलन हेतु सुनिर्दिष्ट टिकाऊ अनुसंधान कार्य की आवश्यकता है और इसके लिए अति दक्ष तथा कल्पनाशील व्यावहारिकता चाहिए। हमारा दृष्टिकोण उपयोगवादी होना चाहिए और हमें वही करना चाहिए, जो हर मामले में सर्वोत्तम हो। प्रौद्योगिकी तभी उधार ली जानी चाहिए, जब उपयुक्त स्थानीय प्रौद्योगिकी उपलब्ध न हो।

भारत जैसे विकासशील देश में समय अति महत्त्वपूर्ण है। अत: यदि राष्ट्रीय हितों में समझौता किए बिना तथा स्थानीय प्रयासों को पंगु बनाए बिना अन्यों से प्रौद्योगिकी खरीदी जा सकती है तो फिर सिद्धांत बघारने की आवश्यकता नहीं है। इससे ऐसी प्रौद्योगिकी को नए सिरे से विकसित करने के लिए समय की अवधि घट जाती है। विश्व विकास के वर्तमान संदर्भ में पूर्ण प्रौद्योगिकीय स्वतंत्रता सोची ही नहीं जा सकती। प्रत्येक देश के पास कोई-न-कोई विशेषज्ञता और ज्ञान होता है, जो अन्यों के पास नहीं होता है और सारे ही देश कम या अधिक मात्रा में प्रौद्योगिकी उधार लेते हैं। यू.एस.ए., यू.के., फ्रांस, जर्मनी, पश्चिमी यूरोप के अन्य देश, जो प्रौद्योगिकी की दृष्टि से या औद्योगिक दृष्टि से समुन्नत हैं, प्राय: प्रौद्योगिकी का आदान-प्रदान करते रहे हैं। यू.एस.ए. को छोड़कर शायद ही कोई देश हो, जिसका भुगतान का प्रौद्योगिकीय संतुलन (balance) धनात्मक हो। ऐसी दशा में

यह विश्वास नहीं हो पाता कि भारत, जिसे औद्योगिक क्षेत्र में हवा के विपरीत चलना है, वह स्वयं को विलग रख सकेगा। यह इंगित करना उचित होगा कि जापान का बड़े पैमाने पर औद्योगिकीकरण मूलतः उधार ली गई प्रौद्योगिकी के उपयोग पर आधारित था, किंतु यह जानना प्रासंगिक होगा कि इस परिणाम को प्राप्त करने में जापान ने किस युक्ति का प्रयोग किया। एक बार कुछेक फैक्टरियाँ लग जाने पर जापान ने न केवल प्रौद्योगिकी में दक्षता हासिल की अपितु जिन अग्रणियों से उसने उधार लिया था, उन्हें भी छोड़ दिया।

भारत में जबकि कम या ज्यादा मात्रा में औद्योगिकीकरण उधार ली गई प्रौद्योगिकी से हो रहा है, क्या हमने इस प्रौद्योगिकी पर ऐसी संरचना खड़ी करने की आवश्यकता पर ध्यान दिया, जिससे भारतीय प्रौद्योगिकी अग्रपंक्ति में दिखती? जैसे कि एच.जे. भाभा ने बहुत ही तिक्त स्वर में कहा था कि जिन क्षेत्रों में आधी शताब्दी से उद्योग विद्यमान थे, जब संयंत्रों के विस्तार और नए संयंत्रों के लगाने का प्रश्न उठा तो देश ने पुनः विदेशी सहयोग की शरण ली। ऐसा क्यों हुआ, इस पर गहन चिंतन की आवश्यकता है। उधार लेने को समाप्त करने के लिए उधार लेने में कोई हर्ज नहीं है, किंतु उधार लेते रहने के लिए उधार लेना, जैसा कि कई मामलों में हो रहा है, नुकसानदेह है।

गांधीजी कहा करते थे, "थोक उत्पादन से नहीं, अपितु जनता द्वारा उत्पादन से युक्ति सफल होगी।" थोक उत्पादन भले ही उत्तम कोटि का हो, किंतु सभी तरह से भारतीय परिस्थितियों के अनुकूल नहीं हो सकता। सर्वश्रेष्ठता तथा उपयुक्तता एक दूसरे के पर्याय हों, यह आवश्यक नहीं है। ये प्रविधियाँ पूँजी-प्रधान हैं और श्रम न्यून हैं। भारत में परिस्थितियाँ सर्वथा विपरीत हैं, यहाँ पूँजी का अभाव है और श्रम प्रचुर है, भारत में विशेषतया विदेशी मुद्रा की कमी है। भारत को मानक श्रम पूँजी द्वारा आर्थिक पूँजी को प्रतिस्थापित करना है। उसे लगभग 50 करोड़ लोगों के लिए रोजगार मुहैया करने के महत्त्वपूर्ण उद्देश्य से ज्ञात प्रौद्योगिकियों को विकसित करना या अनुकूल करना है।

प्रौद्योगिक दक्षता

भारतीय वैज्ञानिकों, प्रौद्योगिकीविदों तथा अर्थशास्त्रियों के लिए चुनौती है कि संसाधनों को किस तरह दक्षतापूर्वक तथा कुशलतापूर्वक ऐसी स्थितियों में विकसित करें, जो उनसे सर्वथा भिन्न हो, जिसके अंतर्गत आधुनिक विज्ञान तथा प्रौद्योगिकी ने अभी तक कार्य किया है। इस क्षेत्र में हम अग्रणी हैं और इसका उत्तर पा लेने पर हमारा भविष्य तथा स्थायित्व निर्भर करेगा। इसमें मुझे लगता है कि समस्या स्वतंत्रता या पराश्रिता की होगी, किंतु प्रौद्योगिकीय दक्षता के दृष्टिकोण से होगी। हमें अपने पर्यावरण तथा अपनी आवश्यकताओं के अनुकूल नवीन दक्षता विकसित करनी होगी।

□

6
भारत में विज्ञान के कुछ पक्ष

मैं भारतीय विज्ञान कांग्रेस के सदस्यों के प्रति कृतज्ञता व्यक्त करना चाहूँगा, जिन्होंने मुझे अपना अध्यक्ष चुना है। मुझे इसका एहसास है कि भारत के वैज्ञानिकों की सबसे बड़ी इस संस्था ने मुझे यह सम्मान दिया तथा इससे संबद्ध गुरु उत्तरदायित्व सौंपा है। इसके पूर्व इस उच्च पद पर बड़े-बड़े वैज्ञानिक रह चुके हैं। अत: मुझ पर जो उत्तरदायित्व सौंपा गया है, उससे मैं भलीभाँति अवगत हूँ।

वाराणसी एक ऐतिहासिक नगरी है, जो किसी के लिए भी आकर्षण हो सकती है। करोड़ों के लिए यह तीर्थस्थान है। मेरे लिए तो यह अपने गृह में आगमन है। मेरे लिए अपने गुरुकुल से नवीन प्रेरणा प्राप्त करने का सुनहरा अवसर है। मैं शास्त्रों के ज्ञाता, महान् देशभक्त एवं भारत के महान् सपूत महामना पं. मदनमोहन मालवीय का ऋणी हूँ, जिन्होंने यह अनुभव किया कि विज्ञान तथा प्रौद्योगिकी का अध्ययन देश की उन्नति के लिए आवश्यक है। उन्होंने ऐसे समय में, जब कला तथा मानविकी पर बल दिया जा रहा था, इस विश्वविद्यालय में प्रौद्योगिकी और इंजीनियरिंग के कई विभाग खोले। 1916 के भारतीय औद्योगिक आयोग (हॉलैंड कमीशन) की रिपोर्ट का विरोध किया, जो यह दिखाता है कि वे भारत में विज्ञान तथा प्रौद्योगिकी के विकास के पक्षधर थे। आइए हम उन्हें स्मरण करें।

मैं सोचता रहा हूँ कि भारतीय विज्ञान कांग्रेस से क्या-क्या अपेक्षाएँ हैं। आप भलीभाँति जानते हैं कि यह कांग्रेस ब्रिटिश एसोसिएशन फॉर द एडवांसमेंट ऑफ साइंस के ढर्रे पर चलती है। उस एसोसिएशन की ही भाँति हम भी वैज्ञानिकों तथा जनता के बीच सजीव संपर्क स्थापित कर रहे हैं। यदि यह सजीव संपर्क स्थापित किया जाना है तो वैज्ञानिकों की यह छवि कि वे जनसामान्य को न जान कर आलीशान स्थानों में रहते हैं, पूरी तरह से मिटा देनी होगी। चूँकि विज्ञान तथा प्रौद्योगिकी साधारण पुरुषों तथा स्त्रियों पर प्रभाव डालते हैं, अत: वैज्ञानिकों के लिए यह आवश्यक है कि वे जो कुछ कर

रहे हैं, उसे जनता के समक्ष रखें और जनता के विचारों तथा दृष्टिकोण को जानने का प्रयास करें। मेरे विचार से यह विज्ञान कांग्रेस के प्राथमिक कार्यों में से एक है। ब्रिटिश एसोसिएशन के एक प्रारंभिक सम्मेलन में एक प्रमुख ब्रिटिश समाचार-पत्र ने यह प्रश्न किया था, "यह दानव बुलबुला कब फूटेगा?" यही दैनिक समाचार-पत्र आगे चलकर ब्रिटिश एसोसिएशन का प्रबल समर्थक बन गया। हमारे भी आलोचक तथा समर्थक हैं।

भारतीय विज्ञान कांग्रेस इस समय लगभग 55 वर्ष पुरानी है। यह अवसर है कि हम जो कुछ कर रहे थे और जितनी कुशलता से कर रहे थे, उस पर चिंतन किया जाए। गत सम्मेलन में मेरे पूर्ववर्ती सुप्रसिद्ध अध्यक्ष प्रो. टी.आर. शेषाद्रि ने आत्मालोचन की आवश्यकता पर बल दिया था। हम पहले से ही इस पर ध्यान दे रहे हैं और एसोसिएशन के कार्यकलापों में कुछ पुनर्विन्यास हुआ है। मैं आशा करता हूँ कि इस सम्मेलन के कुछ नवीनतर विचार उभरेंगे, जो हमारी गतिविधियों को सार्थक दिशा प्रदान करेंगे।

विकासशील समाज में विज्ञान की भूमिका

स्वतंत्रता प्राप्ति से अब तक प्राय: सभी सम्मेलनों में इस कांग्रेस को श्री जवाहरलाल नेहरू उद्घाटित करते आए हैं और इसमें भाग लेते रहे हैं। वे हमारे अध्यक्ष भी रह चुके हैं। उनकी प्रबुद्ध अगुवाई के कारण इस देश में वैज्ञानिक प्रगति में तेजी आई है, क्योंकि उन्होंने सरकार तथा जनता की मनोवृत्ति को नया रूप दिया है। एक सम्मेलन में उन्होंने कहा, "मेरी रुचि मुख्यत: भारतीय जनता तथा भारत सरकार को भी वैज्ञानिक कार्यों तथा इसकी आवश्यकता के प्रति जागरूक करने के प्रयास में रही है।"

□

7

उद्योग में अनुसंधान एवं विकास

कुछ अर्थशास्त्रियों ने किसी राष्ट्र के पारंपरिक आधुनिक समाज के संक्रमण काल को निम्न चरणों में प्रतिपादित किया है—

1. पारंपरिक अवस्था, जिसमें प्राकृतिक संसाधनों और भौतिक पर्यावरणों की क्षमताओं का क्रमबद्ध ज्ञान नहीं होता तथा जिसमें कम उत्पादकतावाली कृषि एवं कुटीर उद्योगों पर निर्भर रहना पड़ता है। पारंपरिक समाज की दूसरी विशेषताओं को सभी जानते हैं। इसलिए उन्हें मैं दोहराने की आवश्यकता नहीं समझता।
2. परंपरा से संक्रमण की अवस्था की विशेषता है, संचार के आधुनिक साधनों का विकास, कृषि का विकास, अधिक उन्नत देशों में प्राकृतिक संसाधनों का सन्निवेश। संचार के माध्यमों तथा अंतरराष्ट्रीय वाणिज्य के विकास से नए प्रकार का व्यापार उभरता है और विकसित देशों के विचार शिक्षित वर्गों में प्रवेश करने लगते हैं और नया दृष्टिकोण दिखने लगता है।
3. **उत्प्रस्थान (Take Off) अवस्था** : यह स्थिति, जो कि बहुत महत्त्वपूर्ण है, तभी सार्थक हो सकती है, जब उत्पादन निवेश राष्ट्रीय आय का 10 प्रतिशत से ज्यादा हो। इससे आर्थिक एवं औद्योगिक विकास की दर और बढ़ेगी तथा विभिन्न सामाजिक, आर्थिक और राजनीतिक संस्थानों का मूलभूत ढाँचा और अधिक मजबूत होगा। जब तक उत्प्रस्थान अवस्था तुरंत सुनिश्चित नहीं की जाती, यह पारंपरिक व्यवस्था ऐसे ही घिसटती रहेगी, और कभी भी उतनी तेजी से अपने लक्ष्य प्राप्ति की ओर अग्रसर नहीं हो पाएगी, जितने की अपेक्षा है।
4. उत्तम उत्प्रस्थान अवस्था से परिपक्वता प्राप्त होनी चाहिए। यही वह समय है, जब राष्ट्र की आर्थिक वृद्धि में प्रभाव दृष्टिगोचर होगा। कृषि एवं ग्रामीण

जीवन समेत सभी सेक्टरों में आधुनिक तकनीक से सशक्त एवं अपेक्षित परिवर्तन होने चाहिए। यह ऐसी अवस्था है, जब वृत्तिक जनसमूह उद्योग प्रबंधन तथा अन्य राष्ट्र के कार्यकलापों को अपने हाथ में ले लेंगे।

5. अगली अवस्था में तकनीकी रूप से परिपक्व समाज ही औद्योगिक विकास एवं आर्थिक शक्ति के रूप में उभरेगा। यह इस बात का द्योतक होगा कि लोग ज्यादा-से-ज्यादा उपभोग करेंगे और उनका जीवन-स्तर बढ़ेगा। इस स्थिति के बाद ऐसा लगेगा कि पीछे मुड़कर देखने की आवश्यकता नहीं है और ऐसा विकास होगा, जो स्वयं ही चक्रवृद्धि ब्याज देता रहेगा।

मैं यह अपने गण्यमान्य श्रोताओं के निर्णय पर छोड़ता हूँ कि आज हमारा देश कहाँ पर और किस स्थिति में खड़ा है। संभवत: हम उत्प्रस्थान की दहलीज पर हैं और अभी तक इसमें प्रवेश नहीं कर पाए हैं। फिर भी हमारे देश में नि:संदेह मूलभूत संसाधन और क्षमताओं के साथ-साथ अनुकूल परिस्थितियाँ भी मौजूद हैं, जिससे हम शीघ्रता से उत्प्रस्थान कर सकते हैं। ऐसे लक्षण देखे जा सकते हैं, जिनसे औद्योगिक नेतृत्व बड़े घरानों से धीरे-धीरे तकनीकी एवं पेशेवर रूप से प्रवीण लोगों के हाथों में खिसकता जा रहा है, किंतु अभी भी हम गालब्रेथ द्वारा वर्णित औद्योगिक अवस्था (Industrial state) से बहुत दूर हैं। औद्योगिक नेतृत्ववाले इस नए वर्ग के विकास हेतु लगातार प्रयास जारी है, जब यह नेतृत्व पारिवारिक संबंधों पर आधारित न होकर कुशलता/दक्षता पर आधारित होगा। कई बार आर्थिक समृद्धि कुछ ही हाथों में सीमित न रह जाए, इसको रोकने में ही सारा ध्यान दिया जाता है। यदि हमें उत्प्रस्थान अवस्था से आगे बढ़कर विकास करना है तो हमें अधिक सकारात्मक प्रयास करने होंगे, जिसमें उद्यमशील एवं व्यावसायिक रूप से सक्षम व्यक्तियों की पहचान करके उनकी प्रतिभा को विकसित करने हेतु प्रोत्साहन दिया जा सके। यदि ऐसे सकारात्मक प्रयास नहीं किए जाते तो मैं नहीं समझ पाता कि भारत तकनीकी रूप से अन्य विकसित देशों से अंतरराष्ट्रीय बाजार में स्पर्धा कर सकेगा, किंतु यह भी सुनिश्चित करना चाहिए कि ऐसे औद्योगिक विकास में राजनैतिक प्रभाव आड़े न आए। मेरा विश्वास है कि औद्योगिक घराने नहीं, बल्कि व्यावसायिक और पेशेवर प्रवीण मेधावी व्यक्तियों द्वारा नेतृत्व किया गया। औद्योगिक जगत् ऐसे राजनैतिक प्रभावों को पनपने नहीं देगा, जिससे कि राष्ट्रीय क्षति होने की संभावना हो। मैं इस बात से अनभिज्ञ हूँ कि ICICI इस ओर ध्यान दे रहा है या नहीं।

प्राय: जापान का यह उदाहरण दिया जाता है कि कैसे एक पारंपरिक समाज आगे बढ़कर इतना अधिक विकसित औद्योगिक राष्ट्र बन गया। यह जान लेना लाभप्रद होगा कि ऐसा कैसे संभव हुआ। मीजी पुनरुत्थान के बाद जापान की प्रगति की विशेषता हठवादी दृष्टि है, जिसमें आदर्शवादी प्रभाव शून्य है। जापान ने न केवल विकसित देशों

से वहाँ की औद्योगिक और तकनीकी विद्या को अपने देश में अपनाया और प्रतिपादित किया, बल्कि इसको देश की आर्थिक प्रगति हेतु सबसे बड़ा लक्ष्य बनाया। उनका आदर्श वाक्य था, 'लाभों को अधिकतम करो, प्रतिभाओं को अधिकतम करो।' फलतः तकनीकी ज्ञान और प्रवीणता के लिए दुनिया के उन्नत देशों को खँगाला गया, यहाँ तक कि युद्धोपरांत भी विदेशी तकनीक के प्रवेश ने अत्यधिक विकास में प्रमुख योगदान किया। ऐसी सूचना है कि जापान के उद्यमियों में विदेशों से तकनीक आयात करने में होड़ रहती है। 1955 से 1960 के बीच तमाम अनुबंध किए गए, किंतु जो सबसे महत्त्वपूर्ण बात थी, वह यह कि माल बनने की दर में और उनके निर्यात में अभूतपूर्व तेजी आई, जिससे राष्ट्र की संपत्ति में इजाफा हुआ और बड़ी मात्रा में विदेशी मुद्रा की आमद हुई।

मैंने प्रायः भुगतान के तकनीकी संतुलन की बात की है। अमेरिका के अतिरिक्त किसी भी औद्योगिक रूप से विकसित देश में सकारात्मक संतुलन नहीं पाया गया। इंग्लैंड में भी ऐसी स्थिति बन रही है। जहाँ तक जापान की बात है, 1960 के पहले उसके तकनीकी निर्यात की दर तकनीकी आयात की दर का मुश्किल से 8 प्रतिशत थी। 1954 से 1963 के बीच दस वर्षों में जापान ने लगभग 65 करोड़ डॉलर मात्र पेटेंट और प्रणाली खरीदने में खर्च किए। इससे 1400 करोड़ डॉलर के मूल्य के माल का उत्पादन हुआ। ऐसा ज्ञात हुआ है कि निर्यात द्वारा अर्जित संपत्ति रॉयल्टी के भुगतान से कहीं ज्यादा थी। जापान की यह क्षमता उल्लेखनीय है, जिससे उसने विदेशी तकनीक को अपनाया, उसे अनुकूल बनाया और अपने ज्ञान को आगे विकसित किया। इसका परिणाम यह हुआ कि आज शायद ही जापान का कोई उत्पाद हो, जहाँ जापान के प्रयास की स्पष्ट छाप दिखाई न देती हो। परिणामस्वरूप पिछले कुछ वर्षों में जापान का तकनीकी निर्यात यथेष्ट रूप से बढ़ा है और जल्दी ही यह पश्चिमी यूरोपीय देशों के समकक्ष हो जाएगा। इस तरह न केवल जापान की तकनीकी क्षमता ने बहुत प्रगति दिखलाई, अपितु साथ-ही-साथ इसकी तकनीकी क्षमता एवं प्रवीणता बहुत तेजी से बढ़ी।

हमारे लिए यह अध्ययन करना लाभकारी होगा कि भारत में विगत दो दशकों में हुए औद्योगिकीकरण की प्रक्रिया, जो काफी हद तक विदेशों से आयातित तकनीक पर आधारित है, हमने उसे आत्मसात् और विकसित करने और अपने अनुकूल बनाने का प्रयास किया या नहीं। यदि नहीं किया तो फिर हम क्यों नहीं कर पाए, जो जापान ने किया। इस सम्मेलन में इस विषय पर विचार करना बहुत ही महत्त्वपूर्ण है। संभवतः विश्लेषणात्मक दृष्टि से उन कारणों का पता लगा सकें, जिनकी वजह से हमें आशातीत सफलता नहीं मिली और हम उनका निदान खोज पाएँगे।

ऐसा क्यों है कि विकसित देशों की सर्वोत्तम तकनीकों को अपनाने, प्रचुर मात्रा में संयंत्र व उपकरण मँगाने, कई बार कच्चा माल आयात करने पर भी हमारे उत्पादों की

कीमत श्रम के सस्ता होते हुए भी इतनी अधिक है कि हम दुनिया के बाजार में स्पर्धा करने में सक्षम नहीं हैं। ऐसा तो नहीं है कि हमने तकनीकी क्षमता पर पर्याप्त ध्यान नहीं दिया या हमने इसकी जरूरत नहीं समझी कि अपेक्षित न्यूनतम प्रयासों से भी तकनीकों को अपने अनुकूल बनाते और उत्पादन से संबंधित समस्याओं को सुलझाते? इसमें कोई संदेह नहीं कि अनुसंधान एवं विकास के अलावा और भी कई कारण हैं। हो सकता है कि हमने तकनीकी क्षमता को प्राप्त करने के लिए संघर्ष न किया हो, जो मेरे विचार से तकनीकी स्वतंत्रता के लिए पूर्वापेक्षित था। जापान, जिसका उदाहरण हम लोग अकसर दिया करते हैं, उसने तकनीकी क्षमता से ही आर्थिक आत्मनिर्भरता प्राप्त की अर्थात् उसने उस जानकारी को जो उसने चाहे खरीदी हो या स्वयं जुटाई हो, बड़ी पटुता से इस्तेमाल किया। दुनिया की आर्थिक प्रतिस्पर्द्धा में उसकी सफलता इतनी अधिक थी कि कई बार कच्चे माल के न होते हुए भी उसने अग्रणी देशों को पछाड़ दिया और उन्हें दाँतों तले उँगली दबाने पर बाध्य कर दिया। उदाहरणार्थ लोहा, जहाज निर्माण, इलेक्ट्रॉनिक और प्रकाशिकी के क्षेत्र। आधुनिक तकनीकी एक गतिशील प्रक्रम है। निर्माणाधीन प्रक्रम व संयंत्र बहुत जल्दी लोप हो जाएँगे। नई जानकारियों के माध्यम से अनवरत विकास एवं नवपरिवर्तन होना आवश्यक है। इसमें कुछ असंगत नहीं है कि थोड़े समय के लिए किसी तकनीक को बाहर से खरीदा जाए, किंतु अपनी तकनीक विकसित करना भी आवश्यक है, ताकि हम उन्नति कर सकें। यहीं पर अनुसंधान एवं विकास अपरिहार्य हो जाते हैं। संक्षेप में जापानी औद्योगिक विकास से हमें यही सीख मिलती है।

बहुत निश्छल भाव से यह कहना चाहता हूँ कि हमारे पीछे रह जाने के कई कारणों में एक मुख्य कारण यह भी है कि हमारे पास उद्योगों की इतनी सामान्य सी भी जानकारी नहीं है कि हम अनुसंधान एवं विकास का सही मूल्यांकन कर सकें और उसे स्वीकार कर सकें। साधारणत: मुझे सामान्यीकरण पसंद नहीं है, क्योंकि किसी भी सामान्यीकरण के अपवाद होते हैं। मैं इस बात से अवगत हूँ कि भारत के कुछ दूरदृष्टिवाले उत्साही औद्योगिक प्रतिष्ठानों ने अनुसंधान एवं विकास में सराहनीय प्रयास किए हैं, उन तकनीकों को विकसित करने में, जिन्हें उन्होंने बाहर से आयात किया है। कुछ ऐसे भी दृष्टांत हैं, जहाँ बाहर की तकनीकी का इस्तेमाल किए बिना ही स्वदेशी तकनीक द्वारा देश में उत्पादों को बनाने और विकास करने की पहल की गई। फिर भी संपूर्ण औद्योगिक विकास में प्रयास बहुत सार्थक नहीं हुए, पर संतोष की बात यह है कि ऐसे प्रयास लगातार किए जा रहे हैं और भारतीय उद्योग अब इस प्रकार के प्रयासों के लिए पहले से ज्यादा जागरूक हैं। भारत सरकार के द्वारा भी कुछ कदम लिये गए हैं, जैसे करों में छूट तथा अनुबंधों के नवीनीकरण पर ज्यादा-से-ज्यादा नियंत्रण।

मेरे विचार से जिस एक चीज ने इस देश के वैज्ञानिकों और उद्योगपतियों में क्षोभ उत्पन्न किया, वह थी लॉर्ड ब्लैकेट द्वारा कही गई नवाचार शृंखला की ठीक से पहचान, जो अनुसंधान से उत्पादन का अनुक्रम है। विकास विषयक जानकारी के विषय में राष्ट्रीय प्रयोगशालाओं के निराशाजनक अनुभव की अकसर चर्चा सुनाई पड़ती है। मैं जिस प्रश्न को यहाँ उठाना चाहता हूँ, वह है, क्या राष्ट्रीय प्रयोगशालाएँ तकनीक के अनुसंधान एवं विकास के लिए स्थापित की गई हैं, जैसा कि औद्योगिक समाज में अवधारणा है ? उनकी इस अवधारणा का तात्पर्य यह है कि किसी औद्योगिक संयंत्र का संपूर्ण ढाँचा निर्मित करके खड़ा करना और उसे पूरी गारंटी के साथ चालू करना राष्ट्रीय प्रयोगशालाओं का कार्य है। मैं ऐसा नहीं समझता कि किसी राष्ट्रीय प्रयोगशाला की स्थापना के पीछे अनुसंधान प्रयोगशालाएँ ही सारा कार्य करेंगी और न ही मुझे ऐसी कोई जानकारी प्राप्त हुई है कि दुनिया के किसी भाग में अकेले प्रयोगशालाओं द्वारा ऐसा कार्य कभी नहीं किया गया है। तकनीकी जानकारी के लिए कितने समझौते विदेशी अनुसंधानशालाओं से किए गए हैं ? मेरी जानकारी में तो ये समझौते या तो कारखानों से या परामर्शदात्री संस्थाओं से किए गए हैं। वास्तविकता यह है कि जब राष्ट्रीय प्रयोगशालाएँ स्थापित की गईं तो भारत में उद्योग अपनी शैशवावस्था में विदेशी तकनीकों पर निर्भर था, जो विभिन्न तरह के पेचीदे समझौतों पर आधारित थीं। राष्ट्रीय प्रयोगशालाओं ने किसी तरह से प्रक्रिया और उत्पादन के विकास का कार्य किया तथा इस तकनीकी ज्ञान को उद्योगों को दिया। इनमें से कुछ प्रक्रियाएँ और उत्पाद सफल भी रहे। मेरा यह मत है कि प्रक्रियाओं और उत्पादों का विकास निश्चित रूप से उद्योगों का कार्य है। दुनिया के सभी देशों में, चाहे वहाँ कोई भी शासन प्रणाली हो, उत्पाद और प्रक्रिया तकनीक अधिकतर औद्योगिक इकाइयों में ही प्राप्त होती हैं। प्रयोगशालाओं का कार्य केवल मौलिक ज्ञान प्रदान करना है, जिससे विकास का कार्य किया जाता है। मैंने प्राय: ऐसा कहा भी है कि सर्वोत्तम परिणाम के लिए उद्योगों में औद्योगिक अनुसंधान उद्योगों द्वारा ही होना चाहिए, किंतु ऐतिहासिक कारणों से, जिनका मैंने अभी उल्लेख किया है, राष्ट्रीय प्रयोगशालाओं की पहचान प्रक्रिया और उत्पाद के विकास की पहचान से की जाती है। शीघ्र ही ऐसा पाया गया कि अनुसंधानशालाओं में किए गए कार्य कई मामलों में औद्योगिक विकास के लिए पर्याप्त नहीं थे। कुछ लोगों ने औद्योगिक पूँजी निवेश तथा लाभ-प्राप्ति के सिद्धांत को अनुसंधानशालाओं की उपयोगिता से जोड़ना शुरू कर दिया क्योंकि जब अनुसंधान कार्य उद्योगों में मुनाफा दिखाएँगे, तभी अनुसंधानशालाएँ उपयोगी होंगी।

उद्योगपति एवं वित्तदाता ऐसी आशा करते हैं कि अनुसंधानशालाएँ उनको पूर्ण तकनीकी ज्ञान मुहैया कराएँगी, जिसमें न केवल फ्लोशीट सहित प्रक्रिया के वैज्ञानिक सिद्धांत होंगे अपितु संयंत्रों को बनाएँगी, उनका डिजाइन करेंगी, उनको खड़ा करके

उत्पादन करेंगी। यह भलीभाँति विदित है कि नवाचार शृंखला के अंतर्गत संक्रियाओं की पूरी श्रेणी रहती है, जिसमें प्रयोगशालाओं में किया गया मौलिक एवं व्यावहारिक अनुसंधान ही मूलभूत अनुसंधान होता है। इसके बाद विकास का कार्य किया जाता है, जिसमें पाइलट प्लांट, इंजीनियरिंग, जिसमें निर्माण उपकरण एवं संयंत्र को खड़ा करना, उत्पादन तथा विपणन सम्मिलित हैं, जिसमें कई मामलों में बेचने के बाद की सेवाएँ भी शामिल हैं। इस परिधि में वैज्ञानिक एक सिरे पर और उद्योगपति तथा व्यावसायिक दूसरे सिरे पर होते हैं। वैज्ञानिक तो प्रक्रम के वैज्ञानिक पक्षों, यानी प्रथम चरण के लिए उत्तरदायी हैं, दूसरी ओर उद्योगपति हैं, जो उत्पादन और मुनाफे के बारे में ही सोचते हैं। दोनों का दृष्टिकोण, उनकी बानी और सोच, एक-दूसरे से सर्वथा भिन्न हैं। हमारे देश में अनुसंधान और उद्योगों के बीच एक खाई पैदा हो गई है, और यह खाई और भी बढ़ गई है, जिसका कारण है, नवाचार शृंखला तथा ज्ञान में वैज्ञानिक अनुसंधान के क्षेत्र में जानकारी का अभाव। यह सोचना है कि व्यवसायी या उद्योगपति ऐसा व्यक्ति है, जो मुनाफा चाहता है, जिसे विज्ञान के प्रति न तो हमदर्दी है, न ही विज्ञान की जानकारी है। इसके विपरीत उद्योगपति सोचता है कि वैज्ञानिक केवल बुद्धिजीवी होते हैं, जिनमें कोई व्यावहारिक सोच नहीं है। दोनों का यह आपसी टकराव शुभ संकेत नहीं है। दोनों को एक-दूसरे को समझना होगा।

सर्वविदित है कि अनुसंधान की तुलना में विकास दस गुना से भी ज्यादा महँगा है। सफलतापूर्वक विकास के परिणामों को प्राप्त करने के लिए उत्पादन हेतु और भी धन निवेश की आवश्यकता होती है। अत: विकास का कार्य अलग करना बुद्धिमानी नहीं होगी। अनुसंधान एवं विकास में पूँजीनिवेश से अधिकतम लाभ प्राप्त करने के लिए अपेक्षित है कि विकास का कार्य, चाहे वह औद्योगिक प्रयोगशालाओं में हो या राष्ट्रीय अनुसंधानशालाओं में, उद्योगों से अभिन्न रूप से जुड़ा है। इस स्तर पर समस्याओं का स्वरूप उन समस्याओं से बिल्कुल भिन्न है, जो किसी प्रयोगशाला के स्तर पर उत्पन्न होती हैं। यह सुनिश्चित कर लेना आवश्यक है कि उत्पादन अभियांत्रिकी का व्यावहारिक ज्ञान रखनेवाले व्यक्ति ही विकास की समस्याओं को देखें। यह आवश्यक नहीं कि एक अनुसंधान वैज्ञानिक एक अच्छा उत्पादन इंजीनियर भी हो, किंतु इसके अपवाद भी हो सकते हैं।

मैं यहाँ पर औद्योगिक अनुसंधान संगठनों की उन योजनाओं का भी उल्लेख करना चाहूँगा, जिनको सी.एस.आई.आर. ने बढ़ावा दिया है। आपको विदित होगा कि आज दस अनुसंधान प्रयोगशालाएँ उद्योगों की आवश्यकताओं की पूर्ति कर रही हैं—यथा वसा उद्योग, रेशम और उसकी कारीगरी से संबंधित उद्योग, चाय, सीमेंट, प्लाईवुड और रबड़। मेरा मानना है कि हमारे देश में विभिन्न औद्योगिक समूहों की आवश्यकताओं

की पूर्ति के लिए इस प्रकार के अधिकाधिक संगठनों को तैयार करने की गुंजाइश होगी। इस योजना के तहत सी.एस.आई.आर. अनुसंधान संगठनों को उनकी आवश्यकताओं के अनुरूप 50 प्रतिशत तक अनुदान देती है। मुझे यह समझ में नहीं आता है कि औद्योगिक समूह ऐसे अनुसंधान संगठनों का गठन नहीं कर पाए हैं, जिससे उनके अनुसंधान तथा विकास की आवश्यकताओं की पूर्ति होती। मैंने यहाँ तीन उपाय बताए हैं, जिनसे भारत में उद्योग, अनुसंधान तथा विकास की आवश्यकताओं की पूर्ति हो सकती है—

1. जैसा कि मैं पहले ही कह चुका हूँ कि हमारी राष्ट्रीय अनुसंधानशालाएँ उद्योगों की सहायता के लिए तत्पर हैं।
2. जो उद्योग आर्थिक रूप से सक्षम हैं, उन्हें स्वयं का अनुसंधान तथा विकास विभाग शुरू करना चाहिए।
3. शेष लोगों को अनुसंधान संगठनों की स्थापना के लिए आगे आना चाहिए।

हमें विदेशों से उधार ली गई तकनीकों का इस्तेमाल करने का लंबा अनुभव है। हमारे पास प्रशिक्षित वैज्ञानिकों, तकनीशियनों एवं इंजीनियरों का भंडार है। प्राइवेट और पब्लिक सेक्टर, दोनों में ही हमने अनुसंधान तथा विकास में सुविधाओं का अच्छा-खासा मूलभूत ढाँचा खड़ा कर रखा है। अब यह हमारे ऊपर है कि हम कितनी पटुता से उसका इस्तेमाल करते हैं।

संभवतः उद्योगपतियों, व्यापारियों और वित्तदाताओं में इस बात का संकोच है कि वैज्ञानिकों का वर्ग एक बुद्धिजीवी वर्ग है और वे अपनी ही दुनिया में रहते हैं। मेरे विचार में इस बात का कोई आधार नहीं है। औद्योगिक अनुसंधान के दो आयाम हैं— उद्योग और अनुसंधान। इन दोनों में सम्यक दृष्टि होनी चाहिए और ऐसी स्थिति कभी न उभरे, जिसकी हम लोग बात कर रहे हैं, यहाँ तक कि कम प्रतिभाशाली वैज्ञानिक और शिल्पशास्त्री भी उल्लेखनीय उपलब्धियाँ हासिल कर सकते हैं, जब विज्ञान तकनीक और उद्योगों का समुचित रूप से समागम हो। ऑप्टिकल ग्लास उद्योग के विकास का मुझे व्यक्तिगत अनुभव है।

वैज्ञानिकों को उद्योगों के सहयोग की आवश्यकता है तथा उद्योगों को विज्ञान का संबल चाहिए। ये दोनों एक-दूसरे से विलग नहीं रह सकते।

□

8

वैज्ञानिक जनमत की आवश्यकता

संप्रति हमारे देश में 75 विश्वविद्यालय हैं और प्राय: सभी में विज्ञान विभाग हैं। प्रौद्योगिकी के पाँच संस्थान हैं और 120 से अधिक इंजीनियरिंग कॉलेज हैं। पाँच प्रमुख अनुसंधान एजेंसियाँ भी हैं—परमाणु ऊर्जा विभाग, सी.एस.आई. आर, रक्षा अनुसंधान तथा विकास संगठन, भारतीय कृषि अनुसंधान परिषद् तथा भारतीय आयुर्विज्ञान अनुसंधान परिषद्। कुछ बड़े-बड़े विभाग हैं, यथा भारतीय भूगर्भीय सर्वेक्षण, वनस्पति सर्वेक्षण, प्राणिविज्ञान सर्वेक्षण, भारतीय मौसम विभाग, सर्वे ऑफ इंडिया तथा मंत्रालय में अनेक प्रयोगशालाएँ तथा संस्थान एवं कुछ स्वतंत्र अनुसंधान प्रयोगशालाएँ यथा बोस रिसर्च इंस्टीट्यूट, इंडियन एसोसिएशन फॉर द कल्टीवेशन ऑफ सांइस, जिससे रामन, साहा तथा कृष्णन के नाम जुड़े हैं। हमारी वैज्ञानिक तथा प्रौद्योगिकी जनशक्ति यूनाइटेड किंगडम, फ्रांस या जर्मनी के समतुल्य है। केवल अनुसंधान तथा विकास पर हमारा प्रतिवर्ष 2150 करोड़ रुपए का व्यय है। इस तरह हमने देश में अनुसंधान तथा विकास की बहुत बड़ी अवसंरचना खड़ी कर ली है।

हाल के वर्षों में प्रधानमंत्री ने अपने कई भाषणों में चिंता जताई है कि निवेश की तुलना में लाभ नहीं हो रहा है। उन्होंने चेतावनी दे डाली है कि भारत में विज्ञान पीछे सरक रहा है। हमें बैठकर यह प्रश्न करना चाहिए, "यह सब कैसे और क्यों हुआ है?"

वैज्ञानिक लाभ का मापदंड क्या हो? मैंने गत दिसंबर मास में मुंबई में रिसर्च ऐंड डेवलपमेंट इन इंडस्ट्री के एक सम्मेलन का उद्घाटन करते हुए कहा था कि वैज्ञानिक तथा प्रौद्योगिकी की अनुसंधान निवेश/निर्गत संकल्पनाएँ परीक्षणीय (amenable) नहीं हैं, जो औद्योगिक उत्पादन पर लागू होती हैं, फिर भी प्रयासों के प्रभाव को आँका जा सकता है।

जिन कुछ बुनियादी प्रश्नों को हमें स्वयं से पूछना चाहिए और जिनमें से कुछेक को मैंने 1968 में बनारस में संपन्न साइंस कांग्रेस में उठाया था, वे हैं—हम विज्ञान में भारी निवेश क्यों कर रहे हैं, क्या हमें कुछ आशाएँ हैं? यदि हाँ तो वे क्या हैं और क्या हम जिन

परिस्थितियों एवं तत्त्वों के अंतर्गत कार्य कर रहे हैं, वे आशाएँ ठीक से आधारित हैं, मेरी निजी अनुभूति है कि हमने राष्ट्रीय स्तर पर इन प्रश्नों को उठाया ही नहीं, उन पर बहस करना तथा राष्ट्रीय रणनीति विकसित करना तो दूर रहा। इन प्रश्नों के उठाने तक को कुछ लोगों ने गैर-प्रगतिशील माना है।

इधर भारत में वैज्ञानिक संगठनों के ढाँचागत सुधार के विषय में रस लेना और बातें करना फैशन बन चुका है। राजनीतिक नेतृत्व तथा उदीयमान वैज्ञानिक नेतृत्व, दोनों ही इसी ओर खिंचते नजर आते हैं। मेरा अपना मत है कि देश में जैसी परिस्थितियाँ हैं, उनमें राष्ट्रीय प्रयोगशालाओं में कार्यरत युवा वैज्ञानिकों तथा अनुसंधानकर्ताओं ने प्रशंसनीय कार्य किया है और हमें इसे मानना होगा। इसके पीछे तर्क यह प्रतीत होता है कि विकेंद्रीकरण की कमी उपलब्धियों में आड़े आई है। यह भी कल्पना ही है, जो सिद्ध नहीं की जा सकी और यह प्रथम कल्पना की पूरक प्रतीत होगी, किंतु वह विकेंद्रीकरण क्या है और इससे अनुसंधान किस तरह बाधित हुआ है, उसे स्थापित करने का कोई गंभीर प्रयास नहीं हुआ। भारत में कुछ विषयों पर वस्तुपरक दृष्टिकोण का अभाव है, जबकि विज्ञान का आधार ही वस्तुपरक सोच है। मैं नहीं सोचता कि राष्ट्रीय प्रयोगशालाएँ असफल रही हैं, यद्यपि गुपचुप अभियानों द्वारा जनता के मन में ऐसा ही दुर्भाग्यपूर्ण प्रभाव उत्पन्न किया गया है। यह स्पष्ट नहीं है कि कौन से मानदंड अपनाए गए हैं, जिन्होंने ये मानदंड निर्धारित किए और वे कितने विश्वसनीय थे?

महत्त्वपूर्ण बात यह है कि संरचनात्मक पुनर्गठन, विकेंद्रीकरण के विषय में सामान्य बातें न करके हम उनकी विषयवस्तु के बारे में विस्तार से बातें करें। सामान्य कल्पनाओं तथा अफवाहों पर आधारित जल्दबाजी में उठाया गया कोई भी कदम ऐसी स्थिति उत्पन्न कर सकता है, जहाँ उत्तरदायित्व सौंपे गए व्यक्तियों की जवाबदेही सुस्त पड़ जाएगी।

प्राय: ऐसा कहा जाता है कि अनुसंधान प्रयोगशालाओं को कार्य करने की स्वायत्तता मिलनी चाहिए, परंतु पहले से भोगी जा रही स्वायत्तता की परीक्षा करने के कोई प्रयास नहीं हुए और यदि स्वायत्तता का अभाव है तो किसलिए और किसके लिए? स्वायत्तता की माँग विषयक सारी चर्चाओं में जवाबदेही के प्रति संवेदनहीनता के प्रति आश्वस्त होने के न्यूनाधिक खुले प्रयास हुए हैं।

युवा अनुसंधान विज्ञानी, जो प्रयोगशाला में लगन से कार्य करता है, वह किसी वैज्ञानिक अनुसंधान संगठन की रीढ़ होता है। सामान्यत: यही व्यक्ति महत्त्वपूर्ण खोजें करता है और उसे ही बौद्धिक कार्य करने की स्वायत्तता चाहिए। क्या हमने पता लगाया कि उसे यह स्वतंत्रता प्राप्त है?

जरा अनुसंधान प्रयोगशालाओं में स्वायत्तता की तुलना विश्वविद्यालयों से करें। हम सभी इच्छुक हैं कि हमारे विश्वविद्यालयों की स्वायत्तता सुरक्षित रहे, फिर भी

विश्वविद्यालय के प्रोफेसर, यहाँ तक कि उपकुलपति भी प्रयोगशालाओं के निदेशकों द्वारा भोग्य शक्ति का एक अंश भी नहीं भोग पाते। मैं यह बात निदेशक के रूप में तथा एक विश्वविद्यालय की कार्यकारिणी समिति के सदस्य के रूप में अपने दीर्घकालीन अनुभव से कहता हूँ। छोटी-छोटी चीजों के लिए उन्हें सभी प्रकार के नियंत्रणों से होकर गुजरना पड़ता है। कोई यह क्यों नहीं देख पाता कि कितने और विश्वविद्यालय, जो कि ऐसे आगार हैं, जहाँ से सारी प्रयोगशालाएँ अपने वैज्ञानिकों को लेती हैं, उनमें कैसा हताशापूर्ण वातावरण पाया जाता है?

जैसा कि मैं अपने साइंस कांग्रेस संबोधन में उल्लेख कर चुका हूँ कि कार्यरत अनुसंधान वैज्ञानिक की आवश्यकताओं की बुद्धिमत्तापूर्ण समीक्षा की जाए, क्योंकि उसी व्यक्ति की उपेक्षा की जा रही है। उसके दृष्टिकोण के अलावा सारे दृष्टिकोण अत्यंत मुखर होकर सामने आते हैं, विशेषतया उनके, जो उच्च पदों पर हैं। मेरे मत से प्रयोगशाला के भीतर कार्यशैली को एक विस्तृत औपचारिक कमेटी संरचना द्वारा लोकतांत्रिक बनाने के प्रस्ताव अनुसंधान के मार्ग में गंभीरतापूर्वक आड़े आते हैं। यदि जो भी रिपोर्ट किया गया है, वह सच है तो फिर प्रत्येक प्रयोगशाला में दर्जनों कमेटियाँ होंगी। इससे निर्णय लेने की प्रक्रिया में वैज्ञानिकों की भागीदारी सुनिश्चित होगी, पर तमाम कमेटियाँ नियुक्त करके इस प्रक्रिया को औपचारिक बनाने की आवश्यकता मुझे नहीं दिखती। प्रयोगशाला के अध्यक्ष को निर्णय लेने के पूर्व अपने संगठन के भीतर या बाहर की सलाह लेने पर कोई रोक नहीं है, किंतु कमेटियाँ बनाना, कार्यक्रम तैयार करना, विचार-विमर्श करने तथा काररवाई की तैयारी में अनुसंधान वैज्ञानिकों का समय बरबाद करना तथा कागजी काररवाई में अधिक व्यस्तता ऐसी बातें हैं, जो सर्वाधिक उत्पादक नहीं हो सकतीं।

प्राय: यह कहा जाता है कि राष्ट्र के रूप में हम संस्थानिक ढाँचे की कल्पना करने और उसे सूत्रबद्ध करने में सिद्धहस्त हैं, किंतु हमारा निष्पादन अत्यधिक प्रभावोत्पादक नहीं है। जहाँ तक सी.एस.आई.आर. की बात है, उसकी एक समिति होगी, एक शासी निकाय होगा, प्रयोगशाला के समूह के लिए निदेशकों की परिषद् होगी, कार्यकारी समितियाँ होंगी और तब अनेक सलाहकार समितियाँ होंगी। कम-से-कम एक दर्जन समितियों तथा परिषदों की एवं आधा दर्जन समिति संरचना के स्तरों की संस्तुतियाँ की जा चुकी हैं। समितियों में गुणन होने की लालसा होती है। एन.सी.एस.टी. जैसी उच्च शक्ति प्राप्त संहत समिति के पास समूचे विज्ञान तथा प्रौद्योगिकी क्षेत्र की देखभाल के लिए समय नहीं रहेगा, अत: आसानी से यह कल्पना की जा सकती है कि तमाम पैनेल समूह, उपसमूह तथा उपसमितियों की नियुक्ति की जाएगी। इन नीति निर्णायक निकायों, कार्यकारी निकायों तथा सलाहकार निकायों में कौन लोग होंगे, क्या इसमें वे वैज्ञानिक होंगे, जो प्रयोगशालाओं में कार्यरत हैं? यदि ऐसा है तो क्या यह राष्ट्रीय बरबादी नहीं है कि उनका

काफी समय समिति के कार्यों में खर्च होगा? इसके विपरीत यदि वे प्रयोगशाला में काम कर रहे वैज्ञानिक नहीं होंगे अपितु प्रबंधन विशेषज्ञ होंगे, जो वैज्ञानिकों के बीच में संपर्क अफसरों, व्यवस्थापकों, प्रशासकों और विज्ञान के योजनाकारों के रूप में प्रवेश कर गए हैं तो युवा अनुसंधान वैज्ञानिकों के हितवाले मामलों पर चर्चा करने और निर्णय करने की दक्षता तथा मताधिकार क्या होगा? न केवल उनका ज्ञान पुराना होगा, अपितु अनुसंधान वैज्ञानिकों की आवश्यकताओं तथा उनके विचारों, क्षमताओं तथा आकांक्षाओं को समझने की उनकी सोच भी पुरानी होगी।

युवा वैज्ञानिक के कॅरियर को बिगाड़ने का निश्चित तरीका है कि उसे दर्जनों समितियों में लगा दीजिए। चर्चा करनेवाले व्यक्ति को पा लेना आसान है, किंतु खोजी व्यक्ति, ईजाद करनेवाले व्यक्ति को या खोजी व्यक्ति को पा लेना कठिन है। खोज तथा ईजादवाले व्यक्ति द्वारा ही विज्ञान तथा प्रौद्योगिकी आगे बढ़ेगी, न कि चर्चा करनेवाले व्यक्तियों के समूह द्वारा जिनकी संख्या द्विगुणित हो रही है। हो सकता है कि इसी तरह से कई प्रतिभावान व्यक्ति अपना वैज्ञानिक कॅरियर नष्ट कर चुके हों। फ्रांस के पतन के तुरंत बाद एक श्रमजीवी लेखक ने पुस्तक लिखी, 'द फाल ऑफ फ्रांस' (फ्रांस का पतन) और उसने समितियों के बारे में इस प्रकार लिखा, "समिति निष्क्रियता छिपाने की सर्वोत्तम युक्ति है।" पूर्व शिक्षा मंत्री श्री एम.सी. चागला ने कार्यभार सँभालते ही तमाम समितियों को ऐसे ही नहीं भंग कर दिया था। उससे कोई हानि नहीं हुई, बल्कि चीजें सुधर गईं और निर्णय तेजी से होने लगे।

बौद्धिक आकांक्षी युवा सदैव प्रसिद्धिप्राप्त नेताओं के पीछे दौड़ेंगे, संरचनात्मक व्यक्ति उनके आकर्षण बिंदु नहीं होंगे। बुद्धिजीवी बुद्धिजीवियों की ओर ही जाते हैं। बौद्धिक नेतृत्व के लिए कमेटियाँ तथा आयोग कोई विकल्प नहीं होते। 'गुणवत्ता के संकट' ने विश्वास का संकट, अनुशासन का संकट तथा उपलब्धि का संकट उत्पन्न किया है। कागज पर ऐसा प्रतीत हो सकता है कि युवावर्ग को सम्मिलित किया जा रहा है, किंतु वास्तविकता यह है कि वे दूर किए जा रहे हैं। फारसी में कहावत है, "सवाल कुछ है, किंतु उसका उत्तर कुछ है।" (सवाल दीगर, जवाब दीगर)। गुणवत्ता का यह संकट दृढसंकल्प तथा साहसिक कदम उठाकर दूर किया जा सकेगा, प्रवंचनापूर्ण कदम उठाने से नहीं, चाहे वे कितने ही लोकतांत्रिक तथा लुभावने क्यों न हों।

यदि वैज्ञानिकों की संख्या तथा प्रकाशनों की संख्या देखी जाए तो भारत में विज्ञान की वृद्धि अति तीव्र रही है, किंतु इसमें संदेह है कि गुणवत्ता के अनुसार संगत वृद्धि हुई है। इसका एक कारण है विज्ञान पर राजनीतिज्ञों का धावा। वांछित तो यह था कि राजनीति में कुछ विज्ञान होता और पंडित नेहरू ने इसी का प्रयास किया था, किंतु हमें जो मिला, वह है विज्ञान में राजनीति। विज्ञान तथा प्रौद्योगिकी मंत्री ने हमें हाल ही में यह कहा है

कि भारतीय विज्ञान में अत्यधिक राजनीति समाई है। यहाँ तक कि हमने राजनीति की शब्दावली (पदावली) भी उधार ले ली है। जब सी.एस.आई.आर. में मेरे उत्तराधिकारी की नियुक्ति हुई तो समाचार-पत्र में जो रिपोर्ट छपी, मानो महानिदेशक नहीं, अपितु 'विपक्ष का नेता' नियुक्त हुआ हो।

तमाम कमेटियों, आयोगों तथा गोष्ठियों का ताँता लगने से यह पता नहीं चल पाता है कि व्यक्ति का क्या लक्ष्य है। हमारी पहली चिंता ऐसी परिस्थितियाँ उत्पन्न करना होना चाहिए, जिससे हमारे युवा वैज्ञानिकों में सर्जनात्मक भावना विकसित हो सके। जहाँ तक उनकी संलिप्तता का प्रश्न है, यह संलिप्त करानेवाले तथा संलिप्त होनेवाले की गुणवत्ता पर निर्भर करता है, न कि संलिप्त करनेवाली क्रियाविधि पर, जो वैज्ञानिक की आवाज सुनने देगी। तब ऐसी कोई कमेटी नहीं थी, जिसके माध्यम से युवा भगवंतम या युवा कोठारी की आवाज को रामन या साहा तक प्रेषित किया जा सकता। कमेटी बनाकर विज्ञान के नेता उत्पन्न नहीं किए जा सकते। योग्यता तथा लगनेवाले व्यक्तियों को उच्च पदों पर न बैठा पाने की विफलता की कमेटियों तथा आयोगों से सुधारा नहीं जा सकता। कमेटियाँ प्रसिद्धि या विशेषज्ञता का स्थान नहीं ले सकतीं। कमेटियों ने न तो पेनिसिलीन की खोज की, न ही राडार का आविष्कार किया। यह तो बौद्धिक संलिप्तता (लगन) है, जो शोध अनुसंधान वैज्ञानिक को उसका श्रेय दिलाएगी, न कि संरचनात्मक संलिप्तता। वस्तुतः उपलब्धि संपन्न नेता ही प्रयोगशाला परिवेश और उपलब्धि का परिवेश तैयार करता है।

प्राय: जो प्रश्न उठाया जाता है, वह विभिन्न कार्यकलापों हेतु प्राथमिकता तय करने तथा फंड विनिधान (allocation) करने का होता है, 'राष्ट्रीय विज्ञान फंड' में से किसको कितना अंश मिलेगा, हर कोई अधिक-से-अधिक चाहता है और हो सके तो उससे कुछ और, और इसमें हर्ज क्या है? हम विज्ञान तथा प्रौद्योगिकी से अगले 10 या 20 वर्षों में क्या आशा करते हैं? इसे समझना आवश्यक है, जिससे बाद में हताशा तथा प्रत्यारोप से बचा जा सके, किंतु हमारे देश में, जहाँ सीमित संसाधन हों, वहाँ यह प्रश्न पूछना चाहिए और तय करना होगा कि क्या हमें अपने गाँवों को स्वच्छ जल तथा न्यूनतम स्वच्छता-परिस्थितियाँ प्रदान करना आवश्यक है या अंतरिक्ष अनुसंधान करना, जिस तरह कि विश्व भर में वैज्ञानिक यह पूछ रहे हैं कि विश्व के करोड़ों भूखे लोगों को खिलाना आवश्यक है कि चंद्रमा पर विचरण करना।

सरकार के अधीन संगठनों की वृद्धि से विकास कार्यकलापों की मुख्य धारा से विश्वविद्यालय अलग-थलग पड़ गए हैं, जबकि उनकी संलिप्तता अधिक होनी चाहिए थी। ऐसे वातावरण में, जब युवा वैज्ञानिक विश्वविद्यालय छोड़ता है, तो पर्याप्त ज्ञान होने के बावजूद यह नहीं जानता कि इस ज्ञान का प्रयोग एवं सम्प्रयोग कहाँ किया जाए। इससे

जो अकुलाहट उत्पन्न होती है, वह हर एक को ज्ञात है, किंतु इसके पीछे अलग-थलग पड़ने का वातावरण है, जो इतने वर्षों से उत्पन्न हुआ है। फंड वितरण करने में सरकारी एजेंसियों का जो व्यापक संरक्षण है और जिन अभाव की स्थितियों में विश्वविद्यालय कार्य करते हैं, वह वैसा ही है, जैसा धनी व्यक्ति से निर्धन का संबंध। विदेशी मुद्रा आवंटन (allocation) के संबंध में कुछ वर्ष पूर्व प्रो. पी.सी. महालनोबिस ने जो अनुमान लगाया था, उसके अनुसार विश्वविद्यालयों को आवश्यक उपकरण तथा पुर्जे आयात करने के लिए 10 प्रतिशत से अधिक आंवटन नहीं है, जबकि सरकारी अनुसंधान एजेंसियाँ लगभग 90 प्रतिशत खर्च कर डालती हैं। इससे श्रेष्ठता-कनिष्ठता का भाव उदय हुआ है, जिसका वैज्ञानिक उपलब्धियों से कोई सरोकार नहीं है। सरकारी एजेंसियों के प्रायोजकों ने ऐसा कभी नहीं चाहा था या सोचा था, किंतु ऐसा हुआ है।

मैं जानता हूँ कि इस भाषण को तैयार करने में मैंने भारत में विज्ञान तथा प्रौद्योगिकी के कुछ ही पक्षों पर विस्तार से नजर डाली है। जहाँ तक सी.एस.आई.आर. की बात है, मैंने अवकाश ग्रहण करने के बाद कुछ चीजों पर टीका-टिप्पणी की है, किंतु मैं बताना चाहूँगा कि पद पर रहते हुए भी मैंने इन बातों का बारंबार उल्लेख किया है। मैंने तमाम मुद्दे उठाए हैं और तमाम प्रश्न पूछे हैं। मेरा अंतिम प्रश्न है कि ये सब चीजें क्यों हो रही हैं और क्या इस मामले में, जो देश में विज्ञान के लिए इतना महत्त्वपूर्ण है, विज्ञान समुदाय की कोई जिम्मेदारी है ? अपने बेंगलुरू के भाषण में मैं वैज्ञानिक समुदाय को उन परिणामों से आगाह भी कर चुका हूँ, जो प्रतिफलित होनेवाले हैं। यदि मैं यह कहूँ कि ये घटनाएँ देश के सक्रिय वैज्ञानिकों के मध्य वैज्ञानिक जनमत के अभाव के कारण हैं तो शायद मैं एक अति जटिल स्थिति को अति सरलीकरण करता प्रतीत होता। मैं उल्लेख कर चुका हूँ कि विज्ञान के संगठन तथा उसे सँवारने में अत्यधिक व्यस्तता से निष्प्रभावी अनुसंधान संगठनों का जन्म हो सकता है। पुनर्गठन का कोई अंत नहीं। यह कार्य एक सौ एक भिन्न-भिन्न तरीकों से किया जा सकता है। अंततोगत्वा संरचनात्मक पुनर्गठन का महत्त्व नहीं रहता, किंतु एक विशाल संगठन में व्यक्तियों तथा व्यक्तियों के समूह के लिए कार्यों का स्पष्ट निरूपण तथा उत्तरदायित्व और जवाबदेही के लिए अधिकार का अवक्रम (उलटा विकास) महत्त्वपूर्ण है।

एक बात मेरे मन में बार-बार आती है, जिसे मैं कुछ समय पूर्व कह चुका हूँ और वह है **वैज्ञानिक जनमत की** आवश्यकता। जब तक हमारे देश के विश्वविद्यालयों, सरकारी या अर्ध सरकारी अनुसंधान प्रयोगशालाओं में अनुसंधान कार्य कर रहे वैज्ञानिकों का समुदाय समस्याओं से अवगत नहीं होता और ठोस जनमत तैयार नहीं करता, जिसमें नेतृत्व, चाहे राजनीतिक हो या वैज्ञानिक, ऐसे जनमत के अनुकूल कार्य नहीं करता, तब तक मुझे सही निर्णय लिये जाने की संभावना नहीं दिखती। उदाहरणार्थ यदि इस देश में

वैज्ञानिकों के बीच जनमत का वातावरण हो तो राजनीतिक नेतृत्व मेरे द्वारा उल्लिखित विषयों में स्वयं कोई नहीं निर्णय ले पाता। जनमत ऐसा होना चाहिए कि राजनीतिक स्तर पर यादृच्छिक निर्णय लेने की गुंजाइश ही न रहे। मुझे संदेह है कि मैं देश में स्वस्थ वैज्ञानिक जनमत बनाने की आवश्यकता के बारे में आपको समझा पाया हूँ। दुर्भाग्यवश हमारे यहाँ नेचर (Nature) जैसी प्रभावशाली कोई शोध पत्रिका (जर्नल) नहीं है, जो यूनाइटेड किंगडम में वैज्ञानिक जनमत को प्रतिबिंबित करती है या जैसी यू.एस.ए. में साइंस (Science) है। हमारी कुछ शोध पत्रिकाएँ इस दिशा में प्रशंसनीय प्रयास करती रही हैं, किंतु उनका प्रभाव अधिक नहीं है। **हमारी वैज्ञानिक सोसाइटियों को अभी भी प्रभावी मंच बनना शेष है।** सरकार तथा सरकारी संस्थानों की शक्ति तथा संरक्षण ऐसे हैं कि वरिष्ठ वैज्ञानिक भी, कुछ को छोड़कर स्वतंत्र वैज्ञानिक राय व्यक्त करने में हिचकते हैं। व्यक्तियों को ऐसा करने में कठिनाई होने को मैं समझता हूँ, किंतु सोसाइटियों को समग्र रूप से विज्ञान से संबद्ध मामलों में स्वतंत्र वैज्ञानिक राय व्यक्त करनी चाहिए। आज भारत में पूर्वग्रहमुक्त वैज्ञानिक मत की पहले से भी ज्यादा आवश्यकता है।

तो वैज्ञानिक सलाह के लिए किसके पास जाएँ? स्पष्टत: वैज्ञानिक एकेडमियों, इंजीनियरिंग एकेडमियों या संस्थानों तथा अन्य वृत्तिक सोसाइटियों के पास। इनसे ही सरकार देश में वैज्ञानिक तथा प्रौद्योगिकीय समुदाय की आवाज प्राप्त कर सकती है। अभी तक उन्हें विभिन्न तर्कों के आधार पर विलग रखा जाता रहा है, कभी तो उनके सदस्यों द्वारा ही व्यर्थ की संस्थाएँ कहकर मजाक उड़ाया गया। यह अत्यंत खेदजनक है कि सरकार तथा जनता, दोनों ने सोसाइटियों के इस अवांछित निरादर को चुपचाप स्वीकार किया है और उनकी उपेक्षा की है। यदि तथ्यों को ठीक से ज्ञात किया गया होता और विश्लेषण किया जाता तो सरकार तथा जनता, दोनों ही इस तरह के कुत्सित विचारों का कारण जान जातीं, किंतु लगता है कि हम तथ्यों की उपेक्षा करने लगे हैं। सरकार को चाहिए कि **वह वैज्ञानिक सोसाइटियों से सामयिक मामलों में परामर्श ले।**

जनमत लोकतंत्र की शक्ति है। अब विज्ञान विकास का सामाजिक, आर्थिक तथा सांस्कृतिक विकास का सशक्त साधन है। यदि एकेडमियाँ इस वैध कार्य को नहीं निभातीं तो वे विज्ञान तथा राष्ट्र की सेवा करने का महान् अवसर हाथ से निकाल देंगी। उन्हें केवल शैक्षिक नहीं बने रहना है। मैं युवा आंध्र प्रदेश अकादमी ऑफ साइंस से अपील करूँगा कि इस गंभीर समस्या पर पूरे जोश से अपना कर्तव्य निर्वहन करे।

□

9
विज्ञान नीति

बीसवीं सदी के प्रारंभकाल तक विज्ञान ऐसी गतिविधि थी, जिससे सरकारों का प्रत्यक्ष सरोकार न था। विज्ञान का कार्य सरकारी सहायता के बिना चलाया जाता था। इसे सरकार की विशेष जिम्मेदारी नहीं माना जाता था। कभी-कभी, जब राष्ट्रवासी कोई सम्मान पाते तो राष्ट्रीय उल्लास दिखता था। प्रथम विश्वयुद्ध के अनुभव से यह स्पष्ट हो गया था कि जर्मनी की औद्योगिक श्रेष्ठता ने, जिसका प्रबल विज्ञान आधार था, मित्र देशों में यह अनुभूति जगाई कि वैज्ञानिकों के प्रशिक्षण के लिए तथा अनुसंधान के लिए पर्याप्त सुविधाएँ प्रदान करना सरकार का उत्तरदायित्व है। सोवियतवासियों ने काफी आगे बढ़कर विज्ञान को अपने आर्थिक विकास का और एक तरह से सरकार की कार्यप्रणाली का आधार ही बना लिया। इस तरह से विज्ञान में राज्य की संलिप्तता प्रारंभ हुई।

द्वितीय विश्वयुद्ध के कारण सरकारों की पहले की अपेक्षा और बड़े पैमाने पर संलिप्तता बढ़ी है। युद्ध के पश्चात् संलिप्तता और भी बढ़ी है और हाल के वर्षों में इतनी गहन हुई है कि लोग विदेश नीति, आर्थिक नीति, औद्योगिक नीति के साथ-साथ विज्ञान नीति की बात करते हैं। अब विज्ञान नीति चर्चा का फैशनेबुल विषय बन चुकी है। तमाम संगोष्ठियों तथा सम्मेलनों का आयोजन हो चुका है। OECD ने विज्ञान नीति पर, विशेषतया यूरोपीय देशों में कई अध्ययन कराए हैं।

भारत में द्वितीय विश्वयुद्ध की विवशकारी परिस्थितियों के अंतर्गत सरकार ने विकासशील देशों में औद्योगिक क्षमता को पहचाना। यद्यपि इंडियन इंडस्ट्रियल कमीशन (1916) के बाद इस पर बार-बार बल दिया जाता रहा, किंतु कुछ खास नहीं हुआ। बीस तथा तीस के दशक अति उत्तेजना तथा उपलब्धि के दशक थे और भारतीय वैज्ञानिकों ने विश्व के सर्वश्रेष्ठ वैज्ञानिकों के साथ बौद्धिक समता स्थापित की। राष्ट्रीय विकास में विज्ञान के सम्प्रयोग के क्षेत्र में हम कृतज्ञतापूर्वक महान् वैज्ञानिक राष्ट्रभक्त आचार्य सर प्रफुल्ल चंद्र राय के अग्रणी तथा निःस्वार्थ कार्य का स्मरण करते हैं। वे भारत में आधुनिक रासायनिक अनुसंधान के संस्थापक थे।

1940 में बोर्ड ऑफ साइंटिफिक ऐंड इंडस्ट्रियल रिसर्च की स्थापना शीघ्र ही सृजित इंडस्ट्रियल रिसर्च ब्यूरो ऑफ गवर्नमेंट ऑफ इंडिया को समावेशित करके की गई। अनेक विख्यात वैज्ञानिक इस संगठन की गवर्निंग तथा सलाहकार समितियों से संबद्ध रहे। प्रारंभिक दिनों में काउंसिल की अपनी कोई प्रयोगशाला न थी। बोर्ड की और बाद में काउंसिल की अनुसंधान गतिविधियाँ कलकत्ता में गवर्नमेंट टेस्ट हाउस अलीपुर में और बाद में दिल्ली यूनिवर्सिटी में होने लगीं। इसी अवधि में विशेषीकृत प्रयोगशालाओं को स्थापित करने की आवश्यकता हेतु वैज्ञानिकों ने सरकार पर दबाव डाला। सरकार ने युद्ध के बाद विशिष्ट प्रयोगशालाएँ स्थापित करने के लिए एक करोड़ रुपए नियत करने का वादा किया। भारत सरकार के आमंत्रण पर रॉयल सोसाइटी के सेक्रेटरी प्रोफेसर ए.वी. हिल सरकार को देश में युद्ध पश्चात् विज्ञान के संगठन हेतु सलाह देने के लिए 1943 के अंत में भारत आए। उन्होंने विशिष्ट प्रयोगशालाएँ स्थापित करने की माँग का जोरदार समर्थन किया और विज्ञान के संगठन हेतु अन्य कई संस्तुतियाँ कीं। सी.एस.आई.आर. का पैटर्न यूनाइटेड किंगडम के पूर्व डिपार्टमेंट ऑफ साइंटिफिक ऐंड इंडस्ट्रियल रिसर्च जैसा ही था।

यह महत्त्वपूर्ण बात है कि युद्ध परिस्थितियों के दौरान, यानी बाध्यता एवं असामान्य स्थिति में विज्ञान के लिए समर्थन राज्य की जिम्मेदारी बन गई। युद्धकालीन अनुभव सदैव निर्भर रहने योग्य पथप्रदर्शक नहीं होते, यद्यपि इससे विकासात्मक, संगठनात्मक, सामाजिक तथा अन्य दुर्बलताएँ प्रकट नहीं होतीं, किंतु यह युद्धकालीन विकास तथा युद्ध के दौरान प्राप्त सफलता सदैव पूरी तरह सहायक नहीं रही।

भारत में स्वतंत्रता-परवर्ती विकास

जब नवीन प्रयोगशालाएँ स्थापित करने की योजनाएँ बन रही थीं, तभी देश स्वतंत्र हो गया। यह सौभाग्य की बात थी कि पंडित जवाहरलाल नेहरू जैसा बौद्धिक उपलब्धियोंवाला नेता मिला, जिसे विज्ञान के लिए उत्कंठा थीं और उस पर अटूट श्रद्धा थी। नेहरू ने विज्ञान विषयक अपनी प्रारंभिक घोषणा में यह कहा, "अकेला विज्ञान ही भूख तथा गरीबी, अस्वच्छता तथा अविद्या, अंधविश्वास तथा मृतप्राय रीति-रिवाजों की, बरबाद हो रहे विशाल संसाधनों की तथा भूखे लोगोंवाले धनी देश की समस्या को हल कर सकता है। आज भला विज्ञान की उपेक्षा कौन कर सकेगा? हमें प्रत्येक मोड़ पर इसकी जरूरत पड़ती है। भविष्य विज्ञान का है और उनका है, जो विज्ञान से दोस्ती करते हैं।"

विज्ञान के लिए इससे अधिक सशक्त तर्क और क्या हो सकता है। नेहरू को जल्दी थी। वे भारत को तेजी से विकसित करना चाहते थे। वे परिणाम चाहते थे। उन्होंने कहा, "मुझे विलंबों के लिए बहानों में रुचि नहीं है। मैं तो चीजों को पूरी होते देखना चाहता हूँ।"

परमाणु ऊर्जा विभाग की स्थापना के तुरंत बाद डिफेंस रिसर्च ऐंड डेवलपमेंट

ऑर्गनाइजेशन की स्थापना हुई। तत्कालीन इंडियन कौंसिल ऑफ एग्रिकल्चरल रिसर्च तथा मेडिकल रिसर्च का विस्तार हुआ। नए विश्वविद्यालय, प्रौद्योगिकी संस्थान, इंजीनियरिंग कॉलेज तथा मेडिकल (आयुर्विज्ञान) संस्थान स्थापित किए गए।

संप्रति लगभग 80 विश्वविद्यालय हैं और अधिकांश में विज्ञान विभाग हैं। कुल 5 प्रौद्योगिकी संस्थान तथा 120 से अधिक इंजीनियरिंग कॉलेज है। देश में पाँच प्रमुख अनुसंधान एजेंसियाँ हैं—यथा परमाणु ऊर्जा विभाग, वैज्ञानिक तथा औद्योगिक अनुसंधान परिषद् (CSIR), रक्षा अनुसंधान तथा विकास संगठन (DRDO), भारतीय कृषि अनुसंधान परिषद् (ICAR) तथा भारतीय आयुर्विज्ञान अनुसंधान परिषद् (ICMR), जिनके अधीन 100 से अधिक अनुसंधान प्रयोगशालाएँ हैं और वे अनुदान द्वारा तमाम संगठनों की सहायता करती हैं। फिर कुछ बड़े-बड़े विभाग हैं, यथा भारतीय भूगर्भ सर्वेक्षण (GSI) तथा संचार मंत्रालय, रेलवे मंत्रालय, पेट्रोलियम मंत्रालय, इस्पात मंत्रालय आदि। इन में तमाम प्रयोगशालाएँ एवं संस्थान हैं। कुछ स्वतंत्र प्रयोगशालाएँ भी हैं—यथा बोस अनुसंधान संस्थान, कलकत्ता तथा कलकत्ता स्थित इंडियन एसोसिएशन फॉर द कल्टीवेशन ऑफ साइंस। कई राष्ट्रीय स्तर के संस्थान हैं, जिनको विश्वविद्यालय का दरजा मिला है। उदाहरणार्थ कलकत्ता स्थित भारतीय सांख्यिकीय संस्थान, अखिल भारतीय आयुर्विज्ञान संस्थान, दिल्ली तथा भारतीय विज्ञान संस्थान, बैंगलौर। हमारे यहाँ के प्रशिक्षित वैज्ञानिक तथा प्रौद्योगिकी से जुड़े व्यक्तियों की संख्या यूनाइटेड किंगडम, फ्रांस या जर्मनी से अधिक है। इस तरह हमने अपने देश में अनुसंधान तथा विकास की काफी बड़ी अवसंरचना तैयार कर ली है।

भारत में विज्ञान के लिए जो उत्साह है, वह अभूतपूर्व है। चाहे जितने तनाव रहे हों, चाहे आर्थिक या अन्य हों, निरंतर प्रबुद्ध नेतृत्व के अंतर्गत इन वर्षों में सरकार द्वारा विज्ञान के लिए सहायता में क्षीणता नहीं आई। भारतीय वैज्ञानिक कृतज्ञ हैं कि उन्हें इतने वर्षों से मान्यता तथा सहायता प्राप्त होती रही है।

अनुसंधान तथा विकास हेतु विनिधान (Allocation)

सरकार द्वारा विज्ञान के लिए जो सहायता की जाती है, उसका अनुमान इस तथ्य से लगाया जा सकता है कि 1947 में जब देश स्वतंत्र हुआ तो वैज्ञानिक अनुसंधान पर व्यय मुश्किल से एक करोड़ रुपए था, किंतु 1953 में यह 27.6 करोड और 1963 में 40 करोड़ तथा 1970 में 150 करोड़ हो गया।

विज्ञान नीति प्रस्ताव के क्रियान्वयन पर विचार करने हेतु 1963 में योजना आयोग के सदस्य प्रो. पी.सी. महालनोबिस ने जो आँकड़े प्रस्तुत किए थे, उससे विभिन्न सेक्टरों में इस प्रयास का एक अनुमान लगाया जा सकता है। केंद्रीय सरकार द्वारा 1963-64 में कुल

40 करोड़ रुपए का प्रावधान किया गया था, उसमें यह कहा गया था कि सरकारी तथा गैर-सरकारी संगठनों (अधिकांशतया विश्वविद्यालयों) के मध्य 95:5 नहीं तो 90:10 अनुपात तो रहेगा। सरकारी अनुसंधान एजेंसियों में से एक को 40 प्रतिशत, दूसरे को 30 प्रतिशत तथा शेष को 30 प्रतिशत दिया गया। आयुर्विज्ञान अनुसंधान के लिए मात्र 1:2 का प्रावधान था।

1963-1964 में विदेशी मुद्रा की उपलब्धता 4 करोड़ थी, जिसमें से एक संगठन को इसका 53 प्रतिशत, दूसरे को लगभग 30 प्रतिशत और तीसरे को लगभग 17 प्रतिशत मिला। यद्यपि भारतीय मुद्रा के रूप में गैर-सरकारी सगठनों का हिस्सा लगभग 5-10 प्रतिशत था, किंतु विदेशी मुद्रा का यह केवल 1-1.5 प्रतिशत था।

1970-71 में केंद्रीय सरकार के लगभग 150 करोड़ रुपए के विनिधान में से पाँच प्रमुख सरकारी अनुसंधान एजेंसियों को जो राशि मिली, वह परमाणु ऊर्जा को 33 करोड़, सी.एस.आई.आर. को 22.23 करोड़, कृषि अनुसंधान को 19.5 करोड़, रक्षा विज्ञान को 18.81 करोड़ तथा आयुर्विज्ञान अनुसंधान को 2.04 करोड़ थी। इस प्रकार कुल 95.62 करोड़ रुपए दिया गया, जिसे यदि प्रतिशत के रूप में व्यक्त करें तो परमाणु ऊर्जा को 22.8 प्रतिशत, सी.एस.आई.आर. को 15.3 प्रतिशत, आई.सी.ए.आर. को 13.5 प्रतिशत, रक्षा को 13 प्रतिशत, आयुर्विज्ञान अनुसंधान को कुल 6.6 प्रतिशत था। विश्वविद्यालयों में अनुसंधान के लिए 1.8 करोड़ मिला। राज्य सरकारों ने विश्वविद्यालयों पर 12.58 करोड़ रुपए खर्च किए। यह राशि अध्यापन तथा अनुसंधान एवं विकास पर खर्च हुई या किसी अन्य मद में, यह स्पष्ट नहीं है।

यह देखा जा सकता है कि 12 वर्षों में केंद्रीय सरकार द्वारा विनिधान 5-6 गुना बढ़ा है। जहाँ 1958-59 में यह 27.6 करोड़ था, वही 1970-71 में यह 150 करोड़ हो गया है। यदि जीएनपी को जीरो प्रतिशत रूप में देखें तो यह 1958 में 0.23 से बढ़कर 1970 में 0.48 प्रतिशत हो गया।

हो सकता है कि संगठित अनुसंधान प्रयासों में प्रारंभिक दिनों में देश के समग्र आर्थिक विकास से संबद्ध समस्याओं से निपटने के बारे में हमें अधिक समझ न रही हो, किंतु विज्ञान के प्रति सम्मोहन तो था ही। इसे आप रूमानियत कह सकते हैं, किंतु आर्थिक वृद्धि तथा राष्ट्रीय विकास के बिलो में विज्ञान के सम्प्रयोग की हममें सूक्ष्म समझ नहीं थी। दूसरे शब्दों में, अनुसंधान के लिए आवश्यक अवसंरचना उच्च, किंतु अपरिभाषित लक्ष्य को लेकर निर्मित की गई थी।

विज्ञान नीति प्रस्ताव

भारत ने 1958 में ऐतिहासिक विज्ञान नीति प्रस्ताव स्वीकार किया। यह प्रस्ताव विज्ञान

तथा वैज्ञानिकों के प्रति सरकारी मंतव्यों की अभिव्यक्ति की दृष्टि से उल्लेखनीय है। संभवत: भारत पहला देश था, जिसने ऐसा प्रस्ताव स्वीकार किया।

विज्ञान नीति प्रस्ताव इस प्रकार है, "सामान्य रूप में देश के लोगों के लिए वे सारे लाभ प्राप्त करना, जो वैज्ञानिक ज्ञान के अर्जन तथा सम्प्रयोग से प्रादुर्भूत हो सकते हैं।"

विज्ञान तथा प्रौद्योगिकी ने विश्व के सभी भागों में लोगों को अत्यधिक प्रभावित किया है और इसके फलस्वरूप उन्होंने सरकार की आंतरिक तथा अंतरराष्ट्रीय नीतियों तथा संबंधों को प्रभावित किया है। सामान्य लोग विज्ञान को भौतिक लाभों के माध्यम से जानते हैं, जो प्रौद्योगिकी के रूप में इसके सम्प्रयोग से प्राप्त होते हैं, जो औद्योगिकीकरण तथा इसके फलस्वरूप आर्थिक वृद्धि का आधार है। इस प्रस्ताव का लोगों द्वारा स्वागत हुआ, क्योंकि विज्ञान से उन्हें लाभ की आशा थी।

विज्ञान—साध्य और साधन

विज्ञान नीति का अर्थ विभिन्न लोगों के लिए भिन्न-भिन्न है। कोई नीति या रणनीति किसी साध्य, किसी लक्ष्य, किसी उद्देश्य को पूरा करने के लिए होती है। एक विज्ञानी के लिए विज्ञान साध्य है, एक महान् बौद्धिक साध्य है, उत्सुकता शमन करनेवाला साध्य है। यदि किसी वैज्ञानिक से पूछा जाए कि विज्ञान नीति क्या होनी चाहिए, तो संभवत: उत्तर होगा— और अधिक विज्ञान करना और मेरे विचार से वह सही होगा।

यदि किसी गैर-वैज्ञानिक से पूछा जाए तो उसका उत्तर होगा और अधिक आराम तथा उच्चतर जीवन स्तर। मेरे विचार से यह भी ठीक होगा।

लोगों के लिए श्रेष्ठतर जीवन के साधन के रूप में, संपन्नता का संक्षिप्त साधन अधिक प्रासंगिक होगा, अपेक्षा किसी साध्य के। जब कोई व्यक्ति राष्ट्रीय विकास के संदर्भ में विज्ञान पर विचार करता है तो विज्ञान एक साध्य नहीं होता, अपितु साधन होता है, एक सशक्त उपकरण होता है। यदि वह अनेक साध्यों का साधक होता है तो इस बात पर निर्भर करता है कि राष्ट्रीय गतिविधि को कोई क्या मानता है। हमारे जैसे कम विकसित राष्ट्रों के लिए, जहाँ अधिकांश लोगों के जीवन की आधारभूत आवश्यकताएँ पूरी नहीं होतीं, वहाँ अधिक वृद्धि पहली प्राथमिकता होती है। इस आर्थिक पुष्टता से अन्य शक्तियाँ प्राप्त होंगी।

यदि विज्ञान नीति केवल विज्ञान के लिए एक साध्य होती, या अत्यधिक बौद्धिक गतिविधि होती तो सरकार की भूमिका अधिक-से-अधिक एक संरक्षक की होती, जो विज्ञान में कार्य करने हेतु वैज्ञानिकों को सुविधाएँ प्रदान करती, जिस तरह सरकार कविता, कला, संगीत, नाटक तथा अन्य सर्जनात्मक गतिविधियों का संरक्षण करती है। तब विज्ञान नीति की कोई आवश्यकता न रहती, तब वैज्ञानिक जिस क्षेत्र में कार्य करना चाहते, करते। भूतकाल में जब युगनिर्णायक खोजें की गईं, तब कोई भी व्यक्ति विज्ञान-नीति की बात

नहीं कर रहा था। कोई भी व्यक्ति संगीत-नीति, नाटक-नीति, कविता-नीति की बात नहीं करता था। नीति की आवश्यकता इसलिए पड़ी है, क्योंकि विज्ञान से प्रौद्योगिकी, कृषि, औषधि, संचार आदि पुष्ट होते हैं। संक्षेप में वह जीवन स्तर को उठाने में सहायता करता है। इस तरह विज्ञान लोगों के लिए साधन बन रहा है, साध्य नहीं। इसका अर्थ हुआ कि विज्ञान नीति प्रस्ताव के अनुच्छेद-7 के अनुसार विज्ञान नीति की नींव रखना वास्तव में प्रौद्योगिकी नीति की नींव रखना है, जहाँ तक संसाधन विकास का संबंध है, विज्ञान का संवर्धन ज्ञान की पिपासा, यानी जानकारी से होता है।

प्रौद्योगिकी ऐसी जानकारी के लिए उत्कंठा उत्पन्न करती है, जिससे बहुमूल्य एवं उपयोगी परिणाम प्राप्त हों, जिससे आर्थिक वृद्धि हो सके। विज्ञान की परीक्षा उसकी उत्कृष्टता से की जाती है और प्रौद्योगिकी के आर्थिक तथा सामाजिक लाभों से कोई भी व्यक्ति प्रौद्योगिकी का इस्तेमाल इसलिए नहीं करता कि यह सर्वोत्तम है, जब तक आर्थिक रूप से पुरस्कृत करनेवाली न हो।

विज्ञान नीति प्रस्ताव पर चर्चाएँ

विज्ञान नीति प्रस्ताव ने चर्चाओं/विचार-विमर्श के लए उपयोगी आधार प्रदान किया है। वस्तुतः 1958, 1963 तथा 1970 में इस प्रस्ताव के क्रियान्वयन पर विचार करने के लिए वैज्ञानिकों, शिक्षाविदों तथा प्रौद्योगिकीविदों के तीन सम्मेलन हो चुके हैं। ऐसी संकल्पना है कि विज्ञान तथा प्रौद्योगिकी शिक्षा अनुसंधान एवं विकास पर शेष राष्ट्रीय गतिविधियों या आवश्यकता से कटकर विचार किया जा सकता है। यही कारण है कि इन चर्चाओं में सामान्यतया वैज्ञानिक ही भाग लेते रहे हैं। इनमें अर्थशास्त्री, उद्योगपति, सार्वजनिक या प्राइवेट सेवा संगठन आदि भाग नहीं लेते। इसी तरह से औद्योगिक नीति पर चर्चाएँ केवल विनिर्माताओं तथा उद्योग प्रशासकों तक सीमित रहती हैं। यदि विज्ञान साधन है विकास का, तब तो एक-दूसरे के दृष्टिकोण की उचित सराहना से अच्छी समझ प्राप्त की जा सकती है। इसलिए यह अच्छा ही था कि COST द्वारा 1970 में आयोजित वैज्ञानिकों, शिक्षाविदों तथा प्रौद्योगिकीविदों के सम्मेलन में कतिपय उपभोक्ता प्रतिनिधि भी सम्मिलित हुए। इन सम्मेलनों में चर्चाएँ सामान्यतः विज्ञान संगठनों, अनुसंधान तथा विकास, जनशक्ति संसाधनों, कतिपय संगठनात्मक तथा संरचनात्मक पक्षों से संबंधित थीं। वास्तव में क्या क्रियान्वित होने की आशा की जा रही थी, वह स्पष्ट नहीं था। कुछ संगठनों को विज्ञान नीति प्रस्ताव के अस्तित्व का पता भी नहीं था।

विज्ञान तथा प्रौद्योगिकी मामलों पर कैबिनेट को सलाह देने के लिए वैज्ञानिक सलाहकार समिति (SACC) थी। 1968 में इसके स्थान पर विज्ञान तथा प्रौद्योगिकी कमेटी (COST) आ गई। अब इसके स्थान पर विज्ञान तथा प्रौद्योगिकी हेतु राष्ट्रीय कमेटी

(NCST) स्थापित की गई है। प्रथम दो कमेटियाँ कैबिनेट सेक्रेटेरिएट की अंग थीं, किंतु सबसे बादवाली योजना, विज्ञान तथा प्रौद्योगिकी हेतु यूनियन मंत्री के अधीन है। COST के कार्य बहुत ही व्यापक थे। इसके अलावा मंत्रियों का एक स्टैडिंग समूह है, जिसके अध्यक्ष प्रधानमंत्री हैं, जो विज्ञान तथा प्रौद्योगिकी की प्रगति की समीक्षा करता है और नीति का मार्गदर्शन करता है।

देश के विज्ञान के मानदंड का प्रत्यक्ष संबंध उसके विश्वविद्यालयों की संख्या तथा प्रसिद्धि से है। यदि विश्वविद्यालय क्षीण पड़ते हैं तो उनसे उपलब्धियों के उस उच्च मानदंड को बनाए रखने की उम्मीद व्यर्थ है, जो उन्होंने कभी स्थापित किए थे। अब विज्ञान नीति प्रस्ताव को लागू हुए 14 वर्ष हो चुके हैं फिर भी परिणाम लगातार निराशाजनक हैं—मानदंड निम्नतर हुए हैं, विश्वविद्यालयों की प्रतिष्ठा घटी है, छात्रों में अशांति है, प्रतिभा का पलायन हुआ है और इन सबसे जो कुछ और हो सकता है, वह हुआ है। क्षीण विश्वविद्यालय से अंततोगत्वा अल्पविकसित देश में अल्पविकसित विज्ञान होगा, जो न तो विज्ञान तथा प्रौद्योगिकी के लिए हितकर है, न ही कुल मिलाकर राष्ट्रीय विकास की प्रगति के लिए।

मैं पुन: कहना चाहूँगा कि विज्ञान नीति प्रस्ताव विज्ञान के समर्थन हेतु सरकारी मंशा का अति व्यापक कथन है। यह कोई ऐसी रणनीति नहीं, जिसको अभी विकसित किया गया है, अन्यथा इस गंभीर असंतुलन की व्याख्या कैसे की जा सकती है?

अत: हमारी विज्ञान नीति में पहली बात तो यह है कि विश्वविद्यालयों को सुदृढ बनाया जाए। **ये ही वे स्थल हैं, जहाँ 'वैज्ञानिक क्षमताएँ' उत्पन्न की जा सकती हैं।** विज्ञान, जो अनेक साध्यों का प्रौद्योगिक विकास, स्वास्थ्य संचार, परिवहन का साधन है, वह दक्षता के उच्च स्तर पर होगा। अब विश्वविद्यालयों की और अधिक उपेक्षा नहीं होनी चाहिए।

प्रत्येक देश के समक्ष यह कठिन समस्या आती है कि विज्ञान तथा प्रौद्योगिकी पर बजट का कितना अनुपात खर्च किया जाए। कुछ लोगों का सुझाव है कि अल्पविकसित देशों को अपने GNP का कम से 1 प्रतिशत खर्च करना चाहिए। कास्टेसिया (Castasia) सम्मेलन ने भी ऐसा ही किया है। इसके समर्थन में प्रगतिशील देशों के आँकड़े दिए गए हैं। ये आँकड़े मात्र आँकड़े हैं। ये किसी देश विशेष का मार्गदर्शन नहीं कर सकते कि वह कितना खर्च करे। R&D पर खर्च तथा आर्थिक वृद्धि के मध्य कोई सहसंबंध नहीं है। जापान तथा जर्मनी, जो कि R&D पर अपने GNP का लगभग 1.5 प्रतिशत खर्च करते हैं, उन्होंने यू के की अपेक्षा काफी उच्चतर आर्थिक वृद्धि की है, जो लगभग 2.5 प्रतिशत खर्च करते हैं, किंतु जो बात महत्त्वपूर्ण है, वह है देश में अच्छा तथा प्रासंगिक R&D का आधार। सुदृढ R&D और इस क्षमता से प्रबल विश्वविद्यालयों

का सृजन। अनुसंधान में निवेश तथा अर्थ नीति पर प्रभाव संबंधित ही हो, यह आवश्यक नहीं है। विगत 12 वर्षों के दौरान भारत ने जितने प्रतिशत GNP खर्च किया है, वह दुगुना हुआ है, जो कि कुल राशि के रूप में 5 गुने से अधिक है। निस्संदेह पर्याप्त फंड आवश्यक है, किंतु इससे भी अधिक आवश्यक है फंड किसलिए, कितनी निष्पक्षतापूर्वक विनिधानित है और कितनी दक्षता से उपयोग में लाया जाता है।

मैं विज्ञान नीति पर वापस आता हूँ। यदि विज्ञान का अर्थ कोई साध्य है और साध्य तो अनेक हो सकते हैं यथा अधिक तेज औद्योगिक विकास, श्रेष्ठतर परिवहन, श्रेष्ठतर स्वास्थ्य, यहाँ तक कि विधिक विज्ञान (Forensic Science) जो गृह मंत्रालयों तथा विभागों के लिए साध्य है तो इतने साध्यों के लिए क्या कोई एक विज्ञान नीति हो सकती है? क्या एक ही विज्ञान नीति हो या कई नीतियाँ हों? जैसा कि एक विख्यात विज्ञानी ने कहा है कि श्रेष्ठतर शिक्षा के लिए शुद्ध विज्ञान भी साध्य है और शुद्ध अनुसंधान के लिए, अधिक फंड की वकालत के लिए यह एक तर्क है।

मैंने साइंस कांग्रेस के वाराणसी सम्मेलन के अपने अध्यक्षीय भाषण में एक प्रश्न उठाया था। आखिर हम वैज्ञानिक तथा प्रौद्योगिकीय अनुसंधान में पर्याप्त निवेश क्यों कर रहे हैं, हम वैज्ञानिक प्रयासों को अधिकाधिक प्रोत्साहन क्यों दे रहे हैं? वैज्ञानिकों को चाहिए कि वे समझें कि सरकार के हित तथा विज्ञान के लिए सहायता बढ़ने में लोगों का हित उन भौतिक लाभों के लिए हैं जो विज्ञान से मिलते हैं, न कि वह स्वयं विज्ञान के लिए है अर्थात् विज्ञान साधन के रूप में है, साध्य रूप में नहीं। साधन के रूप में राजनीतिक स्तर पर निर्णय होना है—किस साध्य के लिए साधन-उद्योग, स्वास्थ्य, शिक्षा संचार आदि।

मेरे विचार से समग्र राष्ट्रीय नीति के रूप में विज्ञान तथा प्रौद्योगिकी से संबद्ध आधारभूत रणनीति सर्वोच्च संभव स्तर पर वैज्ञानिक तथा प्रौद्योगिकीय क्षमता तथा कुशलता को बनाए रखना है, जिसका लक्ष्य भारत के लोगों को विज्ञान तथा प्रौद्योगिकी के लाभों के प्रति आश्वस्त करना है। इसका अर्थ है **विश्वविद्यालयों को सशक्त बनाना**, उन्हें क्षीण करना नहीं, जैसा कि होता आया है। समयाभाव के कारण मैं अन्य संबद्ध प्रश्नों पर विचार नहीं कर पाया, यथा फंडों का विनिधान कैसे किया जाए, किस स्तर पर प्राथमिकताएँ स्थिर की जाएँ, आदि-आदि। विज्ञान तथा प्रौद्योगिकी के लिए रणनीति के ये सारे पक्ष हैं। शायद विज्ञान नीति उपयुक्त शब्द नहीं होगा। इसका प्रयोग होता है, क्योंकि विज्ञान शब्द लोकप्रिय है। वास्तव में यह विज्ञान के सम्प्रयोग हेतु नीति है, विज्ञान एक साधन के रूप में है। मैं कुछ समय से प्रौद्योगिकीय नीति पर वक्तव्य के लिए वकालत करता रहा हूँ और विज्ञान नीति के प्रश्न के समय इसकी आवश्यकता दोहराना चाहूँगा।

□

10

जन समुदाय के लिए विज्ञान

श्री जवाहरलाल नेहरू के नेतृत्व में स्वतंत्र भारत की सरकार ने राष्ट्र के विकास में विज्ञान और प्रौद्योगिकी की महत्त्वपूर्ण भूमिका को ध्यान में रखते हुए इन्हें योजनाओं में उचित प्रतिष्ठा प्रदान की। विज्ञान शिक्षा और अनुसंधान पर विशेष ध्यान दिया गया। विज्ञान में शासन की रुचि भारत की संसद् द्वारा 1958 में पारित किए गए विज्ञान नीति प्रस्ताव में अभिव्यक्त हुई। विज्ञान और प्रौद्योगिकी के एक विशाल ढाँचे का निर्माण हुआ है। आज देश में केंद्र सरकार की अनेक शोध एजेंसियाँ, जैसे सी.एस.आई.आर, आई.सी.ए.आर, आई.सी.एम.आर, डी.आर.डी.ओ, परमाणु ऊर्जा, अंतरिक्ष, इलेक्ट्रॉनिक्स, भारतीय मौसम विज्ञान विभाग, जी.एस.आई, भारतीय सर्वेक्षण, भारतीय प्राणि विज्ञान, वनस्पति विज्ञान, मानव विज्ञान सर्वेक्षण आदि सौ से अधिक विश्वविद्यालय, पाँच भारतीय प्रौद्योगिकी संस्थान, राष्ट्रीय महत्त्व के कई संस्थान, लगभग सौ इंजीनियरिंग कॉलेज, केंद्रों के अतिरिक्त कई निजी वैज्ञानिक अनुसंधान संस्थान हैं। **भारत के पास आज अमेरिका और रूस के बाद विश्व में तीसरा सबसे बड़ा विज्ञान एवं प्रौद्योगिकी में कुशल मानव संसाधन है।**

राष्ट्रीय स्तर पर दबावों के होते हुए भी विज्ञान के प्रति शासन का सहयोग उदार बना रहा है। अनुसंधान और विकास के लिए सरकारी राशि 1958 में 27 करोड़ रुपए से बढ़कर 1977 में लगभग 400 करोड़ रुपए हो गई है। 'विज्ञान नीति प्रस्ताव' को लागू करने के लिए वैज्ञानिकों की तीन संगोष्ठियाँ आयोजित की गईं, किंतु इतने के बावजूद हम कहाँ पहुँचे?

स्वतंत्रता के आरंभिक वर्ष विज्ञान के लिए मोहक तथा अभूतपूर्व उत्साह से भरे थे। शायद इसमें आर्थिक वृद्धि और राष्ट्र के विकास के अन्य क्षेत्रों में विज्ञान के अनुप्रयोग की यांत्रिकी के स्पष्ट मूल्यांकन की जगह विज्ञान के प्रति रोमांच की भावना अधिक थी।

दुर्भाग्यवश, यद्यपि हमारा सकल राष्ट्रीय उत्पादन बढ़ता जा रहा है, किंतु वंचित लोगों का प्रतिशत, जो एक न्यूनतम स्तर से भी नीचे रहते हैं, बढ़ रहा है। ऐसा लगता है

कि विज्ञान नीति प्रस्ताव का अंतिम बिंदु जो कहता है, 'देश की जनता के लिए उन सभी लाभों को सुनिश्चित करना, जो वैज्ञानिक ज्ञान के अनुप्रयोग से प्राप्त किए जा सकते हैं' उसका भी वही हश्र हुआ है, जो 14 वर्ष तक के सभी बच्चों को शिक्षा देने के संवैधानिक प्रावधान का हुआ था।

आम आदमी विज्ञान का मूल्यांकन उन भौतिक लाभों से करता है, जो उसे इसके अनुप्रयोग से प्राप्त होते हैं। सदियों से हमारी करोड़ों जनता ने विदेशी शासन के दुष्प्रभाव से हर प्रकार के कष्ट सहे हैं। अब जबकि देश स्वतंत्र है तो उनकी माँग है कि उनकी न्यूनतम मूलभूत आवश्यकताएँ ठीक प्रकार से पूरी की जानी चाहिए।

हमें इस पर पुनर्विचार करना होगा कि देश को विज्ञान तथा वैज्ञानिकों से क्या अपेक्षाएँ हैं, हम किस प्रकार उस विशाल ढाँचे से उचित प्रतिलाभ प्राप्त कर सकते हैं, जो भारी लागत से निर्मित हुआ है और हम किस प्रकार यह सुनिश्चित करें कि विकास के लाभ जनता तक पहुँच सकें?

गरीबी और बेरोजगारी की समस्या को शीर्ष प्राथमिकता देनी होगी। ये दोनों ही ग्रामीण क्षेत्रों में व्याप्त हैं। ग्रामीण उद्योगों को बढ़ावा देना अपने आपमें समस्या का एक समाधान है। गांधीजी, जो हमारे अर्थशास्त्रियों में सर्वाधिक प्रयोगशील थे, कुटीर और ग्रामीण उद्योगों को समर्थक थे, जो ग्रामीण और शहरी, दोनों ही क्षेत्रों की आवश्यकताओं को पूरा कर सकते थे। वे जीवन शैली और खपत के तरीकों में भारी बदलाव ले आए। उन्होंने खादी और हाथ से निर्मित वस्तुओं के उपयोग की वकालत की। उन्होंने स्वदेशी को राजनीतिक संघर्ष का हथियार ही नहीं, अपितु हमारे गाँवों के पुनर्निर्माण का एक प्रभावी साधन भी बनाया। इसमें उन्हें पर्याप्त सफलता मिली, हालाँकि स्वतंत्रता के बाद खपत का तरीका बदल गया है और स्वदेशी की भावना को ग्रहण लग गया है। विदेशी उत्पाद फिर ही संपन्नता के प्रतीक बन गए हैं। हमारे गामीण क्षेत्रों की भी अधिकांश आवश्यकताएँ शहरों में बने उत्पादों से पूरी होती हैं। इस चलन को उलटना होगा। उद्योगों, विशेषकर ग्रामीण उद्योगों की जीवन क्षमता मुख्य रूप से खपत के वर्तमान तरीके पर निर्भर है।

भला भारत में विज्ञान और प्रौद्योगिकी को ग्रामीण आवश्यकताओं तथा प्रासंगिकता के अनुसार क्यों गति दी जाए? इसका उत्तर आसान है। भारत की तीन-चौथाई जनता गाँवों में रहती है। ग्रामीण क्षेत्रों की अधिकांश जनता गरीबी रेखा से नीचे जीवनयापन करती है। वे सदियों से गरीबी और पिछड़ेपन में जीवन बिताते आए हैं, लेकिन वे इससे अनजान नहीं हैं कि अच्छा जीवन क्या होता है। सबसे बढ़कर वे इस बात से भी अनजान नहीं हैं कि उनके लिए भी अच्छा जीवन संभव है। वास्तव में, उन्हें विश्वास है कि उन्होंने गरीबी और पिछड़ेपन के चंगुल में बहुत लंबा समय गुजारा है और अब उनके लिए अच्छे जीवन की माँग करने का समय आ गया है। हम उनके

बेहतर और सुखी जीवन की अपेक्षाओं और आकांक्षाओं को अनदेखा नहीं कर सकते और भौतिक लाभों के रूप में उन्हें उनके कठिन श्रम का फल प्रदान कर सकते हैं। जब हम ग्रामीण जनों की बात करते हैं तो उसमें भारत की जनता का एक भाग और भी है, जिस पर और भी कम ध्यान दिया गया है। वे हमारे देश के संभवतः सबसे अधिक उपेक्षित और परित्यक्त लोग हैं। मैं आदिवासियों और पहाड़ी जनजातियों की बात कर रहा हूँ, जो हमारे देश की अर्थव्यवस्था में सबसे निचले पायदान पर हैं। अब हमारा ध्यान ग्रामीणों, आदिवासियों और पहाड़ी जनजातियों की ओर अवश्य होना चाहिए। विज्ञान और प्रौद्योगिकी का लाभ शहरी क्षेत्रों की एक छोटी आबादी तक ही पहुँचकर नहीं रुकना चाहिए। हमारा यह प्रयास होना चाहिए कि विज्ञान और प्रौद्योगिकी देश के सुदूर पर्वतीय क्षेत्र और पारंपरिक आदिवासी क्षेत्रों तक पहुँचें, जो अभी तक आधुनिकता से अछूते हैं।

ग्रामीण क्षेत्रों में उद्योगों का वास्तविक प्रदर्शन कार्मिकों के द्वारा उत्पादन उपकरणों और तकनीकों में कुशलता प्राप्त करने पर निर्भर होगा। सामान्यतया यह सरल तकनीक मशीनों और उपकरणों को उपयोग में लाने तथा सामान्य विज्ञान के एकीकरण से संभव होगा। राजस विज्ञान के आकर्षण में, जिसे पश्चिम के धनी देशों के लिए भी वित्त उपलब्ध कराना कठिन होता जा रहा है, उलझकर हमने ग्रामीण क्षेत्रों में विज्ञान और प्रौद्योगिकी की आवश्यकताओं पर कम ध्यान दिया है।

ग्रामीण, आदिवासी और पर्वतीय क्षेत्रों में बेरोजगारी को समाप्त करने के लिए हमारा प्रयास होना चाहिए कि हम स्थानीय स्तर पर उपलब्ध संसाधनों पर ध्यान दें। अभी तक अधिकांश कृषि संसाधनों का उपयोग मुख्यतया आहार और रेशों के लिए किया जाता रहा है। बहुत सी कृषि फसलों से रसायन प्राप्त किए जा सकते हैं। ऐसे संसाधनों, जैसे कच्चे चमड़े, तिलहन और बाँस के आस-पास कुटीर उद्योग लगाए जा सकते हैं। ग्रामीण, आदिवासी और पर्वतीय क्षेत्रों में मुरगी पालन और मधुमक्खी पालन की काफी संभावनाएँ हैं।

कागज बनाना एक अन्य ग्रामोद्योग है, जो न केवल रोजगार की क्षमता रखता है, अपितु जिसका देश में अच्छा बाजार है। हम अकसर देश में कागज की कमी के बारे में सुनते हैं। ढाई लाख टन के कुल वार्षिक उत्पादन में से हस्तनिर्मित कागज का उत्पादन मात्र 0.5 प्रतिशत है। हम और अधिक हस्तनिर्मित कागज के उत्पादन के बारे में क्यों नहीं सोच सकते ? हस्तनिर्मित कागज मिल के कागज से सस्ता होता है।

भारत के ग्रामीण जीवन की स्थायी बीमारी है स्वच्छता की कमी, जो मूलतः कचरे के निस्तारण की समस्या के कारण है। विज्ञान और प्रौद्योगिकी को हमारे गाँवों में कचरे के निस्तारण हेतु एक सरल, सस्ती और कार्यक्षम प्रणाली तैयार करनी होगी। ग्रामीण स्वच्छता हमारे देश में पाई जानेवाली अनेक उष्ण कटिबंधीय बीमारियों को

समाप्त कर देगी और रोगों के नियंत्रण तथा सुधार के लिए विशाल स्वास्थ्य उपायों हेतु वित्त प्रदान करने के सरकारी बोझ को कम करेगी।

कुटीर और ग्रामोद्योग के क्षेत्र में विकासशील देशों की विशेषज्ञता और अनुभवों से बहुत कुछ सीखा जा सकता है। वैज्ञानिकों के आदान-प्रदान की ही भाँति कुशल कारीगरों और शिल्पियों के आदान-प्रदान परस्पर लाभकारी हो सकते हैं। विकासशील देशों के बीच लाभदायक सहयोग के बढ़ाने का यह एक अत्यंत व्यवहारिक तरीका हो सकता है। अभी हमें देश के विभिन्न भागों के शिल्पियों के लिए भी यह तरीका अपनाना है।

ग्रामीण उद्योगों पर मेरे द्वारा जोर देने का यह अर्थ नहीं है कि भारी उद्योगों के लिए प्रयास कम कर दिए जाएँ। हमारे ग्रामीण उद्योगों, ऊर्जा, इस्पात, भारी रसायन आदि उद्योगों के विकास के लिए अनेक भारी उद्योग आवश्यक हैं। इसके अतिरिक्त बहुत से ऐसे भारी उद्योग हैं, जो रक्षा तथा अन्य आवश्यकताओं के लिए जरूरी हैं।

किसी भी देश में प्रौद्योगिकी की वृद्धि के तीन महत्त्वपूर्ण पक्ष हैं—विद्यमान प्रौद्योगिकी का आधुनिकीकरण, नई प्रौद्योगिकी का विकास और बाहरी प्रौद्योगिकी की प्राप्ति। पिछले दो दशकों में आत्मनिर्भरता हमारी नीतियों का मूल आधार रही है। फिर भी ऐसा लगता है कि देश में आधुनिक उद्योगों का विकास उधार ली गई प्रौद्योगिकी के बल पर आगे बढ़ा है। हम स्वदेशी प्रयासों के द्वारा देश में स्थापित उद्योगों की प्रौद्योगिकी के आधुनिकीकरण में किस सीमा तक सफल हुए हैं, देश में कितनी नई प्रौद्योगिकी विकसित हुई है और इनका कितना उपयोग हो रहा है, स्वदेशी विकासों के संपूर्ण उपयोग में क्या बाधाएँ हैं? खरीदी गई प्रौद्योगिकी को किस सीमा तक आत्मसात् किया गया अथवा उसमें सुधार किया गया, प्रौद्योगिकी के चुनाव में तथा प्राप्त प्रौद्योगिकी के सर्वोत्तम उपयोग में हमारी वैज्ञानिक संस्थाओं को शामिल करने की हमारी क्या प्रणाली है? हमारी रुचि के क्षेत्रों में प्रौद्योगिकी विकास पर दृष्टि रखने का हमारा क्या तरीका है, जिससे हमें सबसे अच्छी प्रौद्योगिकी प्राप्त करने में सहायता मिल सके।

वैज्ञानिक क्षमता के निर्माण,औद्योगिक विकास को समर्थन और बड़ी सफलताओं के लिए मौलिक अनुसंधान आवश्यक है। अनुसंधान की बढ़ती लागत के कारण अमेरिका जैसे धनी देशों को भी कुछ चुने हुए क्षेत्रों में निवेश करने तथा अन्य क्षेत्रों में कार्य की गति धीमी करने जैसे उपाय अपनाने पड़े। यह आश्चर्यजनक लग सकता है कि हमारे देश में इतनी बड़ी संख्या में अनुसंधान परियोजनाओं के कार्यशील होते हुए भी चाय, जूट और चमड़े जैसे कुछ महत्त्वपूर्ण क्षेत्रों में इनके लिए समर्पित प्रयोगशाला के अतिरिक्त बहुत अल्प मात्रा में अनुसंधान किया जा रहा है। हमारे युवा प्रशिक्षित वैज्ञानिक देश के लिए प्रासंगिक समस्याओं का किस प्रकार सामना करेंगे?

यह मात्र ज्ञान, विशेषज्ञता या अनुसंधान के अभाव का प्रश्न नहीं है। बहुधा यह

आवश्यक होता है कि उपलब्ध ज्ञान को कार्य में प्रयोग किया जाए। चिकित्सा और स्वास्थ्य के क्षेत्र में हमारे पास प्रचुर स्थापित ज्ञान है, जिसका उपयोग करने में हम असफल रहे हैं और जिससे करोड़ों लोगों की सहायता हो सकती है।

हमें प्राथमिकतावाले ऐसे क्षेत्रों की पहचान करनी होगी, जिनमें उपयुक्त संबंधों, और पर्याप्त धन सुनिश्चित करते हुए प्रयासों को केंद्रित करना होगा। परियोजना की आयोजना तथा मूल्यांकन की संपूर्ण अवधारणा का परीक्षण किए जाने की आवश्यकता है।

विज्ञान और प्रौद्योगिकी के परिप्रेक्ष्य में इससे संबंधित मूलभूत नीतिगत कई मुद्दे हैं, जिन पर मेरे विचार से एन.सी.एस.टी. को ध्यान देना चाहिए। विज्ञान के लिए धन उपलब्ध कराने का प्रश्न है। लोगों में ऐसी भावना है, जो शायद मिथ्या भी नहीं है कि सरकारी प्रतिष्ठानों में भी धन के आवंटन में पर्याप्त असंतुलन है। देश में विज्ञान का आधार मजबूत करते हुए हमारे उन विश्वविद्यालयों पर भी उचित ध्यान और सहयोग दिया जाए, जो उत्कृष्टता के केंद्र रहे हैं और जिन्होंने हमारे कुछ महानतम वैज्ञानिक उत्पन्न किए हैं। क्या हम ग्रामीण प्रौद्योगिकी पर कार्य करने और ग्रामीण जीवन को सुधारने के लिए पर्याप्त सहायता देने पर विचार करते हैं ? हमें सुनिश्चित करना होगा कि उपलब्ध संसाधनों का अधिकतम उत्पादक तरीके से उपयोग किया जाए, जो हमारे लघु अवधि और दीर्घ अवधि के उद्देश्यों के अनुरूप हों।

हमारे राष्ट्रीय उद्देश्यों की शीघ्र प्राप्ति में विज्ञान और प्रौद्योगिकी की हमारी शिक्षा-प्रणाली किस सीमा तक संवाही है, इस पर भी विचार करना होगा। हमारे विश्वविद्यालयों, भारतीय प्रौद्योगिकी संस्थानों तथा अन्य प्रतिष्ठित संस्थानों का ग्रामीण क्षेत्रों के लिए प्रासंगिक विज्ञान और प्रौद्योगिकी के विकास अथवा तार्किक प्रवृत्ति को उत्पन्न करने में क्या योगदान रहा है ? गाँवों में अशिक्षा और अज्ञानता की समस्या का सामना करने के लिए शैक्षिक प्रौद्योगिकी के विकास में भी कहाँ तक वे संलग्न हैं ? अपनी तकनीकी शिक्षा में हमें विकसित देशों के मानकों को ही ध्यान में रखना है, न कि विकासशील देशों की आवश्यकताओं को।

हमारे योग्य वैज्ञानिकों और प्रौद्योगिकीविदों की संख्यात्मक शक्ति की अपनी समस्याएँ हैं। काफी धन खर्च करके शिक्षित हुए लोगों का निरंतर बेरोजगार रहना संसाधनों की बरबादी और सामाजिक असंतोष को दरशाया है। 'ब्रेनड्रेन' (प्रतिभा पलायन) की समस्या परिदृश्य का दूसरा पहलू है। विकसित देशों में हमारे वैज्ञानिकों को पटते अवसर तथा मध्य पूर्व में तकनीकीविदों की बढ़ती माँग, देश में विज्ञान और प्रौद्योगिकी के ढाँचे पर भारी दबाव बनाएँगे। आनेवाली परिस्थिति का हम किस प्रकार सामना करेंगे ? एक ओर हम रोजगारपरक शिक्षा की वकालत करते हैं और दूसरी ओर हम उच्चतर डिग्रियों पर बल देते हैं। हम इनमें कैसे सामंजस्य लाएँगे ?

आधुनिक प्रौद्योगिकी विश्व को और अधिक ऊर्जा-आश्रित बनाती जा रही है। इधर सामाजिक प्रगति को ऊर्जा खपत के आधार पर मापा जाने लगा है। ऊर्जा आज राष्ट्र की प्रगति की एक निर्णायक कसौटी बन गई है। तेल के संकट ने धनी देशों को भारी झटका दिया है। हमारे पास पर्याप्त ऊर्जा संसाधन नहीं हैं, विशेषकर गैर-नवीकरणीय संसाधन। अत: हमें इन पर व्यय कम करना होगा और नवीकरणीय ऊर्जा संसाधनों के उपयोग पर मिलकर ध्यान देना होगा। वर्तमान में हमारी जल विद्युत्क्षमता का मुश्किल से तीस प्रतिशत ही दोहन किया जा रहा है। सूर्य का प्रकाश, जो नवीकरणीय ऊर्जा का एक विशाल तथा लोकतांत्रिक स्रोत भी है, प्रचुर धन है, किंतु इसके लिए तीव्र अनुसंधान और विकास की आवश्यकता है। हम इस क्षेत्र में सबसे पहले कार्य शुरू करनेवाले देश में हैं, किंतु हम इसमें कुछ इस तरह पिछड़ गए हैं कि लोग इसे हमारी विलक्षणता मानते हैं। बहुत सारे ऑपरेशनों के लिए, विशेष रूप से ग्रामीण क्षेत्रों में, कम ऊर्जा खपतवाली प्रणालियाँ बनानी होंगी। कृषि प्रौद्योगिकी में भी ऊर्जा की आवश्यकता बढ़ती जा रही है। बहुधा, ये निवेश छोटे किसानों की क्षमता के बाहर होते हैं। ग्रामीण विकास का यह एक प्रमुख मुद्दा है। इन बातों के भी प्रयास करने होंगे कि यह सुनिश्चित किया जाए कि शहरी क्षेत्रों में सुविधाओं के लिए ऊर्जा देने के स्थान पर, उपलब्ध ऊर्जा का एक बड़ा अंश ग्रामीण क्षेत्रों के तकनीशियनों, कारीगरों तथा कुशल शिल्पियों को उत्पादक कार्यों के लिए दिया जाए।

विज्ञान और प्रौद्योगिकी की प्रगति प्रतिभाशाली, प्रेरित और कार्यशील वैज्ञानिकों के योगदान पर निर्भर है। देश में एक लाख से अधिक अनुसंधानकर्ता वैज्ञानिक और प्रौद्योगिकीविद् कार्यरत हैं। उनकी समस्याओं, जैसे सेवा की परिस्थितियों, गतिशीलता और मान्यता का उनकी रचनात्मकता और अधिकतम उपयोगिता पर भारी प्रभाव पड़ता है। वहाँ असंतोष की अंतर्धारा बहने लगती है। हमारे कार्यरत वैज्ञानिकों से सर्वोत्तम प्राप्त करने के लिए कौन से कदम उठाए जा सकते हैं?

□

11
वैज्ञानिक और राजनीतिज्ञ

आजकल 'विज्ञान' चर्चा में हैं। उससे भी अधिक वैज्ञानिकगण चर्चा में हैं। यह एक अच्छी बात है कि जनता विज्ञान में रुचि ले रही है, परंतु जनता विज्ञान में किस प्रकार की रुचि ले रही है और जनता की विज्ञान में क्यों रुचि है? और इससे भी अधिक महत्त्वपूर्ण यह है कि विज्ञान के प्रति जनता और सरकार की जिम्मेदारी क्या है? देश में, विज्ञान के विकास और उपयोग की दृष्टि से ये प्रश्न अत्यंत महत्त्व के हैं।

बीसवीं सदी के प्रारंभ तक विज्ञान की गतिविधियाँ सरकारों के लिए महत्त्वपूर्ण नहीं थीं। विज्ञान का अध्ययन और शोध-कार्य बिना किसी सरकारी सहायता के होता था। कम-से-कम विज्ञान को सरकारों की कोई विशेष जिम्मेदारी नहीं समझा जाता था।

युद्ध वैसे तो बुरी चीज है, परंतु कभी-कभी इसके कुछ अच्छे परिणाम भी प्राप्त होते हैं। प्रथम विश्वयुद्ध की घटनाओं और उस समय के अनुभवों से यह देखा जा चुका था कि जर्मनी की औद्योगिक श्रेष्ठता विज्ञान के ठोस आधार पर निर्मित तथा उससे पूर्णरूपेण संबद्ध थी, अत: उसके विरोधी संघ की सरकारों (मित्र राष्ट्रों) को यह सोचने के लिए विवश होना पड़ा कि उन्हें वैज्ञानिकों के प्रशिक्षण और शोध-कार्यों में उनके उपयोग के लिए पर्याप्त उपाय करने की व्यवस्था करनी चाहिए। यह कार्य उनकी एक विशेष जिम्मेदारी है। सोवियत संघ तो इससे भी बहुत आगे बढ़ा और उसने विज्ञान को अपने आर्थिक विकास तथा अपनी कार्य प्रणाली की आधारशिला ही बना लिया। इस प्रकार विज्ञान में राजसत्ता का दखल आरंभ हुआ।

द्वितीय विश्वयुद्ध ने विज्ञान में सरकार के दखल को और भी व्यापक बना दिया। युद्धोपरांत यह हस्तक्षेप इतना अधिक व्यापक और गहरा हो गया कि लोग अब विदेश नीति, आर्थिक नीति एवं औद्योगिक नीति के साथ ही वैज्ञानिक नीति की भी बात करने लगे हैं।

विज्ञान नीति आजकल विचार-विमर्श का एक लोकप्रिय विषय बन गई है। जनता के प्रांगण में विज्ञान का प्रवेश हो चुका है। विज्ञान शक्ति आर्थिक शक्ति, सैनिक शक्ति, संक्षेप में राजनीतिक शक्ति का एक उपयोगी यंत्र बन गई है। अतः राजनीतिज्ञों की विज्ञान में रुचि वास्तविक, गहरी और पर्याप्त जटिल हो गई है।

एक लंबे अंतराल तक सुप्त रहने के बाद विज्ञान, जिसे आज आधुनिक विज्ञान कहा जाता है, उसका भारत में प्रारंभ कुछ समर्पित व्यक्तियों के प्रवास से उन्नीसवीं सदी के प्रारंभ में हुआ। विज्ञान में भारतीयों का योगदान काफी प्रभावोत्पादक रहा। इस सदी का तीसरा दशक पर्याप्त उत्तेजनापूर्ण और उपलब्धियोंवाला रहा, जिसमें हमारे वैज्ञानिकों ने विश्व के श्रेष्ठतम वैज्ञानिकों के समान अपनी बौद्धिक क्षमता का प्रमाण प्रस्तुत किया। उसके बाद के दशक में विकास की प्रक्रिया में विज्ञान के महत्त्व की प्रशंसा होती रही। पहले तो यह काम युद्ध की आवश्यकताओं के कारण हुआ, पर बाद में यह विज्ञान के जबरदस्त हिमायती पंडित नेहरू के प्रभाव के कारण हुआ। इस कालांतराल के बाद लगभग दो दशकों तक विभिन्न विषयों, अनुप्रयुक्त और मौलिक, में अनेक नई प्रयोगशालाओं की स्थापना की गई। वैज्ञानिकों की संख्या और व्यय में कई गुना वृद्धि करके विज्ञान के अध्ययन और शोध की सुविधाओं में वृद्धि की गई। देश में विज्ञान के प्रति अप्रत्याशित उत्साह रहा। चाहे वित्तीय कठिनाइयाँ रही हों या किन्हीं अन्य प्रकार की कठिनाइयाँ रही हों, इन वर्षों में विज्ञान के लिए सरकारी सहायता में किसी भी प्रकार की सहायता की कमी नहीं आने दी गई। जो सहायता राजसत्ता द्वारा विज्ञान को दी गई है, उस प्रकार की बड़ी सहायता किसी अन्य बौद्धिक क्रिया-कलाप को नहीं दी गई है।

विज्ञान के प्रति देश की प्रतिबद्धता का प्रदर्शन 1958 ई. में संसद् द्वारा पारित विज्ञान-नीति संबंधी प्रस्ताव है। विज्ञान और वैज्ञानिकों के प्रति सरकार की प्रतिबद्धता व्यक्त करने में यह प्रस्ताव अत्यंत महत्त्वपूर्ण और उल्लेखनीय है। **संभवतः विश्व में भारत ऐसा पहला देश है, जिसने इस प्रकार का प्रस्ताव पारित किया है।**

विज्ञान नीति के प्रस्ताव में यह स्पष्ट कहा गया है कि, (vi) और व्यापक रूप में देश की जनता के लिए उन सभी सुविधाओं और लाभों को प्राप्त कराना, जो विज्ञान के संग्रहण और उपयोग से प्राप्त हो सकते हैं।"

विज्ञान और प्रौद्योगिकी ने समस्त विश्व के लोगों के जीवन को गहराई तक प्रभावित किया है, फलतः सरकारों के स्वरूप, उनकी आंतरिक एवं अंतरराष्ट्रीय नीतियों और संबंधों को भी परिवर्तित किया है, ये तथ्य विवादास्पद नहीं, सर्वमान्य हो गए हैं। सामान्य लोग विज्ञान की प्रशंसा इसलिए करते हैं कि विज्ञान ने नई तकनीक विकसित करके उनके लिए भौतिक सुविधाएँ उपलब्ध कराई हैं। यह तकनीक ही औद्योगिकीकरण

और आर्थिक विकास की आधारशिला है। जनता ने इस प्रस्ताव का स्वागत किया है, क्योंकि इसमें विज्ञान द्वारा लोगों के हित-साधन का भरोसा दिलाया गया है।

विज्ञान के खर्चीले विकास ने 'बढ़ती आकांक्षाओं की परिघटना' को जन्म दिया है। इन सभी आर्थिक निवेशों और क्रिया-कलापों से हमें क्या मिला है, इस आशय के प्रश्न अब अनेक स्थानों तथा विचारमंचों से पूछे जाने लगे हैं। प्रधानमंत्री ने अपने कुछ भाषणों में इस बात पर चिंता जताई है कि हमें निवेश के अनुपात में प्रतिफल नहीं मिल रहे हैं। इस संबंध में कुछ मुख्य प्रश्न इस प्रकार के हैं कि विज्ञान में निवेश से क्या अपेक्षाएँ की गई हैं, इससे प्राप्त परिणामों की उपयोगिता को किस प्रकार आँका जाना चाहिए, इसके उद्देश्य क्या रहे हैं, और इसके लक्ष्य क्या हैं?

कम विकसित देशों की सबसे महत्त्वपूर्ण समस्या है, सामान्य जनता के जीवन की मूलभूत आवश्यकताओं की पूर्ति करना, अर्थात् विकास की समस्या। अन्य सभी बातें इसके बाद की हैं। गरीबी को तीव्र आर्थिक विकास के बिना और इस विकास को जरूरतमंदों के लिए प्रभावी बनाना संभव नहीं है। लोग पूछते हैं कि यदि विज्ञान और उसके अनुप्रयोग ने विकसित विश्व की आर्थिक शक्ति में इतना महत्त्वपूर्ण योगदान दिया है तो कम विकसित देशों की समस्याओं का समाधान भी विज्ञान के अनुप्रयोग से क्यों नहीं संभव है? अत: मेरे विचार से, विज्ञान और उस पर आधारित प्रौद्योगिकी के विकास अर्थात् शोध एवं इससे अलग विकास का प्रथम उद्देश्य आर्थिक विकास ही होना चाहिए। कुछ लोग यह तर्क प्रस्तुत कर सकते हैं कि **वैज्ञानिक का उद्देश्य विज्ञान का विकास है और उन्हें इसी काम में लगना चाहिए।** आर्थिक विकास उनके कार्यक्षेत्र का विषय नहीं है। यह नहीं भूलना चाहिए कि वैज्ञानिक भी इसी देश के नागरिक हैं। यदि देश आर्थिक दृष्टि से कमजोर रहेगा तो विज्ञान की सहायता कौन करेगा, ऐसी दशा में वैज्ञानिकों और उनके विज्ञान का क्या हाल होगा?

आर्थिक दृष्टि से समर्थ अनेक राष्ट्र विज्ञान में भी अगली पंक्ति में हैं। अतएव ऐसी धारणा बन गई है कि विज्ञान में उत्कृष्टता प्राप्त कर लेने मात्र से ही उद्योगों में भी हम आगे हो जाएँगे, इस कारण प्रगति के लिए इतना ही आवश्यक है कि विज्ञान की प्रयोगशालाएँ निर्मित कर ली जाएँ और वैज्ञानिकों को कार्य की सुविधाएँ उपलब्ध करा दी जाएँ। इस प्रकार किसी राष्ट्र की कुल राष्ट्रीय (GNP-Gross National Product) का कितना अंश ('प्रतिशत') विज्ञान और तकनीकी के विकास के लिए खर्च किया जाता है, यही उस देश में, विज्ञान की स्थिति का सही अनुमान व्यक्त करता है, पर वास्तविकता, इन दोनों ही निष्कर्षों से मेल नहीं खाती। विज्ञान में उत्कृष्टता, शोध और विकास पर व्यय और उद्योगों में अग्रता, इन सभी में कोई सीधा संबंध नहीं है। यदि नोबेल पुरस्कारों को विज्ञान में उत्कृष्टता का पर्याय माना जाए तो पाँच करोड़ की आबादीवाला ब्रिटेन, जहाँ

के लोगों को अब तक 50 नोबेल पुरस्कार मिले हैं, विज्ञान की वरीयता श्रेणी में सर्वोच्च स्थान पर हैं, परंतु ब्रिटेन अपने आर्थिक विकास की गति को तीव्र करने के लिए संघर्षरत है, जबकि इसके विपरीत जापान, जिसने केवल 2 नोबेल पुरस्कार प्राप्त किए हैं और जो अपने कुल उत्पादन का केवल 1.5 प्रतिशत ही अनुसंधान और विकास पर व्यय करता है (ब्रिटेन के लिए यह अनुपात 2.8 प्रतिशत है) और जो अपने कुल उत्पादन का केवल 1.5 प्रतिशत ही अनुसंधान और विकास पर व्यय करता है (ब्रिटेन के लिए यह अनुपात 2.8 प्रतिशत है) आर्थिक प्रगति की दौड़ में सबसे आगे है।

अनुसंधान प्रयोगशालाओं की स्वायत्तता की बात आजकल बहुधा की जाती है, परंतु यह जाँचने का प्रयास नहीं किया जा रहा है कि कितनी स्वायत्तता उपलब्ध है और यदि इसमें कमी है तो किन बातों की और कितने लोगों के लिए अतिरिक्त स्वायत्तता की आवश्यकता है? स्वायत्तता की लगभग सभी माँगों के बारे में जो विचार व्यक्त किए गए हैं, उनमें प्रच्छन्न रूप से यह माँग निहित है कि किसी भी प्रकार की जवाहदेही से मुक्ति प्रदान की जाए। वैज्ञानिकों में यह धारणा बनती जा रही है कि "मैं एक वैज्ञानिक हूँ, मुझसे कुछ पूछा न जाए।" जो कोई भी जवाबदेही कुछ पूछता है, उसे प्रगतिविरोधी, प्रक्रियावादी, दफ्तरशाही का पोषक तथा कुछ हद तक रूढ़िवादी करार दिया जाता है?" जैसा कि प्रधानमंत्री ने अभी हाल ही में कहा कि स्वायत्तता एक खतरनाक शब्द हो सकता है।

कोई युवा शोध वैज्ञानिक, जो मन से अपने शोध-कार्य में लगा रहता है, वही किसी भी वैज्ञानिक शोध संस्थान की रीढ़ होता है, वही महत्त्वपूर्ण अन्वेषण करता है और उसे ही ज्ञान से अलग कार्य की स्वायत्तता मिलनी चाहिए। क्या हमने यह सुनिश्चित किया है कि उसे यह स्वतंत्रता मिले?

आवश्यक यह है कि हम हाथ से काम करनेवाले शोध वैज्ञानिक की आवश्यकताओं का एक शैक्षिक पुनरीक्षण करें, परंतु वास्तविकता यह है कि उसी की उपेक्षा की जा रही है। वर्तमान व्यवस्था में वह अल्पसंख्यक बन गया है। उसके विचारों के अतिरिक्त बाकी सभी के दृष्टिकोण बहुत ही जोर-शोर से प्रस्तुत किए जा रहे हैं, विशेषकर उच्च पदस्थ वैज्ञानिकों के दृष्टिकोण।

शैक्षणिक आकांक्षाओंवाले नवयुवक और नवयुवतियाँ सदैव ही श्रेष्ठ व्यक्तियों और शोधकर्ताओं की ओर आकृष्ट होंगे, न कि अच्छे व्यवस्था परिवेशों की ओर। प्रतिभाएँ प्रतिभाओं की ओर ही जाती हैं, समितियाँ और आयोग प्रतिभावान नेतृत्व का स्थान नहीं ले सकते हैं।

वास्तव में आयोगों और समितियों की संख्या में बेतहाशा वृद्धि होती जा रही है। उनके चलते वित्तीय संसाधन, समय, अच्छे लोग और जनता का ध्यान सभी अपने

उद्देश्य से भटक जाते हैं। जनसंख्या की वृद्धि के साथ-साथ समितियों में भी वृद्धि को रोकने की आवश्यकता है।

किसी युवा वैज्ञानिक की शोधपरक प्रगति को रोकने का सबसे अधिक सुनिश्चित उपाय यह है कि उसे दर्जन भर समितियों का सदस्य बना दिया जाए। एक अन्वेषणकर्ता व्यक्ति की अपेक्षा एक वाद-विवादी व्यक्ति को या एक आविष्कारक की अपेक्षा एक सारणीकार को प्राप्त करना सरल है। विज्ञान और विकास कार्यों की प्रगति, अन्वेषकों और आविष्कारकों के समर्पण भाव से किए गए कार्य पर निर्भर होती है, न कि बहस करनेवालों की निरंतर बढ़ती भीड़ पर। हो सकता है कि अनेक मेधावी व्यक्तियों ने इस प्रकार से अपने शोध-कार्यों को समाप्त कर दिया हो।

हमारी प्राथमिकता एक ऐसे वातावरण के निर्माण की होनी चाहिए, जिसमें हमारे नौजवान वैज्ञानिकों में सृजनशीलता की प्रवृत्ति को प्रोत्साहन मिल सके। जहाँ तक इन युवाओं की संलिप्तता का प्रश्न है, यह उस संबद्ध व्यवस्था में निहित है, जो उनके विचारों को महत्त्व दे। नवयुवक कृष्णन या कोठारी के विचारों को रामन और साहा तक पहुँचाने के लिए किसी समिति के माध्यम की आवश्यकता नहीं पड़ी थी। विज्ञान के क्षेत्र में उत्कृष्टता, किसी भी प्रकार की अच्छी-से-अच्छी 'समितिबाजी' से नहीं अर्जित की जा सकती है। उच्चतम पदों पर उच्चकोटि के योग्य एवं समर्पित चरित्रवाले व्यक्तियों को स्थापित करने में असफलता के जो परिणाम सामने आते हैं, उनका परिमार्जन समितियों और आयोगों द्वारा नहीं किया जा सकता है। **शोध में महारत और योग्यता का स्थान समितियाँ नहीं ले सकती हैं।** पेनिसिलीन की खोज समितियों ने नहीं की। समितियों ने 'रेडार' का आविष्कार नहीं किया था। शोध-वैज्ञानिक अपना सर्वोत्तम कार्य तभी कर पाते हैं, जबकि उस कार्य में उनकी मानसिक संलग्नता हो, न कि जब उनका ध्यान केवल संरचनात्मक संलग्नता से ही संबद्ध हो। जिस व्यक्ति ने शोध के क्षेत्र में उपलब्धि अर्जित की हो, वही प्रयोगशाला के वातावरण का निर्माण और उपलब्धियाँ प्राप्त करने के लिए उपयुक्त माहौल का निर्माण कर सकता है।

वैज्ञानिक नीति प्रस्ताव विज्ञान के प्रति राष्ट्र की प्रतिबद्धता का एक महत्त्वपूर्ण दस्तावेज है, परंतु यह विज्ञान के विकास की कार्यविधि नहीं बताता है। क्या कारण है कि स्वतंत्रता प्राप्ति के बाद विज्ञान को जो विशाल आर्थिक सहायता मिली, उसके बावजूद वह उत्साह और प्रदीप्त उमंग, जिसके चलते ऐसे व्यक्तियों का प्रादुर्भाव हुआ था, जो अपने समय के किसी भी विदेशी वैज्ञानिक के साथ कंधे-से-कंधे मिला कर चलने में सक्षम थे, अपनी विद्वत्ता और योग्यता को विश्व में स्थापित करते थे, वह हमारा लक्ष्य आज क्या है, क्या हम आज अपनी पुरानी उपलब्धियों के बल पर जी रहे हैं?

आज हमारा लक्ष्य होना चाहिए, आर्थिक प्रगति को तीव्रतर बनाना। प्रतिष्ठा का प्रश्न तो इसके बाद ही उठना चाहिए। वास्तव में जिस देश की आर्थिक स्थिति कमजोर हो, उसकी प्रतिष्ठा भी उसी प्रकार कम होगी। सरकारी प्राधिकरणों के साथ विश्वविद्यालयों में होनेवाली विज्ञान एवं तकनीकी से संबंधित गतिविधियों का उद्देश्य, विकसित देशों के साथ आर्थिक समानता स्थापित करना और आंतरिक आर्थिक असमानताओं का शमन करना ही होना चाहिए। क्या इस लक्ष्य की प्राप्ति की दिशा में कार्यरत हैं? मेरे विचार से, इस प्रश्न का उत्तर नकारात्मक है। वैज्ञानिकों के लिए यह ध्यान देना उचित है कि विज्ञान के लिए जनता का समर्थन विज्ञान और उसके उपयोग से प्राप्त होनेवाली सुविधाओं के कारण ही है, न कि विज्ञान में उसकी रुचि के कारण। जनता के लिए विज्ञान अच्छी जीवन-शैली के विकास के लिए है, न कि किसी वैज्ञानिक के अपने स्वयं के लक्ष्य के लिए।

स्वाभाविक था कि वैज्ञानिकों ने राजनीतिज्ञों से मेल-जोल बढ़ाया, ताकि विज्ञान को सरकारी सहायता मिल सके। राजनीतिज्ञों ने विज्ञान को इसलिए समर्थन दिया कि इससे उनकी शक्ति बढ़ेगी। यह भी स्वाभाविक ही था। दोनों के विचारों के इस मेल-मिलाप में यह आशा निहित थी कि विज्ञान का राजनीति पर भी प्रभाव पड़ेगा, जैसा कि नेहरूजी चाहते थे, परंतु इसके स्थान पर हमें जो मिला है, वह है, विज्ञान में राजनीति।

परंतु विज्ञानविदों (Scientologists) के एक समूह का जो क्रमिक उद्भव और प्रसार हो रहा है, वह चिंता का विषय है।

विज्ञान के ये निर्देशक, जिन्होंने कभी भी अधिक समय तक अपने हाथों से काम नहीं किया है और जिनकी वैज्ञानिक श्रेष्ठता भी नाममात्र की है, हमारी वैज्ञानिक संस्थाओं में अधिक महत्त्वपूर्ण होते जा रहे हैं। इसका अल्पकालिक प्रभाव यह हो रहा है कि अनेक युवा वैज्ञानिकों के मन में यह धारणा बनती जा रही है कि विज्ञान में प्रसिद्धि पाने के लिए प्रयोगशाला में लगन और परिश्रम से काम करना आवश्यक नहीं, वरन् नए एवं अधिक लोकप्रिय क्षेत्रों में प्रवेश करना उचित है, ताकि वे उचित स्थान पर महत्त्वपूर्ण और प्रभावशाली बन सकें। आजकल अनेक ऐसे लोग मिलते हैं, जो दूसरों को यह बताने में व्यस्त रहते हैं कि उन्हें क्या करना चाहिए, न कि उन्हें स्वयं क्या करना चाहिए।

एक ऐसे देश में, जिसका लक्ष्य है 'गरीबी हटाओ', उस देश के वैज्ञानिकों और राजनीतिज्ञों का कर्तव्य क्या होता है? भारत जैसे विकासशील देश में वैज्ञानिकों और तकनीकी विशेषज्ञों का कार्य क्या होना चाहिए? मेरे विचार से वैज्ञानिकों और तकनीकी विशेषज्ञों को देश के सम्मुख उपस्थित प्रमुख समस्याओं के समाधान में सहायता करनी चाहिए। हम अपने सीमित संसाधनों के उपयोग से किस प्रकार अधिकतम लाभ कम-से-कम समय में इस प्रकार प्राप्त कर सकते हैं कि जिससे प्रत्येक नागरिक की न्यूनतम

आवश्यकताएँ—रोटी, कपड़ा और मकान पूरी हो सकें, इसी लक्ष्य की प्राप्ति उनका उचित कर्तव्य है। यदि हम वैज्ञानिक इस काम में सहायता देने में असमर्थ रहते हैं तो हम जनता से अपने कार्यक्रमों को संचालित करने के लिए सहायता माँगने लायक नहीं रहेंगे, हमारा सहायता माँगने का हक कमजोर होता जाएगा। सामान्य जन विज्ञान के योगदान की सराहना केवल उसी दशा में करेंगे, न कि प्रवचन (भाषण) सुनकर।

ऐसी दशा में राजनीतिज्ञों का उत्तरदायित्व यह है कि वे विज्ञान के एक बुद्धिमान एवं स्वार्थरहित सहायक की भाँति व्यवहार करें, जिससे कि विकास के सुदृढ आधार, विज्ञान की स्थिति स्वस्थ रहे और वे अपनी शक्ति का उपयोग इस प्रकार करें कि नए अन्वेषणों के लिए उपयुक्त वातावरण मिले और विज्ञान एवं तकनीकी का लाभ जनता को मिल सके। एक बार इस प्रकार की व्यवस्था कर लेने के बाद राजनीतिज्ञों को अपने तथा विज्ञान दोनों के हित में, वैज्ञानिक मामलों में हस्तक्षेप नहीं करना चाहिए और न ही उन विवादों में निर्णायक की भूमिका या किसी के पक्ष में भाग लेने की भूमिका ग्रहण करनी चाहिए, जो वैज्ञानिकों के बीच होते रहते हैं।

राजनीति गुटबाजी से पल्लवित होती है। वैज्ञानिक भी गुटबाजी से मुक्त नहीं हैं। उनमें भी अन्य लोगों की भाँति मानवीय दुर्बलताएँ हैं, परंतु राजनीतिज्ञों के लिए किसी एक गुट का समर्थक होने का बहाना नहीं बनाना चाहिए। राजनीतिज्ञों की भागीदारी के कारण गुटों को स्थायित्व मिलता है। इसके विपरीत राजनीतिज्ञों को, वैज्ञानिकों से उनके उत्तरदायित्व के प्रति निष्ठा की माँग करनी चाहिए। कोई कितना भी महत्त्वपूर्ण और प्रभावशाली क्यों न हो, उसे इस उत्तरदायित्व से मुक्त नहीं होना चाहिए।

विज्ञान को राजनीतिज्ञों के युक्तिपूर्ण समर्थन की आवश्यकता है। प्रजातंत्र में राजनीतिज्ञ ही जनता का प्रतिनिधि है और जनता को विज्ञान द्वारा प्राप्त होनेवाले लाभ की आवश्यकता है, अत: वे अलग-थलग नहीं रह सकते, परंतु इन दोनों में इतना मेल-मिलाप नहीं होना चाहिए कि विज्ञान की आंतरिक संरचना ही कमजोर पड़ती जाए और फिर नष्ट हो जाए, जो दोनों में से किसी के भी हित में नहीं होगा।

□

12
भारत में शिक्षा

मुझे अत्यंत प्रसन्नता है कि रासायनिक अभियंताओं के भारतीय संस्थान ने मुझे डॉ. एच.एल. राय स्मारक व्याख्यान देने के लिए आमंत्रित किया है। आज शिक्षा के कुछ पहलुओं पर, विशेषत: वैज्ञानिक एवं तकनीकी विषयों के शिक्षण पर और भारत में विश्वविद्यालयी शिक्षा के संबंध में अपने विचार प्रस्तुत करूँगा।

पहली बात, जो मैं कहना चाहता हूँ, वह यह है कि भारतीय शिक्षण व्यवस्था, विशेषत: जो शिक्षण विज्ञान एवं तकनीकी शिक्षा से संबंधित है, विज्ञान और तकनीकी के क्षेत्रों में हो रहे विकास की असाधारण तीव्रता से सर्वथा अछूता जान पड़ती है। विज्ञान और प्रौद्योगिकी का बड़ा अभिलक्षण है, विकास और मानव समाज पर उनके प्रभाव की तीव्र प्रगति। ज्ञान की वृद्धि सर्वथा चरघातांकी (exponential) दर से हुई है। यह अनुमान लगाया गया है कि न्यूटन के बाद से प्रत्येक 15 वर्षों में वैज्ञानिक कार्यों में दुगुनी वृद्धि हुई है। दूसरे शब्दों में, यदि हम वैज्ञानिकों का औसत कार्यकारी जीवन अपने जैसा ही मान लें, तो इस जीवन काल में ही **वैज्ञानिक ज्ञान तीन गुना बढ़ जाता है** अर्थात् जब तक कोई वैज्ञानिक क्रियाशील वैज्ञानिक कार्यों से विरत होता है, तब तक उसे उस ज्ञान की अपेक्षा, जो उसने अपनी विश्वविद्यालयी शिक्षा के समय प्राप्त किया था, विस्तार और जटिलता से लगभग आठ गुना हो जाता है।

इस संदर्भ में दूसरा महत्त्वपूर्ण पहलू है, छात्रों की संख्या में वृद्धि। हमारे विश्वविद्यालयों और कॉलेजों में छात्रों की संख्या कई गुना बढ़ी है। कुछ विश्वविद्यालय परिसर विशालकायता से पीड़ित जान पड़ते हैं। इसके परिणामस्वरूप उनके सामने कौन सी समस्याएँ उपस्थित हुई हैं? स्पष्टत: उन्हें और अधिक आवास, अधिक संख्या में उपकरण, जो आधुनिक भी हों, बेहतर पुस्तकालय, अधिक संख्या में शिक्षक और शोध निदेशक चाहिए। उन्हें उस संरचनात्मक विभाजन से भी गुजरना है, जो विज्ञान और प्रौद्योगिकी के सभी क्षेत्रों में सतत रूप से होता आ रहा है। पुराने शैक्षिक

विभागों में से नवीनतर एवं अधिक जटिल विशिष्ट शाखाएँ तथा उप-विभाग विकसित होते जा रहे हैं। क्या हमारे शिक्षा संस्थान इन परिवर्तनों और ज्ञान के नए आयामों के अध्ययन-अध्यापन के लिए साधनसंपन्न हो रहे हैं?

ज्ञान-आधारित समाज

मैं 'ज्ञान' शब्द का उपयोग इसके वृहत्तर आयाम में कर रहा हूँ, जिसमें मौलिक ज्ञान और मानव जीवन पर तथा इसके विकास के समस्त पहलुओं पर इस ज्ञान के समस्त अनुप्रयोग भी शामिल हैं। क्या हम भारत में इस अवस्था को प्राप्त कर चुके हैं कि हम इसे ज्ञान-आधारित समाज कह सकें? इस प्रश्न का उत्तर हाँ और न, दोनों ही हो सकता है। हमारी स्थिति अति विकसित प्रौद्योगिकीवाले समाजों, जैसे संयुक्त राज्य अमेरिका, पश्चिमी यूरोप तथा जापान आदि देशों के आस-पास भी नहीं है, परंतु हम पूरी तरह से एक खेतिहर समाज भी नहीं रह गए हैं। कुछ अर्थों में हम पहले वर्ग के देशों जैसे ही हैं, जबकि अन्य विषयों में हम दूसरेवाले वर्ग में हैं। हमारे देश में ये दोनों प्रकार के समाज एकसाथ ही अस्तित्व में हैं। भारत की यह विचित्रता (अद्वितीय स्थिति) ध्यानाकर्षक है, क्योंकि इसके कारण हमारे शिक्षा-संस्थानों पर अतिरिक्त एवं कठिन उत्तरदायित्व आ पड़ता है, क्या भारत के विश्वविद्यालय किसी ज्ञान-आधारित समाज की अपेक्षाओं को समझते हैं और इसके साथ ही सदियों पुरानी परंपरागत सभ्यता की विचित्र समस्याओं को भी ध्यान में रखते हैं ?

ज्ञान-आधारित समाज के रूप और उसके घटक अवयवों के माप के प्राचल क्या हो सकते हैं? क्या ये प्राचल भारतीय परिस्थितियों पर भी लागू होने योग्य हैं? मोटे तौर पर यह कहा जा सकता है कि किसी ज्ञान-आधारित आधुनिक समाज के विभिन्न आयाम निम्नलिखित हैं—

1. शैक्षिक ढाँचे की चौड़ाई, गहराई और विषय-वस्तु।
2. विषय-विशेषज्ञों, जैसे अध्यापकों, इंजीनियरों, तकनीशियनों और वैज्ञानिकों के महत्त्वपूर्ण ग्रुपों का आकार (संख्या) और उनकी कार्यकुशलता (या विशेषता)। इन्हीं ग्रुपों में अर्थशास्त्रियों, एकाउंटेंटों आदि को भी शामिल किया जा सकता है। आधुनिक तकनीकी-आधारित सामाजिक व्यवस्थाओं में अर्थशास्त्रियों, एकाउंटेंटों तथा अन्य समाजशास्त्रियों के कार्य-क्षेत्र भी सामान्यतः विज्ञान की प्रगति और समाज पर इस प्रगति के प्रभाव द्वारा निर्दिष्ट होते हैं।
3. इस प्रकार के समाज को शक्तिशाली आधार प्रदान करनेवाला औद्योगिक, तकनीकी एवं वैज्ञानिक मूलभूत ढाँचा।

4. शिक्षा के क्षेत्र में, वस्तुओं और सेवाओं (Services) की उपलब्धता में विज्ञान और प्रौद्योगिकी अनुप्रयोग से संबंधित क्षेत्रों में, जिनमें संघटनात्मक और प्रबंधन से जुड़ी हुई समस्याओं से संबंधित संस्थान भी शामिल किए जाने चाहिए।

इस बात पर जोर देना आवश्यक है कि शैक्षिक संस्थान, विशेषत: उच्च शिक्षा और शोध से जुड़े संस्थान, जैसे विश्वविद्यालय, वे संस्थान, जिनमें इंजीनियरिंग और तकनीकी ज्ञान की विशेष शिक्षा दी जाती है, चाहे वे कृषि, चिकित्सा आदि के ही क्यों न हों, ये सब ही ज्ञान-आधारित समाज को मूलरूप से शक्ति प्रदान करते हैं।

ज्ञान के प्रसार का, शिक्षा, शोध और विकास के अतिरिक्त अन्य सशक्त साधन संचार माध्यम, दूरदर्शन, रेडियो और मुद्रित सामग्री (पुस्तकें, पत्रिकाएँ, शोध-जर्नल तथा समाचार-पत्र आदि) और सिनेमा हैं, ये समस्त संसाधन सामान्य जनता को ज्ञान उपलब्ध कराने में अत्यंत महत्त्वपूर्ण योगदान करते हैं। यह ज्ञान वस्तुपरक है या किसी मत की ओर झुका हुआ है ? (किसी अन्य स्वार्थ से प्रभावित है) यह अनेक परिस्थितिजन्य बातों पर निर्भर करता है, परंतु इस बात से इनकार नहीं किया जा सकता है कि ज्ञान के प्रचार-प्रसार के लिए यह अत्यंत सशक्त माध्यम है।

भारत में शैक्षणिक पद्धति का विकास

आइए, हम कुछ देर तक इस बात पर विचार-विमर्श करें कि भारत में शैक्षणिक ढाँचे का, विशेषकर पिछले 30 वर्षों में किस प्रकार विस्तार हुआ है तथा इस अंतराल में विश्वविद्यालयों और विशिष्ट अध्ययन एवं शोध संस्थानों की संख्या किस प्रकार बढ़ी है। जिन विभिन्न घटकों की मैंने ऊपर चर्चा की है,उनमें से केवल इसी पहलू पर आज विचार करेंगे।

हमारे संविधान में सभी के लिए प्राथमिक शिक्षा अनिवार्य है, अत: हमारी केंद्रीय तथा राज्य दोनों ही सरकारों के लिए यह अनिवार्य है कि वे इस प्राथमिक शिक्षा को सर्वोच्च प्राथमिकता दें और इस पर सर्वाधिक ध्यान दें। शिक्षा राज्यों के अधिकार क्षेत्र का विषय है, अत: यह राज्यों का उत्तरदायित्व होता है कि वे भारतीय नागरिकों को शिक्षा प्राप्त करने की सुविधा प्रदान करें। राज्य सरकारों के लिए यह प्रशंसा की बात है कि शैक्षणिक ढाँचे में अप्रत्याशित वृद्धि हुई है और राज्य के बजट का एक महत्त्वपूर्ण भाग शिक्षा के लिए आवंटित होता है। पूरे भारतवर्ष में 1947 में प्राथमिक विद्यालयों की संख्या लगभग 1,75,000 थी, जिनमें विद्यार्थियों की कुल पंजीकृत संख्या लगभग एक करोड़ चालीस लाख थी। इन विद्यालयों की संख्या में गत 30 वर्षों के दौरान 4-5 गुनी वृद्धि हुई है। सन् 1979 में विद्यालय जानेवाले बालकों की संख्या लगभग 10 करोड़ है। विद्यालय छोड़नेवाले बच्चों का अनुपात बहुत अधिक है। आठवीं कक्षा तक लगभग

75 प्रतिशत छात्र स्कूल से बाहर हो जाते हैं। सरकारों द्वारा इस वृहत् संख्या के साथ-साथ 120 विश्वविद्यालयों, 4500 संबद्ध महाविद्यालयों, 10,000 माध्यमिक विद्यालयों, 6 लाख प्राथमिक विद्यालयों के लिए अध्यापकों, अध्यापन के लिए आवश्यक उपकरणों, भवनों आदि की व्यवस्था करने में 1500 करोड़ रुपए वार्षिक व्यय होता है, यह एक प्रशंसनीय कार्य है। इसके बाद भी साक्षरता का प्रतिशत, इन 30 वर्षों में बढ़कर 14 प्रतिशत से 30 प्रतिशत ही हुआ है। साक्षरता के आँकड़े में प्रतिशत वृद्धि के बाद भले ही साक्षर व्यक्तियों की संख्या में कुछ वृद्धि हुई हो, परंतु इस समय भारत में निरक्षर लोगों की संख्या, स्वतंत्रता प्राप्ति के समय की संख्या से अधिक ही है। साक्षरता शब्द से भी क्या अर्थ निकलता है ? केवल अक्षरों से परिचय या हस्ताक्षर करने की योग्यता। आज के परिप्रेक्ष्य में 'साक्षरता' को आधुनिक ज्ञान पर आधारित लोकतांत्रिक समाज की अपेक्षाओं के अनुरूप पुनर्परिभाषित करने की आवश्यकता है।

शिक्षा को रोजगार से जोड़ने की दिशा में भी कुछ प्रयास हुए हैं, जैसे स्कूली शिक्षा समाप्त हो जाने पर तकनीशियनों को प्रशिक्षित करने के लिए औद्योगिक प्रशिक्षण संस्थानों और पॉलीटेक्नीक जैसी संस्थाओं की स्थापना की गई है।

प्रश्न यह है कि क्या इस वृद्धि में इस बात का ध्यान रखा गया है कि जैसे-जैसे हमारी औद्योगिक एवं तकनीकी मूल संरचना में विस्तार और विविधता आती जा रही है, उसी अनुपात में हमारी शिक्षा-पद्धति और विषय-वस्तु में भी उपयुक्त परिवर्तन किया गया है ? हमारे विद्यालयों, महाविद्यालयों और विश्वविद्यालयों में से केवल कुछ ही अच्छी शिक्षा के लिए अपेक्षित मानकों के स्तर बनाए रखने में सफल रहे हैं, साथ ही क्या हमने विज्ञान और तकनीकी के विभिन्न क्षेत्रों में भविष्य में प्रत्याशित परिवर्तनों पर उचित ध्यान दिया है ? जैसा कि मैंने पहले ही कहा है कि विज्ञान स्वयं अपने आपमें ही भिन्न-भिन्न शाखाओं और उपशाखाओं में बँटता जा रहा है। यह बात इंजीनियरी और तकनीकी के लिए भी सच है। विज्ञान और नई तकनीकी पर आधारित एक-से-एक नए उद्योग स्थापित हो रहे हैं। हमारे देश में इस प्रकार की तकनीकी के विकास की दर पश्चिमी विकसित देशों की तुलना में भले ही उनके समकक्ष न हो, परंतु इस बात के स्पष्ट लक्षण देखे जा सकते हैं कि हमें उसके लिए तैयार रहना चाहिए। उदाहरण के लिए नवीन विज्ञान पर आधारित इलेक्ट्रानिकी, वैज्ञानिक उपकरण, नाभिकीय ऊर्जा, अंतरिक्ष तकनीकी, कंप्यूटर तकनीक, सब हमारे उपयोग के लिए उपलब्ध हैं। आशा है कि शीघ्र ही सूक्ष्म इलेक्ट्रानिकी तथा प्रकाश इलेक्ट्रानिकी आदि विषय भी सामान्य प्रचलन में आ जाएँगे। रसायन तथा रासायनिक इंजीनियरिंग के क्षेत्र में भी बहुत परिवर्तन हुए हैं, और किसी भी रासायनिक प्रयोगशाला में आजकल प्रयुक्त प्रक्रियाएँ वस्तुतः भौतिकी में हुई प्रगति पर आधारित होती हैं। यही बात

जीव-विज्ञान के क्षेत्र में भी लागू होती है। बहुत सी विधियाँ, जिनके बारे में हमने अपनी विश्वविद्यालयी शिक्षा के समय सीखा था, वे अब उपयोग में नहीं आतीं। जिस रासायनिक प्रयोगशाला में इंफ्रारेड स्पेक्ट्रोमीटर, पराबैंगनी-स्पेक्ट्रोग्राफ, परमाणु-अवशोषण स्पेक्ट्रोग्राफ, एन.एम.आर. इलेक्ट्रॉन सूक्ष्मदर्शी तथा द्रव्यमान स्पेक्ट्रोग्राफ न हों, उसे अच्छी रासायनिक प्रयोगशाला नहीं माना जा सकता है। यौगिकों के औषधीय गुणों की जाँच की प्रक्रिया अब कंप्यूटर-आधारित हो गई है। लेजर-आधारित नवीन विधियाँ जैसे-लेजर-रामन प्रभाव तथा ऐसी ही अन्य विधियाँ भी अब प्रचलन में आ रही हैं। क्या हमारी विश्वविद्यालयी व्यवस्था इस प्रकार के विकास कार्यों में सक्षम है ? न केवल हमारे विश्वविद्यालयों और उच्च शिक्षा-संस्थानों के उपकरण अनुपयोगी हो गए हैं, वरन् हमें अध्यापन के स्तर पर उपलब्ध ज्ञान की अनुपयोगिता के विषय में भी सोचना आवश्यक हो गया है। जैसा कि मैंने कहा है, ज्ञान का विस्तार हो रहा है और लगभग हर 15 वर्ष में यह द्विगुणित होता जा रहा है। ऐसे में किसी अध्यापक की उपयोगिता 10 या अधिक-से-अधिक 15 वर्षों तक ही सीमित रहेगी, यदि वह **अपने ज्ञान को समसामयिक और उच्च स्तर पर बनाए रखने के लिए सतत अध्ययन की किसी व्यवस्था से न जुड़ा हो** या उच्चतर शोध से संलग्न न हो और यह शोध विषय के उस क्षेत्र से संबंधित हो, जो तेजी से विकसित हो रहा हो।

यही कारण है कि उच्च शिक्षा के संस्थानों में अध्यापन और शोध, दोनों साथ-साथ चलने चाहिए। मैंने कहा है कि ज्ञान-आधारित समाज में वैज्ञानिक सबसे अधिक महत्त्वपूर्ण समूह हैं। इनसे यह आशा की जाती है कि ये लोग ज्ञान की सीमाओं को आगे बढ़ाएँगे और तकनीशियन, इंजीनियर आदि इनका अनुसरण करके नव सृजित ज्ञान को उपयोग में लाने का प्रयास करेंगे। यह एक मौलिक आधारभूत अभिगृहीत है कि विज्ञान-वेत्ता ज्ञान की सीमाओं पर लगन और परिश्रम के साथ काम करेंगे, क्योंकि नया ज्ञान प्राप्त करना सरल नहीं है। उन्हें वह वातावरण मिलना चाहिए, विशेषत: विशेषज्ञों की उपस्थिति के रूप में, जिससे कि वे अपने चुने हुए विषयों पर विचार-विमर्श कर सकें और साथ ही उन्हें उपकरण, पुस्तक और शोध जर्नलों की उपलब्धता सुनिश्चित हो।

विश्वविद्यालयी अनुदान आयोग की भूमिका

यहीं से हमारी आर्थिक सहायता देनेवाली व्यवस्था काम करती है। भारत में हम नौकरियों में आरक्षण तथा इसी प्रकार के अन्य निर्णय समाज के उन वर्गों के लिए लेते हैं, जो सदियों से दलित और शोषित रहे हैं। देश के सभी राजनीतिक नेताओं को यह ध्यान में रखना होगा तथा इस संदर्भ में कुछ व्यवस्था करनी होगी, परंतु इसी के साथ यह भी आवश्यक है कि हम एक ऐसी व्यवस्था विकसित करें, जो प्रतिभा को उचित सम्मान दे

और उसका संरक्षण भी करे। समस्त ज्ञान–आधारित समाजों में (और जैसा कि मैंने कहा है, हमें शीघ्रातिशीघ्र ज्ञान–आधारित समाज बनाना है) प्रतिभा और उसकी उपलब्धियाँ ही विकास को आवश्यक आधार प्रदान करती हैं।

यदि भारत को अपनी उस प्राचीन परंपरा को, जिसमें उसने मानव विचारधारा एवं प्रगति में महत्त्वपूर्ण योगदान किया था, पुनः प्राप्त करना है तो यह आवश्यक है कि हम उच्चकोटि के विचारवान लोगों का एक ऐसा समूह तैयार कर सकें, जो विज्ञान, प्रौद्योगिकी, अर्थशास्त्र, प्रशासन, विभिन्न कलाओं और दर्शन–शास्त्र आदि में भी नेतृत्व प्रदान कर सके। पुरातनकाल के इस प्रकार के समूह अधिकतर जन्म–जाति तथा इसी प्रकार के अन्य लक्षणों पर निर्भर करते थे, परंतु हमें इस प्रकार के वर्गीकरण को बदलकर एक ऐसी व्यवस्था बनानी है, जिसमें अभिजात्य वर्ग अपनी प्रतिभा और उपलब्धियों के आधार पर विकसित हो। इस प्रकार के उच्च वर्ग के बिना देश को अंततोगत्वा दुर्दिन ही देखने पड़ेंगे। वर्तमान संदर्भ में इस प्रकार के अभिजात्य वर्ग का अस्तित्व समानता और वंचितों की सहायता के सिद्धांतों के विरोध में नहीं होगा। उदाहरण के लिए यू.एस.एस.आर. जैसे समता–आधारित समाज में इस प्रकार का अभिजात्य वर्ग मौजूद है, जिसमें विज्ञान अकादमी के सदस्य शामिल हैं।

प्रश्न उठता है कि वर्तमान समय में हम भारत में शिक्षा पद्धति में जिस प्रकार की जनतांत्रिक प्रक्रिया देख रहे हैं, क्या वह इस प्रकार के अभिजात्य वर्ग का निर्माण करने और उसको प्रोत्साहित करने में सहायक है? संविधान या कार्यकारिणी द्वारा प्रस्तावित कुछ असमानतामूलक प्रावधानों को कुछ समय के लिए हमारे सामाजिक परिवेश में उचित माना जा सकता है। ये प्रावधान समाज के उन वर्गों को, जिन्हें बहुत दिनों तक एक प्रकार से विकास की धारा से अलग रखा गया है, ऊपर उठाने के लिए आवश्यक हो सकते हैं। मैं तो यहाँ तक कहूँगा कि समाज के इन तबकों को केवल समान अवसर प्रदान करना ही पर्याप्त नहीं है। अवसर की समानता से केवल सभी को प्रारंभिक अवस्था में समानता प्राप्त होती है, उससे यह निश्चित नहीं होता है कि दौड़ के अंत में सभी एकसमान स्थिति में होंगे। अतः भारतीय संदर्भ में केवल इतना ही पर्याप्त नहीं है कि समानता के अवसर केवल प्रारंभिक अवस्था, जैसे कि शिक्षा के समान अवसर, रोजगार में समान अवसर और जीवन में आगे बढ़ने के लिए समान अवसर, समान सामाजिक अधिकार, समान प्रतिष्ठा, सामाजिक कानूनों की दृष्टि में समानता, सामाजिक सुरक्षा आदि के आधार पर प्राप्त हों, बल्कि समाज के विकलांग (दिव्यांग) और कमजोर सदस्यों के पक्ष में एक भारित भेदमूलक (विशेष प्रकार की वरीयतावाली) व्यवस्था भी लागू की जानी चाहिए, ताकि वे उन दिव्यांगताओं और अंतर्बाधाओं को दूर कर सकें, जिनके वे अब तक अभ्यस्त रहे हैं।

यद्यपि उपर्युक्त सभी बातें स्वीकार्य हैं, फिर भी हमें यह सुनिश्चित करना चाहिए कि इनसे विषमताओं का एक नया दौर न आरंभ हो जाए, जो उनके विरुद्ध कार्य करे, जो अपनी प्रतिभा के आधार पर हक माँगते हैं, ऐसी असमानता, जो अच्छे लोगों के हित में न हो और जो बदले की भावना से प्रेरित न्याय की तरह प्रेरित होती है। प्रश्न यह है कि यद्यपि शिक्षा-व्यवस्था में तो सभी के लिए सम्मान प्राप्त होना चाहिए और जो किसी विशिष्ट सम्मान के हकदार हैं, उन्हें भी वह विशिष्ट सम्मान प्राप्त होना चाहिए, परंतु इन हकदारों का चुनाव केवल वस्तुपरक आधार पर नहीं होना चाहिए और विषय-विशेषज्ञों द्वारा होना चाहिए, न कि सामाजिक, राजनीतिक या आर्थिक स्थिति अथवा सामर्थ्य पर, जिसमें लौकिक और पारलौकिक, दोनों प्रकार की शक्तियों को मैं शामिल करना चाहता हूँ। मेरे इस कथन का यह अर्थ नहीं लगाया जाना चाहिए कि मैं उन प्राइवेट स्कूलों की व्यवस्था को उचित ठहरा रहा हूँ, या उन्हीं की बात कर रहा हूँ, क्योंकि मैं इस प्रकार के संस्थानों के विषय में सोच ही नहीं रहा हूँ, जो समाज के धनाढ्य वर्ग द्वारा पोषित हैं। प्रतिभा का सम्मान अत्यंत साधारण शिक्षण संस्थानों में भी होना चाहिए और प्रतिभासंपन्न छात्रों को शीर्ष पर पहुँचने का अवसर प्राप्त होना चाहिए। मैं नहीं सोचता हूँ कि आज भारत जिस प्रकार का समाजवादी लोकतांत्रिक देश है, उसमें झुग्गी-झोंपड़ियों में रहनेवाला कोई निर्धन छात्र चाहे वह कितना भी प्रतिभासंपन्न क्यों न हो, शिक्षा के उस उच्च स्तर को, जहाँ तक पहुँचने की उसमें क्षमता है, प्राप्त कर सकता है। मैं इस बात पर जोर देना चाहूँगा कि एक ऐसा विशाल आर्थिक कोष बनाया जाना चाहिए, जिसकी सहायता से हमारे देश का निर्धन से निर्धनतर छात्र भी अपनी क्षमता के अनुसार निम्नतम से लेकर उच्चतम स्तर तक की शिक्षा प्राप्त कर सके। पूर्णरूप से प्रतिस्पर्धात्मक और पूँजीवादी व्यवस्था पर आधारित समाजवाले देश, जैसे यू.एस.ए. में भी 50,000 लाख डॉलर का एक कोष बना रखा है, जिससे निर्धन और पिछड़े वर्ग के लगभग 30 लाख जरूरतमंद छात्र शिक्षा प्राप्त करते हैं।

चुनाव (चयनात्मकता) पर आधारित व्यवस्था किसी स्वस्थ गतिशील समाज के लिए आवश्यक है। चुनाव का सिद्धांत न केवल व्यक्तियों के बीच, बल्कि संस्थानों के बीच भी कार्य करना चाहिए। वे संस्थान, जो उत्कृष्टता और उपलब्धि अर्जित करने के लिए कटिबद्ध हों, उन्हें चिह्नित करना आवश्यक है। यह कोई असामान्य बात नहीं है कि कोई विश्वविद्यालय या उच्च शिक्षण संस्थान बिना सहायता के सूख रहा हो या उसका स्तर गिरता जा रहा हो। हमारे देश में ऐसे अनेक विश्वविद्यालय और संस्थान हैं, जो पिछले समय में अत्यंत उच्च स्तर पर थे, वे अब निष्क्रियता या शायद ऋणात्मक क्रियाशीलता की स्थति में पहुँच गए हैं। इसके अनेक कारण हैं, पर मैं उनकी चर्चा नहीं करूँगा।

उत्कृष्टता का संवर्धन

मैंने शिक्षण व्यवस्था में 'समानता-बनाम-प्रतिभा' पर कुछ विस्तार से चर्चा की है, क्योंकि मैं यह अनुभव करता हूँ कि स्वाधीनता प्राप्ति के बाद हमारी पूरी शिक्षा व्यवस्था की गुणवत्ता में क्रमश: गिरावट आई है। हमारे अध्यापन और विद्यार्थियों की गुणवत्ता में निश्चित तौर पर ह्रास हुआ है। मैं इस ह्रास को सर्वथा संख्या वृद्धि का ही परिणाम नहीं मानता हूँ, हालाँकि इसमें इस संख्या वृद्धि का योगदान तो है ही। मैं अध्यापन के स्तर में आई गिरावट को भी केवल अपने अध्यापकों की गुणवत्ता में गिरावट का परिणाम नहीं मानता हूँ। वास्तव में यह देखा जा सकता है कि हमारे विश्वविद्यालयों और उच्च शिक्षण संस्थानों में इस समय कार्यरत प्रोफेसर स्वतंत्रता पूर्व के अध्यापकों की अपेक्षा अधिक योग्यतावाले हैं, परंतु यह आवश्यक नहीं है कि अधिक योग्यतावाला प्रोफेसर जिसके पास विदेशी डिग्री हो और जिसका विषय संबंधी ज्ञान भी अच्छा हो, वह निश्चित रूप से एक अच्छा अध्यापक भी हो। अध्यापन की गुणवत्ता अध्यापक की (अध्यापन के प्रति) लगन और कुछ ऐसी ही अन्य बातों (अध्यापक और शिष्य के बीच की) पर निर्भर करती हैं। हमें संभवत: इन अमूर्त तथ्यों के क्षेत्र में ही अपनी समस्या का समाधान ढूँढ़ना होगा। मैंने पिछले कई अवसरों पर इस बात का उल्लेख किया है कि हमारी शिक्षा व्यवस्था आजकल रामन, साहा और बोस जैसे विद्यार्थी नहीं उत्पन्न कर रही है, जिन्होंने अल्प आर्थिक संसाधनों और अत्यंत सामान्य परिस्थितियों में विश्व के किसी भी अन्य शोधकर्ता की भाँति वैचारिक योग्यता के शिखर पर पहुँचने में सफलता प्राप्त की थी। उस समय के भारतीय वैज्ञानिक परिवेश में कोई-न-कोई ऐसी विशिष्ट बात अवश्य थी, जो आज अस्तित्व में नहीं है, यद्यपि सरकार द्वारा विज्ञान और वैज्ञानिक संघटनों को मानव एवं आर्थिक संसाधनों की अपार सहायता दी जा रही है। उस काल के भारतीय विज्ञान की एक विशेषता थी—स्व उत्पादित एवं स्वनियंत्रित गतिशीलता। विज्ञान का एक विशिष्ट समुदाय था, जो पूर्णरूपेण विज्ञान के प्रति समर्पित था और जिसका लक्ष्य जीवनवृत्ति न होकर वैज्ञानिक लक्ष्यों की प्राप्ति था। रामन ने उस समय उपलब्ध जीवन-वृत्तियों में से अत्यंत उच्च कोटि की वृत्ति को बिना झिझक त्यागकर पूर्णरूपेण वैज्ञानिक शोध की ओर समर्पित होना पसंद किया, उन्होंने यह आशा की थी कि वे शोध में अच्छी प्रगति करेंगे, न कि जीवन वृत्ति में। आजकल हम वैज्ञानिक शोध के घरानों की बात करते हैं, परंतु हमने अभी तक कोई ऐसा समुदाय नहीं बनाया है, जैसा रामन और पी.सी. राय ने बनाया था। उन्होंने न केवल ऐसा शोध-कार्य किया, जिसने विश्व का ध्यान अपनी ओर आकृष्ट किया, बल्कि उन्होंने नए वैज्ञानिक उत्पन्न किए। वैज्ञानिक समूहों का अस्तित्व यूरोप और संयुक्त राज्य अमेरिका में भी रहा है। कैंब्रिज में रदरफोर्ड, कोपेनहेगेन में नील्स बोर और उसी प्रकार विश्वविख्यात वैज्ञानिकों की

अगुआई में कार्यरत जर्मन विश्वविद्यालयों में स्थित वैज्ञानिक समूह और आजकल संयुक्त राज्य अमेरिका के प्रिंस्टन, मेसाच्यूसेट्स और बर्कले में सक्रिय वैज्ञानिक समूह इस बात के उदाहरण हैं। वे समूह पुरानी भारतीय गुरुकुल-परंपरा के एक नए रूप में काम करते हैं। इनमें पुराने गुरुकुलों की परंपरा, जिसमें एक व्यक्ति विशेष (गुरु) की विचारधारा का ही प्राधान्य रहता था, के स्थान पर अधिक लोकतांत्रिक विधान से कार्य होता है, जिसमें वैज्ञानिक विचारों का मुक्त आदान-प्रदान होता रहता है और किसी एक व्यक्ति विशेष की प्रधानता नहीं रहती है।

विश्वविद्यालय अनुदान आयोग ने यह सोचा कि उच्चानुशीलन केंद्रों के, प्रशासनिक आधार पर निर्धारण और उन्हें पर्याप्त आर्थिक संसाधन प्रदान करके वे उक्त प्रकार के शोध स्कूलों का निर्धारण कर सकेंगे, पर क्या ऐसा हुआ है? मेरे विचार से इस व्यवस्था का पुनरीक्षण होना चाहिए, यह पुनरीक्षण आर्थिक सहायक या प्रशासनिक और नियमावली के आधार पर न होकर केवल शैक्षिक आधार पर होना चाहिए। मेरे विचार से किसी भी उच्चानुशीलन केंद्र ने वह परिवेश उत्पन्न करने में सफलता नहीं पाई है, जिसे रामन या पी सी राय ने उत्पन्न किया था और रदरफोर्ड या नील्स बोर ने यूरोप में किया है। जैसा कि मैंने कहा है, वैचारिक उत्कृष्टता और उपलब्धि का परिवेश प्रच्छन्न रूप से स्वयं सर्जित और स्वावलंबित होता है, इसे बाहर से लेकर जोड़ा नहीं जा सकता है।

भारत में, जैसा कि यूरोप और अमेरिका में भी है, विज्ञान एक पेशा (वृत्ति) हो गया है। इतना ही नहीं, यह एक महत्त्वपूर्ण पेशा है, जिसमें सरकार की भी रुचि है और सरकार इसकी प्रगति भी चाहती है, अतः अब यह स्वनिर्देशित नहीं रह गया है। आधुनिक विज्ञान अब एक नीति-निर्धारित विषय हो गया है और अब विज्ञान के लिए एक राष्ट्रीय नीति और वृहद्-विज्ञान के अन्य लक्षण, ये सब अब परिवर्तित होनेवाले नहीं हैं। शोध की उत्कृष्टता के लिए सम्मान तथा वैज्ञानिक समाज में स्थान, अब अन्य प्रतिष्ठित विशेषज्ञों द्वारा नहीं, वरन प्रशासनिक और वैज्ञानिक ढंग से क्रिया-कलाप संचालित करनेवाले संस्थानों में दिए जाते हैं और इन संस्थानों में ही वैज्ञानिकों की वृत्ति, प्रगति (प्रमोशन), आर्थिक बजट और क्रय के नियमों का निर्धारण आदि पर ही वैज्ञानिकों का ध्यान केंद्रित रहता है। समाज और सरकारों पर महान् वैज्ञानिकों के विचार पर जो प्रभाव और दबाव डालते थे, उसका स्थान अब उन वैज्ञानिकों के विचारों और नीतिगत वक्तव्यों ने ले लिया है, जो प्रशासनिक वैज्ञानिक शृंखला में उच्च पदों पर कार्यरत हैं। यह तथ्य केवल भारत के लिए ही सत्य नहीं है, वरन् वृहत् स्तर पर हो रहा है और सरकार से सहायता प्राप्त होती है, केवल एक अंतर यह प्रतीत होता है कि यूरोप और अमेरिका में तो अब भी स्वतंत्र वैज्ञानिक समूह अस्तित्व में हैं, पर भारत में इस प्रकार के समूह विलुप्त हो गए हैं। यही वह कारण हो सकता है कि कैंब्रिज और ऑक्सफोर्ड जैसे विश्वविद्यालय और उच्च

शिक्षा के केंद्र जैसे—प्रिंस्टन, एम.आई.टी. और कैल्टेक आदि अब भी उत्तरोत्तर बढ़ते जा रहे हैं। हमारे विश्वविद्यालयों के शोध स्कूल अपनी ओजस्विता और व्यक्तित्व खो चुके प्रतीत होते हैं। यह तथ्य हमारे वैज्ञानिक शोध, अध्यापन और उच्चस्तरीय अध्ययन एवं हमारे विश्वविद्यालयों से निकलनेवाले विद्यार्थियों, सबकी गुणवत्ता को बुरी तरह प्रभावित करता है। वह वैचारिक दृढता, जो वैज्ञानिक शोध में उत्कृष्टता अर्जित करने के लिए आवश्यक है, उसका अस्तित्व नहीं दिखाई पड़ता है।

शिक्षा बनाम प्रशिक्षण

हमें यहाँ पर उस मूल परिवर्तन का विश्लेषण करना है, जो हमारी शिक्षण व्यवस्था की धारणा और आंतरिक विषयवस्तु में हुआ है। हमें शिक्षा और प्रशिक्षण के बीच के मूलभूत अंतर को समझना है। आज हमारी शिक्षा-नीति के निर्धारक, जो कि आवश्यक मानव संसाधनों और योजनाओं के निर्माण कार्य में लगे हैं, विश्वविद्यालय अनुदान आयोग तथा इसी प्रकार के अन्य संगठन जैसे एन.सी.ई.आर.टी., शैक्षिक नियोजन की राष्ट्रीय समिति तथा सर्वाधिक महत्त्वपूर्ण हमारा शिक्षा मंत्रालय, जब शिक्षा की बात करते हैं तो उनका तात्पर्य 'प्रशिक्षण' होता है। विकास की जो नीति, स्वतंत्रता प्राप्ति के बाद आरंभ की गई थी, जो विविधतापूर्ण औद्योगिकीकरण तथा कुछ विशिष्ट क्षेत्रों में मूलभूत सुविधाएँ सृजित करने पर आधारित थी उसके लिए शैक्षिक शोध, कृषि और चिकित्सा आदि क्षेत्रों में अनेक स्तरों पर बहुसंख्यक प्रशिक्षित मनुष्यों की आवश्यकता का अनुमान लगाया गया था। यह प्रशिक्षण चाहे परास्नातक स्तर पर, स्नातक स्तर पर या डिप्लोमा स्तर पर या किसी विशेष प्रविधि में प्रमाण-पत्र प्राप्त करने के स्तर पर हो, वह प्रशिक्षण ही है। लगता है, वास्तविक शिक्षा को कम महत्त्व दिया गया।

शिक्षा है क्या? क्या इसका उद्‍देश्य मात्र युवक-युवतियों को किसी औद्योगिक समाज में निहित विभिन्न जीवन वृत्तियों और व्यवसायों के लिए प्रशिक्षित करना मात्र ही है, या यह कहीं और महत्त्वपूर्ण तथा आधारभूत धारणा है? जब हम मानव संसाधनों के संदर्भ में प्रशिक्षण की बात करते हैं तो हमारा ध्यान वर्तमान और भविष्य में होनेवाली आवश्यक व्यक्तियों की संख्या पर रहता है, जिनकी हमें समाज की आवश्यकताओं के अनुसार विभिन्न क्षेत्रों में आवश्यकता पड़ेगी। दूसरे शब्दों में, समाज की आवश्यकताएँ यह निर्धारित करती हैं कि हमें कितनी और किस गुणवत्ता के मानव संसाधनों की आवश्यकता है और इसलिए उनके प्रशिक्षण की विषयवस्तु भी इसी आवश्यकता द्वारा निर्धारित होती है। वास्तव में होना तो यह चाहिए कि किसी समाज में पुरुषों और महिलाओं की गुणग्राह्यता (Calibre) क्या है, जो यह निर्धारित करे कि उस समाज की प्रगति के लक्ष्य और उसकी दिशा क्या होनी चाहिए। यही वास्तव में शिक्षा का महत्त्व है।

शिक्षा केवल कोई सक्रिय प्रक्रिया नहीं होनी चाहिए, जो केवल समाज की परिस्थितियों के अनुसार अपने को ढाल ले, वरन् वह इस बात का क्रियात्मक प्रेरक तत्त्व होना चाहिए, जो इस समाज को उपलब्धियों की नई ऊँचाइयों पर पहुँचाए। इस प्रक्रिया में शिक्षा उन मूल्यों को भी उत्पन्न करती है जो इस उद्देश्य की पूर्ति में सहायक हों।

इस प्रकार की शिक्षा केवल पुरुषों और महिलाओं को अच्छी जीवन वृत्ति अपनाने के लिए प्रशिक्षित ही नहीं करती, वरन् उन्हें इस लायक बनाती है कि वे अपने जीवन में तथा अपने समाज के सम्मुख उपस्थित होनेवाली समस्याओं पर रचनात्मक ढंग से सोच सकें और उनका समाधान बिना किसी विरोधाभास के क्रमबद्ध एवं अनुशासनात्मक ढंग से निकाल सकें, साथ ही वे अपने तथा समाज के लिए उपलब्धियों के लक्ष्य निर्धारित कर सकें, और उन उपायों की खोज कर सकें जिनसे अभीष्ट लक्ष्य प्राप्त हों। शिक्षा प्रत्येक व्यक्ति-विशेष में उसके वैयक्तिक गुणों और चरित्र का विकास करती है, उसके दृष्टिकोण को अधिक व्यापक बनाती है, जिससे वह न केवल समाज का उपयोगी नागरिक बन सके, बल्कि समाज को आगे बढ़ाने के लिए आवश्यक नए विचारों और मूल्यों का जनक बन सके। यह उचित समय है कि हमारी शिक्षा-प्रणाली और **हमारी शिक्षा के नियोजनकर्ता शिक्षा और प्रशिक्षण के इस मूलभूत एवं महत्त्वपूर्ण अंतर पर ध्यान दें।**

हमारे व्यावसायिक पाठ्यक्रम, जैसे इंजीनियरिंग पर भी इसी दृष्टि से विचार किया जाना चाहिए। उदाहरण के लिए, उन विद्यार्थियों पर विचार कर सकते हैं, जो हमारे तकनीकी संस्थानों और इंजीनियरिंग कॉलेजों में इंजीनियरिंग की पढ़ाई कर रहे हैं। अगले 10 या 15 वर्षों में वे केवल इंजीनियरिंग ही नहीं करते रहेंगे वरन् वे प्रबंधक, निदेशक और इसी प्रकार के अन्य कार्य-प्रभारी पदों पर कार्य कर रहे होंगे, जहाँ उन्हें निर्जीव मशीनों के स्थान पर लोगों की समस्याओं से जूझना पड़ेगा। अत: उनके बौद्धिक स्तर में तो केवल इंजीनियरिंग की शिक्षा आवश्यक है, परंतु अब उन्हें मानवीय सह संबंध, न्याय और उचित अवसर प्रदान करनेवाले मूल्यों, नेतृत्व क्षमता, समस्याओं के प्रति मानवोचित दृष्टिकोण तथा उनके द्वारा नियंत्रित तकनीक के नैतिक और सामाजिक प्रभाव आदि तमाम विषयों का ज्ञान आवश्यक होगा। हमारी इंजीनियरिंग और तकनीकी शिक्षा की विषय-वस्तुओं में इन सभी विषयों का भी समावेश होना आवश्यक है। यह तो केवल एक उदाहरण है। ऐसा ही हमारे चिकित्सकों और अन्य विभिन्न प्रकार के विशेषज्ञों के लिए भी आवश्यक है। इसलिए हमारी शिक्षा, प्रविधि और विषयवस्तु सबका एक गंभीर पुनरावलोकन आवश्यक है। सरल शब्दों में मैं जिस बात का अनुरोध कर रहा हूँ, वह यह है कि हमें अपने प्रशिक्षण की शैक्षिक व्यवस्था को वास्तविक शिक्षा-व्यवस्था में बदल देना चाहिए।

मैं यहाँ तक कहने को तैयार हूँ कि स्कूल स्तर पर विषयवस्तु में सुधार करना और भी आवश्यक है, क्योंकि आधार तो वहीं पर बनता है। मुझे 5-6 वर्षों के बच्चों के बारे में व्यक्तिगत अनुभव है, जिन्हें विज्ञान, तकनीकी, इतिहास, भूगोल आदि अनेक विषयों से संबंधित **इधर-उधर का ज्ञान उपलब्ध है, जिसका वास्तविक शिक्षा में कोई औचित्य नहीं है।** बच्चों को बुद्धिमत्तापूर्ण ढंग से सोचने, मानसिक क्षमता बढ़ाने और अपने पर्यावरण में रुचि लेने की शिक्षा दी जानी चाहिए। प्रत्येक बच्चा जन्मजात नवीन कार्य करनेवाला, खोजी या आविष्कारक हो सकता है, इसके लिए उसे प्रेरक और आह्लादपूर्ण अनुभव प्रदान किया जाना चाहिए। शिक्षा बच्चे की आध्यात्मिक, बौद्धिक और शारीरिक अभिवृद्धि करनेवाली होनी चाहिए। आधुनिक भौतिक विज्ञान, रसायनशास्त्र और जीव विज्ञान पर्याप्त रूमानी विषय हैं और इन्हें बच्चों के लिए परीकथाओं जैसा ही रोचक और उन्नयनशील बनाया जा सकता है। इसी प्रकार बच्चे की मानसिक क्षमता में भी वृद्धि की जा सकती है, पर ऐसा उस बच्चे को पृथक्-पृथक् सूचनाओं के ऐसे टुकड़े देकर या उन्हें उनके मस्तिष्क में भर कर नहीं किया जा सकता जो आजकल ज्ञान के रूप में माना जाता है। मैंने कोई भी ऐसा स्वस्थ बच्चा नहीं देखा है, जो अपने माता-पिता से प्रतिदिन अपने चारों ओर घटित होनेवाली घटनाओं के बारे में क्यों, क्या, कैसे? जैसे प्रश्न न पूछता हो और कल्पनाशील एवं जिज्ञासु न हो। यह सब बच्चे की सीखने की स्वाभाविक लालसा को प्रदर्शित करता है। शिक्षा को इस प्राकृतिक प्रक्रिया को संवर्धित करनेवाली होना चाहिए। उसे आत्माविहीन और यांत्रिक नहीं होना चाहिए। आजकल प्रचलित जोर-दबाव निश्चय ही बच्चे के मन में शिक्षा (स्कूल) के प्रति घृणा और वितृष्णा का भाव भर सकता है। जब बच्चा स्कूल में कई घंटे बिताने के बाद 'गृहकार्य' (Home-Work) का भारी बोझ लेकर घर आता है तो यह कार्यभार केवल उस बच्चे में ही नहीं, उसके माँ, बाप और दादा, दादी को भी तनाव में डाल देता है। प्रश्न उठता है कि क्या यह सतत शिक्षा या पुनश्चर्या का एक दूसरा रूप है?

विज्ञान एवं प्रौद्योगिकी की राष्ट्रीय समिति (NCSTC) के तत्त्वावधान में एक सर्वेक्षण कराया गया और इससे यह निष्कर्ष प्राप्त हुआ कि भारत में सर्वोत्तम छात्रों के लिए विज्ञान धीरे-धीरे लगातार कम आकर्षक रह गया है। हाईस्कूलों से आए सर्वोत्तम छात्रों में से अधिकांश छात्र व्यावसायिक पाठ्यक्रम चुनते हैं और इन्हें पूरा करने पर उन्हें नौकरी के बेहतर अवसर प्राप्त होते हैं। इस सर्वेक्षण से यह भी प्रकट हुआ कि जो लोग विज्ञान लेते हैं, उनको व्यावसायिक पाठ्यक्रम अपनानेवालों की अपेक्षा कम आय प्राप्त होती है। तुलनात्मक रूप में, वेतनमानों एवं आजीविका के सुअवसर छात्रों को हाईस्कूल के बाद से ही व्यावसायिक पाठ्यक्रमों की ओर आकर्षित करने लगते हैं। यह तो समझने की बात है। कमेटी ने यह अनुभव किया कि विश्वविद्यालयों में आधुनिक उपकरण,

उन्नत प्रयोगशालाएँ तथा पुस्तकालयों आदि की बेहतर मौलिक सुविधाएँ प्रदान करके विज्ञान के विषयों में शिक्षण एवं शोध के मापदंडों को उन्नत बनाने के लिए तत्काल कदम उठाए जाने चाहिए।

एन.सी.एस.टी. द्वारा जिस दूसरे महत्त्वपूर्ण विषय पर विचार किया गया, वह था राष्ट्रीय जीवन की दो मुख्य धाराओं, अर्थात् सरकार और उद्योग में विश्वविद्यालयों एवं शैक्षिक संस्थानों तथा इनमें उपलब्ध योग्य और प्रशिक्षित प्रोफेसरों एवं विशेषज्ञों की संलिप्तता का लगभग पूर्ण अभाव। भारत में ऐसा लगता है कि सरकारी तंत्र में, उद्योग में तथा राष्ट्रीय कार्यक्रमों के अन्य क्षेत्रों में काम करनेवाले लोग यह भूल जाते हैं कि वे भी भारतीय विश्वविद्यालय तंत्र से ही आए हैं और यही तंत्र बौद्धिक विचारों का मुख्य स्रोत है और यहीं से प्रतिभावान एवं प्रशिक्षित युवक-युवतियाँ, जिनकी उन्हें आवश्यकता है, उपलब्ध होंगे। सरकार एवं उद्योगों द्वारा प्रवर्तित राष्ट्र निर्माण की तकनीकी आर्थिक विकास की धारा में भारतीय शैक्षिक समुदाय की भागीदारी लगभग नगण्य है। इसके विपरीत भारतीय जीवन पद्धति का एक विचित्र लक्षण यह है कि विश्वविद्यालयों और शैक्षिक संस्थानों के प्रोफेसर और विशेषज्ञ उपहास की दृष्टि से देखे जाते हैं। यदि हम विकसित पश्चिमी देशों की ओर देखें तो विदित होगा कि वहाँ औद्योगिक प्रतिष्ठानों द्वारा विश्वविद्यालयों और ऐसे ही अन्य शैक्षिक संस्थानों में उपलब्ध प्रतिभावानों और विशेषज्ञों का पूर्णरूप से उपयोग किया जाता है। सरकार भी ज्ञान के इस विशाल भंडार और बुद्धिमत्ता एवं कुशलतायुक्त व्यक्तियों के समूह का अपने लिए सलाहकारों के रूप में और विशेष प्रकार के प्रशासनिक कार्यों के लिए भी उपयोग करती है। ग्रेट ब्रिटेन में ऐसा प्राय: देखा जाता है कि विश्वविद्यालयों के विख्यात प्रोफेसर सरकार में उच्च पदों पर नियुक्त किए जाते हैं और कुछ दिनों तक वहाँ काम करने के बाद पुन: अपने विश्वविद्यालय में लौट आते हैं। संयुक्त राज्य अमेरिका में भी विश्वविद्यालयों एवं उच्च शिक्षा केंद्रों के प्रोफेसर और सुविख्यात शिक्षाविद्, राजदूत, प्रशासक और राष्ट्रपति के मंत्रिमंडल के सदस्यों के रूप में नियुक्त किए जाते हैं। यह सब कार्य विकसित देशों में कैसे होता है और भारत में क्यों नहीं होता है ? यह हमारे देश के अविकसित होने का एक लक्षण है। भारत सरकार में भी वैज्ञानिक और प्राविधिज्ञ वैज्ञानिक विभागों के अध्यक्ष नियुक्त किए जाते हैं, परंतु संयुक्त राज्य अमेरिका के विपरीत यहाँ के लोग प्राय: या अपनी शैक्षिक दुनिया एक बार छोड़ देते हैं और अपने विश्वविद्यालय में वापस नहीं आते हैं। यदि भारत की राष्ट्रीय विकास-प्रक्रिया को कुशल व्यक्तियों की आवश्यकता है, ऐसे कुशल लोगों की, जिनके पास अद्यतन ज्ञान है और जो अपना इस प्रकार का ज्ञान जीवंत बनाए रखते हैं, तो उन्हें राष्ट्र के निर्माण के इस कार्य में लग जाना चाहिए।

यह आवश्यक है कि राष्ट्रीय अर्थव्यवस्था के जो तीन प्रमुख क्षेत्र—सरकार, उद्योग

और शिक्षा हैं, इनके बीच प्रतिभा का मुक्त संगमन और विनिमय होते रहना चाहिए। मेरा तो सरकार से यह प्रबल आग्रह है कि प्रथम चरण के रूप में ही जब सरकार विभिन्न उद्देश्यों के लिए परामर्शदाताओं की नियुक्ति करती है और विशेष अध्ययन, सर्वेक्षण तथा ऐसे ही अन्य कार्यों के लिए उन्हें कार्य आवंटित करती हैं तब उसे भारतीय शैक्षिक समुदाय को बड़े पैमाने पर बुलाना चाहिए। केवल शोध-कार्यों और उच्चतर शिक्षा के लिए बने सरकारी तंत्र के मंत्रालय ही विश्वविद्यालय अनुदान नहीं है, जिसकी स्थापना स्वाधीनता प्राप्ति के तत्काल बाद ही की गई थी। (इसमें विशेषज्ञों की संलग्नता होनी चाहिए)। विश्वविद्यालय अनुदान आयोग के वर्तमान ढाँचे की एक उद्देश्यपरक समीक्षा करनी आवश्यक है, इसकी उपलब्धियों की भी समीक्षा होनी चाहिए, यह समझना चाहिए कि क्या इसने उन उद्देश्यों को, जिनके लिए इसकी स्थापना की गई थी, पूरा किया है और क्या वर्तमान में जैसी इसकी संरचना है तथा हमारे सामने जो कार्य किए जाने हैं, इन सबके लिए उपयुक्त है, उद्देश्यों का पुनरावलोकन आवश्यक हो सकता है। क्या विश्वविद्यालय अनुदान आयोग का उद्देश्य हमारी योजनाएँ बनानेवाली सर्वोच्च संस्था का नहीं है और राष्ट्रीय स्तर पर उच्चतर शिक्षा के लिए परामर्शदात्री संस्था नहीं बन सकती है? राज्यों के विश्वविद्यालय भले ही सीधे विश्वविद्यालय अनुदान आयोग के संरक्षण में न हो सकें, जैसे कि केंद्रीय विश्वविद्यालय हैं, परंतु व्यापक नीति-निर्धारण, शिक्षा का मानदंड, नए अपेक्षित स्रोतों के माध्यम से विश्वविद्यालयों की वृद्धि और उनका विकास आदि मुद्दे तो UGC के अधिकार क्षेत्र में आते ही हैं। सन् 1947 के बाद से हमारे विश्वविद्यालय तंत्र में परिमाणात्मक और गुणात्मक, दोनों ही प्रकार के परिवर्तन हुए हैं और यह पूछा जा सकता है कि क्या विश्वविद्यालय अनुदान आयोग इन परिवर्तनों के अनुकूल कार्य कर रहा है? क्या आयोग को अलग-अलग शोध परियोजनाओं एवं फेलोशिप आदि जैसी छोटी-छोटी गतिविधियों के स्तर पर, मात्र अनुदान देने का कार्य करना चाहिए?

एक और प्रश्न जो बहुधा पूछा जाता है, यह है कि क्या अनुदानों की स्वीकृति और उन पर विचार करने की विधि एवं प्रक्रिया ने आयोग की नौकरशाही के समक्ष विश्वविद्यालय के बुद्धिजीवी वर्ग को अवनत नहीं कर दिया है, क्या धन तथा छोटे-मोटे कामों के लिए कुलपति और प्रोफेसरों को आयोग के कर्मचारियों की बाट जोहते रहना चाहिए, क्या इस प्रणाली ने शैक्षणिक वाली पद्धतियों में गुत्थियाँ और विकृतियाँ नहीं पैदा कर दी हैं? विभिन्न विश्वविद्यालयों के कार्यों के पुनरीक्षण और उनसे प्राप्त प्रार्थना-पत्रों के मूल्यांकन के लिए आयोग द्वारा अपनाई जानेवाली-निरीक्षण समितियों और आयोग की अन्य नीतिनिर्धारक तथा नियोजन समितियों में शायद ही कभी शामिल किया जाता है। हम बहुधा यह कहते हैं कि हमारी विश्वविद्यालयी शिक्षा यथार्थवादी और अधिक व्यवहारोन्मुख होनी चाहिए। इस उद्देश्य की पूर्ति के लिए क्या विश्वविद्यालयी

पाठ्यक्रमों, शैक्षणिक विषयों और विधियों का निर्माण उन व्यावहारिक लोगों के साथ मिलकर नहीं किया जाना चाहिए जो उद्योग, विज्ञान एवं प्रौद्योगिकी के अनुप्रयोग में, राज्य सरकार द्वारा संचालित विभिन्न तकनीकी सेवाओं में, निर्माण क्रियाकलापों में तथा राष्ट्रनिर्माण के अन्य कार्यों में लगे हुए हैं। अतएव, आयोग के लिए यह आवश्यक है कि उसकी कार्यप्रणाली को विस्तृत आधार प्रदान किया जाए और विश्वविद्यालयों से असंबद्ध वैज्ञानिकों, तकनीशियनों और परामर्शदायी कार्यों में लगे हुए अन्य लोगों को भी इसमें शामिल किया जाना चाहिए।

शिक्षा का जनतंत्रीकरण

वर्तमान समय में शिक्षा का जनतंत्रीकरण शिक्षा के विकास का एक महत्त्वपूर्ण पहलू है। हम इस प्रकार का परिवर्तन प्राय: सभी देशों में देख सकते हैं। उन्नत देशों में उच्चतर स्तरों पर शैक्षिक वृद्धि उतनी ही उल्लेखनीय रही है, जितनी कि तृतीय विश्व के नव-स्वतंत्र देशों में शिक्षा के प्रति ललक थी। समाजवादी देशों में शिक्षा और युवा-विकास को सर्वाधिक महत्त्व दिया जाता है। यू.के. में आजकल विश्वविद्यालयों की संख्या 45 है, जबकि द्वितीय विश्वयुद्ध के पहले यह 17 थी। भारत में स्वाधीनता प्राप्ति के बाद विश्वविद्यालयों की संख्या 17 से बढ़कर 120 हो गई है। उच्चतर व्यावसायिक शिक्षा में भी अत्यंत उच्च कोटि की वृद्धि हुई है। इस समय हमारे देश में 100 इंजीनियरिंग कॉलेज और 7 प्रौद्योगिकी संस्थान हैं, 100 से अधिक मेडिकल कॉलेज हैं, 20 कृषि विश्वविद्यालय हैं और 100 से अधिक कृषि महाविद्यालय हैं। इसके साथ ही देश के विभिन्न भागों से और अधिक विश्वविद्यालयों, महाविद्यालयों और उच्च शिक्षा संस्थानों की माँग निरंतर बढ़ती जा रही है। शिक्षा के प्रति सामाजिक जागृति और शिक्षित वर्ग के लोगों में उच्चतर शिक्षा के प्रति ललक निश्चय ही स्वागतयोग्य है। हम प्राय: सुनते हैं कि इस वृद्धि को सीमित किया जाना चाहिए। शिक्षा मंत्रालय और विश्वविद्यालय अनुदान आयोग ने अपने प्रपत्रों में इसका उल्लेख किया है। शिक्षा पर राष्ट्रीय-नीति के प्रारूप में उल्लिखित है, "नए संस्थानों की स्थापना में अत्यधिक संयम बरतने की आवश्यकता है।" मेरी राय में यह एक प्रतिकूल एवं पराजयसूचक दृष्टिकोण है। हम जनतंत्र में आस्था रखनेवाले देश हैं, जनता के लिए पूर्ण स्वतंत्रता चाहते हैं। शिक्षा के लिए उत्कंठा एक ऐसा आधारभूत न्यायोचित लक्षण है, जो हमारे जनतंत्र की वृद्धि और उसके संरक्षण के लिए लाभप्रद है। इसका पोषण किया जाना चाहिए और इसे स्वस्थ ढंग से बढ़ने में सहायता की जानी चाहिए, न कि इसका गला घोंटना चाहिए। मेरी राय में, राज्य की यह अनिवार्य जिम्मेदारी है कि इस प्रकार की वृद्धि के लिए समस्त आधारभूत संसाधन उपलब्ध कराए जाएँ। हमारे देश में शिक्षा को एक सामाजिक कार्य माना गया है, जिससे प्रकट होता है कि

हमारे सभी राज्यों के बजट में, सार्वजनिक व्यय का एक प्रमुख भाग शिक्षा का होता है। वर्तमान में, प्राथमिक एवं द्वितीयक स्तर की शिक्षा के लिए प्रमुख उत्तरदायित्व पूर्णरूपेण राज्य के जिम्मे है। दूसरी ओर उच्चतर शिक्षा के क्षेत्र में कुछ निजी संस्थानों के अस्तित्व के बाद भी यह शिक्षा सरकार का ही उत्तरदायित्व बन गई है।

उत्कृष्टता बनाम समानता

शिक्षा के जनतंत्रीकरण से समानता को लेकर एक जटिल एवं महत्त्वपूर्ण प्रश्न खड़ा होता है। यह प्रश्न है, उत्कृष्टता बनाम समानता का, जो कि एक महत्त्वपूर्ण प्रश्न है, जिस पर विचार करना आवश्यक है और यदि समाज को असामान्य स्थिति में नहीं ढकेलना है तो इसका समुचित समाधान ढूँढ़ना होगा। यह एक ऐसी समस्या है, जिसका सामना अमेरिका और यूरोप के समुन्नत समाजों में भी करना पड़ा है और भारत जैसे अनेकतावादी समाज में भी जिसकी पृष्ठभूमि में सदियों पुरानी असमानताएँ, नाइनसाफी और जनता के कुछ तबकों का शोषण होता रहा, यह एक ऐसी समस्या है, जो अब राजनीतिक परिवेश के केंद्र में आ चुकी है।

हम अपने समाज के विभिन्न समुदायों के आरक्षण की तमाम बातें सुनते हैं, जैसे शैक्षणिक संस्थानों में आरक्षण, जिससे लाभ प्राप्त हो सकता है, परंतु ऐसा होने पर शैक्षणिक प्रणाली भी जीवन की वास्तविक समस्याओं से रूबरू होगी, जिससे हमारे शिक्षकों और विद्यार्थियों के भी जीवन-मूल्यों में वृद्धि होगी। यही बात उद्योग और शैक्षणिक पद्धति के बीच सुझाई गई प्रक्रियाओं के संबंध में भी सही है।

शैक्षणिक समुदाय का भी एक उत्तरदायित्व है। सिद्धांततः उन्हें राष्ट्रीय मुद्दों में सक्रिय रुचि लेनी चाहिए और अपने आपको उद्देश्यपरक रूप में निर्भीकतापूर्वक विचारों को अभिव्यक्त करना चाहिए। मेरी जानकारी में कोई ऐसा उदाहरण नहीं है, जिसमें शिक्षण-संस्थाओं के प्रांगण की विचारधाराओं ने भारत में पब्लिक-पॉलिसी को प्रभावित किया हो। जो कुछ भी हुआ है, वह राजनीतिक पार्टियों द्वारा विद्यार्थी समुदाय को अवांछित रूप से वर्गवादी राजनीति में खींचने का काम हुआ है। यह शिक्षा के लिए अहितकर हुआ है।

□

बिंदु-बिंदु विचार

1. प्रौद्योगिकी विषयक विचार

मैं उपयुक्त प्रौद्योगिकी उसे मानता हूँ, जो किसी समाज की आर्थिक और सामाजिक अवस्थाओं की दृष्टि से उपयुक्त हो। स्तर (स्केल) का यहाँ कोई अर्थ नहीं है। कुछ क्षेत्रों में, जैसे स्टील बनाने में बड़े स्तर की प्रौद्योगिकी आवश्यक हो सकती है। ऐसी कोई भी प्रौद्योगिकी, जो अपव्यय की ओर ले जाती हो, बेरोजगारी और सामाजिक असंतुलन उत्पन्न करती हो और पर्यावरण संबंधी समस्याएँ खड़ी करती हो, मेरे विचार से उपयुक्त नहीं है।

प्रौद्योगिकी हस्तांतरण (ट्रांसफर) को लेकर भी कुछ भ्रम है। प्रौद्योगिकी कोई नगदी अथवा अनाज का भंडार नहीं, जिसे एक बैंक से दूसरे बैंक को या एक पात्र से दूसरे पात्र को हस्तांतरित किया जा सकता है, ज्ञान के अलावा प्रौद्योगिकी में दक्षता अधिक महत्त्वपूर्ण है।

प्रौद्योगिकी पहले भी मूल्य देकर उपलब्ध थी और आज भी मूल्य देकर उपलब्ध है।

अनेक विकासशील देशों की प्रौद्योगिकी क्षमता प्राप्त की गई प्रौद्योगिकी और स्वदेशी प्रयत्नों के बल पर बनाई गई है। इन देशों में भारत भी एक है।

स्वदेशी की भावना का यह मतलब नहीं कि जो तकनीकी जानकारी जानी-बूझी हो और बाहर से मिल सकती हो, उसका हम पुन: आविष्कार करें और हमारे जो सीमित साधन हैं, उनको इसी में लगाए रहें। यदि राष्ट्रीय हितों को ठेस लगे बिना हम विदेशों से टेक्नोलॉजी ले सकते हैं तो उसे लेने में कोई हर्ज नही होना चाहिए।

हमें तकनीकी स्वतंत्रता की बजाय तकनीकी क्षमता का विकास करना चाहिए।

आजकल समूह में काम करने के युग में व्यक्ति के स्थान के विषय में प्रश्न पूछा जाता है। चाहे समूह हो या अकेला व्यक्ति, नए विचार तो व्यक्तिगत ही होते हैं। किसी कमेटी ने पेनिसिलिन की खोज या जेट-इंजन का आविष्कार नहीं किया।

2. वैज्ञानिक, उनकी प्रतिभा तथा उनकी स्वतंत्रता

मैं वैज्ञानिक को उसके काम में पूर्ण स्वतंत्रता देने का समर्थक हूँ, किंतु स्वतंत्रता का यह अर्थ नहीं है कि लक्ष्योन्मुखी प्रयोगशालाओं में वैज्ञानिक जो मन आए, करें। वैज्ञानिक शोध के मार्ग में आनेवाली वास्तविक कठिनाइयाँ दूर करनी चाहिए।

विज्ञान में बौद्धिक एकाधिपत्य को कोई स्थान नहीं और यदि वह कहीं है तो उसे तुरंत मिटा देना चाहिए।

कभी-कभी इस बात को बहुत तूल दिया जाता है कि केवल युवावस्था में ही बड़ी-बड़ी खोजें की जा सकती हैं, मूल विज्ञान में तो यह बात ठीक हो सकती है, परंतु जहाँ अनुभव का विशिष्ट स्थान है, वहाँ इस बात में सावधानी बरतनी चाहिए। भारत में राष्ट्रीय प्रयोगशालाओं में अनेक निदेशक तीस से चालीस वर्षीय थे।

कहा जाता है कि बड़े व्यक्ति अपने से छोटों का शोषण करते हैं। अभी तक मेरे सामने ऐसी कोई मिसाल नहीं आई, जिसमें इसके लिए किसी को दंडित किया गया हो।

मेरा विश्वास है कि आगामी वर्षों में युवाओं का महत्त्व संसार में बढ़ जाएगा और वे संसार के मामलों में कहीं अधिक भाग लेंगे। इसमें कोई संदेह नहीं कि होना भी ऐसा चाहिए।

हमारे समाज में डिग्रियों पर अधिक जोर दिया जाता है और यदि वे विदेशों से प्राप्त हों तो क्या कहना। आर्थिक दृष्टि से यह आवश्यक है कि इनको अनावश्यक महत्त्व न दिया जाए और विद्यार्थियों को माध्यमिक शिक्षा के समय ही तकनीकी शिक्षा की ओर प्रोत्साहित किया जाए।

अकसर हमारे प्रतिभा-संपन्न उत्कृष्ट वर्ग के लोग सत्ताधारियों के पीछे घूमा करते हैं। उनका अनुग्रह होने पर उन्हें किसी शिष्टमंडल में शामिल किया जा सकता है या सरकार द्वारा स्थापित की जानेवाली समितियों और आयोगों में स्थान दिया जा सकता है। इससे वे अपनी बौद्धिक प्रतिभा भूल जाते हैं। देश के उत्कृष्ट वर्ग (Elite) के लिए यह संकट की बात है।

3. विज्ञान की भाषा : हिंदी

जब भी विज्ञान की बात चलती है तो यह कहा जाता है कि बिना अंग्रेजी के विज्ञान का काम नहीं चल सकता। यह सब तो कहने की बात है कि हिंदी में शब्दावली नहीं है या हिंदी में विज्ञान की बातें नहीं हैं। 80 वर्षीय डॉ. एस.एन. बोस बंगीय विज्ञान साहित्य परिषद् के माध्यम से बँगला भाषा के विज्ञान साहित्य को समृद्ध करने में लगे हुए थे।

मैंने रुड़की में साइंस कांग्रेस के अधिवेशन के अवसर पर ऑप्टिकल ग्लास पर हिंदी में व्याख्यान दिया। बनारस में भी साइंस कांग्रेस का अध्यक्षीय भाषण मैंने हिंदी में ही दिया था।

इस अंतरराष्ट्रीय भाषा (अंग्रेजी) की गुलामी करके हमने यह हासिल किया है कि हमारे अनेक इंजीनियर और साइंस के ग्रेजुएट अपने देश की समस्याओं से बिल्कुल कटे हुए हैं।

4. काँच तथा इनैमेल प्रौद्योगिकी

बोरैक्सरहित इनैमेल का उत्पादन एक नवीन विकास है। बोरानरहित इनैमेलों पर सर्वप्रथम जर्मनी में कार्य शुरू किया गया। कलकत्ता स्थित काँच तथा सिरेमिक्स संस्थान में सुनियोजित अध्ययनों के फलस्वरूप पूर्णतया बोरानमुक्त इनैमेल तैयार किए जा सकते हैं, जिनमें कोई दोष नहीं रहते।

हमारी आसन्न समस्या कम मूल्य पर गुणवत्तायुक्त सामान तैयार करने की है, जिससे वह सर्वसामान्य जनों तक पहुँचे।

चूँकि प्रकाशीय काँच की कुल माँग मुश्किल से दो या तीन टन थी और उसे आयात करना सरल था, अत: काँच के सामरिक महत्त्व पर ध्यान केंद्रित नहीं हो सका था।

योजना आयोग ने 1956 के मध्य में प्रकाशीय काँच उत्पादन का कार्य काँच सिरेमिक अनुसंधान संस्थान कलकत्ता को दे दिया।

प्रकाशीय काँच में जिन परिशुद्ध गुणों की आवश्यकता होती है, उनके लिए उच्च शुद्धता एवं एक समान गुणवत्तावाले कच्चे माल की आवश्यकता होती है।

पहला कदम कच्चे माल का अध्ययन करना, उसे उपयोगी बनाना और इस तरह प्रसंस्कारित करना कि वह प्रकाशीय काँच के उपयुक्त हो जाए।

कभी-कभी यह प्रश्न पूछा जाता है कि इतनी कम माँगवाले प्रकाशीय काँच का उत्पादन व्यावसायिक दृष्टि से कहाँ तक लाभदायक हो सकता है? प्रकाशीय काँच एक सामरिक महत्त्व की वस्तु है। यह कोई बड़े पैमाने पर उत्पादित की जानेवाली वस्तु नहीं है।

नेहरूजी को भारतीय कार्यकर्ताओं की क्षमता में जो दृढ विश्वास था, उसी के व्यापक प्रभाव के आधार पर प्रकाशीय काँच के उत्पादन का कार्य संस्थान को सौंपने तथा अंततोगत्वा उसके परिसर में उत्पादन इकाई स्थापित करने का निर्णय लिया गया।

5. विज्ञान विषयक विचार

आज का विज्ञान कल की प्रौद्योगिकी हो सकता है, इसलिए हमें सभी तरह से विज्ञान को टिकाऊ बनाना है।

हमारे विज्ञान अध्यापन में प्रयोगात्मक पक्ष पर पर्याप्त बल नहीं दिया जाता।

प्रयोगात्मक क्षमता का संस्कार उपकरण या तैयार सामग्री पर पूर्णतया निर्भर नहीं होना चाहिए। काम-चलाऊ व्यवस्था को प्रोत्साहन नहीं दिया जाना चाहिए।

मैंने अपना जीवन अनुसंधान सहायक पद से शुरू किया, किंतु मुझे इच्छानुसार वैज्ञानिक समस्याओं से निपटने की मेरी स्वतंत्रता में कभी कोई हस्तक्षेप नहीं हुआ।

विद्वत् सोसाइटियों तथा व्यावसायिक संगठनों को चाहिए कि वे वैज्ञानिक समुदाय को नेतृत्व प्रदान करें और उदाहरण तथा उपदेश द्वारा जनमत को ढालें।

प्रतिभा पलायन भारत के लिए अनोखा नहीं है। शायद यूनाइटेड स्टेट्स को छोड़कर विश्व का कोई भी देश इससे अछूता नहीं है।

वैज्ञानिक दृष्टिकोण की गुणवत्ता वैज्ञानिकों को सोचने की शक्ति और वस्तुपरक ढंग से काम करने की क्षमता प्रदान करती है।

मैंने अपनी आजीविका शैक्षिक वातावरण में आरंभ की, किंतु परिस्थितिवश मैं विज्ञान के अनुप्रयोगात्मक पक्ष की ओर चला गया, जो उद्योगों के प्रारंभिक उद्यमों से जुड़ा है। मेरा विश्वास है कि विश्वविद्यालय जैसी किसी शैक्षिक संस्था की जीवन के पक्षों में रुचि होनी चाहिए।

अधिकांश विकासशील देशों में आर्थिक वृद्धि तुलनात्मक रूप से शिक्षा वृद्धि से पीछे रहती है। इसका परिणाम होता है कि शिक्षित युवा बरोजगारों की संख्या अत्यधिक होती है।

अब हम बड़ी संख्या में स्नातक इंजीनियर और परास्नातक इंजीनियर बना रहे हैं, किंतु अभी भी हमें मंदी का सामना करना पड़ रहा है। इसलिए यह नहीं माना जा सकता कि अधिक इंजीनियर उत्पन्न करने से अधिक औद्योगिकीकरण स्वत: हो जाएगा।

कोई यह भी अपेक्षा नहीं कर सकता कि कुछ इंजीनियरिंग स्नातक मिलकर इस्पात कारखाना अथवा भारी मशीनों के निर्माण का कारखाना बना लेंगे। इसके लिए उनकी सीमा के परे वस्तुओं की आवश्यकता होगी।

देश की आर्थिक वृद्धि में ही बेरोजगारी का वास्तविक समाधान छिपा है। आर्थिक समृद्धि नारे लगाने और पुरानी थोथी बातों में लगे रहने से नहीं आती। यह सिर्फ कठिन और समर्पित कार्य से ही संभव है।

हमारा यह सौभाग्य रहा कि श्री जवाहरलाल नेहरू के रूप में हमारे पास नैसर्गिक नेतृत्व विद्यमान था, जिनकी दूरदृष्टि क्षितिज के पार देख सकती थी। उनका दृढ विश्वास था कि मानव कल्याण और प्रगति के विज्ञान का प्रौद्योगिकी से अटूट संबंध है।

महात्मा गांधी ने स्पष्ट शब्दों में कहा, "मैं नहीं चाहूँगा कि मेरे घर की दीवारें मजबूत और खिड़कियाँ बंद हों। मैं चाहूँगा कि हर तरफ से संस्कृति की हवा मेरे घर में

अबाध रूप से आए" किंतु मैं उनके कारण अपने पैरों को उखड़ने से इनकार करता हूँ।

विज्ञान का चरित्र अंतरराष्ट्रीय है। यह देश की सीमाओं को नहीं मानता।

ज्ञान तभी शक्ति बनेगा, जब लोग उसका उपयोग करने में प्रवीण हो जाएँगे।

वैज्ञानिक व्यवस्था अथवा युग की व्यवस्था का स्वागत उच्च वर्ग के लोगों द्वारा किया जाना चाहिए, ताकि वे इसे मानव समाज के निचले बड़े हिस्से तक पहुँचा सकें।

हमने समाजवादी प्रतिदर्शवाले समाज को अपना लक्ष्य स्वीकार किया।

कभी-कभी मेरे द्वारा चुने हुए विषय के संबंध में यह धारणा बना ली जाती है कि मौलिक विज्ञान अनुसंधान में मेरी अभिरुचि ही नहीं है। ऐसा बिल्कुल ही नहीं है।

मैं यह निश्छल भाव से कहना चाहता हूँ कि हमारे पीछे रह जाने के कई कारणों में एक मुख्य कारण यह भी है कि हमारे पास उद्योगों की इतनी सामान्य जानकारी भी नहीं है कि हम अनुसंधान एवं विकास का सही मूल्यांकन कर सकें और उसे स्वीकार कर सकें।

अनुसंधान की तुलना में विकास दस गुना से भी ज्यादा महँगा है।

यह आवश्यक नहीं कि एक अनुसंधान वैज्ञानिक एक अच्छा उत्पादन इंजीनियर भी हो।

वैज्ञानिकों को उद्योगों के सहयोग की आवश्यकता है और उद्योगों को विज्ञान का संबल चाहिए।

पंडित जवाहरलाल नेहरू की जय हो कि उनके नायकत्व में सरकार ने स्वतंत्रता प्राप्ति के तुरंत बाद से विज्ञान को अधिकाधिक सहाय्य देना प्रारंभ कर दिया था। उसी काल में अधिकांश सी.एस.आई.आर. प्रयोगशालाएँ अस्तित्व में आईं।

मेरे विचार से आर्थिक विकास के लिए प्रौद्योगिकी बुनियादी मुद्दा है। हमारी प्रौद्योगिकीय नीति का लक्ष्य जनता की बुनियादी आवश्कताओं की पूर्ति होना चाहिए।

प्रौद्योगिकीय नीति का एक महत्त्वपूर्ण तत्त्व है शिक्षा, अनुसंधान तथा विकास के प्रति हमारा दृष्टिकोण।

हाल के वर्षों में प्रधानमंत्री ने अपने कई भाषणों में चिंता जताई है कि निवेश की तुलना में लाभ नहीं हो रहा है, किंतु मेरा अपना मत है कि देश में जैसी परिस्थितियाँ हैं, उनमें राष्ट्रीय प्रयोगशालाओं में कार्यरत युवा वैज्ञानिकों तथा अनुसंधानकर्ताओं ने प्रशंसनीय कार्य किया है और हमें यह मानना चाहिए।

युवा वैज्ञानिकों को बिगाड़ने का निश्चित तरीका है कि उन्हें कई दर्जन समितियों में लगा दीजिए।

यदि वैज्ञानिकों की संख्या तथा प्रकाशनों की संख्या देखी जाए तो भारत में विज्ञान की वृद्धि अति तीव्र हो रही है, किंतु इसमें संदेह है कि गुणवत्ता के अनुसार संगत वृद्धि हुई है। इसका एक कारण है, विज्ञान पर राजनीतिज्ञों का धावा।

एक ओर हमारे विश्वविद्यालय, जो कि वैज्ञानिकों तथा बुद्धिजीवियों के स्रोत हैं, फंड के अभाव में निर्जीव हो रहे हैं, वैज्ञानिक प्राय: पुराने उपकरणों से काम कर रहे हैं और प्रयोगशालाएँ अकल्पनीय रूप से ठुँसी हुई हैं।

6. वैज्ञानिक एकेडमियाँ

हमारी वैज्ञानिक सोसाइटियों को अभी भी प्रभावी मंच बनना शेष है। एकेडमियों को दक्ष तथा स्वतंत्र विशेषज्ञों की संस्था के रूप में कार्य करना चाहिए, जिनसे सरकार को सलाह लेनी चाहिए। सरकार को चाहिए कि वह वैज्ञानिक सोसाइटियों से सामयिक मामलों में परामर्श ले।

7. विज्ञान नीति (Science Policy)

भारत ने 1958 में ऐतिहासिक विज्ञान नीति प्रस्ताव स्वीकार किया। संभवत: भारत पहला देश था, जिसने ऐसा प्रस्ताव स्वीकार किया।

विज्ञान नीति प्रस्ताव इस प्रकार है—सामान्य रूप से देश के लोगों के लिए सारे लाभ प्राप्त करना, जो वैज्ञानिक ज्ञान के अर्जन तथा संप्रयोग से प्रार्दुभूत हो सकते हैं।

केवल विश्वविद्यालय ही कुछ हद तक ऐसे व्यक्ति उत्पन्न कर सकते हैं, जिनकी हमें अपने वैज्ञानिक तथा औद्योगिक कार्य तथा कार्यक्रमों में आवश्यकता है।

8. स्फुट : समाज वैज्ञानिक अध्ययन की आवश्यकता

जहाँ कि आज भी गांधीवादी संकल्पनाएँ अपने मूलभूत सिद्धांतों में प्रासंगिक हैं तो भी बदली परिस्थितियों में आवश्यकतानुसार परिवर्तित करके उन्हें पुन: स्पष्ट करने की आवश्यकता है।

मानवतावाद की आवश्यकता

कहा जाता है कि गांधीजी देश को पीछे लिये जा रहे थे और वे आधुनिकीकरण के खिलाफ थे, किंतु तथ्य यह था कि वे उन प्रथाओं को ध्वस्त करना चाहते थे, जो धार्मिक कर्तव्य के रूप में प्रचलित थीं, मेरे मत से वे उस अनुरूपता के विरुद्ध थे, जो सामाजिक उन्नति में मुख्य बाधक थीं।

मानवतावाद, जिसे विज्ञान और प्रौद्योगिकी की वृद्धि के साथ चलना चाहिए था, उसकी हमने परवाह नहीं की। विज्ञान और प्रौद्योगिकी शरीर की देखभाल कर सकते हैं, किंतु यह तो मानवतावाद है, जो शरीर को सही दिशा में कार्य करने के लिए आत्मा प्रदान करता है।

मानव जीवन में अध्यात्म का थोड़ा पुट आवश्यक है। विज्ञान ने अभी ऐसी कोई

औषधि तैयार नहीं की है, जिससे मानव में अच्छे गुण आएँ। अध्यात्म के बिना विज्ञान खतरनाक हो सकता है।

गांधीजी कहा करते थे कि गरीब को तो ईश्वर रोटी या चावल के निवाले में दिखाई देता है।

ज्ञान का विकास

अनुमान लगाया गया है कि न्यूटन के बाद से प्रत्येक 15 वर्षों में वैज्ञानिक कार्यों में दुगुनी वृद्धि हुई है।

शिक्षा

मैं यह अनुभव करता हूँ कि स्वाधीनता प्राप्ति के बाद हमारी पूरी शिक्षा व्यवस्था की गुणवत्ता में क्रमशः गिरावट आई है। हमारी शिक्षा व्यवस्था आजकल रामन, साहा और बोस जैसे विद्यार्थी नहीं उत्पन्न कर रही।

बच्चों को बुद्धिमत्तापूर्ण ढंग से सोचने, मानसिक क्षमता बढ़ाने और अपने पर्यावरण में रुचि लेने की शिक्षा दी जानी चाहिए। प्रत्येक बच्चा जन्मजात नवीन कार्य करनेवाला, खोजी या आविष्कारक हो सकता है, किंतु इसके लिए प्रेरक और खुशनुमा अनुभव प्रदान किया जाना चाहिए।

भारत में सर्वोत्तम छात्रों के लिए विज्ञान धीरे-धीरे कम आकर्षक रह गया है। हाईस्कूल से आए सर्वोत्तम छात्रों में से अधिकांश छात्र व्यावसायिक पाठ्यक्रम चुनते हैं और उन्हें पूरा करने पर नौकरी के बेहतर अवसर प्राप्त करते हैं।

विश्वविद्यालयों और शैक्षिक संस्थानों के प्रोफेसर और विशेषज्ञ उपहास की दृष्टि से देखे जाते हैं।

वैज्ञानिकों ने राजनीतिज्ञों से मेलजोल बढ़ाया ताकि विज्ञान को सरकारी सहायता मिल सके। राजनीतिज्ञों ने विज्ञान को इसलिए समर्थन दिया कि इससे उनकी शक्ति बढ़ेगी।

□

उपसंहार

आत्मारामजी ने 1931 से 1971 तक एक सक्रिय वैज्ञानिक का जीवन बिताया। इलाहाबाद विश्वविद्यालय के रसायन विभाग में शोध-छात्र बनने से लेकर सी.एस.आई.आर. नई दिल्ली के महानिदेशक पद से अवकाश प्राप्त करने तक के 40 वर्ष उनके सक्रिय जीवन के गवाह हैं।

उन्होंने सबसे पहले 'विज्ञान' पत्रिका से रसायनज्ञों के जीवन परिचय से लिखना शुरू किया। हिंदी में उनके लगभग 3 दर्जन लेख मिलते हैं। इनमें से कुछ ही स्वतंत्रता परवर्ती काल के हैं। चूँकि उन्होंने उर्दू-फारसी, में शिक्षा प्राप्त की थी अतः उनका हिंदी ज्ञान घर-गाँव के लोगों या मित्रों के बीच बोली जानेवाली खड़ी बोली तक सीमित था फिर भी गाँव से इलाहाबाद आकर सत्यप्रकाशजी तथा विज्ञान परिषद् प्रयाग के संपर्क में आने से उन्होंने हिंदी में विज्ञान लेखन शुरू किया। परिमाण में अल्प ही कहा जाएगा।

इस अवधि में प्रायः अंग्रेजी में शोध-पत्र लिखे, जो उनके शोध-कार्य से संबद्ध थे। (शोध-पत्रों की सूची देखें)

जब आत्मारामजी कलकत्ता पहुँच गए तो वे अब रसायनज्ञ न रहकर प्रौद्योगिकीविद् बन रहे थे। वे काँच प्रौद्योगिकी के विशेषज्ञ बनने की दिशा में अग्रसर थे। अब उनका लेखन काँच प्रौद्योगिकी को लेकर होने लगा। उन्होंने तमाम शोध-पत्र लिखे और ऐसे शोध-कार्यों से प्राप्त उल्लेखनीय परिणामों, प्रौद्योगिकियों के पेटेंट भी प्राप्त किए। इनको भी सूचीबद्ध कर दिया गया है।

ये तो उनके मौलिक कृतित्व के सूचक हैं। चूँकि वे एक राष्ट्रीय प्रयोगशाला के उच्च से उच्चतम पदों पर उन्नति करते रहे और फिर देश की सबसे बड़ी वैज्ञानिक तथा अनुसंधान परिषद् के अध्यक्ष पद को भी सुशोभित किया, फलतः उन्हें विभिन्न सेमिनारों की अध्यक्षता करने और भाषण देने के लिए आमंत्रित किया जाता रहा। फलतः वे अधिकांशतः अंग्रेजी में अपने विचार व्यक्त करते रहे। उन सबका संकलन सी.एस. आई.आर. द्वारा प्रकाशित किया जा चुका है और विज्ञान परिषद् प्रयाग ने उनका हिंदी

अनुवाद 'विचार प्रवाह' नाम से पाठकों के लाभार्थ प्रस्तुत कर दिया है। हमने विचार प्रवाह से ही 11 आलेखों को पुनः संपादित करके इन्हें उपसंहार खंड में प्रस्तुत किया है। इससे पाठकों को डॉ. आत्माराम के सामयिक, खोजपूर्ण गंभीर विचार सुलभ हो सकेंगे (संपूर्ण विचारों के लिए विचार प्रवाह देखें)।

जब कोई भी व्यक्ति या वैज्ञानिक उच्च पद पर पहुँच जाता है तो प्रायः विभिन्न विश्वविद्यालय दीक्षांत भाषण देने के लिए आमंत्रित करते रहते हैं। इसी तरह वार्षिक अधिवेशन में साइंस कांग्रेस का अध्यक्ष चुने जाने पर अध्यक्षीय भाषण देने के लिए आग्रह किया जाता है। डॉ. आत्मारामजी ने साइंस कांग्रेस के वाराणसी अधिवेशन में अध्यक्षीय भाषण दिया था, वह हिंदी में था। (उसे उसी रूप में दिया जा रहा है।)

डॉ. आत्मारामजी ने जिन-जिन विश्वविद्यालयों में दीक्षांत भाषण दिए, उनमें एक था राजस्थान विश्वविद्यालय। इनमें से कुछ भाषणों को भी उपसंहार खंड के अंतर्गत स्थान दिया गया है।

कतिपय वैज्ञानिक सोसाइटियों के समक्ष भी डॉ. आत्मारामजी ने भाषण दिए। इनमें से कुछ को इस उपसंहार खंड के अंतर्गत सम्मिलित किया जा रहा है।

वैसे तो कृतित्व के अंतर्गत प्रायः पत्र-व्यवहार को भी सम्मिलित किया जाता है, किंतु हमने इस दिशा में कोई प्रयास नहीं किया। पत्रों द्वारा कृतित्व को ज्यादा बतलाया भी नहीं जा सकता। शासकीय पत्रों को सार्वजनिक किया जा सकता है।

यद्यपि डॉ. आत्माराम का अधिकांश कृतित्व अंग्रेजी भाषा में है, किंतु यथासंभव उसके हिंदी अनुवाद के माध्यम से कृतित्व को प्रस्तुत किया गया है। पाठकों को छूट दी गई है कि वे अपनी मति के अनुसार आस्वादन करें। हमने बिंदु विचार अध्याय के अंतर्गत कुछ महत्त्वपूर्ण विषयों, सामयिक समस्याओं के संदर्भ में डॉ. आत्मारामजी द्वारा व्यक्त विचारों में से छाँटकर संकलित कर दिया है। इससे पाठकों को प्रथम दृष्टया डॉ. आत्माराम के विचारों की झाँकी प्राप्त हो सकेगी।

उपसंहार के रूप में हम कह सकते हैं कि डॉ. आत्माराम का व्यक्तित्व जितना आदर्शपूर्ण था, उनका कृतित्व भी उतना ही उनके अनुभवों एवं तथ्यों से परिपूर्ण था। उसकी विशेषता है, उनकी स्पष्टता, निर्भीकता।

हम अपने पाठकों को यह छूट दे रहे हैं कि वे स्वयं ही इस खंड की सामग्री का अवगाहन करके डॉ. आत्माराम के विषय में अपनी सम्मति सुनिश्चित कर लें।

हमने तो पाठकों के समक्ष कृतित्व के महत्त्वपूर्ण अंशों को खोलकर रखने का कार्य किया है। इति।

"डॉ. आत्माराम ने विज्ञान की सेवा में अपने लंबे सेवाकाल में उपयोगी अनुसंधान

के क्षेत्र में भारत का नाम ऊँचा किया है। उन्होंने ऑप्टिकल काँच, जो सामरिक महत्त्व का एक महत्त्वपूर्ण पदार्थ है, ऐसे समय में तैयार किया, जिसकी निर्माण जानकारी विश्व के थोड़े से देशों को थी।

सी.एस.आई.आर. की नीतियों को आर्थिक दिशा देने का कार्य भी इनका दूसरा बड़ा योगदान है।

□